七帝柔道記 Ⅱ

立てる我が部ぞ力あり

増田俊也

角川書店

七帝柔道記Ⅱ　立てる我が部ぞ力あり

私たちは一時間でも多く練習した方が、
必ず相手を倒すことができるということを信じていた。
（……）それが真実であろうとなかろうと、
それを信じなければならなかったのである。

――「青春を賭ける一つの情熱」井上靖

目次

第1章　たった2人の抜き役……7
第2章　札幌には観光に来た……36
第3章　汗の蒸気と柔道場……60
第4章　沈む泥舟……85
第5章　函館の潮風、札幌の豪雪……108
第6章　怪物新入生がやってきた……142
第7章　北海道大学柔道部の焦燥……172
第8章　後藤主将、七帝戦を率いる……198

第9章　寝技仙人は東の方角にいる……234
第10章　対東北大学定期戦……267
第11章　雪が積もりはじめた札幌で……297
第12章　昭和最後の日……320
第13章　最後の七帝戦……356
第14章　東北大学との死闘……383
第15章　人の世の清き国ぞとあこがれぬ……477

装丁　天野昌樹
撮影　吉澤広哉

第1章　たった2人の抜き役

1

「もっと自覚をもってそれぞれが練習すれば手応《てごた》えは出てくるはずだと思う。だからみんなも今日はこの技を覚えようとか目的を持って日々の練習をこなしてほしい。そうすれば――」

寒く静かな部室《ぶしつ》に、主将の後藤《ごとう》さんの細い声が響いていた。

床に座ってうつむく部員たちは皆、柔道衣《じゅうどうぎ》の胸をはだけ、解いた帯を首に掛け、荒い呼吸を繰り返している。髪や顎《あご》の先からぽたぽたと滴り落ちる汗は先ほどまで延々と繰り返された寝技乱取りの熱を含み、唇の上を通るとき塩の味がした。

私の隣に座る一年目が汗まみれの体を寄せて囁《ささや》いた。

「先輩、雪みたいですよ」

城戸勉《きどつとむ》である。視線は窓のほうを向いている。見るとたしかに外の暗闇で粉雪がまばらに舞っていた。「今日は何日だ」と小声で問うと「十月二十一日です」と城戸が返した。私は小さく溜息《ためいき》をついた。札幌《さっぽろ》のあの長い冬がまたやってくるのだ。

後藤主将の今日の練習総括はまだ続いている。

「練習試合はもちろんだけど、乱取りの一本一本で決して力を抜かないこと。意見ある者、言ってください」

小さな声が、よけいに部員たちを侘《わび》しい気持ちにしていた。

七月の七帝《ななてい》戦後に主将に就いた三年目の後藤さんの代は三人しかいない。ただでさえ部員が少なくて意気が上がらないのに、主将の後藤さんも副主将の斉藤《さいとう》テツさんも、私たち下級生に遠慮があるように見えた。

後藤さんは細くて小柄なため道衣が体に合わずだぶついている。横に座る斉藤テツさんはさらに体が小さいので道衣を着ているというより道衣に着られているようだ。二人とも散髪に行く頻度が少ないため中途半端に伸びた毛髪があちこちに撥《は》ね、余計にぐっしょりと濡《ぬ》れて見えた。しかも練習の多くの時間を相手の下になって攻撃され、抑え込まれているので、畳にこすれて道衣が真っ黒に汚れている。髪から滴り落ちる汗と雑巾《ぞうきん》のように濡れた汚い柔道衣、まるで土砂降りの雨の下でうずくまる濡れネズミのようだ。

「意見ある者、いませんか」

後藤さんがもう一度言って斜め後ろを振り返った。そこには後藤さんたち三年目よりさらに汚い道衣を着た細い眼の男があぐらをかいている。留年して現役続行を宣言している四年目の内海《うつみ》さんである。その内海さんが髭面《ひげづら》の顔を振った。後藤さんは困ったように再び私たちに向き直った。

「誰か、意見はありませんか」

しかし、やはり誰も手を上げない。みな顔の汗を手のひらで拭《ぬぐ》いながら指に巻かれたテーピングテープを剝《は》がしている。どの部員も指を二本三本と束にして分厚く巻いていた。指関節を傷めることが常態化し、テーピングしないと練習ができないのだ。とりわけカメをやる分け役の指は酷《ひど》い。相手の膝《ひざ》で潰《つぶ》されて亜脱臼《あだつきゅう》を繰り返し、常に腫れ、歪《いびつ》に曲がっていた。後藤さんの指などはとくにそうだ。

他にも手首を傷めている者は手首に、肘《ひじ》を傷めている者は肘に、肩を傷めている者は肩にテーピングしている。毎日テーピングするため、その部分の皮膚が醜くただれて血が滲《にじ》んでいた。耳を内出血で腫《は》らした一年目のなかにはガーゼなどを折り重ねて耳に当て、その上から頭をぐるぐるとテーピングしている者も数人いる。

私は左膝に自転車のチューブを二本巻き、さらに上から弾力包帯を巻いていた。こうすると乱取り中ほとんど左膝を曲げることができないので動きを制限されるが、他に乱取りを続ける方法がなかった。七月の七帝戦直前に膝の靱帯《じんたい》を切って入院した。九月に退院してリハビリを繰り返し、やっと練習に復帰したのに乱取り中にまた膝を捻《ひね》ってしまった。柔道どころか歩くだけで強い痛みがある。しかし練習を見学するわけにはいかなかった。対東北大学定期戦、通称「東北戦《とんぺい》」が近づいているからだ。

伝統のこの定期戦は七帝戦本番と同じく十五人対十五人の抜き勝負、つまり戦前の高専柔道ルールを踏襲する七帝ルールで戦われる。出場資格は三年目以下だけで、来年の七帝戦を占う新人戦の位置づけだ。先般七月の七帝戦本番で京都大学と二年連続で優勝を分け合った東北大学は強力このうえないチームである。一方われわれ北海道大学は七帝戦四年連続最下位という泥沼に喘《あえ》いでおり、どう足掻《あが》いても勝ち目はなかった。それでも部の方針は「勝利」であった。戦前の高専柔道も戦後の七帝柔道も、戦う前から試合を抛《なげう》つことは絶対にできない。

この七帝柔道は、北大のほか、東北大・東大・名大・京大・阪大・九大の旧帝国大学七校だけに戦前から受け継がれる特異な柔道で、寝技技術だけが発達し、試合が始まるや両者とも寝て延々と寝技を戦う。立技をかけずに自分からいきなり寝る「引き込み」が許されているからだ。また場外がなく勝負は一本勝ちのみ、寝技膠着《こうちゃく》の「待て」もないデスマッチルールである。

ルールだけではなく精神性もまた突出して他と違う。選手は決して「参った」しないのだ。だから試合で絞技《しめわざ》を仕掛けられればそれは失神すること――柔道では「落ちる」と言う――を意味し、関節技を仕掛けられればそれは骨折を意味した。なぜ「参った」しないのか。それはこの大会が世界に類のない大人数の団体戦――十五人の抜き勝負だからだ。抜き勝負とは勝った者が畳に残り、相手校の二人目と戦う試合形式である。それにも勝てば三人目と戦い、それにも勝てば四人目と戦う。理論上は一人目に出た者が十五人に勝てばチームは勝利する。しかし厳しい練習を積んできたチーム同士だ。そんなことは実際には起こらず試合は抜いたり抜かれたりのシーソーゲームとなり、最終的には二人差とか三人差で決着がつくことが多い。一人の負けがチームの勝敗を大きく左右するため各チームとも選手を〝抜き役〟と〝分け役〟とに分け、抜き役は絶対に相手を抜きにいき、逆に分け役はどんなに強い相手が出てきてもズボンにしがみついて、何がなんでも引き分けなければならない。

「意見ある者、誰かいないか」

後藤さんがまた細い声をあげた。その横で斉藤テツさんはじっと下を見ている。ただひとりジャージ姿でいる杉田《すぎた》さんが銀縁眼鏡を押し上げて「本当に誰もなにもないのか」と後輩たちを見まわした。しかし誰も挙手しない。主将の後藤孝宏《たかひろ》さん、副主将の斉藤哲雄《てつお》さん、そしてこの杉田裕《ゆたか》さんが三年目の全部員である。杉田さんは怪我で専業主務をやっているため、道衣を着て練習する実質的な部員は後藤さんと斉藤テツさんの二人だけである。この二人の三年目と私たち二年目六人、一年目十人、そして四年目の内海正巳《まさみ》さん、計十九名が少人数で苦しい練習をしていた。

「ミーティング終わり、解散」

後藤さんの言葉で四時間半以上続いた今日の長い練習がようやく終わった。東北戦へ向けての延長練習は九月終わりから二週間続き、一週間の合宿をはさんでまた二週間続く。その間は岩井眞《いわいまこと》監督が毎日来て何度も繰り返し練習試合が組まれる。どんな相手と当たってもいいように、あらゆる組み合わせで何度も何度も繰り返し部員を戦わせる。それプラス普段の寝技乱取りなのでとにかく練習時間が長く、心身ともに消耗が激しい。

部員たちは嘆息しながら立ち上がり、汗まみれの柔道衣を脱いで着替え始めた。シャワーを浴びるために部室を出ていく者もたくさんいる。みな一日一日を消化していくので精一杯だ。しかし練習後のこの一刻《いっとき》だけが一日のうちで僅《わず》かにプレッシャーから解放される平穏の時間だ。アパートに戻って布団をかぶると「明日《あした》もまた練習がある」という現実に暗い気分になってしまう。朝起きればなおさらだ。うんざりするようなこの苦しい生活は四年目の最後の七帝戦が終わる引退の日まで毎日続く。

私が鉄製ロッカーの前で道衣を脱いでいると「胸は大丈夫か」と声をかけられた。杉田さんだった。

「ええ。なんとかやれてます。少しずつですが」

「無理するなよ。この東北戦で引退するわけじゃないんだから。来年の七帝戦もあるし、再来年の七帝戦もある」

「ありがとうございます。大丈夫です」

私が頭を下げると杉田さんは笑いながら首を振った。

「おまえはいい加減だけど柔道だけは真面目だから心配なんだ。俺みたいになったらだめだぞ。しっかり治せよ」

杉田さんは長いあいだ腰を傷めており手術をすすめられていた。しかし、地道な治療により良くなり始めた矢先、今度は網膜剝離《はくり》をやってしまい、選手生活を引退して専業主務となっていた。

私は今年八月の夏合宿のとき膝の怪我で入院中でギプスを巻かれていた。しかし病院に「父が危篤なので名古屋の実家に少し帰らせてください」と嘘を言って一週間の外泊届を出し、合宿中ずっと道場脇でベンチプレスを続けていた。毎日百セット以上やっているうちに大胸筋にひどい肉離れを起こし、いまだに治っていない。一緒に練習を見学していた杉田さんはそれを知っていた。

しばらく杉田さんと立ち話をしたあとロッカーを開けてバスタオルを肩に掛けた。そして固形石鹼《せっけん》の入ったプラスチックケースをつかんで部室を出た。

柔道場には笑顔と嬌声《きょうせい》が溢《あふ》れていた。

合気道部員たちだ。五十人から六十人くらいいそうだ。女子部員もかなり多い。週に三回、しかも短時間の練習で、柔道のようにフルパワーで試合形式の練習をする乱取りがないから退部者はほとんどいないのだ。先ほどまで柔道部員の苦行の場だった道場が別世界のように輝いて見えた。汗の蒸気で滝壺《たきつぼ》のように霞《かす》んでいた場所が、立つ者が替わるだけでこんなに鮮やかでカラフルになるのだ。

うんざりそんなことを考え、私は道場の出口へ向かった。

「増田《ますだ》君――」

後ろから声がかかった。

振り向くと、竜澤《たつざわ》が部室から出てくるところだった。上半身は裸だがすでにジーンズをはいており、手にはTシャツとトレーナーを握っている。

「〈みねちゃん〉行こうよ」

言いながらTシャツとトレーナーをまとめて頭からかぶった。そして発達した上半身を窮屈そうに中へ潜り込ませていく。トレーナーの首から竜澤の顔が出てきた。他大学から様々な外国人俳優に喩《たと》えられるほど日本人離れした美丈夫である。しかし性格はわがままなことこのうえない。私たち同期は最初はそれを持て余したが、小学生がそのまま大学生になったような彼に抗《あらが》いがたい魅力も見つけていた。

「今日は、〈とん子〉へ行くっていう約束だったよ」

私がそう返したときには竜澤はすでに私を見ていなかった。打ち込みフォームチェック用の大鏡の前で肩をいからせたり腹を引っ込めたりして、かっこよく見える角度を研究している。それを一年目の何人かが遠目にしていた。

「みねちゃんなら生ビールがあるからさ」

竜澤がジョッキを握る仕草をしながら言った。みねちゃんは北十八条駅近くの焼鳥屋で店主は元アマレス選手、北大柔道部は寝技強化のためこのみねちゃんにレスリングコーチをしてもらっている。とん子は武道館から歩いて五分ほどのところにある豚カツ屋だ。夫婦二人でやっており、大将も女将《おかみ》もいかにも豚カツ屋という顔をしている。

竜澤は「今日はみねちゃんだよ、みねちゃん」と大鏡を見ながら言った。そして腰のベルトを弛《ゆる》めながら「豚カツ食うとよけいに喉《のど》が渇きそうだからさ。たまには生ビール飲みたい。みねちゃんだよ、絶対に」と腹のあたりを触り「最近、しけたもんしか食ってねえから、腹もぺしゃんこだ」

と腹を細く引っ込めて鏡に映した。

「俺は金ないよ。仕送り前だから」

私が言うと、竜澤はジーンズのポケットから二つ折り財布を出した。中を覗《のぞ》いて札を二枚引っ張りだし「俺も二千円しかない」と言った。そして小銭をジャラジャラと手のひらに受けてもう一方の手でつまんで数えていく。

「小銭は四百二十六円なり」

「俺は全部で千五百円くらいかな」

「しけてるな。合わせて四千円か」

竜澤は財布をポケットに戻しながら合気道部の練習を見遣《みや》った。彼がお気に入りの農学部三年の女子が今日は来ていた。手刀を前に出して移動稽古《げいこ》をしながら、ちらちらとこちらに視線をくれている。頰が赤くなっていた。いつも竜澤が見ているのが気になるのだ。しかし竜澤は興味なさそうにまた財布を出し、中身を再び確認しはじめた。

私はしばらく考え、言った。

「二人で四千円ということは、生ビールを二杯ずつ、ホッケ一枚、つくねを四人前くらいで終わりだ。よけいに腹が減った状態でみねちゃんを後にすることになる」

「ツケでいいじゃん」

「最近あちこちの店にツケが溜まってるからなあ」

竜澤が表情を崩した。

「だったら牛革の財布がある」

「牛革？」

「牛だよ、牛」

「お、松井《まつい》君ね」

「シャワー室で誘ってきてよ」

「よし。わかった」

「早くシャワー浴びてきて。腹減ってしかたねえんだよ、俺」

そう言ってまた大鏡にジーンズの後ろ姿や横姿を映した。

「俺のケツ、でかいかな」

面倒なのでシャワーへ行こうとすると「増田君。逃げないで答えてよ」と強く言った。仕方なく立ち止まって「でかくないよ」と言った。

「なんで嘘言うんだよ」

「でかくないって」

「絶対?」

竜澤は鏡の中の自分に問いかけるように聞いた。

「うん。絶対でかくない」

「この角度から見るとでかいような気がするけど」

「でかくないよ」

「そうかな」

片手で長髪をかきあげ、また後ろ姿を鏡に映した。そして「早く浴びてきてよ。増田君、遅いから嫌いだよ」と勝手なことを言った。竜澤はシャワー付きのワンルームマンションに住んでいるので武道館でシャワーを浴びる必要がない。マンション住まいは柔道部に二人しかおらず、もう一人は一年目の城戸勉で、『メンズノンノ』と『メンズクラブ』を愛読し、毎朝ズボンやシャツにアイロンをかけているらしい。

柔道場いっぱいに広がっていた合気道部員たちが真ん中に集まり、上級生らしき男子部員が腕を組んで訓示のようなことを始めた。それを機に私は竜澤をおいてシャワー室へと向かった。

道場脇のバーベル置場の横で一年目最強の東英次郎《あずまえいじろう》が上半身裸になって黙々と腕立て伏せ――柔道界で「すりあげ」とか「突き出し」とか呼ばれる特殊な腕立て伏せを繰り返していた。先ほどまで部員全員で三百回の腕立てをしたばかりなのにこの努力だ。体の下にはすでに汗の水溜《た》まりができていた。その横で私は体重計に乗った。練習前より六キロ近く落ちていた。喉が渇くはずである。

道場に一礼し、階段を下りていく。

途中で上半身裸の柔道部員たち何人かとすれ違う。練習の緊張から解放されて、みな表情が穏やかになっている。

一階ロビーへ下り、トイレと少林寺拳法《しょうりんじけんぽう》道場の間を抜けて奥へ入っていく。そして蛇口がずらりと並ぶ洗面部屋のウォータークーラーで冷たい水を何度も息継ぎしながら飲んだ。

コンクリートの壁ごしに聞こえる音はシャワー用の小型ボイラーのものだ。十一月になればもうひとつの巨大ボイラーに火が入り、大量の湯を沸かす。そしてその蒸気が武道館内に張り巡らせた鉄製の管の中を循環するのだ。スチーム暖房である。北海道やソ連などの極寒地だけで昔から使われている放射暖房の一種で、北大では教養部や学部でも多くの建物がこの暖房方式をとっていた。

一リットルほども水を飲んで漸《よう》く落ち着いた私はシャワー室へ入っていく。

「おい、シャンプー貸してくれ」

「下から滑らすぞ。ほら」

コンクリート剝《む》き出しの湿った空間に柔道部員たちの声が響いていた。コンクリートの臭い、黒黴《くろかび》の臭い、そしてお湯と石鹼の香り。前面にビニールカーテンのかかったシャワーブースは六つ。そのブースは上部が五〇センチ、下部が一五センチほど開いたパーティションで仕切られ、壁に固定式の金属製シャワー栓がある。カーテンレールに掛けられたバスタオルの色柄を手前から探していき松井隆《たかし》のものを見つけた。その横の空きブースに入った。

「松井君。俺だよ」

カーテンを閉め、パーティション越しに声をかけた。

「あ、エキさん」

松井君がのんびりと言った。《エキ》というのは私の柔道部でのニックネームで一部の者だけがときどき使い、四年目の松浦《まつうら》さんは《エキノスケ》とフルニックネームで呼んでいる。

「今日も練習きつかったね」

私がシャワー栓を捻りながら言うと「もうやってられないよ。早く東北戦、終わってほしいよ」と《もう》の部分を伸ばしながら愚痴った。

私は固形石鹼を頭に塗りたくり、そのまま髪を洗い、顔、肩、腕と洗っていく。部員のなかには髪にはシャンプー、体には液体ボディソープと洒落《しゃれ》たものを使っている者もいるが、私は固形石鹼ひとつで充分だと思っていた。そもそも柔道衣の裏はザラザラなので練習しながら激しい垢擦《あかこす》りをしているようなものだ。入部以来、垢なんか一ミクロンも溜まったことがない。

「それにしても松井君。どうしてリンスなんてするんだよ」

私が泡を流しながら言うと「どういうこと?」とのんびり聞き返した。

「だってその髪、何センチだよ。スポーツ刈りでしょ。一番長いとこでも二センチか三センチくらいじゃん。短いとこは二ミリとかでしょ」

「髪がしっとりとなるんよ」

「しっとりなんてしなくていいじゃん。短毛種の牛のくせに」

「エキさんたちがそんなことばっかり言うから一年目まで『もう』とか言って牛の啼《な》き真似してくるんだよ」

「はっははは」

私が声をあげて笑うと、松井君がまた「もう」と伸びる声で言った。

「それよりさ、竜澤とこれからみねちゃん行くんだけど、松井君も行かない？」

「なんか怪しいな。あんたら俺に奢《おご》ってもらおうと思ってるんでしょ」

常時一緒に生活するうちに同期には行動を読まれるようになっていた。

「そんなわけないじゃん」と私は優しく言った。「いつも松井君に奢ってもらってるから御馳走《ごちそう》しようって竜澤と話してたんだよ。美味《おい》しいものを食べてほしいんだよ」

「そうか。疑ってごめん。ありがとう」

すぐに人を信じる松井君は「でも、いま勉強が滅茶苦茶《めちゃくちゃ》忙しいんだよ。また今度でいいかな」と申しわけなさそうに言った。

「教養部でしっかり勉強しなかったからだよ」

「あんたに言われたくないよ」

笑いながら松井君が言った。私は同期でひとりだけ教養部で留年していた。北大は一年半を教養部で過ごして英語や数学などの授業を受け、二年生の九月から専門課程へと進学する。これを北大用語で「移行」という。そのさい希望の学部学科を募るのだが定員を超えると教養部の成績順に下位の者を撥ね付ける。だから人気学部人気学科を狙う者には教養部での成績は重要だ。

松井君は行きたくもない薬学部へ移行していた。北大薬学部は化学系クラスの理2からはトップ集団しか移行できないのに生物系クラスの理3からはドン尻《じり》集団が移行する捻《ねじ》れた学部だ。松井君の第一希望は獣医学部で、第二希望は理学部生物学科動物学専攻、第三希望が農学部農業生物学科だった。しかしすべてに弾《はじ》かれて第十三希望として書いた定員割れの薬学部へ移行したのだ。

「松井君は化学が苦手だから勉強が大変なんだね。俺たちが酒に誘って松井君が留年したら柔道部が笑われちゃうから今日はやめとくね」

私は腰にバスタオルを巻きながらブースを出た。

「もう。だからあんたに言われたくないって」

松井君の裏返った声が後ろから聞こえたがそのままウォータークーラーへ行く。そしてまた休み一リットルほど水を飲んで、少林寺拳法部の楽しそうな練習を見て階段を上がった。柔道場に戻ると、竜澤がまだ鏡の前でジーンズのシルエットをチェックしていた。すでにトレーナーの上にはアーミーグリーンのMA－1を着ている。

「お、やっと来た」

竜澤が言った。

私は部室に入り、すぐにトランクスをはき、ジーンズとTシャツとトレーナーに着替え、革ジャンを羽織って道場へと出た。

「松井君どうだった？」

竜澤はこちらを見ず、鏡のなかの自分に向かって言った。

「勉強が忙しいからだめだってさ」

「牛に学問なんて必要ないのに何言ってんだよ。しかたない。今日は先輩巡りして何軒かまわることにするか」

鏡を見ながら尻をジーンズの上から二度叩《たた》き、「よし、行こう」と言った。

二人で道場から出るとき「失礼します」と腕立て伏せを続けている東が言った。他の一年目もいっせいにこちらを見て「失礼します」と言った。

彼らに片手を上げ、並んで階段を下りた。高校のときは帰る人が「失礼します」と言うものだと思っていたが、北大柔道部に入って日本語としてはこちらが正しいのだと知った。

一階へ下り、階段下の鉄製下駄《げた》箱からサンダルを引っ張り出して、たたきに放り投げた。そこには靴がたくさん脱ぎ捨てられているが、いくつかあるサンダルはすべて柔道部員のものだ。この季節にサンダルで学校へ来ているのは柔道部だけである。

二人でサンダルをつっかけて玄関のガラス扉を肩で押す。ひゅうと風の音が鳴った。この扉は鉄製枠でやたらと重く、気圧差なのか開けるときにいつも風が鳴る。

かなり冷え込んでいた。革ジャンの襟を立てた。

「あれ……雪だ」

竜澤が立ち止まり、夜空を仰いだ。ミーティングのとき窓外《そうがい》の雪に気づかなかったようだ。私も横で空を見上げた。今日は曇天だったので星は見えない。その漆黒の空に、ふわふわと粉雪が舞っている。

「また冬かよ」

竜澤が怒ったように言った。私に怒っているわけではない。札幌の長い冬に怒っているのだ。

去年の初雪も十月だったなと思い出しながら私は白い息を吐いた。そして落ちてくる雪を両手で包みこむようにつかまえた。手を開くと、すでにそれは手のひらの中で解けていた。

「しょうがねえや。行こう」

竜澤が歩きはじめた。肩を並べて歩いていく。

寒い。明日からは中に着ているトレーナーの上に厚手のパーカーを重ねなければならない。薄手のトレーナーと薄手の革ジャンではもうもたない。竜澤のMA－1はかなり内綿が詰まっていそうだが、それでもTシャツとトレーナーだけではもたなくなるだろう。

車止めの鉄柱の間をすり抜けて道路へ出ると馬糞《ばふん》や飼料の臭いが漂っていた。武道館と道路を挟んで向かい合う馬術場だ。風向きによって臭ったり臭わなかったりする。嘘か本当か、何年か前の柔道部の先輩たちが馬術部女子に合コンを申し込んだところ「柔道部は臭いから嫌だ」と断られたという。「馬術部だって臭いじゃないか」と先輩たちは言い返したらしい。

二人は両手をポケットに突っ込み、背中を丸めて黙って歩いた。疲れきった体を引きずるようにして、とん子や喫茶店〈イレブン〉の前を通り、北十八条の交差点に出た。雪が少し大粒になってきた。スパイクタイヤを履いた気の早い車も走っていて、鉄製スパイクがアスファルトをカツカツと叩く音が鳴っていた。

道路上を冷たい風が吹き抜け、頬や耳に雪が貼りついてくる。横断歩道を歩きながら二人は小刻みに体を震わせた。渡りきったところにホテル札幌会館がある。この辺りでは少ない高層建築で茶色いタイル貼りの古いビジネスホテルである。

「まずは、みねちゃんから覗こう」

私が顎でホテル札幌会館の向こうをさすと、竜澤は「違う違う」とジャンパーのジッパーを上まであげた。

「先輩がどの店にいる確率も同じだとすると、いったん南へ下《くだ》ってから順に北上したほうがいい」

確率計算で何か意味があって言ってるのかもしれない。竜澤はこの九月に理1から工学部土木工学科へ進んだゴリゴリの物理系である。

「だったら、〈みちくさ〉か」

「あそこは可能性高い。五年目や院生の先輩も使ってるからな」

さらに背中を丸め、二人で南へ下っていく。次第次第に雪が大粒になってきていた。この片側二車線の通りが地元で北大《ほくだい》通りと呼ばれるのは、北大キャンパスの東側の塀に沿ってまっすぐ走っているからである。札幌市内を南北に貫く大動脈のひとつだ。

雪で白く霞みはじめた北大通りを歩きながら夏の七帝戦最下位から今日までの様々なことが想い出され、切ない気分になった。北大柔道部はこれからどうなっていくのだろう。

北十四条まで下り、トタン葺《ぶ》きのみちくさの前に立った。屋根だけではなく外壁はすべて錆《さ》びたトタンで、建物全体が大きく傾いている。《みちくさ》の暖簾《のれん》がなければ古い物置にしか見えない。真冬になると入口以外はほとんど雪で埋まってしまうため、去年は竜澤と二人で何度か雪かきを手伝った。

「増田君、覗いてみて」

両手のひらを息で温めながら竜澤が言った。

「みちくさから行こうって言ったのは自分なんだから自分で見ろよ」

「頼む。お願い」

顔の前で両手を合わせた。深い理由はない。先輩がいたら最初に挨拶しなくてはならないし、いなかったらママと何を話したらいいのかわからない。そんなところだ。しかたなく私は暖簾をわけて引戸を引いた。首だけを入れるとカウンターの中でママが細面《ほそおもて》の狐顔を上げた。

「あら。増田君――」

「こんばんは」

狭い店内に客は誰もいない。

「今日は一人？」

「いえ。後ろに竜澤がいます」

振り返ると竜澤が口に人さし指をあてていた。

私は店内に顔を戻した。

「うちの先輩で今日来るとか言ってる人いないですか」

ママがにやにやしながら立ち上がり、薬缶《やかん》のかかったガスコンロに火を入れた。

「また先輩に奢ってもらおうとしてるのね」

「いえ。ちょっと来月の試合についていろいろ相談があるんです」

そう続けた私の顔をママは笑いながら見ている。しかし相談うんぬんは嘘でもない。私も竜澤も悩んでいた。

「竜《た》っちゃんと一緒に御茶だけでも飲んでいきなさい。今日は寒いでしょう。お金はいらないから」

「ありがとうございます。でも、みねちゃんに行ってみます」

頭を下げ、急いで引戸を閉めた。そして竜澤に向き直った。

「先輩だけじゃなくて他の客もいない。一人もいない」

竜澤が喉の奥で唸《うな》った。

「そうか。ママ大変だろうから金ができたらまた来よう。小さい子供がいるからな」

「そうだね。来たほうがいい」

私たちはまた肩を並べて、北大通りを北へと戻っていく。雪はまばらになっていたが空気はむしろ冷えていた。雪が本格的になるのは十二月からで一気に雪の日が増える。十二月中旬にはさらに降雪量が増え、やがて車道と歩道の間には常に高さ二メートルから三メートルの雪の壁ができる。除雪車が横へ雪を吐き出すからだ。歩道の足下の圧雪アイスバーンは五〇センチから八〇センチ位の厚さになる。その圧雪を鋸《のこぎり》で切って雪のブロックを造り、ドーム状に組み上げれば、カナダエスキモーのイグルーと呼ばれる住居が作れるだろう。この札幌はそれほど雪が多い。

「明日から俺はコート着るよ」

震える声で私は言った。

竜澤はおそらくMA－1を着続けるために内側に何枚も重ねていくだろう。洒落者《しやれもの》の彼は「今年はこれをずっと着たい」と言ってつい先日買ったばかりだ。昨年末からロードショーにかかったトム・クルーズの『トップガン』以来、これを着る学生をぽつぽつキャンパス内で見かけるようになっていた。しかし真冬になればいくら重ね着してもこれでは無理だろう。

右前方に再びホテル札幌会館が見えてきた。あの手前を右へ折れると、みねちゃんが入っているカネサビルがある。ビルといっても古い木造モルタル二階建てである。北大生からは「北大体育会の魔窟《まくつ》」などと呼ばれ、様々な運動部の得体の知れぬ上級生たちがたむろしている。

梅ジャンで有名な〈鮨《すし》の正本《まさもと》〉の前を通ってカネサビルに近づいた。

ビルの入口は北大武道館の一階入口に似た鉄枠ガラス製の重いドアだ。そのドアをぐいと引っ張った。武道館のドアと同じくここも開けるときに必ず風の音が鳴る。中に入ると共用廊下にまで様々な飲み屋の串物《くしもの》や煮物の匂いが漂っている。入口のすぐ左の店がみねちゃんである。《やきとり》と書かれた巨大な赤提灯《あかちょうちん》をよけて店の前に立った。竜澤がまた一歩下がったので私が暖簾を分けた。引戸をひくと白煙のなかで「らっしゃい！」とみねちゃんの声があがった。

「おう増田か。和泉《いずみ》がいるぞ、和泉が」

両手に串《くし》を持ったままカウンターの奥に視線をやった。

紺色ジャージの坊主頭が座っていて、振り向いた。

「あんた、美味《うま》いもんにありつこう思うてわしがおるのを狙ってきたんじゃろ」

広島弁のバリトンが響いた。和泉さんに会うのは久しぶりだ。後藤さんの前の主将である。

「そんなわけないじゃないですか。たまたまですよ、たまたま」

私が笑いをこらえながら振り向くと、竜澤もにやつきながら店を覗きこんだ。

「あれ？　和泉さんだ。こんばんは」

とぼけた口調で言った。

和泉さんがげらげらと笑った。

「なんじゃ、竜澤もおるんかい。悪ガキ二人でつるんでから。入ってきんさい」

二人でそそくさと入って引戸を閉めた。煙突式の石油ストーブがしっかりと効いて暖かく、炭火焼きの串ものの香りが店内に満ちている。

竜澤が笑いながら和泉さんに近づいていく。

「まさか先輩がいるとはほんとに偶然です。お邪魔しちゃっていいですか。せっかく一人で飲んでいるところに」

「あいかわらずな奴らじゃのう」

和泉さんが一升瓶を持って立ち上がった。

「他のお客さんも増えてきたけ、ちょっと座敷を借りようかい」

座敷といっても畳三枚ぶんほどの小上がりである。三分の二が壁になっており、三分の一がカウンター側から見える構造だ。

和泉さんがサンダルを脱いで上がっていく。私と竜澤はジャンパーを脱ぎながらそれに続き、座卓の和泉さんの向かいに座った。和泉さんがいつもの光る眼でじっと二人を見た。

みねちゃんがやってきて私と竜澤におしぼりを投げた。私は熱くて火傷《やけど》しそうなそのおしぼりを手のひらで転がしながら「生ビールを大ジョッキで二ついただけますか」と頭を下げた。

みねちゃんが消えると、和泉さんが腕を組んだ。

「あいかわらずのバッドボーイズじゃ」

「そんなんじゃないですよ。意外に真面目ですよ、俺たち」

竜澤の言葉は、半分嘘で、半分は本当である。つい最近、私たち二人は共に生まれて初めての彼女ができた。しかし何度会っても手も握れずにいた。男には強気に出るが女の子にはとにかく弱かった。

みねちゃんがジョッキを二つ持ってきた。

和泉さんが「練習ごくろうさん」と焼酎《しょうちゅう》のコップを私たちに向けた。二人はそのコップにジョッキをぶつけ、急いで生ビールを飲んでいく。練習で失われた水分の補充はまだ三リットル以上足りない。二人ともジョッキを空け、みねちゃんに頭を下げて返した。みねちゃんはすぐに生ビールを満たして戻ってきて座卓にそれをどんと置いた。そしてそのまま框《かまち》に尻を半分乗せて座った。自分のジョッキも持っていて大きな喉仏を上下させながら三分の一ほど飲んだ。口についた泡を作務衣《さむえ》の袖《そで》で拭った。

「おまえらあの旗判定どう思うよ。さっきも和泉と話してたけど」

九月の体重別のことだとすぐにわかった。和泉さんは前年に続き連覇を狙っていた正力杯《しょうりき》体重別個人戦の北海道予選六〇キロ級決勝で、道都《どうと》短大の選手に旗判定で敗れた。

「どうみたって和泉の勝ちだろうよ。あの審判、何考えてんだって」

みねちゃんは紅潮しながら言った。

「俺、あの瞬間、『馬鹿野郎！　八百長やってんじゃねえ！』って怒鳴りつけて帰っちまったんだから」

ジョッキの残りを一気に空にして「どう考えてもあの判定はおかしい」と続けた。たしかに試合は終始和泉さんが押していた。得意の捨《す》て身小内《みこうち》で何度かこかし、明らかに一度は効果のポイントがあった。しかし主審はそれを取らなかった。最後に副審の旗が割れたとき「あれ？」と思ったが、まさか主審が相手選手に上げるとは思わなかった。会場はざわついた。

「もう言わんとってください、みねさん。一本勝ちすりゃあ、あんなことにはならんのですけ」

和泉さんがコップを口に運びながら言った。

しかし、みねちゃんの怒りは収まらない。

「だけどおまえ、あれだけ練習したんだぞ。あれだけやってあんな八百長みたいなことやられて、やってられるかっていうことだ」

みねちゃんは今度は一升瓶に手を伸ばし、それを鷲《わし》づかみにしてビールジョッキに焼酎をなみなみと注いだ。そしてストレートであおりながら語り続けた。

みねちゃんが言うには、和泉さんは主将としてチームを率いた七月の七帝戦での幹部引退後、体重別の連覇に向け、朝六時からみねちゃんに連れられて道《どう》で高校ナンバー1の北海《ほっかい》高校レスリング部の朝練に単身参加していたという。

「ほんとですか……」

私は竜澤と顔を見合わせた。和泉さんはそんなことを一言もいわなかったのだ。

みねちゃんは続けた。

朝は北海高校でレスリング部員たちと猛烈なスパーリングをやり、サーキットトレーニングや裸でのタックル練習を繰り返した。午後になると今度は柔道衣を抱えて東海大四高へ出稽古に行き、高校柔道界全国トップクラスの重量級陣と乱取りを繰り返したという。北大道場に顔を出さないと思っていたら、陰でとんでもない努力を重ねていたのだ。

「みねさん、それもこれも含め勝負の世界ですけ、もう言わんとってください」

和泉さんが手酌でコップに焼酎を満たした。みねちゃんは渋い顔で肯《うなず》き、カウンターのほうへと戻っていった。

私は和泉さんに向き直り、痛めている左膝を横へ半分開いて正座した。

「先輩。俺たち、先輩がほとんど道場に来てくれないから『和泉さんはもう柔道部のことなんてどうでもよくなったんだ』って話してたんです」

和泉さんはコップを持ち上げて唇の前で止め、何かを考えている。やがて一口も飲まずにそのコップを置いた。

「わしの個人戦なんてどうでもええ。話の順番が違うじゃろ。わかっておると思うが」

その言葉に私と竜澤は背筋を伸ばして座り直した。

「どうじゃ。東北戦に向けての仕上がり具合は」

私が頭を下げると、和泉さんの眼が竜澤へと移った。竜澤も黙って頭《こうべ》を垂れた。

私たちは何もかも中途半端だ。北大柔道部全体が中途半端な状況だ。和泉さんたち四年目が抜けた穴はあまりに大きかった。

「あんたら、自分たち二人がどこに立っておるかわかっておるんか」

「だいたいは……」

竜澤が頭を垂れたまま言うと和泉さんは息をついた。

そして私に視線を戻した。

「あんたは」

「はい。だいたいは」

「あんたもだいたいかい。だいたいって何じゃ」

和泉さんが顔をしかめた。

「後藤とテツと杉田の三人はこのあいだ呼んでいろいろ言うておいた。引退してしばらくは幹部としての意識づくりの邪魔になってはいかん思うて少し距離を置いておったが、三人ともわかってきておるようじゃ。問題はあんたら二人じゃ。もっと自覚を持ちんさい」

和泉さんはコップを手にし、焼酎を何口か含んだ。そしてコップを握った手でカウンターのほうをさした。

「まあええ。今日は好きなもんを食いんさい」

私と竜澤は恐縮しながらみねちゃんを呼んだ。そして串や魚、丼飯を頼んだ。

和泉さんが「みねさん。それを一人前ずつじゃのうて三人前ずつください。こいつら体を大きうせにゃいかんですけ」と言った。みねちゃんはわかったよという顔で肯いて、厨房のほうへ戻っていった。

2

十一月に入ると寒さがいよいよ本格化し、北大武道館にスチーム暖房が入った。一階ロビーにはいつもボイラーの音が響き、床が小刻みに振動するようになった。札幌市内は夜が明けるたびに冷たく硬くなっていく。ときどき砂粒のような雪が降り、アスファルトに落ちると風で転がった。私たちは凍えながら道場へ通った。杉田さんによるとこの冷たい風は冠雪した手稲山《ていねやま》から吹き下ろしてくるそうだ。

柔道部員たちは呻《うめ》き声をあげながら畳の上でごろごろと組み合っていた。ぜいぜいと喉を鳴らし、体全体から汗の蒸気が朦々《もうもう》とあがっている。東北戦はすぐそこまで迫っていた。

「九本目、終わり!」

ストップウォッチを持つ紅一点のマネージャー、久保田玲子《くぼたれいこ》が声をあげ、乱取り相手を交代する。かつて私が一年目のとき当時の主将の金澤《かなざわ》さんとの乱取りを避けていたように、いまではこの交代時に私を避けて道場の隅へ隠れるように逃げる一年目が何人もいた。それは上級生から見るとよく判別できる動きで「ああ。金澤さんはこうして俺を見つけていたんだな」とわかった。

そういった後輩に私は静かに近づいていって「一本やろう」と声をかけた。東北戦までに穴となる一年目を少しでも鍛えなければならない。竜澤も思いは同じなようで、様々な一年目をつかまえては抑え込んでいた。

私にはもうひとつ日課のようになっている乱取りがあった。主将の後藤さんが必ず私のもとにやってくるのである。

「これから引退の日まで増田と毎日やることに決めたんだ」

そんなことを言っていた。しかし私は後藤さんをけっこう楽に取るようになっていた。夏の七帝戦前はなかなか取れず大変な乱取りになったのに、このごろは二度三度と私が抑え込んだ。後藤さんはオーバーワークで疲れきっているのではないだろうかと心配になっていた。

3

東北戦前日の最後の調整練習も暗いまま終わった。

私は一階でシャワーを浴び終え、部室で着替えてから柔道場へ出た。今日は合気道部も拳制道部も練習がないので、柔道部員たちはそれぞれ畳の上で同期たちと車座になって話していた。

私は二年目の同期たちがいる壁際へ行き、座った。そして、竜澤宏昌《ひろまさ》、宮澤守《みやざわまもる》、松井隆、荻野勇《おぎのいさむ》の四人と明日の東北戦について議論を交わした。誰がどの位置に置かれるのかそれぞれの予想を言いあった。

鞄《かばん》を提げた杉田さんが道場に入ってくるのが見えた。一年目が代わる代わる挨拶している。しかし何か様子がおかしい。いつもの杉田さんのように朗らかに返したりせず、硬い表情のままこちらに歩いてくる。私たち二年目の前までくると、鞄を畳の上に放り投げ、そこに座った。

「東北のやつら、そうとうなめてやがる」

私は首を傾けた。

「なんかあったんですか」

「やつら札幌観光に来たらしいぞ」

杉田さんが銀縁眼鏡の奥で頬を引きつらせた。

「それ、どういう意味ですか?」

「三年の幹部連中が一年や二年たちに言ったらしい、『俺たちは札幌観光に来ただけだから、おまえらだけで片付けろ』と」

竜澤が眼を細めて杉田さんを見ている。彼が本気で怒ったときの表情だ。私の胸にも強い怒りが這《は》い上がっていた。宮澤たち他の二年目もじっと杉田さんを見ている。優しい松井君まで顔を赭《あか》くしている。とても許せることではない。

「どうしたんですか。何かあったんですか」
五、六人の一年目が集まってきた。
杉田さんがみんなにゆっくりと説明した。東北大の幹部——つまり三年生たちが下級生に「面倒だからおまえたちだけで片付けろ。札幌観光に来ただけだから俺たちまで回すなよ」と言っていることを。それを聞いて北大の一年目たちも頬を引きつらせた。

北大と東北大学との定期戦は毎年十一月のはじめ辺りに行われる。もともとは七帝戦と同じく柔道部だけがやっていたものに他の部も追従し、いまでは両大学対抗の総合スポーツ定期戦になった。北大側からは通称「東北戦《とんぺい》」と呼ばれ、東北大側からは「北大戦《ほくだい》」と呼ばれる。

北大柔道部は七帝戦四年連続最下位と歩を同じくしてこの定期戦で四連敗を喫していた。北大の戦力低下と入れ替わるように東北大学の力が急上昇してきたのだ。

東北大は、この二年、七帝戦で二連覇していた。しかもその決勝の内容が凄《すさ》まじい。二年連続で常勝京大と当たり、十五人が戦って大将決戦でも勝負がつかず、代表戦を何度も何度も繰り返す果たし合いのような試合になった。最後は会場の閉館時間を係から告げられ、時間切れで同時優勝を分け合っていた。三年目以下しか出場資格のない今回の東北戦でその優勝メンバーから外れるのは、主将だった中村文彦《なかむらふみひこ》さん、蜘手《くもで》さん、三沢《みさわ》さんの三人の四年生だけである。つまり優勝メンバーのうち十二人がそのまま残って出場してくる。

三年生には新主将の佐藤稔紀《さとうとしのり》さんをはじめ、斉藤創《さいとうつくる》さん、高橋隆司《たかはしりゆうじ》さん、小野隆之《おのたかゆき》さんと、七大学屈指の超弩級《ちようどきゆう》四人を擁し、そのほかの三年生も抜き役ばかりで、二年以下にも好選手をずらりと揃えている。

一方の北大は、前主将の和泉さんたち四年目七人がメンバーから抜け、五年目の岡田《おかだ》さんももちろん出られないので、十五名のうち八名を入れ替えてオーダーを組まなければならない。たしかに苦しい戦いだ。しかし「札幌には観光に来た」という発言はあまりにも馬鹿にされすぎだった。

竜澤が黙って立ち上がり部室へ入っていった。杉田さんはその背中をじっと見ていた。

鞄を持った竜澤が部室から出てきたので私も立ち上がった。いつものように二人で階段を下り、武道館を出た。二人ともジャンパーの下にトレーナーを二枚重ね着するようになっていた。武道館の辺りは墨汁を流し込んだように黒一色である。深閑とした構内の林からエゾフクロウらしき哀しい声が響いている。小粒の雪が二つ三つ舞っていた。

二人は北極海をいく砕氷船のように、硬質で冷たい空気を割って歩いた。そして白い息を飛ばして明日の試合のことを話し続けた。

「俺たちが抜かないと」

竜澤が悲痛な声で言った。

「東北相手に無理だよ」

「じゃあ、誰が抜くんだ」

「わからない」

「誰が抜くんだ」

竜澤が強く繰り返した。

「東がいるじゃないか」

私は言った。一年目の東英次郎は二週間前、無差別の北海道学生柔道個人選手権で、得意の背負《せお》い投《な》げで私大の重量級を次々と投げ、北大としては久しぶりのベスト８入りしていた。

「立技の切れる東にわざわざ立ってくるわけがない」

竜澤がそう言って首を振った。

そのとおりだ。

私も竜澤もわかっていた。私たち二人だって抜き役なんていうのはおこがましい存在なのだ。

二人は、七帝戦四年連続最下位のチームのなかで、四年目が引退したいま、抜き役にならなければと必死にもがいている程度の小者である。三年目が少なく非力すぎて、私たちに役割が回ってきただけだ。立技なら――相手が立ってきたら――という可能性くらいしかなかった。しかし立技勝負になったとしても、竜澤も私も、そして東も、東北大の超弩級の前には吹っ飛ばされるだろう。佐藤稔紀さんや斉藤創さんらは立技も強いのだ。本当に必要なのは引き込んで下から攻め、返して抑え込む、あるいは絞めや関節技で仕留める本格的な寝技だ。もし相手が自分より強くても下の体勢で脚を利かせて守れる確実な寝技なのだ。四年目の引退で、そういう本格的な寝技師が北大からは完全に消滅した。

二人は、黙って歩き続けた。

白い息が街灯に照らされて顔の前を上がっていく。札幌は本格的な雪が降る直前のこの季節が一番寒く感じる。もちろん実際の気温は一月や二月の方がずっと低いが、雪景色の美しさがそれを紛らわせてくれる。しかしいつになったらその白い雪は積もるのか。

北区と東区の境界を南北に流れる創成川《そうせいがわ》の橋を渡る途中、竜澤が突然立ち止まった。

「監督さんとこ行ってみよう」

川の上なので強い風が吹き抜けている。

「いまから？」

「東北《とんぺい》が上級生を後ろに並べることを監督さんに言っておいたほうがいい」拳《こぶし》を握りしめた。そして「そろそろ塾が終わるはずだからアパートの前で待ってれば監督さん帰ってくるよ。俺や増田君、どこに置かれるかも聞いてこよう」と言った。

岩井監督は司法試験の勉強をしながら学習塾の講師をしていた。

「俺たちがどこにどう置かれたって勝てないよ」

私が言うと、竜澤は苦しげに川の方を向いた。長髪が風で荒れているが乱れるにまかせて創成川の暗い水面《みなも》を見ている。そして険しい表情でまた歩きはじめた。背中がいつもより小さく見えた。

「くそ！」と小声で言うのが聞こえた。

結局、そのまま竜澤の住む足立《あだち》ビルの前まで来た。

「このままでいいのかな……」

別れ際、竜澤が言った。私は何か答えようとした。しかし言葉が出ず、そのまま自分のアパートへ向かった。一歩進むごとにこれまでの人生で感じたことがない孤独が胸を襲い、襟首に悪寒を感じて体を震わせた。

第2章

札幌には観光に来た

1

翌日、洗濯済みの柔道衣《じゅうどうぎ》を抱えて道場へ行くと、すでに主将の後藤さんはじめ殆《ほと》んどの部員が道衣に着替えており、道場の隅に座って指や足首にテーピングテープを巻いていた。レギュラーではない一年目も全員が着替えている。試合後に合同乱取りがあるからだろう。函館にある水産学部へ移行したばかりの同期、工藤《くどう》飛雄馬の顔もあった。大鏡の近くに座ってテーピングしている飛雄馬が私に気づいて軽く片手を上げた。

引退した四年目や五年目、そして札幌在住のOBが大勢応援に来ていて、久しぶりにたくさんの人がいた。しかし、部員もOBたちもみな蒼《あお》ざめ、顔を引きつらせている。「札幌観光に来た」という東北大陣営の放言がすでに広がっているようだ。来春には藤《ふじ》女子短大を卒業して北海道警への就職が決まっている久保田玲子も顔を見せていたが、やはり怒りに強張《こわば》った表情で座っていた。

壁際であぐらをかいて座っている和泉さんがこちらを見た。頭を下げた私を、しかし和泉さんはじっと見ている。もういちど頭を下げたが黙礼も返さず、視線も動かさない。

緊張しながら私は部室に入った。着替え終わった竜澤とちょうど入れ違いになった。服を脱いでトランクス一枚になり、ロッカーから自転車チューブや包帯、テーピングテープ、晒《さらし》などを出し、床に座って膝《ひざ》やら手首やら腰やらに巻いていく。それを終えると、持ってきた岩崎製の道衣に着替えた。試合本番では必ず岩崎を着ることにしていた。

部室の外が急にうるさくなった。

東北大の連中が来たようだ。

心臓の鼓動が一気に速くなる。帯を結び、表情を殺しながら道場へ出ていく。竜澤が両腕を組んで壁にもたれており、ちらりと私に目配せした。東北大の連中がなごやかなのを言っているのだ。たしかに緊張感がない。みなリラックスしている。夏の七帝戦のときより、さらに体が大きく見えた。とくに幹部連中は背丈も体の厚みも、北大のそれを圧倒していた。いつもなら七大学で一番気心の知れたチームなので歓談したりもするのだが、侮辱されているのだ。北大勢は誰も近づいていかず、東北大が着替えるのを黙って見ていた。

岩井監督が北大柔道部旧交会の武田《たけだ》泰明《やすあき》会長と畠中金雄《はたなかかねお》師範と一緒に道場に入ってきた。後藤さんが走っていって頭を下げた。そこに杉田さんも行き、五人で何か話している。武田会長と岩井監督の表情が曇った。もしかしたら杉田さんが件《くだん》の発言を伝えているのかもしれない。畠中師範は北海道警から招聘《しょうへい》された人で北大ＯＢではないのだが、やはり険しい表情をしている。

しばらくすると、後藤さんが両手を上げ、パンパンと叩《たた》いた。

「北大集合！」

みな小走りに集まっていく。

私は緊張を気取られぬようゆっくりとそこへ歩んだ。竜澤が両肩をまわしながら、やはりゆるりとした所作で近づいてくる。東北大学からどう見えるか。それを考えていた。そして北大の下級生たちの眼にどう映るか。それを考えていた。

「創《つくる》や佐藤まで引っ張り出したい」

普段から一番交流のある大学なので「創」などと下の名前で呼ぶが、後藤さんの眼は血走っていた。集まった部員たちをぐるりと見た。そして眼鏡を外してレンズの曇りを道衣の袖で拭き、掛け直した。

「いいか。これまでやってきた苦しい練習を信じて立ち向かってほしい。たしかに強敵だけど、気持ちで負けないように」

皆はうつむいてそれを聞いていた。

「よし。じゃあアップだ。頼む」

後藤さんが隣に立つ川瀬《かわせ》に言った。

部員たちが道場に広がっていく。向こう半分のスペースは東北大のために残さなければならない。東北大もそのスペースに広がっていく。二校の「イチニ、サンシ、ゴウロクシチハチ」の声が重なるように響いた。

「北大、二人組になって立技打ち込み二十回×五セット」

後藤さんが大声をあげた。

私は一年目の守村《もりむら》と組んで交互に打ち込んだ。スチーム暖房が効いて道場が暖かいので、ちょうどいい具合に汗ばんでいく。

「よし。北大集合！」

後藤さんの呼集に集まった北大勢を岩井監督がぐるりと見まわした。そして東北大に聞こえないように小声でオーダーを発表していく。いつもそうだが岩井監督は紙に書かずともオーダーはすべて頭のなかに入っている。

私は三将だった。

竜澤が五将、東英次郎は中堅に置かれていた。

十五人のうち一年目が七人。改めてその現実を考え、暗澹《あんたん》とせざるをえなかった。誰が抜かれてもおかしくない。いや、一年目どころか私や竜澤も、東北大学にとっては十五人全員が穴であろう。彼ら東北大の抜き役陣をトラやライオンに喩《たと》えれば、私や竜澤や東はオオカミか。いやオオカミですらない。イノシシくらいだろう。トラやライオンから見れば、オオカミもイノシシも、ウサギもネズミも同じ食い物でしかない。

東北大陣営も離れたところに陣取って、やはり小声で何か話し合っていた。

東北大学の札幌在住のＯＢたちもやってきて、北大ＯＢに頭を下げてから自陣の横に固まって座った。

2

東北大と北大のオーダーが黒板に順に書かれていく。

名前が一人記されるたびに両陣営からざわめきが上がった。

東北大は「俺たちにまわすな」と言っている三年生の超弩級《ちようどきゆう》四人が本当に後ろに並んでいた。普通はこれだけ駒が揃っていれば、大将に主将の佐藤稔紀さんを置くのは常道としても、他の強者《きようしや》は全体に散らしてチームの勝ちを揺るぎなくするはずだ。完全になめられている。

東北大学	（学年）	北海道大学	（学年）
先鋒　小林文則	2	工藤飛雄馬	2
次鋒　西川　治	2	守村敏史	1
三鋒　脇野真司	3	荻野　勇	2
四鋒　金子　剛	1	石井武夫	1
五鋒　塩見祐二	3	松井　隆	2
六鋒　大森泰宏	2	川瀬悦郎	1
七鋒　平山　健	2	城戸　勉	1
中堅　長谷部諭	3	東英次郎	1
七将　永峰共能	1	溝口秀二	1
六将　輿水　浩	2	斉藤哲雄	3
五将　山口孝幸	3	竜澤宏昌	2
四将　高橋隆司	3	藤井哲也	1
三将　小野隆之	3	増田俊也	2
副将　斉藤　創	3	宮澤　守	2
大将　佐藤稔紀	3	後藤孝宏	3

しかし並んだ名前を見るとその超弩級四人までたどり着けるのかさえ疑わしかった。四人以外に

もずらりと実力者が名を連《つら》ねている。先鋒から大将までまったく穴がない。優勝チームとはつまりこういうものなのだ。絶望感しかなかった。

この強豪相手にもし後輩たちが死力を尽くして前半を引き分けていけば、私の相手は小野隆之さんになる。七帝戦本番で昨年も今年も活躍した七大学屈指の抜き役である。背が高く手脚も長い。懐の深い体型《い》を活かして相手の背中につき、ネルソンからの回転縦四方《かいてんたてしほう》が強力だ。いったいどうすればいい。引き分けるイメージがわかない。目眩《めまい》がした。脳も心臓もふわふわする。

主務の杉田さんが東北大側へ試合前の挨拶《あいさつ》へ行き、しばらくすると蒼白《そうはく》の顔で戻ってきた。

「最後の四人、じゃんけんで順番を決めたらしい」

なんてことだ……。

「北大、集合！」

後藤さんがまた全員を集めた。そしてこの試合の意味について話しはじめた。何を言っているのかまったく頭に入ってこない。それは他のメンバーも同じようで、落ち着かない眼で聞いている。主審に促されて十五人のメンバーが試合場に立った。近くで向き合うと東北大はさらに大きく見えた。私は眼の前にいる小野隆之さんを強く睨《にら》みつけた。しかし小野さんの眼は涼やかなままである。相手にもしていないようだ。主審が先鋒《せんぽう》を残して下がるように指示する。

七帝ルール十五人の抜き勝負。すべて終えるのに二時間かかる。国内にも海外にも類のない、場外なし一本勝ちのみの試合である。

先鋒の二人が向き合った。飛雄馬は白帯スタート組だが夏過ぎから大きく伸び、竜澤にも私にもいっさい取られなくなっていた。とくに立技のフットワークが軽快で、相手にいいところを持たせない。先手先手の立技をやり、寝技になったら堅いカメをもつ。先鋒は動きのいい斥候を配置するのが常道だが、飛雄馬も相手の小林文則《こばやしふみのり》も、まさに先鋒向きの選手である。

「はじめ！」

互いに袖《そで》を持った瞬間、小林が引き込んだ。飛雄馬がそれを捌《さば》いて立ち上がった。その後も同じ展開が続く。両者とも息があがり汗まみれになってきた。お互いに相手の良いところを出させずに、探り合いのまま試合は終わった。

しかし次鋒の一年目守村から北大は攻められっぱなしになった。誰もがボロボロにされ、必死になりながら引き分けている。

私と竜澤は並んで立ち、腕を組み、ときどき大声をあげた。

北大勢が取られそうになるたびに、和泉さんら先輩たちも強い叱責《しつせき》の声をあげている。

緊張感のある引き分けが一時間近く続いた。終始攻撃されながら北大選手は必死に守っている。

しかし、後ろには東北大の超弩級四人が座っているのだ。どうあがいたって、あそこで全員抜かれる——。

監督を見た。いつものように静かに指示を送っている。

中堅の東英次郎が期待を担って開始線に立った。

北大陣営から声援を受け、いつもの「よし、こい！」という気合いで三年の長谷部《はせべ》さんに対した。はじめ立技から上になって攻めるが、ここも取れないだろうと私は踏んでいた。長谷部さんは二年のときから七帝戦に出て京大との二年連続決勝戦でレギュラーを張った鉄壁の分け役だ。今では攻撃力も相当にある。昨年、つまり私が一年、長谷部さんが二年時の東北戦で当たった私は、途中から攻めまくられて肋骨《ろつこつ》を折られ、這々《ほうほう》の体《てい》で引き分けた。とにかく体幹の力が強い。下級生のころから強力な上級生たちと毎日乱取りをしていたからに違いない。私の予想通り、東英次郎は長谷部さんに余裕をもって分けられた。

均衡が破られたのは七将同士の戦いである。

東北の永峰《ながみね》は一〇〇キロを超える重量級。北大の宮澤と滝川《たきかわ》高校の同期で親友、高校柔道部のキャプテンだった。昨年北大を受けて失敗し、宮澤だけが入学した。北大は一浪での入学を待っていたが東北大学に入学してしまった。一年目の白帯スタート組、溝口秀二《みぞぐちしゅうじ》では荷が重すぎる。なにしろ柔道経験自体がまだ七カ月ほどしかないのだ。しかし試合が始まると相当に粘りを見せた。鬼のような形相で攻める永峰に対し、溝口は必死に分けにいく。上から潰《つぶ》され、カメになり、そこでしばらく頑張った。北大から「頑張れ！」「耐えろ！」と多くの励ましが飛ぶ。しかし一〇〇キロの体でプレッシャーをかけられ続け、力尽きたように返された。下から永峰に抱きつき脚を二重がらみにして守る。二人とも眼を開いていられないほどの汗で畳が濡《ぬ》れていく。そのうち永峰が力ずくで脚を抜いて横四方《よこしほう》に抑え込んだ。

「一人ずれたな……」

私は緊張しながら竜澤に話しかけた。

しかし横にいると思ったら答が返ってこない。後ろを振り向くと、松井隆を相手に内股《うちまた》の打ち込みをしていた。すでにその体からは湯気があがっている。

斉藤テツさんが溝口秀二に代わって開始線に立った。

若いOBたちが小声で話している。

「テツに頑張ってもらわないと」

「立っていけばなんとかなるだろう……」

一六〇センチ六〇キロの体は、巨漢の永峰の前では頭《こうべ》を垂れる子供のように見えた。だが小学生時代に町道場通いをしていたテツさんは立技のステップワークが良い。一方の永峰はまだ一年生なので引き込んでの下からの寝技はできないだろう。だからテツさんが引き込むか、あるいは永峰が投げて上にならない限り、なんとかなるのではないか。なにしろ永峰は浪人しているのでまだ体力が戻っていない。溝口秀二を取るのに手間取ったため肩を上下させ、両手を膝についていた。後ろから東北大の先輩たちの激励が飛ぶたびに振り返って肯《うなず》いているが、顔から滴る汗は止まらず、道衣の袖で頻《しき》りに拭《ぬぐ》っている。

試合が始まった。テツさんは永峰の立技を捌いて時間を稼ぐ。永峰の呼吸はまったく戻っておらず、あまり攻撃してこない。やはり完全にスタミナ切れしていた。途中でテツさんがこかされて両陣営大騒ぎになったが、すぐに立ち上がって窮地を脱した。テツさんも息を荒らげながら必死になっている。両陣営から「あと半分!」の声が同時にあがった。残り三十秒。ここは引き分けだ。

竜澤が岩井監督に呼ばれて走っていく。斜め前に正座した。監督の指示に何度か肯き、一呼吸して立ち上がった。帯を解いて道衣の前を直し、ゆっくりと戻ってくる。

「なんて言われた」

私が聞くと、帯を強く結び直した。

「抜きにいけ、だ」

おそらくそう言われるだろうと思っていた。岩井監督は、私たち二人には七帝戦でも優勝大会でもいつも「思いきっていけ」のひとことだけで、指示すらしたことがなかった。初めて抜き役として指令が出たのだ。

テツさんに替わって竜澤が試合場へと上がっていく。

「竜澤さん、お願いします!」

「抜いてください！」

「お願いします！」

「抜いてください！」

一年目の大声があちこちから飛んだ。つい四カ月前、夏の七帝戦まで私たちが先輩たちに言っていた言葉が、竜澤の背中に飛んでいた。

竜澤の相手、輿水浩《こしみずひろし》は同じ二年生。小柄だが、今年の七帝戦優勝時のレギュラーメンバーである。練習で東北の先輩たちにボロボロにされながら身につけた難攻不落の寝技をもつ。だが、ここは竜澤に取り返してもらわないと北大に後はなくなる。

両者ゆっくりと頭を下げた。

「はじめ！」

主審の声が響いた。

輿水が腰を落としながら一歩二歩と下がっていく。竜澤もタックルを警戒してやや低い姿勢になってそれを追う。

輿水が素速く袖を握った。寝技に引き込んだ。

竜澤が上から速攻。輿水がカメ。竜澤は輿水の頭にまわってすぐに横三角《よこさんかく》を狙う。輿水が横三を阻止するために竜澤のズボンの裾《すそ》を握った。竜澤は右膝頭に全体重をかけ、輿水の手を上からスクリューを捻《ね》じ込むようにして強く潰しにいく。カメをやる分け役たちの指が亜脱臼《あだつきゅう》を繰り返して歪《いびつ》に曲がるのはこの攻撃のためである。しばらくの攻防のうち、竜澤がその手を捻じ切った。

「なにやってんだ、輿水！」

東北大陣営から大きな声があがった。輿水はすぐに竜澤のズボンを握り直す。竜澤が表情を歪《ゆが》めてまたその手を潰す。すでにその顔には汗が滴っていた。カメになって下を見ている輿水も汗で畳を濡らしている。竜澤が思いきって再び輿水の手を捻じ切った。

「だめだ、輿水！」

東北大陣営が輿水を激励する。竜澤は右膝頭を輿水の後頭部に当て、今度はそれを潰しにいく。これによって輿水の右脇を空けようとしているのだ。輿水が必死の形相で耐える。その脇の下に左の踵《かかと》を捻じ込む竜澤。

「竜澤、それ返せるぞ！」

五年目の岡田さんの声だ。

「いけるぞ！」

大学院生の斉藤トラさんだ。

「竜澤！　取りんさいや！」

和泉さんの大声が飛んだ。

しかし竜澤が踵を捻じ込んでも、輿水は返される寸前にその踵を押し出すので横三角に捉《とら》えることができない。同じ攻防が何度も繰り返された。じりじりと時間が過ぎていく。

カメになった輿水の顔も、それを横三で攻める竜澤の顔も汗みどろである。抜き役の横三、分け役のカメ。絶対に取らなければならない者と、絶対に分けなければならない者。まさに矛《ほこ》と盾《たて》の関係である。

「あと三つ！」

両陣営のタイムキーパーが同時に言った。残り時間三分の合図だ。

「竜澤――」

岩井監督が声をかけた。竜澤がそちらを見た。監督は右手のひらを上に向け、軽く上げた。立っていいけの指示である。

竜澤が立ち上がる。輿水が竜澤のズボンに両腕でしがみついた。立技から再開されるのを避けようとしているのだ。竜澤は輿水を引きずってズボンを握る手を切ろうとするが輿水も必死だ。竜澤がもう一方の脚の膝で輿水が握る手を潰し、両手で輿水の背中を強く畳に押しつける。輿水の表情が痛みで歪む。東北大陣営から「輿水、絶対に離すな！」と声があがる。竜澤が歯を食いしばってその手を切り、ようやく立ち上がった。

開始線に戻る。輿水も立ち上がり、息を荒らげながら開始線に戻った。七帝ルールには場外がないので「場外待て」はない。寝技膠着《こうちゃく》の待てもないので試合時間ずっとカメをしていても「膠着待て」もかからない。待てがかかるのは一方が寝技をやらない意思を示して立ち上がり、両者が離れたときのみである。

「はじめ！」

主審が再開の声をあげた。

輿水が極端に低い姿勢で前へ出て、袖を握った。引き込もうとした瞬間、竜澤がガバッと上から背中を持ち、輿水を引きずり上げるようにして得意の内股を放った。

輿水が大きく吹っ飛んだ。

北大陣営から「いった！」と声があがった。

輿水が畳に落ちた。両陣営が主審を見た。

「技あり！」

そのコールに、北大陣営と東北大陣営の歓声と怒声が交錯した。七帝ルールは一本勝ちのみで勝敗を決するので技ありでは勝ちにならない。勝利を得るには、一本を取るか、技ありを二つ取って「合わせて一本」とするかのどちらかだけである。竜澤が汗まみれの長髪を振り乱し、上からまた寝技で攻めはじめる。北大陣営の先輩たちからは「いけ！」と、東北大陣営からは「輿水なにやってんだ！」と大声があがる。岩井監督が「竜澤、立て」と指示を出した。竜澤が監督を見て肯き、立ち上がった。

「はじめ！」

主審の声に竜澤が飛び付くようにして奥襟。内股を放った。北大陣営から大歓声があがった。しかし輿水は体を捻《ひね》って腹ばいに落ちる。主審のコールなし。それに沸く東北大陣営。竜澤は輿水を引きずり上げるようにしてまた内股。輿水は汗とともに吹っ飛んだが腹ばいに落ちた。さらに竜澤が引きずり上げようとする。輿水がカメになって竜澤のズボンの裾を握りしめた。竜澤はそこで一息ついた。そしてズボンを握る輿水の手を膝で潰して横三角にいく。輿水はカメで耐える。

そこからは、立技を避けて引き込む輿水を竜澤が持ち上げて主審が「待て」をかけることが繰り返された。そして両陣営の怒声のなか、ついに引き分けとなった。

私の相手は高橋さんになりそうだ。

シミュレートしながら呼吸が速くなった。

高橋さんは引き込んで下から返す本格的な寝技をやる。

一〇〇キロを超える寝技師にどう対すればいいのか。北大の先輩には重量級がいなかったため、私にはまったく経験がない。高校でも大学でも団体戦では重量級とずいぶん戦ったがすべて講道館《こうどうかん》ルールである。重量級に寝技に引き込まれたことがなかった。

頭のなかで考えを巡らせていると、次の一年目の藤井哲也《ふじいてつや》が東北三年の山口孝幸《やまぐちたかゆき》さんの怒濤《どとう》の攻撃で崩袈裟《くずれけさ》に固められた。二人差になり、私の相手は山口さんに変わった。考えている暇はなかった。山口さんも私より一回り大きい。

「増田――」

岩井監督が、抑え込まれている藤井を見ながら私を手招きした。小走りで監督のもとへ行き、そこに正座して言葉を待った。

監督の眼が、私を見た。

「抜きにいけ」

わかっていたが、心臓のあたりが熱くなった。

入部以来初めて言われた言葉である。

抑え込み三十秒の一本を宣せられた藤井が立ち上がり、開始線で道衣を直して戻ってくる。私は藤井の尻《しり》を叩き、代わって畳に上がった。

深呼吸し、弱気を顔に出さぬよう開始線に立った。

膝の怪我以来、初めての試合である。

「増田さん、お願いします!」

「抜いてください!」

「ファイトです!」

一年目たちが大声をあげている。一矢報いなければなめられっぱなしだ。だが、まともに組んだら投げられるかもしれない。寝技に引き込まれたら返されて抑えられるだろう。

主審の「はじめ!」の声と同時に前へ出た。山口さんが手を伸ばしてきたので応じ、右自然体に組み合った。そのまま一歩、私は下がった。山口さんがついてきた。さらに二歩目を下がった。山口さんがついてきた。三歩目を下がりながら私は素早く右に体を開いた。支《ささ》え釣《つ》り込《こ》み足《あし》。山口さんが横転した。

「技あり！」

主審が右腕を水平に上げた。

「よっしゃ！」と北大陣営が沸いた。

しかし私は寝技にいかず、山口さんから離れて開始線に戻った。

岩井監督と眼が合った。

私の本当の狙いは、次の二度目の組み際にあった。いつも乱取りを見ている監督にはそれがわかっている。

「はじめ！」

主審が言った。

山口さんが私の襟を取りにきた。

私は両手でその襟を切るふりをして山口さんの手首を固定し、立ったまま得意の脇固《わきがた》めにいった。

「痛っ！」

山口さんが声をあげた。かまわず私は引きずり倒し、寝た姿勢になってから肘《ひじ》を極《き》めた。

「よし！」

「そのまま折れ！」

「躊躇《ちゆうちよ》するな！」

北大陣営から拍手と歓声があがっている。

「山口、耐えろ！」

東北大陣営が叫ぶ。私は折るぞと両腕に渾身《こんしん》の力を込めて伝えた。骨折させると数カ月は練習ができなくなる。七帝戦本番と違い、ここは参ったしてほしかった。さらに力を込めると山口さんが手を叩いた。

「一本！」

主審が言った。

北大陣営が一斉に沸いた。立ち上がって監督を見たが、いつものように黙っていた。山口さんが肘を抱えて立ち上がった。主審の「勝ち」という宣告を受けて頭を下げ、私は畳に残った。

だが、この後どうすればいいのか。

四人並ぶ超弩級をどうすればいいのか。

私がどうこうできる相手は一人もいない。

高橋さんが開始線に立つ。私は深呼吸して帯を結び直し、眼を合わせないように視線を落とした。頭中で作戦を巡らした。何も浮かばない。高橋さんは寝技に引き込んでくるだろう。どうすればいいのか。速攻をかけたらそのまま返されるのではないか。股を割って嚙《か》み付いたら後ろ帯を取られて返されるのではないか。何も浮かばない。どうしたらいい。

混乱したまま試合が始まった。

「もう一人頼むで！」

和泉さんの声が遠くで聞こえた。

そうだ。まだ一人ビハインドなのだと気づいた。

高橋さんが引き込むのに合わせ、脚の間に入って一呼吸あけようとしたが、ものすごい力で引きつけられた。頭を下げられ腕を引っ張り込まれた。そのまま脇をすくわれた。横に変則的に返され、横四方に入られた。潜り込もうとしたがその動きに合わせて崩上四方固《くずれかみしほうがた》めに変化され、そのまま抑えられた。焦って腰を必死に振ったが隙間が空かない。エビをしたいが首が強く極まっていて動けない。

三十秒のベルで一本を宣せられ、開始線に戻って頭を下げる。そのあいだ私は何も感じなかった。悔しさすら感じない。これが七帝戦のスタンダードなのだ。俺たち北大柔道部は、ずっとずっと下をとぼとぼと歩いているのだ。

私と入れ替わりに宮澤が出ていく。

道衣を直しながら立ったまま試合を見た。

宮澤は引き込み際に脚を捌かれて、すぐに袈裟に固められた。

先輩たちが「袈裟で抑えられてどうするんだ！」と怒鳴っている。

最後の砦《とりで》、大将の後藤さんも同じパターンですぐに袈裟で抑え込まれた。後藤さんを抑える三十秒の間、高橋さんは笑みを浮かべて東北大陣営を見ていた。

3

試合後、そのまま北大と東北大の合同乱取りとなった。

「北大は強い人の胸を借りにいけよ！」

松浦さんが珍しく厳しく言って、北大勢を回って尻を叩いた。

両校ともレギュラーではない者も参加して二十組ほどの乱取りが始まった。抑え込まれているのは北大選手ばかりになった。抑え込まれていない者も、ある者はカメになり、ある者は下から抱きついて二重がらみで必死に守っている。試合以上に悲惨な光景だった。

道場の隅に立つ北大四年目のOBたちは名指しで大声をあげていた。

「タカシ！　逃げろ！」

「テツ！　何やってんだ！」

「後藤！　意地をみせんか！」

一方の東北大の若手OBたちにはときどき笑顔も見えた。

五本目の乱取りを終えた。

私は息を荒らげながら立ち上がり、壁際に座り込んで剝《は》がれたテーピングテープを巻き直しはじめた。先ほどからある人が気になっていた。中村文彦さんだ。東北の四年生で前主将、超有名選手で私の憧《あこが》れの一人である。いまでもおそらく東北大最強を保っているのではないか。その二期上に主将を務めた強豪、中村良夫《よしお》さんがいたので、七大学では「良夫」「文彦」と下の名前で呼ばれたり「中村良夫」「中村文彦」とフルネームで呼ばれたりする。その文彦さんが道場の隅で柔道衣に着替えているのが見えたのである。

私は、抑え込まれている一年目たちに声を飛ばしながら文彦さんが着替え終わるのを待った。そして乱取り七本目の合図があると、着替え終わった文彦さんのところへ走っていった。

「お願いします」

緊張しながら頭を下げた。

「俺と？」

文彦さんが眼を細めて私を見た。

「はい」

「いい根性してるな」

文彦さんは笑いながら道場の中央まで誘った。

七大学の頂点にいる文彦さんの強さを知りたかった。立技ならもしかしたらなんとかなるかもしれないと思った。

向かい合い、私はもういちど頭を下げた。

「お願いします」

「よし」

文彦さんが鷹揚《おうよう》に言って、私の襟を握った。

組み合った。

岩のような硬質のパワーを感じた。文彦さんが投技をかけてくる瞬間を待つ。返し技——掬《すく》い投《な》げか裏投《うらな》げで叩きつけてやるつもりだった。私の立技の得意技である。

文彦さんが素早いフットワークで横へ動く。私は腰を引いてついていった。文彦さんが軽く一歩ステップした。私は下がった。瞬間、文彦さんが身を翻して体落《たいお》としにきた。私は股に左腕を入れて持ち上げようとした。しかしそのまま天地が引っ繰り返って畳に叩きつけられた。素速く手を突き立ち上がって逃げようとしたが、文彦さんに脇を掬われた。そのままねじ伏せられた。潜り込んでカメになろうとするところを瞬間的に腕挫十字固《うでひしぎじゆうじがため》に極《き》められた。鋭い痛みが肘から肩を貫いた。手を叩いて参ったした。驚きしかなかった。パワーもスピードも技術も差がありすぎる。

道衣の乱れを直しながら立ち上がると、文彦さんはすぐに襟を取りにきた。虚を衝《つ》かれた私はのけぞった。北大生にはない獰猛《どうもう》さだ。道衣を直している最中だ——言い訳だとわかってはいても文彦さんに文句を言おうと顔を見た。その眼は先ほどまでのOBの柔らかいものではなく、現役のそれだった。この人は俺を潰そうとしている。それがわかった。

文彦さんが小内刈り。私はたたらを踏んで耐えたが、足を取られ、大内刈《おおうちが》りで押し倒された。身を捻って腹ばいに落ちるのが精一杯だった。そのまま腕を縛られて崩上四方固で抑えられた。暴れるたびに首や脇が極められていく。北大一年目が恐怖に顔を歪めながらこちらを見ている姿が目に映った。二十秒ほどで文彦さんは抑え込みを解いて立ち上がった。

「待ってください――」

私は乱れていた道衣の上を急いで脱いだ。文彦さんは不満そうに腰に両手を当てて待っている。帯を結び直しながら師範席のほうを見ると、岩井監督がこちらを見ていた。文彦さんが腕を伸ばしてきて私はまたのけぞった。私の胸を頭と肩で押すようにしてまたも私の足をとって大内刈り。実力以前に、スイッチの入り方、勝負への厳しさに差がありすぎた。

横では竜澤が現主将の佐藤稔紀さんと立って組み合っていた。

「こい！　こらっ！」

竜澤が髪を振り乱して声をあげた。その瞬間、佐藤さんの内股でふわりと宙に浮き、畳に叩きつけられた。北大の一年目たちが引きつった顔で見ていた。そのまま竜澤は寝技で攻められている。北大でたった二人しかいない抜き役は子供扱いされていた。そのショックはやられている私たち自身よりも、私たちを見て、いつかあんなふうになりたいと苦しい練習に耐えている下級生たちのほうが大きいだろう。

「横見てるんじゃない」

文彦さんが言って、私の胸をどんと突いてそのまま襟を握った。

私は文彦さんのバックにまわって背中を抱きかかえた。文彦さんは「よし。いい動きだ」と褒めながら小内刈りにきた。そのまま同体で畳に倒れ込んだ。そこから文彦さんは立たせてくれず、寝技で攻撃され続けた。何もできない。話にならない。文彦さんなら道都大学の連中も寝技で取ってしまうだろう。実際、部誌『東北大柔道』の戦績を見ると、京大と同じく、東北大のレギュラー陣たちは講道館ルールの優勝大会で強豪私大の巨漢の立技を捌いて寝技に持ち込み、一本勝ちしていた。

私はまわりで見ている一年目たちの蒼白の顔が眼に入るたびに申し訳なさでいっぱいになった。文彦さんに翻弄《ほんろう》されながら、北大が七帝トップ校と覇を競う日は永久に来ないのではないかと絶望感に打ちひしがれた。

4

夜の打ち上げコンパはいつも飲む十八条や二十四条ではなくススキノで行われることになった。私たち北大生は黙ったまま北十八条駅から地下鉄に乗り、黙ったままススキノ駅の階段を上り、黙ったまま飲食店ビルのエレベーターに乗った。そのあいだ私の頭のなかには《羊群《ようぐん》声なく牧舎に帰り、手稲《ていね》の嶺《いただき》黄昏《たそがれ》こめぬ》という『都《みやこ》ぞ弥生《やよい》』の二番のフレーズが繰り返し流れていた。自分たちが夕暮れにとぼとぼと牧舎に戻っていく羊の群れと重なったのである。大座敷には昼の試合観戦には来ていなかった北大の重鎮OBや、東北大の札幌勤務OBの顔もたくさんあった。

私たち現役北大生には居心地の悪い酒席だった。

誰も自分から東北大生に話しにいかない。自分たちの席で、うつむいて酒を飲んでいた。一方の東北大陣営は悠々と明るい酒を飲んでいた。

そのうち年配のOBたちが失礼にあたると判断し、私たちに東北大のOBたちに酒を注いできなさいと促した。酒を注げば当然「おまえも飲め」となる。そして「もう一杯どうだ」となる。各O

Bたちに繰り返しているうちに、今日の試合へ向けギリギリまで追い込んだ体にアルコールがまわり、朦朧《もうろう》としてきた。東北大のOBたちはみな機嫌よく私たちに話をしてくれる。しかし酔うほどにこちらは落ち込み、北大のテーブルに戻った。そして同期たちと弱気の発言のやりとりをした。北大はどうなるんだろう、七帝で勝てるのか、そんな日がくるのかと。

酔眼で白くなっていく視界に、後藤さんと斉藤テツさんの二人が岩井監督の前に座っているのが見えた。後藤さんもテツさんもこれ以上ないほど背中を丸め、うつむいていた。濡れネズミのようなその姿を見るのが辛《つら》くて私は眼を逸《そ》らした。この雨はいつ上がるんだろう。この雨さえやめば誰も濡れることはないのに。

そのとき、一年目の川瀬が私の横に来て畳に片膝をついた。

「和泉さんが呼んでます」

川瀬の視線の先には一升瓶を持って手酌している和泉さんと、その同期の松浦さんたちがいた。皆、あぐらをかき、静かな表情である。怒っているわけではなさそうだ。竜澤が和泉さんの向かいに座るのが見えた。竜澤にも声がかかったようである。私はそこへ行き、竜澤の横に座った。

「飲みんさい」

和泉さんが焼酎の一升瓶を握った。竜澤がテーブルにある空のコップを持つと、和泉さんはそこに半分ほど注いだ。私も近くにある空のコップを手にした。和泉さんはそこにも注いでくれた。

そして、ひとつ大きな息をついた。

「わかっとると思うが東北のやつらに札幌観光に来たと言われて、このまま済ますわけにはいかんで」

私と竜澤は同時に頭を下げた。

言葉は出なかった。

「あんたら二人については入部んときからずいぶん問題になった。カンノヨウセイで竜澤が泣いて暴れて外へ飛び出したこともあった。追いかけて慰めるトシを突き飛ばしたときはOBや四年目から『退部させろ』ちゅう声もずいぶん出た。そんあとも女人禁制の部にマネージャーを入れたり他の部の幹部たちと大喧嘩《おおげんか》したり、あんたらのやんちゃぶりに眉《まゆ》をひそめるOBがたくさんおった」

初めてそんなことを聞いた。竜澤も驚いたようで顔を上げて和泉さんを見ている。

「じゃがの。あんたらが将来の北大にはどうしても必要じゃ言う者もたくさんおった。北大がかつての栄光を取り戻すとしたら、それはあんたらの学年が上級生になるときじゃと思うておうた。わしもその一人じゃ」

最後の一言が震えた。いつのまにか和泉さんはコップを手に静かに涙を流していた。その横の松浦さんたちもテーブルに視線を落として泣いていた。

和泉さんが続けた。

「四年連続最下位とはどういう状態か考えたことがあるかいね。わしら四年目は入学してから卒部まで、一度も北大が勝ったところを見たことがないということじゃ。あんたたちの代にたくさんいい素材が入ってきたとき、わしらは喜んだ。じゃが一人辞め二人辞め、沢田征次《さわだせいじ》まで辞めてしもうた。今じゃ六人しかおらん。じゃがまだあんたらが残っておる」

私は唾《つば》を飲み込んだ。

「あんたら二人は北大柔道部を好いてくれておる。どのOBが何といおうとそれは間違いない」

和泉さんがコップの焼酎を半分ほどあおった。

「ええか。もっと自覚を持ちんさい」

二人は黙って肯いた。

「外での悪さはいくらでもせい。二十歳前後の大学時代といえば、人間として一番の成長期にある。じゃけ、将来への肥やしとしていろんな経験をしておきんさい。失敗したらわしら上がいくらでもケツ拭《ふ》いちゃる。じゃが道場で何をすべきかは、よう考えんさい」

和泉さんが七月の七帝戦後の飲み会で言っていた「後輩たちへ繫《つな》ぐんじゃ」という言葉を思い出した。現在の幹部である三年目は非力な体格で後ろへと繫ごうと日々の練習を耐えている。私たち二年目はそれに応《こた》えられているのか。私はうなだれて焼酎を飲みながら後藤さんたち三人の三年目のことを思った。

第3章　汗の蒸気と柔道場

1

目覚まし時計のけたたましいベルで起きた私は、パイプベッドの縁《へり》から体を滑らせるようにして床に下り、座り込んで頭《あたま》を振った。あの東北戦の屈辱以来、柔道部の練習は厳しさを増し、ぼろ切れのようにくたくたに疲れていた。昨夜は竜澤と朝まで痛飲したが今日は少し早めに大学へ行かねばならない。私は教養部の教務課から呼び出しを受けていた。

手紙には〝この日からこの日の何時から何時までに来るように〟と裁判所の出頭命令のようなフィックス指定があり、威圧的な文面であった。腹が立って仕方ないが、北大の学生で居続けるためにはこれに従わねばならない。今年の三月に無断で留年通知書を愛知県の実家へ送られて大変なめにあっていた。

私は床に座ったまま、凧《たこ》糸を繋《つな》いで長くした蛍光灯の紐《ひも》を引いた。パチパチと何度か瞬《まばた》きをして蛍光灯が灯《とも》った。煙突式の石油ストーブに火を入れ、ベッドから毛布を引きずり出した。それを体に巻き付けてベッドの縁に背をあずけ、単行本を開き、部屋が暖かくなるのを待った。

もう何度目だろう、『深夜特急』を読むのは。表紙だけではなく、どの頁も汚れている。東南アジアからシルクロードを往《ゆ》く本の中はいつも暑いが、ページを捲《めく》る私は北国札幌にいる。不思議な感覚だ。もちろん他の小説やノンフィクションも読む。しかしなぜかこのごろこの本が気になってしまう。気が向けば開いて文字を追っていた。

十一月の最終週に入って札幌の寒さは本格的になってきた。

去年と同じく十月からつけているストーブは下駄《げた》箱ほどもある巨大なもので内地では見ない内燃式だ。耐熱ガラスが前面に張ってあり、そのなかでゆらりゆらりと炎が燃えている。金属製の煙突は直径十数センチ、それが屋外へと延びており、ストーブ内で発生した二酸化炭素や煤《すす》はそこから外へと出ていく。そのため連続何時間焚《た》こうと換気の必要がない。また煙が通る煙突が熱を持ち強い放射熱を発するため、暖房効率はきわめて高い。北海道人はこうして煙突式ストーブを使って室内をしっかりと暖め、Tシャツ一枚でビールを飲んで過ごすのを冬の楽しみにしている。北海道が南国沖縄についでビールの消費量が多いのはこのためだ。

先ほど紐を引っ張ったため、天井から下がる蛍光灯が灯《あか》りと共にまだ微妙に揺れている。

六畳一間のこの和室は昼も暗い。黒いブラインドが閉めたままになっているからだ。年中窓を開けることがなく、だから外に出るまで私は天気もわからない。柔道部員たちは何も言わなかったが、柔道部以外の知人が来ると「たまには窓開けなよ」と言われた。しかし開けなくても蛍光灯があるのだから別に不便はない。よほど強く言われて無理やり開けさせられないかぎりそのままにしてあった。北海道の冬が異様に長いことも理由だ。雪が積もる半年近くの間、一階のこの部屋は積雪が外から窓を塞《ふさ》いで開けるに開けられなくなる。ときどき無理やり一〇センチほど開けて缶ビールを雪のなかに埋めておくとすぐに冷えるので便利ではあった。

沢木耕太郎《さわきこうたろう》青年がインドのカルカッタに着いたところで私は『深夜特急』を閉じた。部屋は充分に暖まってきた。

「よし――」

気合いを入れて立ち上がった。そして昨晩炊いた米飯を丼二杯、生卵と納豆をかけて箸《はし》でかき込んでいく。北大柔道部で生活するうちに、決められた時間に決められたことをてきぱきとこなす人間に変わっていて自分でも驚くことがある。合宿でも普段の練習でも団体で厳しい生活をするようになって、否応《いやおう》無しに自分の性質が変わっていた。

重ね着したトレーナーの上に柔道部ジャージを着た。そして洗濯したての柔道衣《じゅうどうぎ》を畳み、紙製の大きな手提げ袋にいつものように詰めた。防寒コートを羽織ってそれを抱え、アパートの内廊下へと出る。ドアに鍵《かぎ》を掛けてその鍵をポケットに放り込んだ。共同玄関から外へ出たところで冷たい横風に頬を叩《たた》かれた。

鼠色の空に雪が飛んでいた。またかと思った。根雪にこそならないが時々こうして雪が降っては日毎に気温が落ちていた。初めて北海道の冬を経験した昨年と違い、私は冷静に季節の移り変わりを見ていた。ときに三日間ほど日陰の雪が解けないこともあり、長い冬がまさにそこまで来ているのを感じた。

内にもう一枚重ね着してアパートを出た。左側の民家の屋根の向こうに葉の落ちた無数の枝を眺めながら、南へと下っていく。夏から秋にかけて膝《ひざ》のリハビリでトレーニングしていた美香保《みかほ》公園の樹々である。野球場も設《しつら》えられ、町の公園としてはかなり広い。ぐるりと巨木の植栽があって近所の母子などの憩いの場となっていた。

交差点を二度曲がってからさらに南へ下っていく。北十九条の市民生協の前を通り、竜澤が住む足立ビルのところで右へ折れた。遠方に手稲山《ていねやま》の影が見えた。高さ一〇二三メートル。開拓時代はヒグマの巣窟《そうくつ》のような山だったらしいが、今では開発が進み、一九七二年の札幌五輪では男女大回転やボブスレーの会場になったらしい。札幌で一番高い場所なので頂上近くに各社のテレビ送信アンテナが林立し、左へも右へも雪景色の山系を連ねている。

コートの襟を立て直しながら創成川の橋を渡る。風で波立つ川面《かわも》に水鳥が何羽か浮いており、雪が眼に入るのを嫌がっているのか左右交互に瞬きしていた。

北区へ入って小学校の横を通り、地下鉄北十八条駅の交差点に出た。頭と肩の雪を払って目的の書店に入った。たくさんの若者が雑誌を立ち読みしている。おそらくその多くが北大生で、そこに藤女子大や武蔵《むさし》女子短大、天使《てんし》女子短大が交じっているのではないか。それらの背中を割って『格闘技通信』の最新号を探した。週プロの増刊号として昨年から何度か出ていたこの雑誌は、半年ほど前に雑誌コードを取得し、独立雑誌となっていた。しかしいくら探しても雑誌棚に見当たらない。

「ごめんなさい。通してください」

柔道衣の入った紙袋を抱え直しながら私は人混みをかき分けた。そしてレジの女性店員に『格闘技通信』の最新号は売り切れたのかまだ出てないのか尋ねた。女性店員は少し慌てながらファイルを捲った。そして明日搬入の予定だと言った。

北海道は雑誌の発売が内地より数日遅れ、それぞれ微妙に搬入日が異なる。私は礼を言って再び立ち読みの人たちを分けて店外へ出、北大へと向かった。

教養部は北大キャンパス内を南北に貫くメーンストリートの北端、北十八条あたりにある。武道場の前からキャンパス内に入り、体育館の方へ歩いていくと太鼓の音が聞こえてきた。その音に大きな声が被《かぶ》さった。

「とーもたーれ、なーがーく、ともーたれー」

ゆっくりとしたテンポで叫ばれる《友たれ永く友たれ》というこの文言は、校歌『永遠《とこしえ》の幸《さち》』の前に詠みあげる一行だけの前口上である。

ゆったりと男たちの蛮声があがりはじめた。

永遠《とこしえ》の幸《さち》　朽《く》ちざる誉《ほまれ》
つねに我等《われら》がうへにあれ
よるひる育てあけくれ教へ
人となしし我庭《わがにわ》に
イザイザイザ　うちつれて
進むは今ぞ　豊平《とよひら》の川
尽《つ》きせぬながれ　友たれ永《なが》く友たれ

スローな歌声に、スローな大太鼓がドンドンドンと呼応する。

体育館の前へ出ると、思ったとおり応援団と応援吹奏団の面々である。空に雪が舞うなか、巨大な団旗が風にあおられてたなびいていた。そこには校章と《北海道大學應援團》という旧字体がスクールカラーの緑地に染め抜かれている。その近くに学生服姿の瀧波憲二《たきなみけんじ》が立っていて、歌い続ける彼らの前で両腕を組んでいた。どうやら一年目を指導しているようだ。私と同期、二年目の応援団員だ。初見の飲み屋でときどき柔道部の竜澤と名前を混同されることがあるようだが、瀧波は

「タキナミ」、竜澤は「タツザワ」である。
『永遠の幸』はスローテンポで、二番、三番と続く。

北斗《ほくと》をつかん　たかき希望《のぞみ》は
時代《とき》を照《てら》す光なり
深雪《みゆき》を凌《しの》ぐ潔《きよ》き節操《みさお》は
国を守る力なり
イザイザイザ　うちつれて
進むは今ぞ　豊平の川
尽せぬながれ　友たれ永く友たれ

山は裂《さ》くとも　海はあすとも
真理正義おつべしや
不朽《ふきゅう》を求め意気《いき》相《あい》ゆるす
我等丈夫《ますらお》此《ここ》にあり
イザイザイザ　うちつれて
進むは今ぞ　豊平の川
尽せぬながれ　友たれ永く友たれ

後に作家となる有島武郎《ありしまたけお》が学生時代に作詞した。まだ校名を札幌農学校といったころのことだ。

当時、新渡戸稲造《にとべいなぞう》教授に「君の得意科目は何かね」と聞かれた有島武郎が「文学です」と答え、他学生たちの失笑を買ったとの伝説が残っている。理系単科大学の札幌農学校なのだから当然であろう。しかし当時からなぜかこの学校は文学やその辺縁学問への傾き強く、後に北海道帝国大学となってからも、そして戦後に北海道大学となってからも、東大や京大とは異質な文学者を多く輩出している。それはここ札幌の地が、主として明治以降の開拓地であり、内地の他都市とは異なり西洋の文化を色濃く吸収してきた歴史があるからだろう。

若き日の有島武郎は『永遠の幸』の歌詞のなかで《友たれ永く友たれ》を何度も繰り返し刻むが、そこには日本古来の友情だけではなく西洋、ことにウィリアム・S・クラーク博士が持ち込んだ米国風の友情が歌われている。《友たれ永く友たれ》というフレーズを歌いながら泣いている北大生を私はこれまで何度も見た。北大生の半分以上は内地から来た学生だ。北の地に憧《あこが》れて集った若者たちは有島武郎が綴《つづ》ったこの歌詞にやられてしまう。

私はその場に立ち、応援団員たちが歌うのを最後まで眺めていた。気づいた瀧波憲二が「おう」と破顔しながら近づいてくる。

「珍しいじゃないか。増田は武道館のところまでしか来ん男だと思っとったぞ」

応援団の一年目や吹奏団の面々に聞こえる大声で言ったので、皆こちらを見てにやにやしている。

「おまえこそ教養部に近づきすぎじゃないのか。接近禁止命令が出とりそうなもんだが」

私が返すと瀧波はけらけらと嬉《うれ》しそうに笑った。この男はほんとうにいい笑顔をする。

瀧波も留年して私と同じく二年目一年となっていた。北大では何年在籍しているのかを《〇年目》と言い、体育会や恵迪寮《けいてきりょう》ではこの数字が優位であり、学校での正式な学年はその後ろに付けて《〇年目〇年》と呼ばれる。《四年目二年》とか《七年目四年》などこの数字の差が大きいほど北大の体育会や寮では畏敬《いけい》される風《ふう》がある。しかし教養部を四年以内に突破しないと放校になるので《五年目三年》はいても《五年目二年》という身分は存在しない。学部に進学するとリセットされるが、学部在学可能年限も四年間である。だから一般学部では《八年目四年》が一番上位にある。最高ランクは《十二年目六年》の医学部生か歯学部生か獣医学部生で彼らは神のように扱われる。何だか和牛肉のランクみたいで面白い。

「学ランも短髪もすっかり板についてきたな」

私の言葉に、瀧波は角刈り頭の雪を払った。

「ああ。そろそろ恋の季節となった。エゾリスやヒグマも恋をしとる。われわれ人間も恋をしなきゃならん」

瀧波の後ろにいる一年目たちはみな肩まで伸びた長髪にランディ・バースのような髭《ひげ》をたくわえている。そして応援団に代々伝わる継ぎ接《は》ぎだらけの着物を着て、麻の縄のようなものを腰に巻いていた。彼らは五月の樽商戦《たるしょう》、つまり北大と小樽商科大学との運動部総合定期戦の前に行われる伝統の応援合戦のために髪と髭を伸ばす。そして二年目の夏の七帝戦で各運動部の応援へ随行するまではこの恰好《かっこう》で過ごし、七帝戦が終わると長髪を切り、髭を剃《そ》り、学生服に身を包むのだ。瀧波はちょうどこの時期にあたり、断髪式をして学ラン姿になって数カ月たつ。

「そういえばおまえ、彼女ができたらしいじゃないか」

瀧波が私の胸を拳《こぶし》でどんとついた。

「誰に聞いた」

「バップだよ。マスターが言っとった。えらい別嬪《べっぴん》さんらしいな」

「そうでもないけどな」

「学生結婚するんじゃないかとも聞いたぞ」

「それはない」

私が笑うと、瀧波も笑った。

「おまえと木村《きむら》は年寄りだからそれもありだ。応援してやる」

瀧波は現役合格なので歳は私より二つ下だが、ラグビー部の木村聡《さとる》は私と同じ二浪である。彼も水産系である。巨漢。髭面。豪胆。戦国武将のような男で、一年目時代に恵迪寮の相撲大会で優勝し、それ以来負け知らずで横綱を張り続けている。しかし私たち三人はみな授業に出ないので、飲み屋でしか会ったことがない。

「ところでおまえ。あの看板、字が違うぞ」

私は体育館前の柱に針金で縛り付けられている応援団の立て看板を指さした。

「どこが間違っとる」

「《ボロは着てても》の後になんて書いてある」

「心は錦《にしき》と書いてある。まさにうちの応援団そのものだ」

「もう一度よく見てみろ」

私はまた指さした。

「本当に心は錦と書いてあるか」

「書いてあるじゃないか」

「おまえたちがいいならいいけど」

私は片手を上げて笑い、教養部へと向かった。看板には《ボロは着てても心は錦》ではなく《ボロは着てても心は綿《わた》》と書いてあった。私を含め柔道部員も粗雑このうえない集団だが、応援団も相当なものだ。

2

体育館とメーンストリートを挟んだ対面に教養部はある。農学部や理学部などが煉瓦《れんが》タイル貼りの威厳ある佇《たたず》まいなのに対し、教養部はコンクリート剝《む》き出しの味も素っ気もない建物だ。辺りには楡《にれ》などの巨木が無数にあって上下左右へ枝を広げているが、緑の葉もなく白い樹氷もないこの時季は、ニューヨークの下町にある大学のようだ。冷たい風と雪のなか、髪と肩の雪を払い、足踏みして体を温めながらそのなかに入った。

三階建てなので前から見るとそれほど大きな建物には見えないが、中に入るとかなり奥行きがある。それはそうだ。全学部の教養部一年生と二年生、合計五千人がここで教養科目を学んでいるのだ。ただ、九月の終わりに二年生は学部学科へ移行してしまうので、秋以降の今の時期は一年生の二千五百人だけが学んでいることになる。

私は入口左手にある教務課へ行き、中を覗《のぞ》いた。そしてカウンターに肘《ひじ》をついて小さなガラス窓を開け「すみません」と声をかけた。若い男性係員が立ち上がって窓口にやってきた。呼び出しの手紙を渡すと眉《まゆ》をひそめてそれを読んでいる。恵迪寮生たちはこの教養部教務課を「ジムジム」と呼んでいるそうだ。事務とジメジメを合わせた造語だ。ここの事務はとにかく学生に対して横柄らしい。書類に少しでも不備があると何度も書き直しを命じ、一日だけ出席日数が足りない理由を詳しく説明しても絶対に許さず留年させ、留年が重なれば文句なく放校にするという。そして「おい」「おまえ」と学生を呼んで上から目線で喋《しゃべ》り、まるで犬猫のように扱って言い分は認めないらしい。《らしい》というのは私自身はこの建物に滅多に来ないので彼らと話をしたことがないのだ。

目の前の男性係員は私をちらちら見ながら手紙に眼を落としていたが、しばらくすると奥へ行き、飴《あめ》色に変色した木製書類棚から一枚の紙を持ってきた。

「これ書いて」

差し出された紙を手に私は窓口の片隅へ行った。置いてあるボールペンで必要事項を埋めていく。終えるとまたガラス窓を開け、先の係員に声をかけた。やってきた男性係員は書類と私の顔を交互に見比べて音をたてて窓を閉めた。これでいいのか不備があるのか、それすら言わないのでムッとしたが、彼らと喧嘩《けんか》していいことはひとつもない。その係員は席につくや、大きめのデスクに座る男に何か言っている。管理職らしき胡麻塩《ごましお》の坊主頭の中年男だ。その男がこちらを不機嫌そうに見た。あれが寮生たちから聞く「ジムジムのヌシ」であろう。あまりの対応の酷《ひど》さで学生みんなに忌み嫌われているらしい。

窓口から離れながら、さてどうしようかと思った。柔道衣の入った紙袋を抱えているだけで文庫本すら持ってきていない。壁時計は午後二時三十分を指している。柔道部の練習は四時からだ。書類を出してから部室で『格闘技通信』の最新号を読もうと思っていたのだ。アパートに戻るには二十五分くらいかかる。戻ってくるのにも二十五分。これではアパートに戻っても昼寝もできない。何をやるにも中途半端な時間だ。

掲示板を見てまわった。教養部の授業時間割が貼ってあるのを見つけた。私の所属するクラスは生物系の数クラス合同の《動物系統分類学》という授業中だった。数学や外国語だったら迷っただろうが、これなら暇つぶしになりそうだ。階段を上っていく。階段にも廊下にも誰も歩いておらず、まるで建物内に誰もいないかのようにしんと静まりかえっていた。三階まで上り当該教室のドアのガラスを覗くと数百人の学生がぎっしりと座っている。

最後方のドアまで行って静かにノブを回し、黒板に何かを書いている先生に黙礼して入っていった。何人かの学生たちの視線が私に流れたがすぐに黒板に戻る。これだけ人がいるのに咳《しわぶき》ひとつない静けさのなか、チョークが黒板を叩く音だけが響いている。

チョークを先生が置き、両手についた粉を払った。

「このように、ヒモムシというのは閉鎖血管系を持っているのが特徴であります。雌雄異体であり、生殖腺《せいしょくせん》は体の側面に――」

説明を始めた。学生たちが一斉にノートをとりはじめる。シャーペンの芯《しん》が紙に擦《こす》れるカリカリという小さな音がした。松井君が望みもしない薬学部へ移行してしまったのでもわかるとおり、この教養部の成績が将来の専門を左右する。だから北大の教養部生は大学受験時以上に勉強していた。ノートの貸し借りなどもってのほかで成績競争に必死である。私は入学当初は進学しない程度に生物学や外国語の単位だけは取っておこうと思っていたが、教養部のこういう空気を見て馬鹿らしくなってしまった。

一番後ろの空いている席に座った私は、頬杖《ほおづえ》をついて授業を聞いた。紐形動物門の説明が延々と続く。後ろのほうには私と同じく留年者らしき学生が何人かいてめんどくさそうにノートを取っている。いくつ授業を落としたのかわからないが留年に納得いかないのか「やってられない」といった風情である。私のようにごっそり単位を落としていると気楽である。

私はこの春留年をし、ひとつ下の学年に組み込まれていた。昨年の入学時にクラスメートだった者たちは二年生になり、九月に函館の水産学部の各学科へ移行してしまった。数人は留年しているだろうが、ぐるりと辺りの席を見たかぎり知り合いは一人もいない。教養部水産系は一学年に五十人強のクラスが四つあり、全部で二百数十人いる。柔道部の工藤飛雄馬はクラスは違ったが、やはり先に函館へ移行してしまった。体育会の連中のなかには私や瀧波憲二、木村聡など、わざと留年して函館へ移行していない者が何人かいたが、飛雄馬は道東トップ進学校の釧路湖陵《くしろこりょう》高校から現役合格した秀才で、教養部の成績も抜群のまま希望学科へ進学していた。イワナなど渓流魚の生態研究者を目指して大学院へも進学するつもりだと言っていた。

しばらく授業を聞いていた私は、予想していたよりつまらない内容なので柔道部の一年目が座っていないか探し始めた。理3系か水産系の誰かがいるのではないか。しかしさすがに背中だけではわからない。そのうち眠くなってきて机に突っ伏して寝た。夢のなかで金澤さんに抑え込まれた。しかし金澤さんは引退して就職して札幌を離れているはずだと思っていると、今度は和泉さんに抑え込まれた。しかし和泉さんも引退したではないかと思っていると〝冷血金澤、残酷岡田、陰険永田《ながた》〟という懐かしいフレーズが頭をよぎって眼が覚めた。壁時計を見ると三時四十分を過ぎていた。

急いで教室を出た。教養部のホールから外へ出ると、雪は止んでいた。冷たい風が吹き、枯葉が音をたててアスファルトを転がっていた。キャンパス内を歩いている北大生たちはみな洒落《しゃれ》たロングコートやダウンジャケットを纏《まと》い、革靴やブーツを履いている。われわれ柔道部員とは生きる世界が違った。

体育館の前ではまだ応援団と応援吹奏団が練習をしていた。学生服姿が瀧波の他にふたり増えていた。瀧波の同期の応援団員だ。ひとりは吾平《ごへい》。本名は別にあるが、体育会の連中はみな吾平と呼んだ。たしかに吾平としか呼びようのない風貌《ふうぼう》なのだ。もうひとりは斎藤《さいとう》シゲだ。性格的にしっかりしており、他の体育会からの信頼も厚い。

片手を上げて三人に挨拶《あいさつ》して武道館へ急いだ。

武道館の鉄枠ドアを引く。二階への階段を駆け上がり、柔道場のドアを開けた。いつものようにあちこちの壁に道衣姿の部員たちがもたれかかり、しんと静まり返っている。みな黙ったまま、気《け》怠《だる》そうに練習が始まるのを待っていた。指や足首などにテーピングテープを巻いている者もいた。少ない部員が間遠《まどお》に座っているので余計に寂しい光景である。

一番隅にいる汚い道衣姿は四年目の内海さんだ。私たちが入学したときから「最も道衣が汚い先輩」だと竜澤が乱取りを嫌がっている。その何人か横でテーピングを巻いている後藤さんの道衣もそれに負けぬほど真っ黒である。さらにその三人ほど横へいくとやはり真っ黒になった道衣姿の斉藤テツさんがうつむいて座り込んでいた。彼らの道衣が黒くなるのは自分から寝技に引き込み、いつも下になっているからだ。汗で濡《ぬ》れると畳を拭《ふ》く雑巾《ぞうきん》のようになってしまう。

私は部室に入って下着一枚になり、急いで自転車チューブと弾力包帯を膝に巻いた。そして道衣を羽織り、帯を首に掛けた。包帯二本とテーピングテープを手に道場へ出る。座り込んでいる後輩たちが虚《うつ》ろな眼で頭を下げた。私は一番奥の師範室近くまでいってそこに座り、手の指にテーピングを巻いていく。そうしながら壁に掛かる現役部員の名札を見上げた。

和泉体制から幹部を引き継ぎ、《主将》の札が《後藤孝宏》の前に掛かって既に五カ月ほども経つ。練習に来なくなった沢田征次の名札も九月中頃までは残してあったがいつのまにか外されていた。

【四年目】
和泉唯信
松浦英幸
上野哲生

末岡拓地
本間龍也
内海正巳
豊沢義弘

【三年目】
《主将》
後藤孝宏
《副主将》
斉藤哲雄
《主務》
杉田　裕

【二年目】
荻野　勇
工藤飛雄馬
竜澤宏昌
増田俊也
松井　隆
宮澤　守

【一年目】
東英次郎
石井武夫
大森一郎
岡島一広
川瀬悦郎
城戸　勉
溝口秀二
藤井哲也
守村敏史
門脇慎一

改めて惨憺《さんたん》たるチーム状況を見て私は大きく息を吐いた。三年目以下で十九名。網膜剝離《はくり》の杉田さんは専業主務だから選手は十八名。しかもその十八人のうち十人が一年目で、一年目最強の東英次郎とナンバー2の城戸勉以外はまだ分け役の戦力にすらならない。

何より問題なのは、要《かなめ》となる三年目の幹部が三人しかいないこと、そしてその三人も戦力になっていないことである。主将の後藤さんは分ける力はあるが、私や竜澤、東英次郎といった下級生の抜き役を攻めきる力はない。副主将の斉藤テツさんにいたっては後藤さんよりさらに小柄で非力、七月の七帝戦では十五人のレギュラーにも入れなかった。

四年目のうち留年組の二人、和泉さんと内海さんは「来年の五年目も出て七帝戦最下位脱出にかける」と宣言していた。しかし内海さんは七帝戦後の練習にも毎日来てくれていたが、和泉さんはほとんど顔を見せなかった。先日、その理由はみねちゃんで聞いた。だがそのあともやはり内海さんのように毎日は来てくれていなかった。

私はテーピングテープをすべて巻き終えたところで立ち上がった。壁時計を見ると午後四時まであと一分である。あの分針が四時を指したその瞬間にきっちり練習が始まるという厳しさは、代々の主将でまったく変わらなかった。この北大柔道場は単なる柔道場ではない。スポーツ推薦入学ではないので退部しようと思えばいつでもできる状況で、苦しい練習にみずから足を運ぶ修行場である。

カチリと壁時計の分針が動く小さな音がした。

「整列！」

後藤さんの声で全員が立ち上がり、師範席に向かって上級生から横一列に正座していく。今日は師範席に誰もいない。

「正面に礼！　神前に礼！」

号令に合わせて二方向へ一斉に座礼。「走る！」という号令ですぐに立ち上がって全員で道場内を走って廻《まわ》り、軽くアップする。まったく乱れのない全員一致の動きである。第三者が見たら清々《すがすが》しい運動部の練習に見えるかもしれない。しかし当事者の我々には今日の苦行の始まりの儀式である。

「這《は》う！」

後藤さんが声をあげた。

この匍匐《ほふく》は柔道界では「寝引き」などと呼ぶチームが多いが、北大では主将の「這う！」の号令のもとで行われる。軍隊のように肘と膝を使って進むものではなく、下半身はいっさい使わず、腹を畳につけ、前方に伸ばした両腕を自分の脇腹に引きつけるようにして進む。これは寝技で相手を抑え込むときに使う脇の筋力を養う。

終わると次にエビをやる。仰向けになって、腕を使わずに足で畳を蹴《け》りながら右へ左へとエビのような動きで進む運動だ。相手に抑え込まれないように頭方向へと逃げるための力をつける。続いて逆に足の方向に進む逆エビが行われる。このあたりですでに道衣のなかが汗で蒸れてきて、サウナに入っているような感覚になる。そして今から延々と続く寝技乱取りを想像してうんざりしてくるのだ。

このあと二人組になっての足蹴り。これは立った相手に対し、こちらは仰向けに寝る。そして下から相手の膝裏に両足首の甲側をそれぞれ引っかけて強く揺する運動である。寝技で下から攻めるときに必要な脚力と腹筋を鍛える。

次は脚抜きだ。相手が下から二重絡《がら》みした脚を抜いて抑え込む練習である。

柔道では上になって相手の上半身を固めても、下から脚を絡《から》まれているかぎり抑え込みにはならない。だから抑え込む際には最後にこの脚抜きの攻防になることが多い。下の者は絶対に脚を抜かれないようにし、上の者は何としても脚を抜いて抑え込む。この作業には何ステップか必要だ。まず二重絡みを外して一重絡みにし、足首まで抜き、最後に残った足首を抜く必要がある。言うのは易しいが単純作業ではない。柔道には相手がいるからだ。ワンステップ進んでも相手に元に戻され、ツーステップ進んでもまた元に戻されるということが繰り返される。

あちこちでゼイゼイという苦しげな呼吸音があがりはじめるのはこの脚抜き練習が始まってから

だ。みな顔と首筋から大量の汗を垂らし、分厚い柔道衣が内側からぐっしょりと濡れてくる。

この脚抜きの練習を相手を変えて何本も行ったあと抑え込みの練習になる。片方が得意の技で抑え込んだところからスタートし、相手が逃げようとするのを抑え込み続ける。しかし抑え込まれている側にとっては三十秒内で逃げる練習でもある。こういった攻守に矛盾のある二人組の練習は両者ともに大きく消耗する。これを相手を変えて何本も繰り返す。もちろんこれもフルパワーでやるので双方ともかなり息があがってくる。一年目はこの段階でほぼ力尽き、蒼白《そうはく》になっている。

やがて後藤主将が立ち上がって大声をあげる。

「寝技乱取り六分十二本！　自由乱取り六分十本！」

自由乱取りといっても七帝ルールでは寝技への引き込みが許されているので、立技をやる者同士が当たらないかぎりすべて寝技の攻防になる。つまり寝技乱取り六分二十二本と同じことである。この乱取りに練習の大部分の時間を使う。ボクシングやレスリングでいういわゆるスパーリングだが、それらのスポーツが七割方の力でお互いに技を出し合うのに対し、柔道の乱取りはフルパワーで闘う試合と同じものである。

部員たちはあちこちへ走り「お願いします」と頭を下げて乱取りを所望する。先輩が後輩をつかまえて何本も稽古をつけることもあるが、たいていは後輩のほうから目的の先輩のところへお願いへ行く。「怖い」と思う自分の心に打ち克《か》って強い先輩のところへ走るのはやる気のある後輩だ。逆に強い先輩を避けている者は気持ちが内に籠《こ》もり、実力の伸びが止まってしまう。上の学年になると、後輩たちのこういった動きがよく見える。岩井監督は技術やパワーの伸びだけではなく、おそらく上級生も含めた全部員の心の揺れ具合をいつも観察しているのだ。

「お願いします」

頭を下げ合って、組み合い、どちらかが引き込み、寝技へと移る。あちこちで唸《うな》り声や苦しげな呼吸音があがりはじめる。ときどき帯を結び直すときに立ち上がると、寝転がって組み合っている部員たちの頭髪や道衣からもうもうと汗の蒸気が上がっている。昨年四月に入部したあの日から毎日見続けている光景である。私たちはただただ寝技乱取りを繰り返すしかなかった。来年の七帝戦まであと半年と少しなのだ。

二時間以上休みなしの寝技乱取りを終えて息絶え絶えになった後、カメ取りや速攻、そして嚙《か》み付きの練習に移る。これは「相手がカメ」と「相手が下になって正対」の限定的状況から攻撃する力を養う練習である。主将が三名から四名を指名し、その者たちが前に出てカメになったり正対したりする。それを各自得意のカメ取り技術や速攻、嚙み付きといった北大伝統の攻撃で攻めるのである。前に出ている者と挑んでいく者以外はそれを見ていて「遅い！」とか「脇が甘い！」とか指摘するので休む間がないきつい練習である。

「集合！」

後藤さんが両手を上げてパンパンと叩いた。

くたくたの体になったところで技術研究──技研《わざけん》が始まった。幹部がいくつかの技術を紹介する。見ているだけだが消耗しきった体では立っているだけでも頭が朦朧《もうろう》としてくる。しかしそのあと二人組になってお互いに技術を確認しあわなければならない。

「研究終わり。腕立て」

後藤さんが言った。延々続いた練習を締める腕立て伏せである。みな帯を解き、道衣の上を脱いで上半身裸になり、広い道場に円になって座った。酸欠で蒼白になった顔の汗を手のひらで拭《ぬぐ》いながら激しく肩を上下させ、眼球は絶望感で赤くなっている。

「腕立て、百回五セット」

後藤さんの細い声が静かな道場に響いた。

何人かが顔をしかめながら後ろへ転がり、バタンと後方受け身をとった。しかし誰も声はあげない。力を出しきって、汗も搾《しぼ》りきって、体重はみな五キロから七キロ減り、疲弊し、困憊《こんぱい》し、憔悴《しょうすい》しきっている。

その状態で腕立て伏せ五百回。練習の量も強度も上げたあの金澤裕勝《ひろかつ》主将や和泉唯信《ゆいしん》主将の時代でも七帝戦は最下位だった。その前の佐々木紀《ささきおさむ》主将もさらにその前の浜田《はまだ》浩正《ひろまさ》主将も最下位で終わっている。各代の主将は北大柔道部の名を背負って練習量を増やし、さらに様々な改革にあたったが四年連続最下位に終わった。後藤主将も何かをしなければと必死になっていた。その解答は「さらに練習量を増やす」であった。それがこの腕立て伏せの回数に顕《あらわ》れていた。和泉さんの代までは「三百回一セット」や「百回三セット」「五十回六セット」など、トータル三百回だった腕立て伏せを、後藤さんは「百回四セット」「五十回十セット」「三百回二セット」など、トータル四百回、五百回、六百回と突然言いだすことがあった。腕立て伏せを長時間続ければ勝てるようになるのかという疑問を言いたかったが、そういう言葉はこの道場では「逃げ」なのだ。自分の弱さから逃げない。それがこの道場の唯一の規範だ。

後藤さんが道衣の上を脱ぎ捨てた。汗で光った体は水分が抜けきって余計に痩《や》せて見える。顔が真っ赤に擦りむけているのはカメになって畳に擦りつけられるからだ。その顔で濡れた蓬髪《ほうはつ》を立てたまま黙って両肩を回している。

中学や高校の部活動ならここで「本当にやるんですか」といった茶々をいれる声がひとつくらいあがる。みな本心では他の者にそう言って欲しいと思っているはずだ。私もずっと思っている。しかし入部以来、そういった声があがったことは一度もなかった。ここは北海道大学柔道場だ。それぞれ疲れきった表情で大胸筋や上腕三頭筋をストレッチしている。

「岡島《おかじま》」

後藤さんがひとこと言った。岡島が黙って眼を伏せた。今日の腕立て伏せの回数を数える役目だ。一年目のとき私も指名されるのが嫌だった。体力を少しでも温存しながら腕立て伏せをしたいのに、自分だけ号令をかけねばならない。

「腕立て百回五セット――」

岡島がかすれた声をあげ、両手を畳についた。そして全員がそうするのを待って「イーチ」と号令をかけた。延々と続く腕立て伏せの始まりだ。これが終わってもまだ綱登りが待っている。

3

この日は練習後、竜澤と山内《やまうち》コーチの店〈北の屯田《とんでん》の館《やかた》〉へ行くことになっていた。疲れているから地下鉄に乗ろうかと二人で入口まで行ったが、どちらともなく顔を見合わせ、歩きはじめた。階段を下りるのが辛《つら》く、北二十四条駅でまた上がってくるのを考えるとうんざりしたからだ。寒いなかを二人でポケットに手を突っ込んで話しながら歩く。片方が話すと三十秒から一分くらいの沈黙があり、それにもう片方が答える。このごろ練習後の数時間はいつもこんな感じだった。

「よう。ゴミども」

店に入ると山内さんはそう言った。

「おまえらこんなところに来ないで、北大生なんだからお勉強してろよ」

大声で笑って私たちの首筋をつかみ、他の客たちに「こいつら、俺の教え子」と紹介した。しかしその眼に以前のような険はなく、むしろ愛情をもって遇してくれていた。練習ぶりを見て、強豪大学のスポーツ選手とは違うが、精神性はまったく劣っていないことを認めてくれたのである。帰っていった他の客の食べ残しの刺身や揚げ物などはすべて私たちのテーブルへ持ってきて食べさせた。

「食って体を大きくしろ」

そう言って米飯を丼に山盛りにして持ってきてくれた。ここへ来ればとにかく腹一杯に食べさせてもらえた。食べ終わるとそのまま小上がりでしばらく横になってから二人で焼酎《しょうちゅう》を飲んだ。

話題になるのはこのところ一年目のことばかりである。

現在十人いるが、東英次郎と城戸勉以外はまだ誰も使えず、白帯から始めた者も四人もいる。このままだと来夏の七帝戦はどうにもならない。ただそれぞれ個性があり、互いに仲がいいのが救いである。彼らを強くするのは私たち先輩の仕事だった。

私たちは店に置いてある年間部誌『北大柔道』の名簿欄を開き、焼酎をあおりながら一年目たちのことを話し合った。

・東英次郎（三田学園高校）
・石井武夫（筑紫丘高校）
・大森一郎（高志高校）
・岡島一広（前橋高校）
・川瀬悦郎（新津高校）
・城戸　勉（城南高校）

・溝口秀二（茅ヶ崎高校）
・藤井哲也（札幌旭丘高校）
・守村敏史（海城高校）
・門脇慎一（甲府南高校）

東英次郎は二段で入部した。体重は八五キロ前後。筋肉の塊のようなパワーファイターである。兵庫県の三田《さんだ》学園高校で厳しい指導を受けてきて何より立技が強い。組手争いに妥協がなく、小内刈りで揺さぶっておいて強烈な右の背負いで叩きつける。現在の北大で道都大学のレギュラーと互角に立技勝負できるのはこの東英次郎だけだ。ただ寝技はまだまだで、竜澤や私に分があった。私生活でも関西弁で同期たちを叱咤《しった》激励し、一年目のリーダー的存在でもある。

実力二番手の城戸勉は福岡県の城南《じょうなん》高校柔道部出身で、たしか主将をやっていたのではないか。中学まではバスケットボール部だったそうで運動神経も抜群にいい。しかし一六七センチで七〇キロ代前半なので、まだ少しパワー不足のところがある。私生活では柔道部なのに竜澤と同じくファッションにうるさい。同期から「ヨイショ野郎」と揶揄《やゆ》されるほどわれわれ先輩には調子のいいことを言うが、精神的に非常に強く、岩井監督からも信頼されている。

三番手につける守村敏史《としふみ》は東京の海城《かいじょう》高校の柔道部出身だ。一六六センチと小柄で細く、パワーがまったくないため、私と竜澤は玩具《おもちゃ》のように投げ、抑え込んでいた。フットワークがよく柔道センスは随一なので、これから伸びてもらわないと困る選手である。獣医学部志望であり、教養部の成績もかなり良いそうなので、そのまま進学できそうだと聞いている。酔うと傍若無人になって叫んだりするので、海城高校になぞらえて「怪獣」と同期は呼んでいた。それだけならいいが「下等動物」とか「チンパン」とか同期たちは滅《め》茶《ちゃ》苦《く》茶《ちゃ》言っている。

三年目が少なく、私たち二年目も少ないため、彼ら一年目が来夏の七帝戦の主戦力となる。まずはこの三人の伸びを見ながら四番手以降の選手たちも徹底的に鍛えなければならない。

第4章 沈む泥舟

1

十二月に入ると日陰や草むらに根雪が残るようになり、その白い領域がアメーバのように日毎《ひごと》に拡《ひろ》がっていく。大粒の雪が舞う日が増え、平均気温は氷点下を切り、新聞の気象情報を見ると東京などの内地の都市と札幌市では十度ほどの気温差があった。これから道内の気温はさらに急勾配《きゆうこうばい》で落ち、内地との気温差は広がっていく。昨年も経験していたが、今年は寒さに落ちるその速度がはやくなっている気がした。

その夜、あまりに疲れているので竜澤と「今日は早めに寝よう」と話し、武道館からそれぞれの家へ直帰した。重い防寒コートを脱ぎ捨て、煙突ストーブに火を入れ、ローソンで買ったコンビニ弁当のビニールを破りながら座卓前にあぐらをかいた。ほんとうに疲れきっていた。

ストーブをつける前から微《かす》かに暖かいのは左右の部屋と二階の部屋がストーブをつけているからである。内廊下にも各部屋からの暖気が漏れているので、上下左右前面後面の六面のうち四面からほんのり熱が伝わってきているのだ。鉄筋住宅に較べて断熱性能が劣るのは確かだが、木造集合住宅にはじつはこういったメリットもある。

コンビニ弁当を食べたあと、冷飯を丼に盛って鰹節《かつおぶし》をひとつかみ載せ、醬油《しょうゆ》をかけてかき込んだ。そして蛇口に直接口をつけて水道水を飲んだ。木曽川《きそがわ》の水を飲んできた愛知県民にとって札幌の水は濁りがあってあまり美味《うま》いとはいえない。しかし寒くなってくると水がキリッと締まって喉《のど》や内臓に心地よくなる。何度か息継ぎしながら私はそれを飲み続けた。練習で失った水分をできるだけ早く補給したい。

腹が一杯になったところで八〇キロの体をベッドに放り投げた。睡眠はメーンの長いものだけではなく短い仮眠も入れると体の回復がより促されることを北大柔道部に入ってから感じていた。毛布と布団を重ねて中に潜り込む。しばらく眼を閉じて待っていると、睡魔がやってきた。

眼が覚めたのは午前二時半だった。また蛇口に口をつけて冷たい水を飲んだ。そして丼飯に生卵と納豆を三つずつ載せ、醬油をかけて茶漬けのようにスプーンで啜《すす》った。意識して腹に詰め込まないと筋肉が落ちてしまう。食べ終えると、また水道水を何度かに分けて飲んだ。そして再びベッドに転がって天井の模様を見ながら練習のことを考えた。

後藤主将の練習はここにきてさらに厳しさを増していた。

冬の定番となった朝の山内コーチのウェイトトレーニングもトレセンで再開され、私は昨年と同じく昼のあいだは教養生協の二階のソファで仮眠することが増えていた。それを見つけた一年目たちのうちの何人かも真似てソファで眠るようになっていた。柔道部員同士で話をするわけでもなく、ただ泥のように眠った。みな常にオーバーワークで消耗しきっていた。後藤さんは和泉さんが重視した道警出稽古《でげいこ》を少し減らし、札幌刑務所の柔道部を北大に呼ぶことが増えていた。

「札刑《さつけい》が来たみたいです」

一年目が部室の窓から見ていて小声で言うと、私たちはうんざりした。

札刑には近大の主将を務めた大谷《おおたに》選手ら、気の荒い重量級の猛者《もさ》たちがいた。東海大四高や旭川《あさひかわ》龍谷《りゅうこく》高など全国Vレベルの重量級高校生たちが来るときも私たち北大生は大変な思いをしたが、喧嘩《けんか》腰の乱取りになったときでも顧問教官が付き添っているので滅茶苦茶《めちゃくちゃ》なことにはならなかった。

しかし札刑は違った。たとえば練習試合で私が引《ひ》き込《こ》み十字《じゅうじ》で相手の顎《あご》を踵《かかと》で蹴《け》り上げてしまったことがある。そのあとの合同乱取りで私はその選手につかまり、払腰《はらいごし》で巻き込まれた後、立ち上がったその選手によって顔面を上から何度も踏みつけられた。みんな見ているのに誰も助けてくれない。この世界では強くなって自分で戦うしか方策はない。しかし道警や札刑の連中相手には私たちがいくら筋肉をつけようと乱取りを増やそうと勝てる日は永遠にこないこともわかっていた。残酷な世界であった。

そんなことを思いながら天井を見上げていた私は、一眠りして食べるものも食べ、少し酒が飲みたくなった。

Tシャツ二枚とトレーナーとジャージを着込み、その上に防寒コートを羽織ってストーブの火を消した。

外へ出ると雪が降り続けており、何センチかの新雪が積もっていた。

静かな雪の夜を歩いた。北十八条のカネサビルに着くころには頭と肩が雪まみれになっていた。入口でその雪を払い、ビルの中へ入ってコートを脱ぐ。それを抱えて階段を二階へ上っていくと廊下にジャズ音楽が小さく漏れていた。ドアを引いた。薄暗い店内。煙草の煙がもうもうとけぶっている。席は十席ほどのカウンターが扇形にあるだけで、その扇の内側が小さな厨房《ちゅうぼう》だ。みねちゃんのちょうど真上にある広さ四畳半ほどのジャズバー〈バップ〉である。今日はほとんどの席が埋まっていた。

「おう。エキじゃないか。元気かね、柔道青年」

マスターが長髪を掻《か》きあげて頓狂《とんきょう》な声をあげた。彼も私のことを柔道部内でのこの変則ニックネームでときどき呼んだ。

「今日は後藤が来てるぞ」

ジャズのリズムに体を揺すりながら奥の席へ顎を振った。たしかに一番奥の窓際で針金のような髪の後藤さんが飲んでいた。

「こんにちは」

挨拶《あいさつ》しながら他の客たちの背中を廻《まわ》って後藤さんのところへ行く。後藤さんは眼鏡の奥で細い眼をさらに細めて私を認めた。そして酔眼をにやりと崩して「増田じゃないか」とヘッドロックしながら無精髭《ぶしょうひげ》をこすりつけてきた。

と、後ろから思いきり背中を叩《たた》かれた。

「おう。増田。元気でやってるか」

後藤さんがヘッドロックを外してくれたのでそちらを見ると、隣は綱島《つなしま》康亘さんだった。剣道部員で、この夏から体育会委員長の重責にも就いていた。後藤さんとは理学部生物学科植物学専攻で机を並べる親友である。

「すみません。そちら詰めていただけませんか。柔道部の増田が来ました」

綱島さんがカウンター席を空けようと声をあげた。他の部の上級学年の人たちが「おう増田か」「来たな悪戯《いたずら》坊主め」「あら増田君、元気?」などと言いながら向こうへと席を詰めていってくれる。

応援団四年目の伊倉《いくら》さんとヨット部の兵藤《ひょうどう》さんの顔が見えた。女子バスケの上級生や馬術部女子もいた。

る。

綱島さんが「ここに座れ」と隣の椅子を叩いた。バップの椅子はスツールで、腰くらいの高さがある。私は下の金具に片足を掛け、椅子に尻《しり》を乗せた。窓際から後藤さん、綱島さん、私の順であ

「東北戦《とんぺい》、負けちまったんだろ。悔しいな、おい」

綱島さんがマスターからグラスを受け取りながら言った。「札幌には観光に来たとか言われたらしいじゃないか。今度やるときは雪辱しろよ」と手元の《体育会、綱島》とマジック書きされたボトルから焼酎《しょうちゅう》を注ぐ。ポットの番茶で割って私の前に差し出した。

「外は寒かったろ。ほら。温かいぞ。飲め」

頭を下げて両手で受け取った。熱い番茶で割った焼酎は手のひらに心地よい温度になっている。半分ほど飲んでカウンターに置くと、綱島さんがそこに焼酎を足してくれた。

「俺はおまえら柔道部のやつらが大好きだ。おまえらの不器用で無骨な一生懸命は体育会の鑑《かがみ》だ」

独特の滑舌で強く言った。そこから柔道部の東北戦での惨敗の話になった。後藤さんはほとんど口を開かなかった。口に出せないほど悔しいのがその横顔でわかった。

「なあ増田――」

綱島さんが私の背中を叩いた。

「俺は、でっかい男になりたいんだ。なにくその精神でやってる。おまえも頑張れ」

手酌しては焼酎をストレートで飲んでいく。しばらく柔道部のいまの戦力について話していると「こんにちは」と声が聞こえた。見ると、煙草の煙の向こうから大きな影が入口を入ってくる。竜

澤だ。私を見て「エキさん、来てたのか」と嬉《うれ》しそうに片手を上げた。

「おお。竜澤まで来たか！」

綱島さんが大声をあげた。そして近づいてきた竜澤に右手を伸ばした。竜澤はその手をつかんで握手した。

「おまえら待ち合わせか」

綱島さんがもう一方の手で竜澤の太い上腕をつかみながら私に聞いた。

「たまたまです」

二人は練習帰りにそのまま一緒に居酒屋巡りをすることもあるが、どちらかの家へ行き二人で鍋を作ってスープまで丸ごと食い散らかしてから出かけたり、別々に家に戻って自炊飯を食い五時間か六時間くらい眠ってから店で待ち合わせたり、深夜思いついたように一人で飲みに行った先の店でたまたま出くわしたり、さまざまな形で夜の北大界隈《かいわい》で飲み歩いていた。

このような飲み方をしているのは他の運動部では三年目以上、とくに五年目とか六年目とか、あるいは七年目とか八年目とか十二年目といった鵺《ぬえ》のような上級学年ばかりで、一年目や二年目でみかけるのは応援団の面々くらいだ。だから自然に私たち二人の名前は飲み屋界隈で広がっていた。一年目の頃から他部であっても尊敬できる先輩にはこちらから頭を下げてさまざま教えを乞《こ》うた。しかし、ただ柔道部の下級生を潰《つぶ》してやろうと威圧的に酒を強要する他部の先輩の命令はいっさい聞かず、酒も受けなかった。北大柔道部がなめられるのがとにかく嫌だった。「表へ出ろ！」と言われればすぐに出た。かつては他部の先輩と竜澤がきな臭くなると私は止めていた。しかしそのうち面倒になって止めなくなった。代わりに私が出ていくことも時々あったからである。二人とも、とにかく北大柔道部を見下されることだけは許せなかった。そのうち私たち二人を潰してやろうとする他部の先輩はいなくなっていた。

体は小さいが柔道部一の酒豪である後藤さんもあちこちで飲み比べをして勇名を馳《は》せているようだった。和泉さんは私と竜澤を一年目のころからあちこちの酒席へ連れ歩いた。後藤さんのこともやたらとあちこち連れ歩いていた。それらはすべて北大柔道部の将来まで考えての布石だったのではないかと最近気づいた。そういえば一年目の冬、私は恵迪寮のなかの選《え》りすぐりの重鎮たちが移り住む、古くて汚い一軒家「深沢《ふかざわ》マンション」にまで連れていかれた。

「俺ら帰るから竜澤ここに座れ」

綱島さんが立ち上がった。竜澤の席がないからだ。竜澤が「いいですよ、他の店に行きます」と言っても「いい、いい」と言って「これ俺と後藤の勘定。それから増田と竜澤の勘定」とカウンターに二万円を置いた。綱島さんと後藤さんが一万ずつ出したようだ。

「多過ぎだ。十分の一でいいぞ。ここはソープじゃないんだから」

マスターが笑うと「じゃあこいつらのボトルを入れられるだけ入れてやってください」と私と竜澤の背中を叩き、後藤さんと肩を組んで出ていく。

苦笑いしてマスターが背中を見送った。

「また来いよ、君たち。青春の旅立ち、応援してるよ。うん」

マスターはいつもこのように少し人をおちょくったような喋《しゃべ》り方をする。長髪で鼻の下に口髭がある。映画『イージー・ライダー』のなかに生きているような空気感を湛《たた》える元ジャズドラマーだ。名前は鈴木《すずき》真也《しんや》。他の客たちはみな「真ちゃん」と呼ぶが、私と竜澤は「人生の大先輩にそんな呼び方はできない」と必ず「マスター」と呼んだ。

「飯は?」

竜澤が焼酎の番茶割りを作りながら私に聞いた。

「一応食ってきた。家で。卵飯」

「俺、コンビニの蕎麦《そば》食って寝ちまって、そのあと何も食ってない。中華丼ひとつずつ食おう」

そう言ってマスターに頼んだ。

「いきなりシーメときたかい。私の十八番《おはこ》を食わせてやろう。金は綱島から貰《もら》ってるから百杯食っても大丈夫。安心しなさい、柔道部の好青年どもよ」

シーメは「飯」を逆にした、いわゆるバンドマン言葉だ。ときに「イーヒくれ」と客に言って煙草に火をつけさせたりするが、これは「火」を逆さまにした言葉だ。私たち二人はそういうことをこの店で知った。そもそも柔道家とバンドマンほど真逆の生き物はいない。壁にたくさん貼られている手書きのメニューにもおかしな文言が添えてある。たとえばチーズには《コーマンサクイ青春の香り》と書いてあった。私も竜澤も最初はさっぱり意味がわからず「コーマンサクイって何ですか」と何度も聞いた。そのたびに他の部の先輩たちが女子も含め爆笑した。逆から読んでもイクサンマーコである。私たち二人がその意味を解説してもらったのは何度か店に通ってからだった。柔道と喧嘩と勉強以外は何も知らなかった私と竜澤は、様々な飲み屋で知識を増やしていった。

バップにある物や空気感は柔道部員の二人には不思議なものばかりだ。薄暗いランプが五つほど吊るしてあるが、そのすべてにシェード代わりに色柄さまざまなパンティがかぶせてあった。流れているジャズはもちろんさっぱりわからないし、ときおり流すクレイジーキャッツの歌もわからない。

マスターがマッチを擦ってコンロに火を入れた。

「うまい中華丼を作ってやるから待ちなさい。柔道青年たちよ」

中華鍋に油を垂らして冷蔵庫から野菜を出していく。

「見てて。わかるから」

横の竜澤が私の肘《ひじ》をつつき、囁《ささや》いた。

先週、彼は足立ビルの自室で私に「中華丼の作り方がわかった」と開眼したように言った。「バップのマスターがやってるの見ててわかった。味はコンソメで付けて、とろみは片栗粉でつけるんだよ」と。私は片栗粉というものがとろみをつけるものだとは知らなかったので「そうなのか」と聞くと「俺もわからんけど見てたら間違いない」と言った。今日は仮説を検証するために中華丼を頼んだようだ。

マスターが野菜やキクラゲなどを炒《いた》めはじめた。しばらくするとそこに少量の水を加えて沸騰させ、コンソメスープの素《もと》を入れてかきまぜた。煮ている間にコップのなかに少量の片栗粉と水を入れてかき混ぜ、それを沸騰している中華鍋の中へとたらし入れていく。具材と一緒にかき混ぜると水が粘度を持ちはじめる。器に盛った米飯にそれをかけた。

「やっぱりそうだ」

竜澤が小声で言った。私は驚くとともにいつものように感心した。竜澤にはぽっかり抜けたところがある。しかしそれを補うかのような奇妙な角度の観察眼がある。

マスターが中華丼を二つカウンターに置いた。私たちはそれをがっつきながらマスターが灰皿から短い吸殻をつまむのを見ていた。火をつけるとロングピースの甘い香りが漂った。彼が煙草を人さし指と親指でつまむ姿が様になっていて、私たちはいつもそれを見ていた。網走《あばしり》出身で高校時代にバンドを組み、その後、上京してジャズドラマーとしてプロを目指していたらしい。挫《ざ》折《せつ》して戻ってきてススキノで飲み屋を開き、そこも失敗してこの北十八条に都落ちしたようだ。本人はあまり語りたがらないので、情報の多くは常連の人たちと他の店で会ったときに聞いたものである。年齢は私のちょうど十歳上の三十二歳。柔道部の岩井監督と同じ歳だ。

「うめえ」

竜澤が中華丼を一気に食べて焼酎を飲んだ。

「ほんとうめえや」

私は一歩遅れて食い終え、やはり焼酎を飲んだ。

「君たち柔道青年はいつも本当に美味そうに食ってくれる。作りがいがあるというものだよ」とマスターが言った。そして「将来君たちの嫁さんも喜ぶと思うよ。この色男たちめ」と笑った。

「喜びますかね」

私が聞くと「うん。喜ぶよ。間違いない」とマスター。

「ヒーヒーいって喜ぶ。ハーハーいってしがみつく」

「俺たち美味そうに食うからね」

竜澤が私に言った。

「うん。料理のやり甲斐《がい》が出るんだよ、きっと」

私はそう答えた。他の客たちが爆笑した。女子バスケの人たちも腹を抱えて笑っている。何を笑われているのかはもちろん二人ともわかっている。しかし私たちは柔道部のこと以外、どうでもよかった。自分が俎上《そじょう》に載せられるのはいい。ただ北大柔道部のことを言われると腹が立った。

二人で互いに自分の焼酎ボトルを持ち、腕を交差させてコップに注ぎ合った。ここはお通しが三百円、焼酎のボトルが一本九百円である。一日で空けたりせず、たいていの日はお通し三百円だけで朝までマスターや常連客たちと話した。食べ物も数百円なので食べて飲んでも千円かそこらだ。

営業開始は「俺が来たとき」とマスターは言っていた。たいてい午後九時から十一時くらいだ。終わり仕舞いは「俺が帰るとき」と言っていた。地下鉄の始発が走り始める午前六時とか七時、遅いときは午前八時九時までやっている。

「ところで最近、後藤さん、寝技弱くなったと思わないか」

私はこのところ思っていた疑問を竜澤にぶつけた。

竜澤はしばらく考えて「うん。最近、かなり取りやすいかな。脆《もろ》くなったというか」と言った。

私は自分だけ勘違いしているのかなと思っていたが、竜澤もそう感じているということは事実なのだ。なぜ弱くなったのか。夏の七帝戦前には堅いカメで結構われわれを難儀させていたのだ。

「主将だからプレッシャーで疲れてるのかもしれない」

私が言うと竜澤も考えている。

四時半過ぎには客は私と竜澤の二人だけになっていた。明日《あした》は一講目があるからそろそろ帰って眠りたいと竜澤が言った。二人で立ち上がって、雪の降る静かな通りへ出た。

2

私たち柔道部員は相変わらずトレーナーを何枚も重ね着し、分厚い防寒コートや防寒ジャンパーを羽織って道場に通った。くたくたに疲れきっていた。昨年の和泉主将のときとはまた異質の疲れだ。和泉さんのときは「次の七帝はいけるのでは」という空気が少なからずあった。それは前年の金澤主将の代の七帝戦が最下位ではあっても接戦を落としたものだったからだ。しかし和泉主将の代で阪大と東大に大差をつけられて惨敗してしまった。あれだけの猛練習を重ねたのにである。五年目の岡田さんや、四年目の和泉さん、松浦さん、末岡《すえおか》さん、上野《うえの》さんなど、攻撃の要《かなめ》も分け役の要もいての惨敗だった。今度はそれらの戦力をすべて失っての七帝戦になる。最下位脱出なんてとてもできないのではないか。

毎日の練習で後藤さんたち幹部三人は悲愴《ひそう》の気を全身からみなぎらせていた。

私たち二年目も悲愴であった。

一年目はみな抑え込まれて蒼白《そうはく》の顔でゼイゼイと喉を鳴らしていた。柔道の世界では誰も助けてくれない。自分で強くなるしかない。とくに「練習量がすべてを決定する」と標榜《ひょうぼう》しているわれわれ七大学の柔道部では自分で全責任を負わなければならない。俺たちだって通った道だ。だが本当にそうだろうか。最近ときどき一年目たちのことを考えた。東英次郎や城戸勉ら一部を除き、多くの一年目には私や竜澤が入学時から持っていたフィジカルがなかった。

ときどき出稽古にやってくる東海大四高や札幌第一高との練習や試合でも、私と竜澤は取りにいくことを求められた。だから余計に疲れが溜《た》まるようになった。二人で酒を飲んでストレスを解消した。それでも練習が楽になるわけではない。次の日になれば道場で唸《うな》り声をあげてごろごろと畳の上で組み合っていた。どの体からも大量の汗の蒸気があがっていた。

3

東水戦《とうすい》のため、札幌にいる教養部水産系の後輩三人を連れて函館へ遠征したのは十二月のはじめである。北海道大学水産学部と東京水産大学の定期戦だ。

この定期戦はわれわれ将来水産学部へ移行する札幌の教養部生とすでに移行した本学の柔道部員、そして函館に移行してから柔道を始めた「水産学部柔道部」の部員の混成部隊で戦う。昨年は北大柔道部からは私と飛雄馬の二人だけが参戦し、東京で団体戦を戦った。東北大学との定期戦と同じく開催地が毎年交代で替わる試合である。

私は教養部水産系一年目の東英次郎、石井武夫、溝口秀二の三人を連れて、特急に五時間以上揺られて飛雄馬の待つ函館へ向かった。

地図で見ると札幌と函館はすぐ近くにあるのに特急で五時間もかかる。内地で特急に五時間乗ったらどこまで行けるだろう。北海道という土地の巨大さは実際に移動してみてはじめて実感できる。そもそも日本国土の五百分の一は北大の土地である。研究林や実験農場なども含まれるが、東京二十三区より広いのだ。内地とは大きさや広さのスケールが違う。

水産学部北晨寮《ほくしんりよう》は学部の建物から四〜五キロほど離れている。もともとは学部近くにあったのだが、建て直しの時期に学生運動が激しかったので大学側があえて離したのだと噂されていた。その北晨寮に旅装を解いて泊めてもらう手続きを済ませ、皆で少し函館市内を探索してみることになった。

この東水戦は北海道大学柔道部にとってはそれほど重要な位置付けにない。講道館ルールで行われる学部間レベルでのお祭りだからだ。しかし東京水産大学にとっては大切な定期戦なので失礼なことはできない。こちらも本気で戦わねばならない。

四人で五稜郭《ごりようかく》や函館市街を見学した。札幌の連中は今頃練習中なんだろうと思うと不思議な感覚だ。北大には柔道部が三つある。ひとつはわれわれが所属する全学の北海道大学柔道部。ひとつが函館にある北海道大学水産学部柔道部。もうひとつが札幌の北海道大学医学部柔道部だ。しかしながら後者のふたつは週に数回、一時間か二時間ほど練習している同好会レベルの集まりでしかない。本当に強くなりたい者は水産学部生でも医学部生でも北海道大学柔道部に入部して七帝戦を目指す。

市街見学を終えるとタクシーで学部へ向かった。農学部、獣医学部と並ぶ北大の三枚看板のひとつ、水産学部の建物はあたりを圧する大きさと風格がある。一学年二百人を超え、学部生の半数以上が大学院へ進む、世界でも有数の海洋研究機関だ。

キャンパス内を少し歩いたあと、水産科学館に入った。札幌の植物園が農学部の附属施設であるように、ここは水産学部の附属施設である。

平日の昼間だからか中には誰もいなかった。

クジラの巨大な骨格標本やトドの剝製《はくせい》などが並んでいた。研究者たちが至近距離から撮ったホッキョクグマやアザラシなどの写真パネルもあちこちに飾ってある。戦前のものであろうセピア色に変色している写真もあった。ずらりと展示されたホルマリン漬けの資料は何だか人間の死体を想像してしまい、異様な雰囲気である。他にも五、六メートルはあるクジラの陰茎や、深海に棲《す》むダイオウイカの標本などがずらりと並んでいる。

しかし、私が一番興味を持ったのは船の模型だった。北大は〈おしょろ丸〉〈北星丸〉〈うしお丸〉の三つの船を持っているが、このなかで最も大きな船がおしょろ丸である。研究者や学生たちが乗って、毎年何度もアラスカや南氷洋など遠洋航海に行く。

パネルの説明を読んだ。明治四十二年の札幌農学校時代の1世は木造の帆船だった。現在のおしょろ丸は4世で、全長七二・八五メートル、乗組員百六名ということである。そのおしょろ丸1世から4世までの模型が並んでいる。

「本物のおしょろ丸はどこに浮かんでるんだろう」

一年目たちに聞くと、笑われた。

「先輩、浮き輪やブイじゃないんですから浮かんでるっていうのはおかしいですよ。停泊っていうんじゃないすか」

「そうか。どこに停泊してるんだ」

「さあ。わかりませんが」

「今から探して、こっそり船の中に入ろう。中が見たい」

石井武夫が不安そうな顔をした。

「また今度にしませんか。勝手に入ったら後で問題になりますよ」

たしかにそうかもしれない。この石井武夫は福岡の筑紫丘《ちくしがおか》高校柔道部出身で二段で入部して期待されたが、フィジカルが弱く伸び悩んでいた。しかし私は彼に相当な伸びしろを感じて目をかけていた。

科学館を出たところで一年目に食堂で飲物でも飲んで待っててくれと言い、私は飛雄馬に会うために学部本館の建物に入った。階段を上がってはひとつずつドアのプラスチックプレートを見ていく。航海学研究室とか海洋気象学研究室とか書いてある部屋があり、プラスチックプレートがなく何の研究室かわからないドアもあった。あちこちのドアを開けては「増殖の工藤飛雄馬がどこにいるか知ってますか」と聞いた。みんな「知らない」と言った。

幾つものドアを開けては閉めしていたが、そのうち実験室に行き当たった。白衣を着た学生たちがビーカーやフラスコを扱っており、幾つかの電子機器のようなものもあった。見知った顔が何人かいた。

「増田さん！」

男子学生が私に気づいた。教養部で同じクラスだった学生である。私が入っていくと、他にも何人か集まってきた。

「何しに来たんですか？」

女子学生が聞いた。

「柔道の試合」

みんなが笑った。

「おしょろ丸はどこに置いてあるの？」

私が聞くと、今度は男子学生が答えた。

「置いてあるって、陸の上じゃないんですから。停泊っていうんです」

柔道部の後輩と同じことを言った。

「どこに停泊してるんだろう」

「いま航海中ですよ。ハワイかどっかにいるんじゃないかな。それはそうと、増田さん。教養部の授業出てるんですか？」

「出てない」

「いつ学部に移行してくるんですか」

「函館に来るのは五年目だよ。あと一回留年しなくちゃいけない」

「俺たち卒業しちゃいますよ。だいたい増田さん何歳なんですか。二浪して二留したら卒業は二十六歳じゃないですか。卒業しても就職ないですよ」

「卒業しなきゃいいじゃないか。就職しないという手もある」

男子学生は呆《あき》れたように両眼を天井へ向けた。

本当のところ、私はさまざま迷いはじめていた。入学したときは水産学部柔道部に本学の柔道部員が一人もいなかった。だから移行すると練習量が減ると考え留年しようと思ったのだ。しかし、飛雄馬が移行し、さらに東英次郎ら水産系の一年目が三名も本学柔道部に入部してくれた。飛雄馬

による と函館では町道場に通って、そこに出稽古に来ている実業団や高校の選手たちとも練習をやっているらしい。東たちと一緒に移行すれば寝技の練習もできるだろう。

迷っている理由はもうひとつある。入学してみると学部学科の転部がそれほど難しくないことがわかった。かつての柔道部の先輩たちのなかにも札幌で練習を続けたくて水産学部から獣医学部や農学部などに転部した人がたくさんいたようだ。出す側の教授と受け入れる側の教授が双方納得すれば、一年遅れになるが転部は可能だ。こういったことは入試要項などには書いていないので入学してみないとわからない。

私は文学部へ転部することも考えていた。しかしそれならはじめから文系に入学すればよかったのだ。なぜ大嫌いな数学が受験科目にある理系を受験したのかというと動物をやりたいという思いが絶ちがたかったからだ。しかしこうして選択肢が増えたことで逆に悩みが深くなっていた。このままいくと虻蜂《あぶはち》取らずになってしまう可能性もあるとぼんやり感じていた。

「ところで飛雄馬がどこにいるか知らない?」

私は聞いた。

「ああ、飛雄馬さんですね。おそらくひとつ下の階ですね」

一人の男子学生が教えてくれた。

「さすが飛雄馬は有名なんだね」

別の元クラスメートが「増田さんが無名すぎるんです」と言った。

私は廊下に出て階段を下りた。その階には浮遊生物学教室であるとか発生学遺伝学教室であるとか生物系の研究室が並んでいた。ドアを開けては「工藤飛雄馬はいませんか」と聞いてまわり、やっと見つけた。飛雄馬は授業を受けていた。

先生が板書を始めるところを見計らって私は教室の後方ドアから静かに入り、飛雄馬の後ろに座って背中を突ついた。飛雄馬が振り向いた。

「さっき東たちと一緒に函館に着いた。飯食いに行こう」

「わかった。いま行く」

飛雄馬は机の上の専門書とノートを鞄《かばん》に入れて立ち上がった。二人で静かに廊下へ出た。

飛雄馬に連れられ、みんなで函館市街で夕飯を食べた。

その日の夜は北晨寮の幹部が寮の一室に酒席を設けてくれ、歓待された。

深更《しんこう》二時まで飲み、一年目を寝かしてから飛雄馬と久しぶりに二人きりになった。

私も入れてわずか六人になってしまった同期の一人であり、同じ学部の盟友でもある。東北戦《とんぺい》で札幌に来たときは他の部員たちも多く、あまり深く話せなかった。函館に来てからの授業の様子、研究者たちの能力、大学院の雰囲気、さまざま聞いた。

「こっちにはこっちの空気があるからさ」

飛雄馬が言った。

本学札幌では「飛雄馬は練習量が落ちて弱くなるのではないか」という声が一部にあった。そういう雰囲気を飛雄馬は敏感に感じているようだった。

「大丈夫だよ。気にしなくていいよ」

函館に数度来たことがある私はこの距離を理解していた。精神的距離もあり物理的距離もある。東京から名古屋《なごや》が二時間なのに、札幌から函館は五時間である。新幹線でいえば東京―博多《はかた》間の時間がかかるのだ。

函館の人口はこのところ漸減しており、来年一九八八年には青函《せいかん》連絡船の廃止も決まっている。

戦後何度も水産学部の札幌移転の話が上がっては消えているのは、海に隣接している立地もあるが「函館のほうが上」だとする空気が水産学部の老教授たちのあいだに残っているからだという。函館は札幌より古い街だ。そして水産学部は他大学を圧して日本一の海洋研究機関である。そのプライドが札幌移転を実現させないのである。

大学全体の研究の連携を考えれば札幌キャンパスに移転するほうがいいに決まっている。そのときは小樽に臨海研究所を移して船はそこに停泊させればいいという移転推進派の意見はもっともである。しかし水産学部の教員たちにはプライドがあるのだ。

「このあいだ支笏湖《しこつこ》キャンプで歌ってくれたあの寮歌、教えてよ」

焼酎を湯飲みに注ぎながら私は飛雄馬に頼んだ。支笏湖キャンプというのは全学柔道部が夏合宿のあとに行う行事で、寒くなり始めて観光シーズンが終わった支笏湖へ行き、焚火《たきび》を囲んで一泊して語り合う。他に人はまったくいないので柔道部員だけで支笏湖を独占できるのだ。「水産追いコン」という副題がついているように、九月に水産学部へ移行する柔道部員を送るためのコンパも兼ねている。夜、砂浜で飛雄馬と二人になったときに歌ってくれたのが『湖に星の散るなり』だった。昭和十六年の寮歌である。

支笏湖は、面積は琵琶湖《びわこ》の九分の一ほどだが水深が三六〇メートルもあり、貯水量は琵琶湖に次ぎ日本二位という特殊な湖である。透明度が高いことでも知られ摩周湖《ましゆうこ》やシベリアのバイカル湖などと比較されるほど世界的に有名な湖だ。私もキャンプ時に潜ってみたが、どこまでも透き徹《とお》った水は芸術家たちから〝支笏湖ブルー〟と讃《たた》えられるに相応《ふさわ》しいものだった。

あの日、飛雄馬はこの美しい湖をモチーフにした寮歌『湖に星の散るなり』の歌詞の一番を砂地に書いて教えてくれた。

湖に星の散るなり　幽《かそ》けさよ　松の火燃えて
漕《こ》ぎ出《い》づる　愛奴《あいぬ》の漁舟《ふね》の
岸辺佇《た》ち　沁々《しみじみ》眺む
旅の日は　はや暮れゆきぬ
夢に酔ひ　夢にぞ歎《な》かん
汚れなき　心を慕ふ
大いなる　支笏《しこつ》の湖《うみ》よ
花若く　我汝《な》が許《もと》に
希望《のぞみ》満ち　今宵《こよい》宿らん

一年目のときのカンノヨウセイで先輩たちに「寮歌は覚えるものではなく吟味するものである」と言われた。その伝に従えば、夜、焚火をし、静かな支笏湖の湖面に星が散っている情景を歌ったものだ。

背後で焚火を囲む他の部員たちから離れて、飛雄馬と私の二人は湖水の浜に座り込んでいた。まわりはすべて深い森。灯《あか》りはただひとつ、背後の焚火だけである。パチパチと火がはぜる音が響き、薪《まき》が燃える香ばしい匂いがする。入部してから一年半、ずっと一緒で、私が遅れてはいても、いつか同じ学部へ進学する仲間である。二人だけの言葉にならない気持ちがあった。

北大を代表する明治四十五年の寮歌『都ぞ弥生』が山々や平原、つまり陸で移りゆく季節を謳《うた》い上げたものだとしたら、この昭和十六年度寮歌『湖に星の散るなり』は支笏湖の湖面に映る想念のさまざまを影絵のように編みあげた詩だ。題名であり歌い出しでもある《湖に星の散るなり》という夜の光景が、まさに眼前に広がっている。満天の星空が黒い湖に映り込んで揺れていた。

「湖に星の散るなり、幽けさよ、松の火燃えて――」

飛雄馬が抑揚なく砂浜に書いた歌詞を読み上げた。

そして一番の最後まで読むと、今度はそれを歌っていく。

その日の夜。二人はたしかに北海道大学と一体化した。

＊　＊

函館に到着した翌日。私たち全学の北大柔道部員は、試合の二時間ほど前に水産学部の体育館へ入った。そして飛雄馬の指示で試合会場の位置を決め、柔道場から畳を運んで設営した。

やってきた東京水産大学柔道部を迎え、柔道衣《じゅうどうぎ》に着替えてウォーミングアップしていると、北大水産学部応援団のほか、教養部時代のクラスメートたちがたくさん応援に来てくれた。女の子たちは最前列に座って手を振ってくれる。

試合は講道館ルール、五人戦の点取り試合として行われた。

私の相手は一三〇キロの重量級だった。ただ、道都大学の重量級のように特別に体幹が強いわけでもない。寝技なら取れると思った。しかし講道館ルールだから引き込みは禁止だ。寝技に持ち込むためにはまず投げなければならない。今回のレギュラー、本学の最上級生は私と飛雄馬の二人だけだ。そのプレッシャーはあった。

試合が始まると相手は体格を利して前へ出てきた。

それをいなしながら足技で崩していく。北大に入ってからの私は立技で投げるだけの体のキレが二浪のブランクで戻っておらず、また、ほとんど乱取りが寝技ばかりなので一本取れる投技というものが錆《さ》びたままだった。もう戻すのは不可能だろうと思っていた。有効程度の投げで寝技に持ち込んで腕を縛って抑え込むか、脇固めや跳《と》び付《つ》き十字《じゅうじ》などの関節技を狙う。それが今の私の柔道スタイルだ。東京水産大学のその相手は私が寝技へ持ち込もうとする意図を感じたのか、不用意な投げは打ってこなかった。何度か相手を崩しては後ろについたりしたが主審の「待て」が早く、取りきれなかった。

一度は思いきって支え釣り込み足で横転させたが、主審のコールなし。そのまま寝技にいったが取りきれず「待て」。組み直し際、今度は引き込み十字にいったが持ち上げられて「待て」。

相手は体が大きいだけに少しずつ息をあげてきていた。それを見透かされないようにするためか、襟を突っぱねてぐいぐい押してくる。場外際、その力を利用して私は大学に入ってからは使っていない高校時代の得意技、右の片襟背負いで背負った。

相手が体を預けてきた。七帝戦前に傷めてまだリハビリ中の左膝《ひざ》をかばって右に思いきり相手を振った。体勢が崩れ、一三〇キロを背負ったまま場外の板敷きに右膝からまともに落ちた。膝の中でグシャッと音がした。

立ち上がろうとしたが右膝が安定せず立ち上がれない。両手をついてやっと立ち上がった。開始線に戻ると主審が「大丈夫か」と聞いた。私は肯《うなず》いた。膝が安定していないが激痛ではない。そこからは両手を突っ張って立技で引き分けた。

試合がすべて終わり合同乱取りとなった。膝の痛みが酷《ひど》くなってきた私は座ったまま見学した。

練習後の打ち上げは函館市街の寿司《すし》屋の二階だった。足を引きずりながらついていった。飛雄馬が心配してずっと肩を貸してくれた。

「会場が狭かったから。畳の上だったらまだ良かったのに――」

飛雄馬が言った。

「いいよ。明日《あした》になったら歩けると思う」

寿司は、さすがに水産学部御用達《ごようたし》だけあって美味かった。

二次会へ行く頃にはさらに膝が痛くなって、ほとんど足を地面につけることができなかった。

北晨寮に帰り、二段ベッドの下段に横になると、疲れで一気に眠ってしまった。しかし小一時間もした頃、膝の激痛で目が覚めた。左膝でも何度か経験したロッキングだ。火箸《ひばし》を膝の関節内に突き刺されたような強い痛み。こうなると伸ばすことも曲げることもできない。いや、体を動かすことすらできない。体中に脂汗が滲《にじ》んでくる。喉の奥から声にならぬ声を出し、ずっとそのままの体勢で歯を食いしばった。手で触れてみると右膝は大きく腫《は》れていた。こいつは左膝以上にやばいかもしれないと思った。

第5章　函館の潮風、札幌の豪雪

1

翌朝、暗い気分で水産学部の北晨寮《ほくしんりょう》を出た。海の匂いがする冷たい風を受けながら函館駅へと移動する。私のスポーツバッグは一年目三人が交代で持ってくれた。駅舎が二日前に降り立ったときより寂しく見えた。建物の金具が錆《さ》びているのは潮風のせいだろうか、あるいは忘れ去られて予算が付かないのか。ぼんやりと待合のベンチに座って壁に貼られたポスターなどを眺めながらスポーツドリンクを含んだ。一年目たちは気をつかっているようで、話しかけてこなかった。

ディーゼル機関車に乗っても私だけは一年目と離れて四人掛けのボックスに一人で座った。札幌まで五時間。この函館本線は渡島《おしま》半島の海岸線をなぞるように蛇行して走る。暖房が効きすぎ、あまりに暑いので上を脱いでTシャツ一枚になった。温風はシートの下あたりから脹《ふく》ら脛《はぎ》に吹き掛かるので、靴を脱ぎ、まずは左足を向かいのシートに上げた。それから右膝《ひざ》の下あたりを持って注意深く右足をシート上に載せた。右膝の腫《は》れはますます酷《ひど》くなっていた。

往路で読みかけのままになっている野坂昭如《のさかあきゆき》の文庫本を開いたが文字を追えず、すぐに閉じ、車窓を流れる景色をぼんやり眺めた。函館と札幌のあいだは不思議なエリアである。観光客があまり訪れず、マスコミのニュースでもあまり取り上げられない。しかしときどき散発的に窓から見える集落には人が生きている気配がある。北《きた》の湖《うみ》が産まれた壮瞥町《そうべつちょう》や千代《ちよ》の富士《ふじ》が産まれた福島町《ふくしまちょう》などもこの辺りだ。そんなことを考えているうちに寝不足の私は眠ってしまった。

一時間ほど眠ったところで一度目が覚めた。温《ぬる》くなったペットボトルのスポーツドリンクを飲み干し、少し体勢を変えてまた眠った。一度だけ膝にロッキングが起こり、痛みで声が出そうになるのを必死で耐えた。他の乗客たちからは離れているが北大の一年目は三つほど前の席で談笑している。格好悪い姿は後輩に見られたくなかった。

札幌に着いたのは午後二時半過ぎである。札幌には大雪が降っていた。私は地下鉄駅へ歩く後輩たちとそこで別れ、スポーツバッグを提げてタクシーに近づいた。脚を引きずっているので運転手が出てきてバッグをトランクに詰めてくれた。住所を告げ、東区の自宅アパートに戻った。

雪道を北大まで歩くのは今日は不可能だと思われた。主務の杉田さんに電話して練習を休ませてもらった。

それから数日間は膝の状態が良くなるのを待ってひねもすアパートでぼんやり本を読んで過ごした。このところ日曜毎に行っていた日雇いの土方仕事も休まざるを得なかった。毎朝起きると共同玄関へ行って外を覗《のぞ》いた。雪が降り続けていた。たいていは静かに音もなく降っていたが、ときどき吹雪になると鋭い風の音が鳴った。

病院へ行けば手術になって練習復帰が遅れてしまう。

どうするのがベストか、私は鬱々《うつうつ》と考え続けた。夏に怪我した左膝は筋肉が細り、不安定で、いつまでたっても頼りない。毎日自分でリハビリを続けているが、怪我以前の状態に戻すにはまだ時間がかかるだろう。そして今回の右膝である。膝全体がぶかぶかと腫れあがった状態で、少しでも負荷がかかると強い痛みが走った。アパートのトイレは和式なので、大雪のなか洋式を求めて近くのコンビニやパチンコ店まで行った。

五日ほど経って少し腫れが引いてから、いつもの三倍ほどの時間をかけて雪道を歩き、道場に顔を出した。

数日間はベンチプレスをしながら見学していた。しかしいつまでもそうしているわけにはいかない。アパート近くの自転車屋でいつものように古いチューブを何本か貰《もら》い、それを魚の腹を割《さ》く要領で中央からハサミで切り開いた。そして流し台で食器用洗剤を使って洗い、道場に持っていった。本当ならテーピングすべきだが毎日の練習でテーピングしていたら月に何万円もかかってしまう。練習前に左右の膝にチューブを二本ずつ巻いて寝技乱取りに入るようになった。両膝を固定すると、これまで以上に技が制限された。

柔道の立技において下半身の力が重要であることは素人が見てもすぐわかる。しかし寝技でも脚の力というのは非常に大切である。〝脚が利く〟という言葉が寝技にはある。これは脚が手のように使えることの重要性を言った言葉である。自分が相手の下で仰向けになったとき、手で箸《はし》を使うくらい器用に脚を動かせるようになることをさす。相手は上から自分の腕を使って攻めてくる。その腕の動きに対抗するために脚が利かなければいけない。

また、寝技で上から攻撃する場合にも、片方の脚は正座状態であることが多く、それを左右スイッチしなければならない場面も多い。両膝とも曲がらないとそういった動きができない。つまり自分が上になっても下になっても脚が使えない。

そういった制限を受けながら乱取りに参加したのだが、あるていど腫れが引いていたものがたちまち悪くなって大きく腫れあがった。だからといって乱取りに入らなければ体全体のパワーが落ち、スキルや勘も鈍るのですぐに弱くなる。進むも退《ひ》くもできない状況になっていた。

＊　＊

雪のなかを私は粛々と道場に通った。日毎に雪は深くなり、膝を庇《かば》いながら歩くのが相当な苦痛になっていた。とくに車や人に踏みしめられてアイスバーンになっているところでは、唐突に横滑りして膝をさらに悪くした。

「おう。おまえら。よろしくな」

山内義貴《よしたか》コーチの集中ウェイトトレーニングもまた再開されて二部練となったため、柔道部員たちは一日のうちほとんどの時間を大学で過ごすようになった。

山内コーチのトレーニングは北大構内のトレーニングセンター――通称トレセンで毎朝行われる。このトレセンへ行くには教養部の建物の裏手にまわり、原生林のなかを延々と蛇行する小路を奥へと歩かなければならない。そこを抜けると左右に野球場や陸上トラック、そして農学部の実験農場などがあるが、どこも雪に埋まって真っ白である。そのさらに向こうにあるトレセンまで柔道部員は積雪をラッセルするように歩く。百五十万都市のなかにこんなに広い雪原が広がっているのは驚異的なことだ。膝の調子が悪いので毎日そこを往復するのが私にとって大きな負担になった。

そのうちすぐに北大は長い冬休みに入った。柔道部員以外はみな地元に帰省し、雪原となったキャンパスを歩いているのは昨年と同じく柔道部員と野良犬とキタキツネくらいになってしまった。

北海道は小学校も中学校も高校も大学も、夏休みが短く冬休みが長い。雪は毎日降り続け、ときにブリザードが地上の雪を巻き上げた。数メートル先さえ視界がきかず、大量に積もった雪の吹きだまりのなかで立ちすくむこともあった。

札幌全体が白い雪で静かに埋まっていく。

憧《あこが》れの地だった。戦前あった寝技の殿堂〝高専柔道〟を受け継ぐ七帝柔道というものがあり、今でも旧帝大七校で年にいちど戦われているのを知ったのは高校二年の終わり。地元の名古屋大学が県内の進学校を招いて開いた名大杯という高校柔道大会の場である。名大柔道部員たちが語ってくれたその異形の柔道スタイルと、哲学的な思想に私は惹《ひ》かれた。なにしろ彼らはこう言ったのだ。「寝技は練習量がすべてを決定する」と。彼らにすすめられて読んだ井上靖《いのうえやすし》の自伝的小説『北の海』には高専柔道に関する様々な景《けい》が描かれていた。父親から離れたかった私は地元ではなく北海道大学を選んだ。

体格やフィジカルに劣る彼ら官立の旧制高校生たちは、強豪選手を揃えた私学に対抗するため寝技の研究だけに時間を割いた。そして毎年夏に開かれる京都武徳殿《ぶとくでん》での高専大会の優勝を目指して異様なまでに練習をする。この旧制高校とは、戦前まで旧制中学五年間のあとに三年間あった学制であり、年齢的には現在の新制大学に相当する。

そんなことを思い出しながら、私は寝技乱取りを抜けて道場の隅で膝の自転車チューブと弾力包帯を巻き直した。

右膝の下を持ち怖々と前後に動かすと痛みが走った。膝から下がぐらぐらと動き、中に溜《た》まった血が水枕のように音をたてる。寝技乱取りは、ただ本数を消化し、練習が終わるのを待つだけのものになってしまい、やればやるほど自分の寝技が弱くなっていくのがわかった。そして夜になると唐突に膝が固まって動かなくなるロッキングの激痛でのたうちまわった。医師に診せずとも自然に治っていくのではないかという希望的見込みは甘かった。それでも怖くて病院へ行く決心がつかなかった。

決心をつけたのは、在学中二回まで出場資格がある団体五人戦「北海道学生柔道新人大会」の会場である。審判員として来ている柔道整復師専門学校の先生を岩井監督に紹介され、本格的にテーピングしてもらった。太いテープを三本四本と大量に使うものだった。もしかしたら五本か六本使ったかもしれない。それくらいガッチリとしたテーピングだった。

「どうだ」

先生はそう聞きながら私の膝を左右や前後に動かした。そのたびに激痛があり、私は声をあげた。

「これじゃ無理だ。先生はなんて言ってる」

「先生?」

「医者だよ。病院の先生」

「いえ」

私が口ごもると「行ってないのか」と口調が強くなった。

「はい……」

「試合は今日だけじゃないんだぞ。まだ何年も現役をやるんだろ。きちんと治したほうがいい」

横で心配そうに見ていた岩井監督が「ありがとうございます」とその先生に言い、私に向かって小さく肯《うなず》いた。今日のレギュラーを降りろということだ。

2

根雪が五〇センチほどにもなった十二月の半ば。ようやく私は病院へ行くことにした。左膝のときに入院した横井《よこい》整形外科は避け、選んだのは、一年前に肋骨《ろっこつ》が折れたときに診てもらった岸辺《きしべ》整形だった。院長が北大ボート部ＯＢで、選手側に立った治療、つまり練習しながらの治療を優先させてくれる。

北区の北の外れまで地下鉄で行き、吹雪のなかを歩いた。踏み固められた雪の上に積もった新雪に膝下まで沈めながら、やっと岸辺整形に辿《たど》り着いた。

待合室には暖房が効き、消毒薬や医療用テープの臭いがこもっていた。平日の昼過ぎだから、ビニールソファに座っているのは老人や子供を連れた主婦ばかりだ。窓からは雪の照り返しの光が入ってきている。壁を塗り替えたのだろうか。一年前に来たときとは待合室全体が違う色に見えた。

持ってきた文庫本を読みながら順番を待った。四十分ほど待ってようやく呼ばれた。診察室に入ると、岸辺院長は私のことを覚えていた。

「おお。北大柔道部のゴリラか。どうした。また肋骨折ったか」

丸顔をほころばせた。

膝をやったと話すと、経緯を詳しく聞き、「よし。ズボン脱いでそこに横になれ」とてきぱきと立ち上がった。

「これは痛いか」

院長は私の右膝を立て、横や前後に何度も動かした。そして私が「痛い」と声をあげる方向に力を入れてまた動かすことを繰り返した。全身に粘りのある脂汗が滲《にじ》み出てくる。

「夜中に膝が動かなくなって激痛がすることがあるか」

「ロッキングですね。あります」

「詳しいじゃないか。名前知ってるのか」

「左膝やったときもあったので」

「左もやったのか」

「ええ。この夏に」

「そっちはもういいのか」

「まあまあです」

「ロッキングは？」

「ときどきです」

「ちょっと左も見せろ」

院長に言われて左膝を立てた。そしてやはり前後左右に動かされ弛《ゆる》みや痛みを確認された。院長は椅子に座り、眼鏡をかけ直した。

「今回の右のロッキングの頻度は」

「ほぼ毎日。頻繁にあります」

「じゃあ取りあえず痛み止めの注射を打ってやる。眠れないだろ」

渋面になって看護婦に何か指示した。

そして看護婦が持ってきた透明の液体が入った容器に、巨大な注射器を突き刺して液体を吸っていく。注射器の針はいままで見たこともないような太さである。これを膝に刺すのかと思うと怖くなった。

「ここに座れ」

ベッドの縁を手のひらで叩《たた》いた。

私は体を起こしてそこに座った。

「ちょっと痛いぞ。我慢しろ」

院長がその巨大な注射針を膝のなかへ刺し込んだ。本当に痛かった。歯を食いしばって我慢していると、院長は膝のなかでその針を動かしては液体を注入していく。

「ステロイドの痛み止めだ。副作用はあるが一番効く」

言いながら針を抜き、別のところからまた膝の奥へと刺し込んだ。思わず私は声を漏らした。しかしそれで終わりではなかった。院長は注射針を抜くとまた別角度から針を刺していく。

「十字だ。内側と外側もやっているかもしれん。半月板もいってるみたいだ」

何度も打ち、ようやく注射器を看護婦に渡しながら院長が言った。

「練習できますか」

「なんだ。肋骨で来たときと違うな。あのときは練習を休みたい感じだったぞ」

「僕たち二年目が強くならないと。北大はいま四年連続で七帝戦最下位なんです」

気持ちが昂《たか》ぶって声が嗄《しゃが》れた。

「三年目の先輩が少ないし、僕ら二年目が頑張って早く強くならないとだめなんです。だから早く復帰するには先生しかいないと思って。このあいだの東北《とんぺい》戦で、東北大のやつらに『札幌には観光に来た』って言われて、言われたまま大敗して。悔しくて。どうしても勝ちたいんです」

院長は黙ったまま聞いていた。

たしかに一年前に肋骨をやったときは「これで練習が休める」と喜んだ。練習の苦しさから逃げたいばかりだったからだ。しかしいまでは二年目となり、立場が変わっていた。他校の強い選手たちと互角に戦える力をつけたかった。

「よし。すぐに手術しよう」

院長が険しい眼で言った。

「手術しなきゃいけないんですか？」

「明日入院しなさい」

「ちょっと待ってください……」

「柔道やりたいんだろ」

「はい」

「だったら俺に任せろ。切るしかない。実家はこっちか」

「いえ、名古屋です」

「じゃあ、今日帰ったら友達に手伝ってもらって入院の準備をしなさい。すぐに手術日を決めるから」

院長は椅子に座って看護婦を呼び、私を入院させること、手術の日程を調整することなどを伝え、カルテにペンを走らせた。

3

次の日は目覚まし時計で早くから起きた。蛍光灯をつけ、ストーブを点火し、トレーナーの上から柔道部のジャージを上下着込んだ。そして米飯を丼で二杯、生卵と醬油《しょうゆ》をかけて食べた。終えるとすぐに入院の準備を始めた。

まずは洗濯だ。汗を吸った道衣は放っておくと黄ばんで汚れが落ちづらくなる。その道衣を抱えて部屋を出、廊下の一番奥にある洗濯機に突っ込んで粉石鹼《せっけん》を大量にかけた。料金百円を入れてスイッチを押した。

部屋に戻ると、隅に積んである本を物色した。『深夜特急』第一便第二便。ケルアックの『路上』河出《かわで》版。『ロダンの言葉抄』岩波《いわなみ》版。西村寿行《にしむらじゅこう》の文庫二冊。古書で購入後未読の石牟《いしむ》礼《れ》道子《みちこ》のエッセイ集。入院が長引く場合も考え、時間が潰《つぶ》せる動物写真集と昆虫図鑑も詰め込んだ。その上から着替えなどを入れていく。作業しているうちに汗ばんできたので柔道ジャージの上を脱いだ。

天気を見るために共同玄関へ行った。引戸を開けると眩《まぶ》しいほどの快晴である。しかし昨夜降り続けた雪は太股《ふともも》の半ばほどの深さになっている。この膝で深い雪道を歩いて地下鉄移動するのはきつい。大きなバッグも提げるのだ。

部屋に戻って床に座り、忘れものがないかもういちどバッグの中を確認していると、唐突にまた膝がロッキングした。膝を両手で抱えて床に転がった。歯を食いしばって痛みが去ってくれるのを待った。体に力が入って体温が上がったのか部屋を暑く感じ、片腕を伸ばしてストーブを切った。しばらくして痛みが治まってきたところで何度か深呼吸して上半身を起こし、床に座り直した。立ち上がってTシャツの肩で顔の汗を拭《ぬぐ》い、水道水を蛇口から飲んだ。

ベッドにどさりと横になって『格闘技通信』を捲《めく》った。このところサンボと空手の記事が多い。空手は団体の分裂が続いて流派が増えていた。

しばらく格通《かくつう》を読んで洗濯機を見にいくとちょうど最後の脱水が終わるところだった。濡れた道衣を抱えて部屋に戻り、洗濯紐《ひも》に広げて干した。

前日コンビニで買った菓子パンを食べながら、小説や随筆など習作の小文整理をした。余白に鉛筆で書き足したりレポート用紙に書いたものをセロハンテープで貼ったりしてあるそのノートは不格好に膨れあがっている。そういったノートが何冊かあった。そのうち昼になったのでまた丼一杯の卵御飯を食べた。そして名古屋と東京の友人二人に手紙を書き、流し台を片付け、ベッドまわりの本を整理したりして過ごした。

共同玄関脇のピンク電話でタクシーを呼んだのは午後三時半過ぎである。部屋に戻って防寒コートを羽織り、スポーツバッグのジッパーを閉めてタクシーを待った。

しばらくするとタクシーの運転手が部屋まで迎えにきてくれた。私の脚が悪いのを知って運転手は荷物を持ってくれた。

「すみません。ちょっと待ってください」

共同玄関のところで下駄《げた》箱からサンダルを引っ張り出してバッグに詰め込んだ。冬の北海道では履けないが入院生活の必需品である。

大家さんに入院することを告げ、玄関を出た。

運転手がバッグをトランクに詰めて運転席に乗り込むところだった。

タクシーは創成川の通りを北上していく。スパイクタイヤが新雪を踏む音が車体の下で小さく聞こえている。ラジオからは中森明菜《なかもりあきな》らしき歌声が流れはじめた。しばらく行ったところで左折し、すぐに右折して北大通りに入ると車は少なくなった。北区もここまで来ると高い建物は減ってくる。

ラジオがニュースに変わったところで左手に病院が見えてきた。

運転手は新雪に車の腹を擦《こす》りながら路肩まで寄せてくれた。大きく右へ傾いて車が止まった。運賃を払うと、運転手は運転席から降りてトランクからバッグを出し、新雪を足で払って私が歩けるようにしてくれた。

礼を言いながらタクシーから降り、バッグを受け取った。運転手は「頑張って」と私の背中を叩いて笑顔で車に戻っていく。

礼を言ってタクシーを見送ってから背の高い病院の建物を見上げた。白く殺風景な建物は鉄条網を巻けば刑務所場面の撮影セットにでもなりそうだ。あらためてまた入院生活が始まることに暗澹《あんたん》としながらロビーへ入り、受付に「今日から入院する増田です」と告げた。

「一人で来たんですか」

受付の女性が驚いた。

私は黙って肯いた。必要書類をもらい、ボールペンを借りてカウンターの隅で記入していく。保証人の親の印が必要だったのでその書類だけは後で書くことにして他のものを仕上げ、受付に出した。

病室は大部屋が空いておらず、六階の二人部屋になった。

スポーツバッグは事務の人が台車で運んでくれた。

私は看護婦に連れられてエレベーターで上がり、病室に入った。同室は七十四歳の爺《じい》さんで、腰の手術をした人だった。同い歳くらいの奥さんが付き添って仲良くずっと話をしていた。爺さんはかつて中学の国語の先生で、奥さんは英語の先生だったと言った。

私の学部や地元のことも聞いてきた。名古屋出身だと知ると、お父さまとお母さまが心配してるでしょうと奥さんが言った。

「入院することは話してないので」

「どうして?」

「柔道なんかやめてしまえとか面倒なこと言われそうですから」

「ちゃんと言っておかなきゃだめよ」

何度もそう繰り返した。結局、夜に電話することを無理やり約束させられた。

看護婦が入れ替わり立ち替わりやってきて検温やら血圧測定やら採血やらをやっていく。

「少し換気しましょうね」

奥さんが窓を開けると、冷気が塊になって流れ込んできた。窓外ではいつのまにか大粒の雪が舞っていた。その雪が冷気に乗って二粒三粒ふわふわと病室に入ってきたので奥さんが窓を半分ほど閉めた。

夕食を食べたあと、奥さんがリンゴをむいてくれた。

爺さんはそのリンゴを食べながら「本当は俺も北大に入学したかったが成績が足りなくて行けなかった」と話した。だから増田君は勉強を頑張れと言った。私はその気もないのに「はい」と答えた。

ノックの音がして年輩の看護婦が入ってきた。

「お父さんの印鑑を押した書類はいつごろ出せそうですか」

「先ほど郵送しましたので、五日後か六日後には戻ってくると思います」

それからまたいくつかの検査を受け、ベッドに横になって手術のことを考えていると、大きなノックの音がして入口ドアが開いた。柔道部の岩井監督だった。

私が驚いて上半身を起こすと、両腕に抱えた二つの紙袋をどさりと床に置いた。

「漫画だ。暇つぶしに読め」

紙袋の中を覗くとひとつには『じゃりン子チエ』が、もうひとつには『土佐の一本釣り』が入っていた。ともに数十冊はある。

監督はベッドの脇に置いてある折り畳み椅子を片手で持ち上げて開き、座った。

「どんな感じだ」

私が医師に言われたことを説明しているあいだ、監督は試合で指示を出すときのように静かな眼で私を見ていた。

「これは増田にのんびりしろっていう神様のおぼしめしだ。いろいろ考えずに黙って寝てればいいからな」

「はい……」

「待ってるからな。七帝に間に合えばいい」

「こんなにたくさんの漫画、どうしたんですか」と聞くと監督は笑った。

「俺の部屋にあった漫画を全部〈おふくろ〉に預けてあるんだ」

おふくろとは監督の前後の代がよく行っていた居酒屋である。しばらく雑談して「何か困ったことがあったらいつでも電話してこいよ」と私の肩を叩いて帰っていった。

「増田君、いまの人は誰だ？」

隣の爺さんが言った。なにやら険のある聞き方だなと思ったら赤い顔をしていた。

「柔道部の監督さんです」

「どうして漫画なんか持ってくるんだ」

急に声を荒らげた。何を怒っているのかわからなかった。

「北大生なんだから勉強しなくちゃいかんだろ」

なるほど。そういうことか。

「僕は勉強より小説や漫画を読んだりするのが好きなんで」

「北大生なんだから勉強しなさい。日本の未来を背負って立ちなさい。増田君は勉強の本は持ってきたのか」

言われてみれば一冊も持ってきていない。

「もういいじゃないの」

奥さんが制止したが、爺さんは怒り続けた。火がつくとおさまらない性分のようだった。奥さんが目配せしてきた。私はベッドを下り、片脚を引きずりながら病室を出た。廊下にいた看護婦が驚いた顔をしていた。爺さんの怒鳴り声が聞こえたのだろう。

「何かあったんですか？」

「子供たちへの財産分与のことで夫婦喧嘩《げんか》してるみたいです。資産が百億円くらいあって大変みたいです」

適当なことを言ってその場から逃げ、エレベーターでロビーに下りた。自動販売機でポカリスエットを買って、ソファに座った。すでに大きな灯《あか》りは落としてあり、ロビー全体がぼんやりと薄暗い。ポカリの蓋《ふた》を捻《ひね》り、ひとくち飲んだ。

入院初日に監督さんが来るとは思っていなかった。あまり部員の私生活に干渉しない人である。それが大量の漫画本を抱えて入院初日にやってきた。怪我が続いている私が柔道部を辞めてしまうのではと心配なのかもしれない。そういえば夏頃に四年目や三年目の先輩たちと北二十四条の〈みっちゃん〉で飲んだときのことだ。先輩たちが話していた。内地の年配ＯＢのなかで「岩井が監督だから勝てないのだ」という声があがっているのだという。もちろんこれはまったくの間違いである。私たち教え子はみな知っていた。

昭和五十四年、五十五年と北大は七帝二連覇を成し遂げた。このときは重量級の猛者《もさ》を何人も揃えていた。次の西本博《にしもとひろし》主将の代で優勝を逸した。岩井監督が初采配《はつさいはい》を振ったのはその翌年の一九八二年、つまり昭和五十七年の七帝戦からである。今年が昭和六十二年だから五年前のことだ。

このときの主将は我妻敦《わがつまあつし》さんで八六キロ級の北海道学生体重別準優勝者、次の年の川西正人《かわにしまさと》主将はインターハイ選手で入学後も九五キロ級の北海道学生体重別三連覇選手だった。しかしともに接戦を落とし七帝戦の優勝を逸した。

この代が引退すると、一気に選手が小型化した。浜田浩正主将が六〇キロ級、佐々木紀主将が六五キロ級、金澤裕勝主将が七一キロ級、和泉唯信主将が六〇キロ級である。主将がこの体重だからチーム全体が小さくなった。大きい選手がいなくなってしまったのだ。不運としか言いようがない。道場に顔を出さず結果しか見ていないOBの言葉ではあるが、岩井監督が矢面に立っているのはたしかだった。私は竜澤と「監督さんのために絶対に最下位を脱出しよう」と誓い合っていた。

4

次の日は土曜日だったので、練習後、同期の竜澤《たつざわ》宏昌と宮澤《みやざわ》守、松井隆の三人が見舞いに来た。荻野《おぎの》勇が後ろから入ってこないかと覗いたが、やはりいない。少し心配だった。東北戦が終わったくらいから我々同期と距離を置いているように見えたからだ。とくに何かの一事《いちじ》をもってそう思ったわけではない。なんとなく感じた。竜澤に聞くと「あいつはだめなやつだから」と取り合わない。彼は荻野のことを好いていなかった。

同室の爺さんと奥さんは元教員だからか若者の空気が嬉《うれ》しいようで、学部はどこかとか出身はどこかとか声をかけていた。

竜澤が鞄《かばん》の中からレポート用紙を引っ張りだした。二週間ほど前に竜澤と私のあいだで柔道部員でウィンドブレーカーを揃えて作ろうという話になり、竜澤が「デザインは俺に任せろ」と買ってでていた。アメフト部が揃いのスタジャンを着てキャンパスを闊歩《かっぽ》し、女子マネージャーがたくさんいるという話を聞いて、負けていられないと思ったのだ。柔道部が何でも一番でないと二人は気がすまなかった。

「これだよ。いまF1のスタッフが着てるタイプのジャケットにしたんだ。めちゃくちゃかっこいいでしょう」

竜澤が差しだしたレポート用紙にはウィンドブレーカー全体のスケッチと、前面と後面のデザイン、胸のワッペンのアップが描かれていた。たしかに全体にいい感じである。

だが、そのワッペンには英語でこう書かれていた。

《Hokkaido University Judo Mans》

私は黙ったままその紙を宮澤に渡した。松井君も覗きこんだ。二人が顔を見合わせた。竜澤は嬉しそうに私たちの答を待っている。「なかなかいいね」と言ってくれると思っているのだ。

「英語で女性のこと何て言う？」

私は竜澤に聞いた。

「フィメイル」

「いや、メイルに対する女じゃなくて、マンに対する女」

「ウーマン」

「じゃあウーマンの複数形は？」

「ウーマンズ」

返ってくるのではないかと思った言葉がそのまま返ってきた。

宮澤と松井君はまた顔を見合わせ、困っていた。二人も竜澤の性格を熟知しており、指摘すると手がつけられなくなるだろうことがわかっているのだ。

隣のベッドの爺さんは顔を真っ赤にしていた。怒っているようだった。奥さんの方は懸命に笑いをこらえている。

私がにやにやしていると、竜澤が憤然と言った。

「何がおかしい」

「わからない？」

「だからどこが間違ってるんだよ」

これ以上言うと怒るだろうと思って私は話をそらそうとした。しかし空気を読めない松井君が
「でもエキさんだって九九が最後まで言えないじゃん」と笑った。隣で宮澤が爆笑した。これは柔道部同期内では有名なネタのひとつである。私は小学校時代、後に中卒で大相撲入りする同級生と二人だけ、最後まで九九が言えなかったのだ。そして今でも言えない。

「六の段からは引っ繰り返したり足し算したりするとわかるからいいじゃん」

私が言うと、また宮澤と松井君が笑った。竜澤はまだ自分の書いたデザインの文字を見て首を捻っている。その後ろで爺さんがずっと顔を赤くしていた。

私は爺さんに聞かれぬよう声を抑えて「松井君、これ頼む」と入院保証人のところに父の名前と住所を書いて貰った。自分で書くと字が同じなのでばれる可能性がある。書類を実家に郵送したというのは嘘であった。入院していることを知られるのは面倒であった。

同期たちが帰っていくと年配の看護婦が入れ替わりに入ってきた。そして手術が五日後になったことを教えてくれた。

5

翌日、午前中は爺さんの目を気にしながら『じゃりン子チエ』を読んで過ごし、昼飯のあと連続

していくつかの検査を受けた。

夕飯の最中、隣の奥さんが聞いた。

「そういえば、お父さまとお母さまには電話したの？」

「はい。もちろんです」

本当はしていなかった。

その後はまた『じゃりン子チエ』を読んで過ごした。いろいろ考えると落ち込んでしまうので漫画を読んで何も考えずにいた。初めて読む『じゃりン子チエ』の独特の世界観は入院時にはちょうどいい湯加減だった。

月曜日の遅い時間に三年目の後藤さんと杉田さん、斉藤テツさんが果物を持ってやってきた。

「おい。どうだ。大丈夫か」

後藤さんが言った。

主将らしくなったなと今日初めてそう思った。無精髭《ぶしょうひげ》を生やし、畳で擦りむけて赤くなったその顔には一つの集団を背負う覚悟があった。

「俺は七帝戦まで酒やめたぞ。だから早く復帰しろ。増田と乱取りしないと練習した気になれない」

後藤さんが言った。半年前より首まわりが太くなったように見える。

「おまえが本当に酒やめれるんか」

杉田さんがそう言って笑った。後藤さんはその横で眼鏡を外し、着ている服でレンズを拭《ふ》きながらにやついている。杉田さんが「ほれ」と分厚い紙袋を差しだした。開けると村上春樹《むらかみはるき》の『ノルウェイの森』が入っていた。

「読んでみな。いますごく売れてるらしい」

上下二巻のハードカバー。上巻が赤、下巻が緑の不思議な装丁だった。三年目が帰ると飛雄馬が一人でやってきた。学部の授業はもう休みなので今日から札幌で練習しているという。しばらく函館の話をしてくれた。そして将来、研究者になってからの話もしてくれた。飛雄馬はすでにこの時点で博士課程まで進むことを決めていた。柔道部では工学部合成化学科に進んだ宮澤守と並び、学問に対して強く希求しているところがあった。私たちの学年の学究タイプのツートップの一人だ。

「ほいじゃ、また」

飛雄馬は片手を上げて出ていった。私は病室を出ていく飛雄馬の背中を見ながらにやけた。この「ほいじゃ」と片手を上げる飛雄馬の挨拶《あいさつ》は同期のあいだでよく真似されていた。いつも片手を上げて「ほいじゃ」と言うのだ。中村雅俊《なかむらまさとし》の『ただお前がいい』という曲の歌詞と関係あるのかなと思って一度本人に聞いたことがある。関係ないよと頬を赤らめていた。

飛雄馬が帰ってしばらくすると、今度は一年目たちがぞろぞろとやってきた。東英次郎や城戸勉、十人いる一年目のほとんどがいるようだ。全員は入りきらず、病室の外に何人か溢《あふ》れていた。すでに八時を過ぎており外は真っ暗である。何人かは頭に雪を載せたままだ。聞くと、道場から歩いてきて一時間以上かかったという。

「地下鉄で来ればいいだろ。こんなに寒いのに」

「いや、楊《ヤン》先生が歩いて行けるって言うもんで……」

誰かが言った。石井武夫のことだ。《楊先生》という渾名《あだな》は細身の体と顔つきが香港映画の中国拳法《けんぽう》の老人に似ていると同期たちがつけたものだ。たしかにそんな感じだ。同期たちは〈ET〉とも呼んでいた。「おまえら酷いな」とわれわれ二年目は苦笑いしていたが、同期全体が仲がいいからこそであろう。多くの者が様々な渾名を付けられていた。

「いやあ増田さん、お元気そうでなによりです」

城戸勉が言った。

「三日前に会ったばかりだろ」

守村敏史が突っ込みを入れた。

川瀬悦郎《えつろう》が守村の頭を引っぱたいた。

「怪獣のくせに偉そうなこと言うな」

他の一年目たちが爆笑した。

そのうち一年目同士のいつものじゃれ合いが始まってわけのわからない話になっていった。

大森一郎《おおもりいちろう》は「鶴を折りました」と持ってきた。千羽鶴ならともかく、一羽では飾りにもならない。しかもそれは折り紙で折ったものではなくノートを破って作ったものだった。礼を言って受け取ると大森が頭を下げた
一年目たちが帰ると、爺さんが溜息《ためいき》をついた。

「お騒がせしてすみません」

謝ると「気にしなくてもいいよ」と言った。しかしその顔は引きつっていた。私が入院してからのこの数日間で北大に対する長年の憧憬は霧消したようだ。

しかし、ずっと落ち込んでいた私は後輩たちの顔を見て安心し、その夜はすぐに寝つけた。夢に岩井監督が出てきた。どこかの試合会場に部員みんなを集め、七帝戦のオーダーの話をしていた。

「先鋒《せんぽう》は増田でいく」と言われ、背中に汗が滲んだ。

6

翌日の夜は竜澤がひとりでやってきた。

「なんだ彼女が来てたんだ」

ベッド脇に畳んである私のTシャツやトレーナーを見て言った。そして帯で巻いた柔道衣をベッドの上に放り投げた。

夏に左膝の怪我で横井整形外科病院に入院していたときに知り合った看護婦の市原慶子《いちはらけいこ》と、私は秋から付き合いはじめていた。夏の終わりに退院したときにはもう心の内は伝えあっていたが、彼女にはいろいろ面倒が多かった。そのときまだ付き合っていた男と話をつけねばならなかったのだ。その男は暴走族の特攻隊長だった。

「今日は松井君はお勉強、宮澤はバイトだ」

竜澤は言い、ごろりとベッドに仰向けになって息をついた。八〇キロある二人が並んで寝るとさすがに窮屈である。私は黙ってベッドを下り、折り畳み椅子を開いてそこに座った。そして両足をベッドに上げ「荻野はどうしてる」と聞いた。

「知らん。あいつはわからん」

竜澤が眼を閉じながら言った。

「松井君はバイトも始めたからな」

「バイトはときどきだ。それより勉強ばっかりだよ。最近あまり遊んでくれない」

眼を閉じたまま言った。松井君はあの二畳のアパート、平和荘でレポート書きに精を出しているのだろう。「薬学部の授業は大変なんだ」とことあるごとに言うが特に困った顔もしていなかった。

松井君はモスバーガーで週一ほどバイトを始めていた。竜澤は家庭教師、宮澤はコンビニ、私は土方仕事。みなそれぞれ週一くらいでバイトをしていた。

「江川《えがわ》が引退しちまった」

眼を閉じたまま竜澤がぼそりと呟《つぶや》いた。山内コーチと彼は熱烈な巨人ファンである。だから北の屯田の舘ではいつも巨人戦のテレビが映っていた。そもそも北海道は巨人ファンが多い。

「次の一年目、たくさん入れたいな」

私が言うと竜澤は眼を閉じたまま黙って肯いた。

「二人に何か食わしてやりなさい」

隣のベッドの爺さんが言った。

奥さんが「そうですね。何がいいかしら」と見舞いの品から探している。

爺さんも奥さんも北大柔道部がどういうものか少しだけ理解してきたようだった。昨日の夜あたりから動物園の熊かなにかのように距離を置いて見ているのがわかった。柔道部員は年配の人にはきちんと接するように先輩たちから躾《しつ》けられていた。いや、おそらくもともとそういう人間が柔道部には集まるのだろう。子供の頃から体が大きく、またまわりからも強い人間として扱われてきたので、子供や女性、老人を守ろうとする庇護《ひご》欲のようなものが強い。

「もうすぐクリスマスイブだろ。プレゼントって必要なのかな」

竜澤が眼を閉じたままぼそぼそと呟いた。彼が夏過ぎから付き合いはじめた恋人の栗原《くりはら》みゆきのことだ。マネージャーの久保田玲子に紹介してもらった短大生である。

「そうなのか」

私はいつがクリスマスか把握していなかった。そういえば市原慶子はこのところ何か言いたげにしていた。私の頭の中のカレンダーは入部して以来、七帝戦や東北戦の日程、そして合宿の日程、山内コーチのトレーニング日程など、柔道に関連する日以外の日付感覚がなくなっていた。せいぜいが日曜の土方仕事のことくらいだ。

そもそも恋人がいるといっても私も竜澤もいまだに手すら握っていなかった。二人ともどうしたら手を握れるのかわからなかった。酒席で岩井監督に二人で聞くと笑われた。山内コーチに相談したときも「馬鹿か。おまえら」と笑われた。

竜澤はほとんど毎日来て私のベッドで一時間ほど眠って帰っていった。とくに用事があるわけではない。ただふらりと寄っていくのだ。

私自身は毎日くさぐさの検査や診察があり、それ以外の時間は『じゃりン子チエ』を読んで過ごした。和泉さんも毎日のように来た。そして、必ず隣の爺さんにも見舞いの品を持ってきた。そういうところは僧侶《そうりょ》の長男らしかった。

そのうち手術日がやってきた。

7

麻酔から目が覚めると、病室に戻されていた。体を起こそうとすると、下半身が動かない。右膝に重く強い痛みがあった。

首だけ動かして窓を見た。外はすでに真っ暗である。ずいぶん寝ていたようだ。手術着だった上半身は知らぬ間に入院着に着替えさせられていた。ベッドの横にステンレス製のワゴンがあり、点滴袋を下げるための棒が立っている。そこからチューブが延びて手首の甲側に点滴針が刺さっていた。点滴袋は三つあって、二つは抗生剤、ひとつは生理食塩水のようだ。

まだ感覚が完全ではないが、膀胱《ぼうこう》が張って小便が溜まっているのがわかった。

「おお、起きたか」

隣の爺さんが言った。

「看護婦さん呼ばなきゃね」

奥さんがベッド脇のナースコールのボタンを押した。しばらくすると若い看護婦がやってきた。

「気分はどうですか」

「膝が痛いです」

「麻酔が切れてきたのかしら。痛み止めもらってきましょうね」

手術途中まではなんとなく覚えていた。準備室で裸になってT字帯という褌《ふんどし》のようなものを着け手術室に入り、台の上で横臥《おうが》させられ、岸辺院長が大きな注射器を持った。腰椎《ようつい》麻酔だ。だが、その麻酔が効かなかった。

「やっぱりゴリラだな」

院長が言いながらもう一本打った。

膝を何カ所か切開し、まず関節鏡という胃カメラのような物を入れて膝関節の中を調べていく。本格的に膝を開いて手術が始まったころに、私自身は猛烈な睡魔に襲われ眠ってしまった。そして目覚めたら病室だった。

看護婦が戻ってきて痛み止めを点滴に入れた。

「おしっこはどうですか?　お腹張ってませんか?」

「溜まってます」

「ちょっと待っててくださいね」

看護婦がまた病室を出ていった。しまったと思ったが遅かった。すぐに溲瓶《しびん》を持って戻ってきた。

私は焦って両肘《ひじ》で上半身を少し起こした。

「いいです。まだまだ大丈夫です」

看護婦は「なに恥ずかしがってるんですか」と笑いながら出ていった。

がらりと扉が開いた。

竜澤だった。帯で縛った柔道衣を脇に抱えている。その道衣は雪にまみれていた。かなり降っているようだ。

「どうよ」

聞きながら入ってくる。

「麻酔が切れて、いま痛い」

「いつ治る?」

「まだ先生と詳しいこと話せてないからわからん」

竜澤はどさりとベッドの端に座った。そしていつものように私の横に仰向けになり、天井を仰いだ。深いことを考えているわけではない。帰りに何を食おうかとか、その程度のことである。しばらくぶつぶつ私に話しかけていたが、言葉が止まったと思って横を見ると眠っていた。

ノックをして入ってきた看護婦は二人が同じベッドに寝ているのを見て「わっ」と声をあげのけぞった。そして隣の爺さんに何かを渡すと竜澤をちらりと見て出ていった。

しばらくすると別の看護婦が入ってきて「うわっ」と声をあげて立ちすくんだ。隣の奥さんが口に手を当てておかしそうに笑っていた。

8

大晦日《おおみそか》が近づいて練習がオフに入ると、柔道部の同期連中はみな実家に帰ってしまった。竜澤宏昌は山梨県へ、松井隆は滋賀県へ、宮澤守は滝川市へ、工藤飛雄馬は釧路市へと帰った。宮澤に聞くと荻野勇も大阪へ帰ったようだ。

私はひとりで病院のベッドに寝ていた。同室が七十四歳の爺さんではさすがに歳が離れすぎていて一緒に遊ぶこともできない。

やることもなく、朝から晩まで岩井監督の『じゃりン子チエ』と『土佐の一本釣り』を読み、それを読み終えると『深夜特急』に移った。

外では大雪が降り続けていた。爺さんのイヤホンから漏れるラジオの音と、ときどき廊下を歩く看護婦の足音が聞こえるだけである。砂時計のように緩やかに時間が流れていた。そもそも時間が動いているのかわからなくなるほど静かだった。

「空気を入れ換えましょうか」

夕食を終えた頃、隣の奥さんが窓を開けた。

私はベッド脇の松葉杖《まつばづえ》を握って立ち上がった。窓から顔を出すと冷たい空気が首元から胸へ入ってきて心地よかった。スパイクタイヤの鉄鋲が凍った路面を叩くカチカチという音が聞こえた。街は純白のパウダースノーに覆われていた。南側に面したその六階の窓からは北大方面が見えるが、北大自体は遠くてよく見えない。札幌に来てからこれほど何日も北大と離れて過ごしたことはなかった。違う札幌にいるような感覚である。

「お正月帰れないから、お父さまやお母さまが心配してらっしゃるでしょう」

後ろから奥さんが聞いた。

「いえ、それほどでも……」

私は外を見ながら言った。手術前日の昼過ぎ、ロビーの公衆電話から自宅へ電話し「また膝を怪我して入院している。明日《あした》手術なんだ」と伝えると母は驚いた。それからは毎夜のように愛知県の実家から三階のナースステーションに電話があり、私は松葉杖をついてそこまでいかねばならなかった。電話口から聞こえてくる親父やおふくろの言葉は説教ばかりで面白くもなく、そのあいだ私は受話器を耳から離し、忙しく働く看護婦たちの動きを見ていた。

「退院したら少し帰った方がいいんじゃないですか」

奥さんが言った。

「いや、面倒なので……」

「帰らなきゃだめだ」

爺さんが厳しく言った。

私は頭を下げ、ベッドに戻った。

親父に電話で、二人部屋で同室の爺さんとその奥さんにいろいろ世話になっていることを話したら、親父から爺さん宛に手紙がきた。内容は見せてくれなかった。「不肖の倅《せがれ》で勉強もせず柔道ばかりして……」云々《うんぬん》とでも書いてあるのだろう。それからは爺さんの説教が以前の三倍に増えた。警察官の親父と元教師の爺さんがつるむとろくなことがない。

夕方、一人の看護婦が入ってきた。二十代半ばくらい。細い鼻筋で優しそうな顔立ちをしている。お腹が大きい。妊娠しているようだ。

「増田さんですね」

「はい」

「お願いがあるんですが……」

「ええ。はい」

「お腹を触ってほしいんです」

私がびっくりしていると「あら。そうね。増田さん、お願い聞いてあげて」と隣のベッドの奥さんが言った。

「柔道をやられてるんですよね」

看護婦が聞いた。

「はい」

「体の大きな男の人にお腹を撫《な》でてもらうと健康な子供が生まれるそうなんです」

少し恥ずかしそうに看護婦が言った。

「ほら。撫でてあげなさい」

隣の奥さんが促した。看護婦が肯き、近づいてきてベッドの横に立った。私は体を起こして「ほんとにいいんですか」と尋ねた。

「お願いします」

看護婦が白衣をめくり、その下のシャツもめくった。白くてきめの細かい肌だった。大きく膨れているので余計に現実感が強く、どうしていいのかわからなかった。

怖々と私はお腹に触れた。不思議な感覚だった。

看護婦が顔を赤くしながら頭を下げた。私も頭を下げた。柔道選手としては大きくもなんともないが、世間の人から見るとやはりスポーツ選手なんだというのも少し気恥ずかしかった。

「二人とも赤くなって可愛いわね。若いのがうらやましいわ」

隣の奥さんが言った。

その日の夜、東英次郎と藤井哲也の二人が見舞いに来た。藤井は札幌の実家住まいだが、東の実家は兵庫県である。

「まだ帰ってなかったのか」

「明日、飛行機で帰ります。年末最後の挨拶にまいりました」

「まあ座れよ。そこに椅子がある」

私は壁に幾つか立て掛けてある折り畳み椅子を指した。しかし東は「このままで構いません」と座らなかった。そして私の怪我の回復具合を聞き、同期の一年目の伸び具合などを報告していく。

「七帝戦で東北に雪辱したいです」

苦しげに言って、ゆっくりと息を吐いた。

立ち姿が美しい男である。兵庫の名門中高一貫男子校、三田学園高校出身。父と兄が自衛官。何より試合時の闘争心と覇気が素晴らしい。それには父や兄の薫陶もあるだろうが、三田学園時代の師匠の厳しい柔道指導が与《あずか》っているのだろう。

その横で藤井哲也はにこにこしながら東の横顔を見ている。病室に入ってきたときに珍しい組み合わせだなと思ったが、実はウマが合うのかもしれない。

「夕飯は食ったのか」

私が聞くと、藤井が「今日はこれから、みっちゃんと屯田を二人で梯子《はしご》します」と答えた。眼をこれ以上ないほど細くしていつも機嫌よく笑っている朗らかな人間である。だから同期たちからは《藤井ちゃん》といつもチャン付けで呼ばれている。理3系所属で動物好き。実家では大きなオウムを飼っていると聞く。

私は「見舞いありがとう」と二人に礼を言った。

「みっちゃんによろしく言っておいてくれないか。俺、最近、顔出してないんだ。ただ入院していることは黙っててくれ。余計な心配かけてしまうから」

「いや、それは黙ってはいられませんよ。酒飲むんですから」

藤井が冗談を言うと、東が笑いながら藤井の肩を拳で叩いた。

「藤井ちゃん、おまえはアホか。増田さんが黙っていてくれと言うんだから黙っとれ」

その翌日、昼食を食べ終わり、賄いの人が膳《ぜん》を下げてくれているとき、ふらりと三年目の斉藤テツさんが入ってきた。後ろを覗いたが後藤さんも杉田さんもいなかった。

「どうよ、増田」

「先輩、まだ帰ってなかったんですか……」

「俺は明日の夕方の飛行機で帰るよ」

テツさんは栃木出身である。

「早く治してくれよ。二年目がしっかりしてくれないと俺たち三年目が困るんだから」

テツさんが手に提げていた袋から何かをごそごそ取り出してベッド脇の棚に置いた。どこで買ってきたのか、小さな鏡餅《かがみもち》だった。その上に蜜柑《みかん》を置きながら「寂しいだろうと思ってな」と言った。

「ありがとうございます」

「食って、体重落とさないようにな」

「はい。先輩、座ってください」

私が松葉杖を手にして立ち上がろうとすると「いいよいいよ」とテツさんが言った。

「そこの折り畳み椅子使ってください」

「いい、ほんとにいいよ」

「でも」

「いいから。俺はもう帰るから」

私が一年目でテツさんが二年目のときからテツさんとはあまりうまくいっていなかった。今でもそれをなんとなく引きずっている。

「いい正月を過ごしてくれよ」

「はい。わざわざありがとうございました」

私は頭を下げた。

「じゃあな」

右手を上げてテツさんは出ていった。

その背中を見ながらこのぎこちない関係を考えていた。私が入部して間もない頃のことだ。喧嘩腰の寝技乱取りになった。練習後、テツさんは道場の隅で泣いていた。あれは完全に私が悪かったと思う。あの一件以来、テツさんにはほかの先輩以上にしっかりと頭を下げていた。しかし乱取りになれば力を抜くわけにもいかない。力を抜けば相手に伝わる。それは抑え込まれたり絞め落とされたりする以上の屈辱だろう。

ほかの者と乱取りをやっているときも、帯を結び直すために立ち上がった際などに私はテツさんを探した。そして下級生に抑え込まれている姿を見つけて辛《つら》くなった。テツさんは、私たち二年目だけではなく一年目の強い連中にも歯が立たなかった。

後藤主将のもとで副主将という役職に就いてはいたが、肩書きが実力を手助けしてくれるわけではない。柔道は残酷だった。このままではテツさんは四年間、一度も七帝戦に出場せずに卒業していかなければならないのだ。

第6章

怪物新入生がやってきた

1

昭和六十三年の正月を私は病室のベッドで迎えた。考えてみると正月をひとりで過ごすのは生まれて初めてである。二浪して北大に合格し、二十歳で一人暮らしを始め、いっぱしの大人になったように思っていたが、これまでの二十二回の正月はすべて親元で過ごしていたのだ。

軽快している他の病室の患者たちの何割かはいったん家に戻っていた。患者のいない病室は灯《あか》りが消えているので建物全体が暗く、静寂に包まれていた。ナースステーションへ行ってもロビーへ行っても普段より薬品の臭いと床の冷たさを強く感じた。

私は毎日ベッドで『深夜特急』を読んで過ごした。香港でビールを飲み、マカオで博打《ばくち》をうち、バンコクからシンガポールへ移動して摩天楼を仰いだ。そうしている間は自分が病院にいることも怪我していることも忘れた。そしてインドを放浪しているはずの峠《とうげ》君のことを思い出した。一年目の学祭のとき出会った文1の少年である。彼はいつ帰国するのだろう。

今後について院長と話し合ったのは一月五日の診察日である。

結果、院長がすすめる他病院へ転院しての十字靱帯《じんたい》の手術はやらないことに決めた。七月の七帝戦に間に合わないからである。

他の部位から細い靱帯を持ってきてそれを撚《よ》り合わせ膝《ひざ》の中に新しい靱帯を作るその手術を受けるには時間がなさすぎた。院長によると、入院は六カ月は必要だという。とてもじゃないが、今そんなことをやっている時間はない。

「損傷した半月板は取ったからロッキングは少なくなるはずだ。七月まで大腿《だいたい》筋や膝まわりを鍛えて、十字靱帯で支えていた部分を少しでも筋肉でカバーできるようにしなさい」

院長はそう言った。

抜糸が終わり、数日後に傷口が塞《ふさ》がってから、病院の地下にあるリハビリ室に午前と午後、二度通った。

ステンレス製の大きな箱に入った熱い泥のなかに太腿《ふともも》から足先まで突っ込み、そこで脚全体を充分に温めると、介護の人が二人がかりで泥を洗い流してくれる。そのあとは理学療法士についてもらって毎日少しずつ膝を曲げ、可動域を広げていく。

しかし何日もかけて完全に曲がるようになっても、それからが面倒だった。なにしろ二〇〇グラム程度の負荷から始めなければならないのだ。普段山内コーチから怒鳴られてヘビーウェイトでトレーニングしている身からすると「こんなことをしていてもいいのだろうか」という焦りしかなかった。

「きちんと日常生活ができるように筋力つけましょうね」

理学療法士や看護婦はそう繰り返した。

しかしその言葉を言われるたびに苛《いら》ついた。

私は日常生活に戻りたいのではない。非日常に戻りたいのだ。毎日何十本も寝技乱取りをやり、三角絞《さんかくじ》めで相手を絞め落とし、一二〇キロから一五〇キロある相手を持ち上げて畳に叩《たた》きつける。年に五回の合宿に耐え、それ以上の回数の二部練習に耐え、連夜の延長練習に耐え、道警特練との乱取りに耐え、東海大四高や札幌第一高、旭川龍谷高、旭川大学高などの重量級選手たちとぶつかり合う、あの世界へ戻りたいのだ。

退院日に私は思いきって院長に相談し、前年夏に入院していた横井整形のリハビリ室に移りたいと申し出た。そこのリハビリ室には大道塾《だいどうじゆく》空手の北斗旗体力別で二度準優勝している加賀見健次《かがみけんじ》さんがいるからである。前回の入院でも世話になっていた。院長は「それならそっちの方がいいだろう」と快く送り出してくれた。

次の日から私は、早朝はトレセンでの山内コーチのトレーニングに参加し、そのあと午前中いっぱいは加賀見さんのところでリハビリをし、午後は北大道場に顔を出すようになった。

加賀見さんは私のために特別メニューを組んでくれ、重りではなく、加賀見さん自身の腕で負荷をかけてくれた。また膝のほか、長引いている大胸筋の肉離れのリハビリもすすめてくれた。加賀見さんは私の体をほぐしながら、東孝《あずまたかし》先生や長田賢一《おさだけんいち》、岩崎弥太郎《いわさきやたろう》、西良典《にしよしのり》さんたちとの大道塾時代の話をしてくれた。私はそれらの話を貪《むさぼ》るように聞いて自分のモチベーションにした。

午後の柔道場では、タイムキーパーをやっている久保田玲子の横でウェイトトレーニングをやり、セット間に部員たちの練習を見ていた。

汗の蒸気でけぶる柔道場で、寝技乱取りは延々と続いた。みな蒼白《そうはく》の顔で、もつれあいながら上になったり下になったりして呻《うめ》いている。ときどき誰かが「ファイトォ」と声をあげるが、その声はかすれていた。

　その乱取りを冷静に見ていると、七帝本番で岩井監督が安心して使えるのは、四年目で残っている和泉さんと二年目の竜澤、そして一年目の東英次郎、この三人だけではないかと思われた。優勝大会のレギュラーである。

　次のランクに位置するのがもう一人の四年目である内海さんと三年目の主将後藤さん、二年目の松井隆や宮澤守、工藤飛雄馬、荻野勇たち。そして一年目のナンバー2である城戸勉だ。内海さんと後藤さんは立技がまったくできないので引き込み際に難があり、一方城戸は立技も寝技もかなり安定してきているのでこのランクのトップにあった。他の一年目には使える目途が立っている者はいなかった。

　部員の少ない北大は、来夏の七帝戦本番ではいまの一年目からレギュラー十五人のうち半分を出さねばならない。しかし多くの一年目は竜澤にボロボロに取られていた。六分の乱取り中に五本も六本も抑え込まれている。竜澤が七帝の平均的なレベルの抜き役だとしたら、このままではとんでもないことになるだろう。

　和泉さんと内海さんは体格的に分け役から入った人間で、本番でも相手校の超弩級《ちょうどきゅう》を止めるための分けの要《かなめ》として使われることになる。後藤さんと城戸も分け役のキーマンであろう。となると抜き役は竜澤と東英次郎の二枚か。ただ東は立技中心の組み立てをする選手なので、相手が下から攻めるタイプの寝技師のときは苦戦を強いられるかもしれない。

　岩井監督が来る日は七帝ルールで部内練習試合が繰り返されたが、多くの者が竜澤にカメにされて横三角から抑えられ、東英次郎に背負い投げで叩きつけられて抑え込まれた。

　七帝戦までもう五カ月ほどしかない。いったいここからどうやってチームを作っていけばいいのか。滅多なことでは感情を表に出さない岩井監督の表情にも焦りが見えた。昨年まで四年連続最下位が続いていたが、今年はその四年間よりさらにチーム力が落ちている。

私がリハビリをしている間に雪はどんどん深くなった。やがて腰の高さを越え、胸の高さを越え、首の高さにまでなった。夜のあいだに車道と歩道の間に積まれた雪の壁は手を伸ばしてもてっぺんに届かないほどの高さになり、場所によっては身長の二倍以上になっていた。帰りはその深い雪のなかを竜澤と二人でポケットに手を突っ込んで歩いた。吹雪の日には顔に吹きかかる雪が額や頰に大量に貼りついた。

「寒いな」

「ああ」

毎夜の私の言葉に竜澤はいつも背中を丸めてそう言った。

あまりに寒い日は家に戻るより先に北十八条のみねちゃんや北十四条のみちくさで熱い番茶割りの焼酎《しょうちゅう》を胃の腑《ふ》に流し込んだ。そして深夜のバップで柔道部のことを話し合った。

二月に入ると今度は大学が春休みに入った。一般学生たちはまた帰省してしまい、キャンパスを歩くのは再び柔道部員と野良犬とキタキツネだけとなった。

私は左右の膝に自転車のチューブを二本ずつ巻いて練習にフル参加しはじめた。もう七帝戦まで時間がなかった。乱取りのなかで勘を戻しながら膝のリハビリを続けるしかなかった。しかし練習をすればするほど弱くなっていくのが自分でもわかった。

横三角はもうまったく使えない。膝が両方ともに脆《もろ》く、相手を絞めるどころか相手の動きを止めることすらできない。下からの前三角を練習してみたが、これもだめだった。もう三角絞め系の技は諦《あきら》めざるを得なかった。下から足は利かないし、こうなると立技で攻め込んで相手が嫌がって引き込むときに速攻をかけて上体を極《き》めにいくパターンを徹底するしかない。カメ取りには相手の背中についての一瞬の腕挫十字固《うでひしぎじゅうじがた》めだ。岩井監督にも「今まで得意にしてきた関節技を中心にして攻めのパターンを作り直したほうがいい」とアドバイスされた。

朝は北大トレセンでの山内コーチのトレーニング、午前中は病院でのリハビリ、午後は柔道場での寝技漬けと、延々と同じ生活を続けた。他の部員たちもみな頬が瘦《こ》け、死体のような蒼《あお》い顔をしていた。

雪が降り続けていた。

前方の視界は五メートルか一〇メートルほど先で雪のなかに霞《かす》んでしまう。支笏湖《しこつこ》合宿で泳いだときはガラスのように透き徹る水の透明度に驚いたが、それとは逆に陸上でこれほど前方が見えなくなるホワイトアウトに恐ろしささえ感じた。前だけではない。まわりすべてが白一色になる。以前は空を仰げば鼠色の雪雲が見えたが、いまではその雪雲も見えないほどの大量の雪が静かに落ちてくる。

吹雪になるとさらに前方が霞んだ。その吹雪のなかでも地吹雪、あるいはブリザードと呼ばれる強風のときは地面の積雪も巻き上げて吹き荒れるので、より視界が悪くなる。

東区から北大まで普段は三十分もあれば着くが、滑って膝を痛めないよう慎重に歩くので倍近い時間がかかる。さらにこの視界不良で余計に時間がかかるようになった。車に轢《ひ》かれぬよう注意する必要もあった。雪が音を吸収してしまうため車の走る音もくぐもって小さくなる。信号のない交差点を渡ろうとすると雪のなかから音もなく車が走り出てきて何度かひやりとした。

大雪が続いていた。私たち柔道部員は凍え、震え、苦しみ続けた。

そんななか私も竜澤もようやく彼女と進展しはじめた。私は市原慶子と。竜澤は栗原みゆきと。

やはり自分の最大の悩み、つまり柔道について話すことが何より距離を縮めることになっていた。最初は手も繋《つな》げなかった。いわんやキスなんてとても遠くて困難に思え、岩井監督に相談した。

「おまえら右組か左組か」

監督は笑いながら聞いた。

「柔道のことですか」

竜澤が問い返すと「そうだ」と肯いた。

「二人とも右組だろ。だから右足を半歩前へ出してみろ。右手で奥襟を取るつもりで彼女の首を優しく抱き寄せるんだ。そして左手で道衣の袖を持つようにして彼女の右肘を軽く引っ張る。そうすれば自然に顔が近づく」

なるほどと思って、私たちはその夜、バップで酒を飲みながら「彼女に会うときは『右組右組』と頭のなかで唱えれば緊張しないにちがいない」と話し合った。そして次に彼女に会ったとき「右組右組」と頭のなかで唱えて心を落ち着かせ、無事キスすることができた。

二人で北の屯田の舘で焼酎を飲みながら反省会をした。

「監督はやっぱりすげえ。何でも知ってる」

「女の子の唇があんなに柔らかいとはびっくりだ」

「もう少しこっちの顔を傾けるべきだったかな」

「いや。左足をもう一歩引けば自然にそういう体勢になるんじゃないか」

二人で話していると「この馬鹿やろ」と山内コーチに頭をはたかれた。「その先へ早く進め。遅いんだよ、おまえらは」とグワッハハハと笑われた。私たちは先への進み方を山内さんに細かく質問し、頭に叩き込んだ。そして「山内さんもやっぱりすげえ」と二人で感動し「馬鹿か、おまえら」とまた頭をはたかれた。そうやって私たちはそれぞれ彼女との恋を成就させていった。

2

私と竜澤はいつも一緒に帰った。ポケットに両手を突っ込み、背中を丸め、雪の街を歩いた。居酒屋に寄らない日は市民生協で大量の具材を買い、竜澤の住む足立ビルの一室で鍋を作った。それぞれが自分が食べたいものを鍋にぶち込むので何と名付けたらいいのかわからないものができる。本来は最後に入れるべきうどんを竜澤が先に入れるので「それだとグチャグチャになっちまう」と指摘したいが、指摘すると怒るので私もうどんの上から蕎麦《そば》を入れる。肉や魚が煮えてくるときには出し汁ではなく柔らかい餅《もち》のように粘っていた。それでも二人はそれらも含めてすべて腹に収めた。

食べ終わると満足して床で横になる。練習の疲れが出てここから一眠りするのだ。いい気分で眠りに落ちそうになっていた私に竜澤がぼそりと言った。

「あのさ。『北大柔道』のなかにあった大森の文章、あれ俺のことだろ」

唐突だったので私は言葉に詰まり、眠っているふりをした。竜澤が体を起こす気配がした。

「ほら。これ俺のことだろ」

竜澤が紙を捲《めく》っている。間違いなく今年の『北大柔道』のことだ。

「眠ったふりしてなくていいから。起きて」

しかたなく私は上体を起こした。そしてテーブルの上の焼酎をコップに注いで口をつけた。

今年の部誌『北大柔道』が刷り上がると、私たち部員は貪るように読んだ。ＯＢたちの寄稿があり、指導陣の寄稿があり、全部員の寄稿がある。普段は肉体だけでぶつかり合う北大柔道部員が言葉で気持ちを表現できる唯一の場所が『北大柔道』である。そのなかの一文のことを言っているのだ。私ははじめその文章を読んだとき、竜澤が読まなければいいがと心配したが、読まないわけがない。みんな刷り上がりを楽しみにしているのだ。

「ほら。俺のことだろ?」

竜澤は寝技の練習で節くれ立った指で誌面を叩いた。

そして私に『北大柔道』を突き出した。私は興味がない風を装いながら焼酎を空け、それを受け取った。

大森一郎は、夏合宿で脱水症を起こして全身痙攣《けいれん》で苦しんだときのことを書いていた。

《夏合宿二日目、朝練習のおわりの、つなのぼりの時、私は脱水症になりました。腹の中の筋肉がつりました。

思いっきり胸をひらいて空気を吸いこもうとしても入って来ません。体中の筋肉が硬直しました。意識ははっきりしていました。その時は自分が一体どうなったのか分かりませんでした。自分はこのまま死んでしまうのではないかと本気で思いましたが、「人工呼吸してやろうか。お前の好きなマウスツーマウスだ」とわけのわからないことを言う先輩もいました。

もうほとんどの部員はランニングに行っています。息苦しさはますますひどくなります。舌も硬直してうまく日本語もしゃべれません》

「このわけのわからない先輩って俺のことだろ」

竜澤が眉を険しく寄せた。

私はこの場面を見ていた。北海道には珍しく暑い日だった。朝練の寝技乱取りが終わって、みんなでランニング用のジャージに着替えているとき、部室の片隅がなにやら騒がしくなった。見にいくと、仰向けに倒れた大森が苦しげに顔を左右に振っていた。目を閉じ、口の端からは涎《よだれ》が垂れていた。

同期の一年目たちが心配してまわりに屈《かが》み込み、大森の道衣《どうぎ》の胸をはだけさせてマッサージしたり水を飲ませたりしていた。

そこで竜澤が「おまえの好きなマウスツーマウスしてやろうか」と笑って言ったのだ。何人かの一年目が顔を上げ、竜澤を見た。竜澤はそのままランニングのために外へ行ってしまった。一年目たちが顔をしかめているのを見て、私はまずいなと思った。

大森にはシャイなところがあって、場を盛り上げようとして普段から少しエキセントリックな言動をすることがある。酒席で「海で溺《おぼ》れて綺麗《きれい》なライフセーバーの女の子にマウスツーマウスしてもらうのが夢です」などと言ったりしていた。照れ隠しからきていた。竜澤はその大森の言葉を使ってストレートにからかったのだ。しかし全身痙攣を起こして呼吸困難に陥っている人間に言う言葉ではなかった。

私は『北大柔道』を開いたまま竜澤に言った。

「大森に悪気はないと思うよ。大学入るまでスポーツやったこともなかったわけだし、初めての運動部の集団に自分をアジャストするために苦労してるんだと思う。こういう世界にいきなり入ったからなんとなく居心地が悪いんだよ」

大森は両親とも医師だと聞いていた。本人はたしか理2系だが、文系科目の何かの小論文で「最も優れた論文」として教養部の掲示板に名前が張り出されていたと一年目の誰かから聞いたこともある。何をやってもできる秀才なのだろう。

しかし竜澤の怒りはおさまらない。

「言いたいことあれば直接俺に言ってくればいいだろ。『わけのわからないことを言う先輩もいました』っていうのはない。俺のことが嫌いなら嫌いで、はっきり言ってこい」

「でも、あいつ、俺たちに憧《あこが》れて入部したって書いてるだろ」

この大森の文章の前のほうには、武道系合同演武会を見て感動して入部したと書いてあった。その演武は、竜澤と私の二人でやったのだ。

「ほら、見てみろ」

私が『北大柔道』を開いたまま竜澤に渡そうとすると、うるさそうに手で払った。

「そこも読んだよ。でも、そこにも『下品な先輩』って書いてある。腹が立ってしょうがねえんだよ、俺は」

竜澤は、ごろりと寝床の上に転がり、両手を頭の後ろに組んで天井を仰いだ。

そしてまた言った。

「腹立つよ、あいつ」

天井に大森の顔が浮かんでいるようだ。

竜澤が言うとおり、大森は私たちのことを《下品》と書いていた。それは大森なりの何らかのサインのように思えた。私は、ぶつぶつ言い続ける竜澤の横で、大森の文章をもういちど頭から読み直してみた。

大森は札幌に来る前、合格通知とともに送られてきた体育会の部紹介の冊子『北溟《ほくめい》』に書かれた文章に惹《ひ》き付けられ、柔道部が気になっていたと書いていた。その文章は、私が新入生へのメッセージとして《はっきり言って北大柔道部は他のどの体育会よりも練習がきつい。部の練習以外何もできなくなる。しかし私たちには君たちの協力が必要なのだ。強い北大を復活させたい。強い北大柔道部を復活させ、栄光の七帝優勝旗を札幌に持ち還《かえ》るために君たちの四年間を柔道部に預けてくれ》とストレートに心情を書いたものだった。

しかし入学後の大森は、やはりそんな苦しい部に大学生活のすべてをとられるのは嫌だと思い直し、北大生らしく勉強に励むことにした。

その運命を変えたのが武道系合同演武会だった。大森はライトに大学生活を楽しもうと、練習が週に三日だけの他の武道系の部の演武を見に来たらしい。

大森の『北大柔道』の文章にはこう書かれていた。

《四月十五日、合同演武会があるということを聞き、一人でそれを見に体育館へ行きました。実を言うと私はその時、ある武道系の部に入ろうかなあと思っていました。入ろうかなあと思っていた部の人々の横に柔道部の二人がいました。他の部の人々と比べてなんとなく下品な感じがしました。

演武会が始まりました。

剣道部や少林寺拳法《けんぽう》部はフロアの上で演武をしましたが、そういうものに興味がなかったので、私は、体育館の上手の方に敷かれた畳の所にすわっていました。

やがて、入ろうかなあと思っていたある武道系の部の演武が始まりました。失望しました。

そして最後に演武されたのが柔道部でした。払腰等のポピュラーな技から跳び付き腕十字固などのあまり見たことのないような技まで様々な演武が続きました。

スピードと力がありました。演武する二人の男たちの体は、他の部と比べると大人と子供でした。このとき私は、入ろうかなあと思っていたある部に入るのをやめました。そして、冷静な自分がやめろやめろと言っているのに、興奮している自分が足を動かし、柔道部に入部したのです》

私と竜澤はあの演武会の日、当時の主将和泉さんに「僕たちが二人で演武会に行ってきます」と申し出た。和泉さんは練習量が減るのを嫌がって「柔道部は合同演武会には出ない」と言っていたのだ。私と竜澤には寝技乱取りから少しでも抜け出したいという気持ちもあった。しかし、二人の心の内にはもうひとつ、他の武道系の部に対して柔道部の威厳を示せるのは俺たちしかいないという強い気持ちがあった。

会場へ行ってみると他の部は五十人も六十人も部員総出で演武会に来ていた。私たちは、たった二人で演武会に来ていた。そもそも全員を合わせても七帝戦のメンバー十五人ぎりぎりの部員しかいない。練習量も極限に達していた。だから余計に苛《いら》だっていた。

たしかにあの日の演武会での二人の行動は、他の部の人間から見れば失礼きわまりないものだっただろう。女人禁制で女子部員のいない私たちは、柔道部の演武の番がまわってくるまで床に寝そべって、演武している他の部を見て「女子部員がたくさんいていいなあ」と言い合ったり、床に落ちていたボールで二人でサッカーを始めたり、他の部の男子部員たちが嫌な顔をすると睨《にら》みつけたりしていたのだ。行儀が悪いことははなはだしかった。

柔道部が軽んじられているのが我慢ならなかったのだ。その憤怒《ふんぬ》の発現があの武道系合同演武会であった。部員が極端に少なく成績もあげられない柔道部は北大体育会内で廃部を囁《ささや》かれていた。そのため練習後に道場を貸している拳制道部や合気道部の部員たちに、師範の訓話中に乗り込まれ「早く練習終われよ」と言われたことまであり、一触即発の状況だった。この状況を変えなければと二人は強く思っていて、一度は体育会での柔道場使用時間の話し合いのときに出ていき、他の部の先輩たちを怒鳴りつけて喧嘩《けんか》を売ったりもしていた。そういったものが演武会でのあの態度に繋がり、関係のない人たちからは大森が書くように「下品」に見えたのだ。だが、私たちのそんな気持ちを大森が知るはずもない。

私と竜澤は、柔道部の演武の番がくると一切の妥協なくフルパワーで投げあい、関節技をとりあい、絞技をかけあった。体育館の床だからもちろんスプリングはない。畳を敷いただけである。そこに内股《うちまた》や背負投げで叩きつけあい、アクロバティックな寝技でデモンストレーションをした。他の部の連中はその迫力にどよめいた。二人の目的は新入生の勧誘よりも、柔道部のやっている「本物の技」を他の武道系の部に見せることだった。だからそれで満足だった。

演武を終え、私たちが会場を後にして練習に戻ろうとしていると、一人の少年が小走りにやってきて、ぼそぼそと「柔道部に入りたいんです」と言った。それが大森だった。

「スポーツしたことないんですけど……経験者じゃなくてもできるんですよね。『北溟』に書いてありました」

私は『北溟』に「白帯から始めても寝技中心の七帝柔道では必ず強くなれる」と書いたのだ。

「できるできる！　うちで寝技やれば絶対に強くなれるぞ！」

私たちは、ここで逃してはならないと必死にかき口説いて入部させた。楽しくのんびりと過ごせたであろう大森の大学生活を、私と竜澤が変えてしまった。意味があるのかないのか自分たちでもわからない、ただただ寝技乱取りを繰り返す苦しい生活に引きずり込んでしまったのだ。私たち二人に咎《とが》や責《せき》はないのか。ひとりの人間の人生を変えてしまったのだ。大森だけではない。他の一年目たちも、私たちを見ていつか抜き役になりたいと苦しい練習に耐えている。

私はそういった後輩たちに責任を感じていた。しかし今の自分のコンディションでは柔道部内で充分な役割を果たせずにいた。先ほどまで怒っていた竜澤はいつもと同じく子供のように床で眠り込んでいる。私は立ち上がって窓を開けた。夜闇《やあん》のなかで雪がしんしんと降り続けていた。

3

昨年と同じく、三月に入っても二部練は続いた。

三月初旬に北大の入学試験があり、中旬に合格発表があって、ほんの一時賑《にぎ》わったキャンパスも、すぐにまた閑散としてしまった。雪に埋もれた景色のなかでカラスの鳴き声がときどき響いた。そのあいだ柔道部の練習だけは続いていた。

北大には道内の実業団や大学の他、強豪高校が出稽古《でげいこ》に来ていた。

北海道は大学よりもむしろ高校のほうが全国的に有名で強い学校が多い。ある日、出稽古に来た強豪高校の選手が北大の一年目を捕まえては酷《ひど》い乱取りをしていた。畳の上で投げればいいものを、わざわざ板敷きのところまで引きずっていって投げ捨てたり、あるいは壁にぶつけて「おらっ！」と罵声《ばせい》を浴びせたり、襟を取るふりをして肘《ひじ》を顎《あご》に入れたりしていた。いわゆる〝オラオラ稽古〟である。その選手は体重一〇〇キロ位か。うちの一年目が敵《かな》う相手ではなかった。

私は岡島一広《かずひろ》と乱取りをしながらそれを横目で見ていた。遠くで一年目の守村敏史と組み合っていた竜澤が乱取りを中断し、守村の肩を抱いて何か話している。私も乱取りを中断し岡島を道場の隅に引っ張っていった。

「いま、あそこでうちの一年目をこけにしてる高校生がいるだろ」

岡島がそちらを見て「ああ、はい」と肯《うなず》いた。

「次におそらく守村が当たっていく」

私は言って守村のほうを眼でさした。

「守村のあとにおまえがいけ」

岡島は表情を強張《こわば》らせた。

「僕が？」

「そうだ」

「あんなのに勝てません……」

「勝たなくていい」

「……？」

「疲れさせてくれればいい。あとは俺と竜澤に任せろ。ほら、守村がいったぞ──」

守村が頭を下げて高校生にぶつかっていく。そのまま内股《うちまた》で叩きつけられた。そして上から膝で押さえつけられた。高校生はニヤニヤと笑っている。とても歳上の相手に対する態度ではない。抑え込みを解いて立ち上がるとまた奥襟をがばりと取って強引な大外で巻き込んだ。そして巨体をドンッと守村の上に捨てた。大怪我につながってもおかしくない投げ方だ。

乱取り交代の合図とともに竜澤がその生徒のところへ行った。そして巧みに寝技に引きずりこんで相手をカメにし、歯を食いしばって横絞めを極《き》めた。生徒が畳を叩いて参ったした。竜澤はかまわず絞め落とした。活を入れるとまた寝技に引き込んでカメにし、激しい攻防の末、横三角から崩上《くずれかみ》に抑え込んだ。そして険しい顔でそのまま乱取り終了まで抑え続けた。

乱取りが終わると、その生徒はふらふらになって竜澤に頭を下げた。しかし、次の相手に北大の一年目を選んだ彼は、またしてもその一年目を意趣返しのように潰《つぶ》しはじめた。さらに次の乱取りで彼のもとへ行った岡島のこともまた潰している。

私はそれを見ながら乱取りを一本抜けて休み、息を整えた。そして次の交代で彼のところへいって頭を下げた。彼は横柄な態度で私に近づき、殴りかかるようにして奥襟を取ってきた。とにかく力が強い。まともにやったらとても敵わない。私が必死になって奥襟を両手で切ろうとすると「こいよ。おら」と馬鹿にするように言った。そして奥襟を持った手首の付け根で私の頬を殴るように振った。口の中に血の味が広がっていく。私は小外掛《こそとが》けでフェイントをかけ、支え釣り込み足にいった。そして腰を逆に振って立ったまま彼の肘を脇固めで思いきり極めた。

彼は肘を抱えて畳に転げ回った。

高校の顧問教官が飛んできた。

「すみません」

私は顧問に謝った。

しかし顧問は私に怒りの眼差《まなざ》しを突き刺した。

「増田選手は綺麗《きれい》な柔道をやると思ってたけど見損なった」

痛みにうめく生徒の道衣を脱がせ、ジャージを羽織らせた。私は心の中で「しかたない」と思った。まともに組み合えば向こうのほうが強いのだ。だからといって北大の一年目を小馬鹿にして何人も潰した選手をこのまま帰すわけにはいかなかった。北大がなめられっぱなしになる。私も竜澤も苛だっていた。

窓の外で降り続ける雪は、一向に出口が見えない北大柔道部にとって白い檻《おり》のように見えた。

4

雪が少しずつ解けていき、四月に入った初日の練習後、竜澤のほか宮澤と松井君、そして函館から合流している飛雄馬も含め、同期の五人で正本の梅ジャンに行った。

「荻野はまた来てなかったね」

飛雄馬が大きな寿司に醤油《しょうゆ》をつけながら言った。

竜澤が険しい顔になって「あいつはもういい」と吐き捨てた。

「そういえば俺たち今日から三年目になったのか」

宮澤が空気を読んで話題をそらした。そうか。北大柔道部に入って丸二年になるのだ。

熱い御茶を啜《すす》りながら新入部員勧誘の話になった。二年目だけに任せていてはだめだと意見は一致した。私たち三年目も積極的に動かなければだめだ。

「将来の大砲が欲しい」

竜澤が言うと、松井君が肯いた。

「高橋広明《たかはしひろあき》さんや川西正人さんみたいな重量級のインターハイ選手とか入ってくれないかな」

「でもなかなかそんな幸運はないからね」

宮澤がそう言って湯呑みを置いた。

「みちくさに飲みに行こう」

竜澤が誘った。しかしみんな「飯を炊いてあるから」と断った。私も読みかけの小説があるので早く帰りたかった。竜澤は一人で飲みにいった。

深夜、アパートの部屋で私が小説を読んでいると、内廊下のピンク電話のベルが響いた。私の部屋は廊下を入ったところに近いので共同玄関脇の呼び出し電話の音が聞こえるのだ。

時計を見ると夜二時半を過ぎている。こんな時間に電話をかけてくるのは札幌市民二百万人のなかで一人しかいない。

私の部屋の呼び出しブザーが鳴った。

やはりそうだ。立ち上がって内廊下に出た。置いてある受話器を取って「はい」と言うと竜澤の叫び声が聞こえた。

「増田君、ついに北大の時代が来たぞ！」

「なに？」

「北大の時代が来たんだよ！」

「だからなんなんだよ」

「すごい一年目が入ってきたんだ！　いまバップにいるんだけど、ヨット部の兵藤《ひょうどう》さんが教えてくれたんだ！　でかくてスポーツ万能のすげえ一年目なんだ！」

竜澤はまくし立て続けた。あまりに早口で喋《しゃべ》るので状況がよくつかめなかった。もう一度聞き直すとつまりこういうことだった。

先ほど竜澤はヨット部の五年目、兵藤さんとバップで会ったという。そして大変な情報を聞いた。今日、ススキノで兵庫県人会の集まりがあって、そこで今年北大に入学する巨漢の新入生に会ったのだという。

兵藤さんによると、後藤康友《ごとうやすとも》という名のその新入生は体重一二八キロで柔道三段、空手四段、剣道も四段を持ち、柔道のインターハイにこそ出ていないがそれは柔道部員ではなかったからだという。実際、インターハイ代表選手と稽古すると子供扱いしてしまい、兵庫県柔道連盟の幹部を慌てさせた。関西の柔道強豪大学が何校もスカウトに出向いたが「北大でやりたい勉強があるんです」と断って北大に入学したそうだ。

彼は武道だけでなくスポーツすべてに突出した能力を持ち、一二八キロの体重で一〇〇メートルを十一秒台前半で走るというから凄《すさ》まじい。球技も何でもござれで、甲子園出場校の野球部の四番バッターとホームラン競争をやった際は三倍の本数を打って圧倒し、ラグビー部の夏合宿に遊び半分で出て、同志社や明治、早稲田などの強豪大学ラグビー部から一斉にスカウトされたがすべて蹴《け》って北大にきたという。

「兵藤さんが『急がないとラグビーやアメフトに持ってかれるぞ』って言ってんだ！　いま下宿先聞いたから明日の朝一番に迎えに行こう！」

竜澤は喋り続けた。私も興奮してきた。竜澤が言うとおり、北大の時代がついにやって来たのだ。

「よし。明日、何時に行く？」

私は聞いた。

「六時だ」

竜澤が言った。

「朝の？」

「当然だ」

「早すぎるよ。そんな早い時間に下宿は開いてないでしょ」

「そんなことは関係ない。七時にラグビー部やアメフト部の連中がスカウトに来たらどうすんだ」

たしかにそうだ。去年、高校時代にラグビーをやっていた巨漢の新入生を道場まで連れてきたにもかかわらずアメフト部に横取りされてしまった。今度こそ絶対に獲《と》らなければならない。

竜澤が語気を強めた。

「この一年目を入部させられるかどうかに今後の北大がかかってるんだ。六時に行くんだ。ここで妥協したらだめだ」

「たしかに」

「俺、今日は朝まで飲むから。朝五時十五分くらいに増田君とこへ迎えに行くから朝まで起きてて」

「よし、わかった。絶対に獲ろう」

二人は興奮して電話を切った。

一二八キロの体で一〇〇メートルを十一秒台前半——いったいどんな怪物なのか。ふと見ると電話機の横に大家さんのメモが置いてある。「電話は十時までです」とあった。私はそれを丸めて玄関に投げ捨て部屋に戻った。大家さんより怪物新入生のほうが大切だ。小説の続きを読もうとしたが興奮して読めず、そのまま『北大柔道』のバックナンバー数冊を捲《めく》って起きていた。

＊　＊

五時過ぎ、共同玄関を開ける音がして大きな足音が近づいてきた。私の部屋のドアがドンドンドンと叩かれた。開けると竜澤が立っていた。両手をこすりながら部屋に入ってきて「寒みぃ」とストーブの前にあぐらをかいた。そして冷気で赤くなった顔で私を見た。

「兵藤さんが言ってたんだけど、その後藤君、天理《てんり》大柔道部に出稽古に行ったとき、レギュラー全員投げて抑え込んじゃって大変な騒ぎになったらしい」

「天理を……？　ほんとか、それ？」

心臓が高鳴った。天理大といったら五輪選手などを多数輩出している大学柔道界トップ校のひとつ、超名門である。

「天理のレギュラーを抑え込んだんだ。間違いなく即戦力だ」

竜澤の頬は、寒さのなかを歩いてきたからなのか、あるいは興奮しているからなのか、まだ火照ったままだった。

「大変なやつが入ってきたな……」

私が言うと竜澤が「監督さん、喜ぶぞ」と肯いた。

「よし。行こう」

竜澤が壁の時計を見上げた。まだ五時十分だった。

「早く。急ごう。ラグビーやアメフトに獲られちまう」

二人でコートを羽織り、家を出た。

竜澤がポケットからメモを出した。後藤君の下宿は北十四条東一丁目だという。こういうとき札幌の地理はわかりやすい。交差点ごとに何条何丁目と書かれた金属製プレートが掲げられているからだ。それを見ながら歩いていくと、方向音痴の私たちでも必ず目的地に辿《たど》り着ける。

凍った残雪を二人でざくざくと踏みながら下宿への道を歩いた。二人は話し続けた。七帝戦で他の大学がびっくりするぞ。北大旋風が吹き荒れてOBたちも喜んでくれる。

「ここだ」

竜澤がメモを取り出して表札の《島田《しまだ》》という名字を確認した。呼鈴を押してしばらく待ったが何も反応はない。

「さすがにまだみんな寝てるんじゃないか」

私はそう言いながら腕時計を見た。午前五時半だった。

「だめだよ。早起きさせなきゃ。うちの合宿は六時起きなんだからこんなの早くもなんともない」

たしかにそうだ。

竜澤が引戸をドンドンと強く叩いた。

それでも反応はない。

二人で玄関の引戸をひくと鍵はかかっていなかった。中に入って「おはようございます」と声をかけると年配の女性が出てきた。七十歳代半ばだろうか。大家さんだろう。

「後藤康友君いますか」

竜澤が聞いた。

「ああ、後藤さんね。はいはい」

中へ入っていった。私たちも玄関を上がってついていく。

八畳ほどの居間があった。二人は炬燵《こたつ》に座り、足を入れた。電源が入っていなかったので竜澤がスイッチを入れた。

しばらく待っていると老婆が二階から下りてきた。その後ろを寝間着代わりらしきジャージを着た大きな青年がついてくる。髪がぼさぼさだ。眠っているのを起こされたのだろう。

「おお、来た来た」

竜澤が立ち上がって右手を差しだした。後藤君は胡散《うさん》臭げな眼でその手を見た。

「柔道部三年目の竜澤だ。兵藤さんから紹介された。よろしく」

後藤君は「はあ」と頭を下げ、その手を握り返した。

竜澤が左手で後藤君の右腕の力こぶあたりを触りながら嬉《うれ》しそうに言った。

「やっぱり一流のアスリートは違う。筋肉がめちゃくちゃ柔らかい。ほら。増田君も触ってみ」

言われるまま私も腕を触ってみた。たしかに柔らかい。背中にも触ってみたが実に柔らかい。

「俺たちみたいに怪我しないぞ、こういう柔らかい筋肉は」

後藤君が居心地悪そうにしてるので、「まあ座れよ」と言って炬燵に入らせた。

「ラグビー部やアメフト部とはまだ会ってないよね」

私が聞くと「はあ。ラグビーやアメフトの人が僕に何か用事なんですか」と後藤君は頭を下げた。

さすがこれだけの素材は腰も低い。

「後藤君は理系か文系かどっちだ」

竜澤が聞くと「はあ。理2です」とまた頭を下げた。山下泰裕《やましたやすひろ》先生も大学時代から腰が低かったという。大物は何もかも謙虚だ。

「後藤君はスポーツ万能らしいじゃないか」

私が本題を切り出すと、後藤君は頭をかいた。

「いやあ、そんな……へへへ」

「照れなくていいよ、いろいろ聞いてるから」

竜澤が満面の笑みで後藤君の肩を触り「肩の筋肉もマシュマロみたいに柔らかい。これぞ一流の筋肉だ」と言った。

「どれどれ」

私も肩を触ってみた。本当に柔らかい。

「俺たちの筋肉なんてガチガチに硬いもんなあ」

私は言って自分の肩を触り、竜澤の肩を触った。

「いやあ、ほんと柔らかいや、こうして触って比べると」

「えへへ。子供の頃から体は柔らかいほうでして」

後藤君が照れた。

その背中を竜澤が叩いた。

「兵藤さんに聞いたよ。柔道三段なんだって。高校で三段取るの難しいよな」

「三段……?」

後藤君がきょとんとした。

「四段になったのか？」

竜澤が言った。

「僕、柔道なんてやったことおまへんけど」

「あれ？　でも剣道も四段、空手も四段なんだろ」

竜澤がそう聞くと後藤君は笑った。

「そんなアホな」

「でも、スポーツ万能で、武道も球技もなんでもござれだって」

「僕、スポーツなんてピンポンくらいです。へへへ」

「ピンポン？」

「卓球です。中学でピンポン部に入ったことくらいですかね」

「もしかして卓球でインターハイ行ったのか？」

「そんなわけありませんですよ。中学のピンポン部を三日で逃げだしたんです」

「なに？」

「だって、僕、運動神経ないですから」

「でも兵藤さんが、後藤は一〇〇メートルを十一秒台前半で走ると言ってたぞ」

「十一秒？」

「それも違うのか？」

「一〇〇メートル三十秒くらいとちゃいますか。ははは」

「三十秒……？」

「いやあ、三分……ひょっとしたら一時間くらいかかるかも。なにしろ生まれてから三メートル以上は走ったことがないですから。へへへ」

吉本《よしもと》新喜劇のようなノリで言った。

「野球部の四番とホームラン競争やって勝ったっていうのは？」

「あはは。そんなわけあらへんですよ。兵藤さんに騙《だま》されたんですね。へへへ」

後藤君がにこやかな顔で言った。

竜澤が困ったように私を見た。私は何と言っていいかわからず首を振った。

「体重一二八キロっていうのはほんとうなんだな？」

「それはほんとうです。でも僕、ただのデブです」

後藤君は嬉しそうであった。

竜澤が後藤君の右腕をつかんだ。私も左腕をつかんでみた。柔らかいはずだ。ただの脂肪である。

しかし竜澤は自分を鼓舞するように言った。

「大丈夫だ。鍛えれば大丈夫。おまえのような重量級が俺たちには必要なんだ。うちの柔道部に入れ。四年目までやれば絶対に強くなる。そしていつか北大柔道部の名前を背負って戦うんだ」

「そんなん言ってもらって断れへんですね。こんなに期待されたの初めてです。兵藤さんのおかげでこんな御縁ができて嬉しいです」

後藤君は驚くほどあっさりと入部を決めてしまった。

今日の夕方に道場に来ることを約束させて、私と竜澤は外へ出た。二人で並んで歩いた。

「騙《だま》されちゃったな」

竜澤はかなりショックを受けているようだった。

私はその肩に自分の肩をぶつけた。

「七帝柔道は人数こそ力なんだから。それに寝技をやれば絶対に何年後かには化けるはずだ。とにかく今年もたくさん入れよう。俺たちが四年目のときの二年目になる要の学年だ」

「そうだな。あの体で寝技だけをみっちり四年間やれば相当に強くなる」

「そうそう。宮澤だって白帯から始めて、いまあんなに強いんだから。山岸《やまぎし》さんだって白帯だったろ。岩井監督だってそうじゃないか。だいいち、俺たち普段の練習で重量級の練習相手がいないから本番でやられるんだよ。後藤君を育てよう。白帯だろうが初心者だろうが育てていけばいいんだ」

私たちはそう約束して、それぞれ自分のアパートに戻り、練習まで眠った。

5

夕方になって道場へ行くと、すでに後藤康友君は来ていた。

「帯はもっと下に巻くんだよ。それじゃあ女の子の浴衣《ゆかた》の位置だ」

二年目になったばかりの城戸たちに道衣を見つくろってもらって、白帯を臍《へそ》のあたりに巻いて叱られていた。

私は城戸を道場の隅に引っ張っていき小声で言った。

「あまり叱ったりするな。辞めちまうから」

「あいつは大丈夫ですよ。なに言っても平気なやつです」

城戸が笑った。

後藤君の方を見ると、たしかに新二年目の連中と関西弁で和気藹々《あいあい》とやっていた。

練習が終わったときにはすでに二年目から「ゴトマツ」という渾名《あだな》を付けられていた。

「なんでゴトマツなんだ。下の名前は康友《やすとも》だろ。マツなんてどこにもないじゃないか」

私が聞くと城戸が言った。

「四年目に後藤さんがいるから区別がつかんじゃないですか。それによく見てみてください。ゴトマツっていうしかない顔ですよ」

たしかにゴトマツという素朴な名前がよく似合った。

入学式が近づくと新入生がキャンパスをうろうろしはじめた。私たちは前年と同じくインチキビラの餌をばらまいて柔道場へ新入生を誘導し、徹底的に勧誘した。「柔道サークルＹＡＷＡＲＡ」や「北大格闘技研究会」など多数の名前を使って練習場所はすべて北大柔道場にする。もちろん時間帯は私たちが練習している時間である。

柔道サークルＹＡＷＡＲＡのビラは、昨年私が作ったビラを見せて二年目に丸文字で書かせた。去年と同じく《週に三回》《練習一時間》《女子ばかりで困っている》などの文言を入れた。するとやはり見学者がひっきりなしに毎日やってきた。

ほとんどの学生が騙されたと知った瞬間に逃げ帰っていったが、通うようになった一年目のなかに佐藤衆一《さとうしゅういち》という恵迪《けいてき》寮生がいた。彼は週に三回の柔道サークルだと思ってその頻度で来ていたが、途中で同期にやんわりと教えられて「なんだそんなことなら毎日来るだけじゃないか」とすんなり馴染《なじ》んでいった。頭がいいのか抜けているのかわからないところがあって一年目のなかでいつもいじられていた。

最終的に新入生は十五人ほど入部したが、例年どおり練習の厳しさを見て漸減していき最終的に残ったのは六人だけになった。しかし佐藤衆一だけではなく個性的な者ばかりだった。

実力的には西岡精家《にしおかきよたか》が頭ひとつ抜けていた。静岡県出身で高校時代はキャプテン、一本背負いや体落としなど立技がかなり切れる。しかし寝技はあまりできない。私や竜澤の一年目の頃のような状態だが気持ちも強く、将来伸びていくと思われた。

佐々岡信二《ささおかしんじ》は四国出身で、西岡と同じく高校でも柔道部だった。立技寝技が満遍なくできる。やや柔道にムラがあるのと体力がないのが気になったが、手脚が長いので寝技専一で鍛えていけばいつかは伸びるのではと思われた。

後藤康友の他にもう一人の巨漢も入った。札幌西高校柔道部出身の黒澤暢夫《くろさわのぶお》だ。ふらりと道場に顔を出したときに強引にかき口説いて入部させた。ゴトマツと同じく一二〇キロ以上ある。しかしよく聞くと大食いだから太っただけだという。彼もすでに、縮めただけだが「暢《のぶ》」とニックネームで呼ばれていた。

もう一人定着したのが、山本祐一郎《やまもとゆういちろう》だ。柔道だけではなく運動経験もほとんどない痩《や》せて小柄な青年だった。哲学科志望で物静かなところがあった。練習前後に彼が何か考え込んでいるといつも私は気になった。

この山本とゴトマツは、練習最後の全員での腕立て伏せ数百回についてこられないどころか、はじめは数回しかできなかった。いや、まともに胸を畳まで下ろす腕立て伏せは一回もできず、眼に涙をうかべて両腕をぶるぶると震わせていた。その後の綱登りも、ただしがみついているだけだった。こちらも辛《つら》かったが、遠くから見ているしかなかった。続ければ必ず強くなれるからと約束して入部させたのだ。

今年も期待した即戦力となる超弩級選手は入ってこなかった。七月に迫った七帝戦の見通しはまったく立たない状態で、苦しい練習が続いた。

この頃から五年目の和泉さんも毎日道場に来て練習に参加してくれるようになっていた。体力に関しては北海高校レスリング部への出稽古などで維持しているだろうが、道衣を着た寝技の勘を取り戻そうとしていた。和泉さんがいると、もちろん乱取り相手になってくれるので練習にもなったが、それよりも、気持ちの上でほっとする部分があった。

第7章

北海道大学柔道部の焦燥

1

ゴールデンウィークの一週間にわたる新入生歓迎合宿は、いつものように最終日のカンノヨウセイで終わった。

前年恐怖のどん底に突き落とされた二年目たちは大はしゃぎで一年目を怖がらせ、終わったあと一年目たちは「俺たちも絶対に来年やってやる」と悔し涙を流していた。私たち三年目も一緒になって楽しみながら、しかし一年目や二年目たちの行動を微笑ましく、自分の下級生時代に重ね合わせて見ていた。

岩井眞監督は週に三度あるいは四度のペースで道場に顔を見せるようになっていた。そして部員たちとともに四年連続最下位の泥沼からなんとしても脱出しようと必死になっていた。

延長練習が連日続き、延々と寝技乱取りを続けた後、七帝ルールによる練習試合が何試合も繰り返された。そして練習試合の後はまた延々と寝技乱取りが続いた。

私の右膝は調子が良くなかった。乱取り中に何度か捻《ひね》って傷め、リハビリが予定通り進まず、腫《は》れあがっていた。しかし七帝戦は二カ月後に迫っていた。

私は完全に横三角を捨てていた。組み際に脇固めを多用して相手を威嚇し、組めば小内刈りと支え釣り込み足で崩してまた脇固めを使った。そしてときに跳び付き十字や引き込み十字を狙った。

しかし関節技は飛び道具でしかない。そもそも七帝戦本番では相手は参ったしないので関節は非常に決まりにくい。私の本当の狙いは、脇固めで揺さぶっておいて、相手が退《さ》がって引き込んできた際に合わせる上からの速攻だった。相手の両脚を捌《さば》き、一気に相手の頭に回って腕を縛って抑え込む。

北大に抜き役はほとんどいない。最下位脱出のためにはなんとしても私も抜かなくてはならない。練習試合でも乱取りでもがむしゃらに攻めた。体のコンディションは柔道を始めた高校一年のとき以来最低だったが、やるしかなかった。

後輩たちは強引な私の攻めに後退し、不完全な引き込みになってしまう。そこを上から厳しく攻めに攻めた。

脚を越えることに失敗したら、また立ち上がって両脚を捌き、速攻をかけた。この攻めパターンで、東英次郎と城戸勉の二人以外の後輩は簡単に取ることができた。東は立技が強いので最後までほぼ立技の攻防になることが多かった。城戸はいまや部内一足の利く選手に育っておりて速攻ではとても脚を越えることができず引き分けられた。

北大の抜き役は三年目の竜澤と私、二年目の東の三枚だけだった。そこに城戸も実力で迫りつつあった。五年目の和泉さんと内海さんは助っ人なので四年目時のような活躍を期待するのは酷だ。しかし二人とも絶対に負けない、岩井監督の秘蔵駒である。

五年目を除くと最も分けが堅いのは主将の後藤さんと城戸になっていた。私は最近気づいたが、私や竜澤が「後藤さんが弱くなった」と感じていたのは、後藤さんが抜く練習もしているからだった。一日のうち八割の時間はカメを堅くするための練習をしていたが、二割程度は抜く練習に充てていた。たとえば私とやるときにときどきカメから脚を戻して正対し、下から返そうとしたりした。だから逆に攻め込まれて抑え込まれやすくなっているのである。おそらく主将としての意地であろう。

分けの堅さでは後藤さんと城戸の次に三年目の松井隆、工藤飛雄馬、宮澤守がおり、その下に二年目が数人といったところであった。一年目ナンバー1の西岡精家は立技ならば分けられるだろうという選手だ。しかしまだ完全に穴だ。抜かれるのを前提にしておかなければならない。

監督の指示で道場の壁には横一〇センチ縦二〇センチほどの紙がずらりと画鋲《がびょう》で留められていた。一枚ずつそれぞれ部員の名前が書いてある。それが上からAクラス、Bクラス、Cクラス、Dクラスの四つのカテゴリーに分けられていた。

BとCの間が七帝戦本番の十五人のレギュラーの境目である。岩井監督は毎日の練習試合の結果を見て、すべての練習が終わって帰る前にその名前をどんどん入れ替えていった。

汗でぐっしょりの道衣《どうぎ》を畳の上に放り投げ、部員たちは上半身裸になってそれを見て、声にならない溜息《ためいき》をついたり拳《こぶし》を握りしめたりしていた。

Aにはレギュラー確定の五年目の和泉さんと内海さん、四年目の後藤さん、三年目の竜澤と私、二年目の東英次郎と城戸勉の七人がいた。Bには三年目の松井隆、宮澤守、工藤飛雄馬、荻野勇の四人と、二年目の守村敏史や石井武夫ら数人がいた。Cに二年目の残りほとんどと一年目の西岡精家がおり、Dがそのほかの者たちである。

監督によるこの札の入れ替えは残酷なセレモニーでもあった。学部での成績や、性格の良さ、そんなものはいっさい関係なく、ただ柔道の強さというスケールのみで人間を測られる。

Aのカテゴリーの部員たちは両腕を組んでその〝入れ替え〟を見ていたが、BとCの境目にいる選手たちの中には後ろのほうで手を合わせて見ている者たちもいた。そして今日もレギュラーに上がれなかったとうなだれたり、昨日レギュラーに上がったのにまた落とされたとうなだれたりしていた。

四年目の斉藤テツさんはレギュラー入りがかなり苦しい状況だった。練習試合では抜き役の猛攻に為《な》すすべもなく抑え込まれ、乱取りでも後輩たちに体力差で押されていた。それを見て同期の後藤主将と杉田さんは必死に声援を送っていた。

二年目の大森一郎も苦しんでいた。彼の練習への態度はみなが認めていた。乱取りで振り回され潰《つぶ》されても息絶え絶えに向かっていく。練習後は消耗しきった体で、キャンパス内の真っ暗なメーンストリートを一人で走っていた。

練習で引き分けを何度か続けるとランキングが少し上がったりした。そういうときのテツさんや大森は本当にいい顔をした。テツさんのことも大森のことも、部員はみなその練習ぶりを見ているので心のなかで応援していた。見ていないふりをして横目でうかがっていた。だが、なかなかBクラスに入るのは難しく、CとDを行ったり来たりしていた。

道場のあちこちで乱取りが繰り返され、強い者も弱い者もそれぞれが自らの尊厳をかけて喘《あえ》いでいた。私も喘いでいた。竜澤も喘いでいた。この道場はそういう場所なのだ。

2

その日も二階の柔道場は、しんと静まりかえっていた。すでに何人かは道衣姿で座ったまま練習が始まるのを待っていた。

一年目の巨漢ゴトマツも慣れない道衣に白帯を巻いて座り込んでいる。その横にはやはり巨漢の黒澤暢夫がいてうなだれて座っていた。西岡精家や佐藤衆一、山本祐一郎など、他の一年目も疲れた顔で一緒にいた。一年目のなかにもすでに倦怠《けんたい》が漂いはじめていた。

部室に入ると和泉さんが裸になって道衣に着替えている最中だった。あいかわらずコンテスト時のボディビルダーのように体にキレがある。

「なんじゃ、あんた暗い顔して入ってきてから」

「暗いですか」

「暗いで。なんじゃその顔は。下級生をしっかり鍛えにゃいかんで」

「和泉さんと内海さん頼りですよ、ほんとに」

私は自分のロッカーを開けてTシャツを脱いだ。

「なに言うちょるん。わしら五年目に頼ってどうするんじゃ。この馬鹿たれが」

和泉さんが例のぎょろりとした眼でにらんだ。

だが「五年目に頼るな」という言葉はまったくの嘘であった。それは和泉さんの表情を見ればわかる。和泉さんと内海さんの五年目コンビは闘志に満ちた表情をしていた。最下位を経験した回数が私たちよりも多いからだ。とてつもなく長い屈辱の時間を過ごしてきたのだ。

和泉さんが四月から練習に皆勤するようになって、少し道場が明るくなっていた。練習が始まる前には私だけでなく一人ひとりに声をかけ、冗談を言ったりじゃれついたりして、ひとたび練習に入ると本番で穴になりそうな二年目を徹底的に抑え込んでいた。相手が弱点を克服するまで一人ずつ鍛えていた。参ったしようが泣こうが容赦しない。その執念は凄《すさ》まじかった。

内海さんもそうだ。練習中に奇声があがってそちらを振り向くと、たいてい内海さんだった。顔中にたくわえた髭《ひげ》から汗がしずくになってぽたぽたと垂れていた。相手のバックについて絞め、そこから変化して抑え込むという攻撃パターンを作っていたが、それがうまくいかないと感情を爆発させて奇声をあげるのだ。

そしてもうひとり凄まじい闘志を前面に押し出して練習している人物がいた。主将の後藤さんだ。乱取り相手を絞め落とすだけではなく、自分が絞められても絶対に参ったせず落ちていた。どうやら得意のカメの防御をさらに磨くために、乱取り中にわざと自分を窮地に立たせているようだ。相手がどれだけ強くてもカメで分け、相手が分け役であれば攻めて抜きにいく。そういった選手になろうという志を持っていた。後藤さんが寝技乱取りをしている場所には異様な、重く熱く湿った空気が揺れていた。

副主将の斉藤テツさんはいつまでたっても弱いままだった。だから後藤さんは実質一人で部を背《し》負《よ》っているようなものである。そのプレッシャーは想像もつかない。

この日、私は和泉さんと二本連続でやって疲れたところを内海さんにお願いし、これも二本やった。そして後藤さんと三本やった後、膝《ひざ》に巻いた自転車のチューブと弾力包帯を巻き直していると、テツさんがやってきた。

「増田、一本やろか」

蒼《あお》い顔をしていた。このところ、毎日テツさんから稽古を所望してきた。テツさんがレギュラーになるためには私や竜澤に乱取りで取られないようになる必要がある。だから稽古を所望してくるのだ。

道場の隅で向き合い、互いに頭を下げた。ゆっくりと組み合った。テツさんが引き込んだ。私は背筋を伸ばし立ったままステップを踏んだ。脚を捌《さば》いて一本越え、すぐに上半身を沈めて胸を合わせた。テツさんの首を極《き》め、腰を切って横四方に抑えた。技術以前にパワーに差がありすぎた。私の胸の下でテツさんの小さな呼吸が聞こえた。ここで私が力を抜けば余計に傷つけてしまう。

「ファイトだ！　逃げれるぞ！」

いつのまにか横にストップウォッチを持った杉田さんが立っていた。

「テツ動け！　きまってないぞ！」

テツさんの脚は懸命に宙を泳ぐが、どうにもならない。

「テツ！」

杉田さんが絶叫した。

一分ほど抑えて立ち上がった。テツさんはすぐに襟をつかんで引き込んだ。私は速攻をかけて今度は崩上《くずれかみ》に抑え込んだ。そしてテツさんの腰の下でクロスした腕をしっかり握り直して絞り込んだ。しばらくすると暴れていたテツさんの脚が人形のようにばたりと畳の上に落ちた。抑え込みを解くとテツさんは落ちていた。

私が活を入れようとすると、杉田さんが「俺がやる」と私を押しのけた。そしてテツさんの体をまたいで両手で胸を二度、三度と押した。テツさんが蘇生《そせい》して立ち上がり、白い顔で杉田さんのジャージにつかみかかった。

「しっかりしろ！」

杉田さんがテツさんの頬を叩《たた》いた。テツさんが我に返って私を見た。そしてすぐにうつむいて私の袖《そで》をつかんだ。引き込んだ。私はその脚を捌いて崩袈裟《くずれけさ》に抑え込んだ。

「テツッ！」

杉田さんが嗄《しゃが》れた声をあげた。テツさんは私の下で呻《うめ》いていた。その間、ずっと杉田さんは励まし続けていた。

乱取り交代の合図があった。私は立ち上がって、テツさんが立つのを帯を結び直しながら待った。テツさんはくたくたになった体を起こし、黙って私に頭を下げた。杉田さんが何か言いながらテツさんの肩を抱えて道場脇へ連れていった。私は見ていることができず、乱取りを抜けてベンチプレス台の横まで行って右指三本をまとめて縛っているテープを引きはがした。そして救急箱からテーピングテープを出して巻き直した。自分がどういう態度をとればテツさんを傷つけずに済むのか私にはわからなくなっていた。

3

日々の練習が私たち部員の体力と気力を奪っていた。上級生になれば少しは楽になるかと思っていたがまったくそんなことはなかった。上になればなったで責任が生じてくる。しかも北大のいまの成員構成ピラミッドは上へ行くほど部員が少ない。四年目三人、三年目六人、二年目十人だ。この歪《いびつ》なかたちが余計に各成員にストレスをかけていた。道場に来てくれるＯＢはほぼ岩井監督ひとりであり、私たちは岩井監督だけを頼りに単調で厳しい練習を続けた。四年連続最下位の私たちをＯＢたちは見限っているのかもしれないと思うと泣けてきた。

私も竜澤も抜き役にならなければならないというプレッシャーに押し潰されそうになっていた。

北大の他の運動部から柔道部がなめられたくないと思っていた。旧帝大の他の六大学からもなめられたくなかった。練習が終わり帰途につくと、得体のしれない不安と寂しさが込み上げてくる。私たち二人はそんな気持ちを理解してもらいたくて馴染《なじ》みの店へ酒を飲みにいった。北十四条のみちくさ、北十八条のみねちゃんとバップ、北二十四条の北の屯田《とんでん》の舘《やかた》とみっちゃん。昼間、道場で極限まで昂《たか》ぶった心臓を鎮めるには酒が必要だった。

「最下位脱出なんてできるわけがない……」

私たち二人は語り続けた。なにしろ穴だらけなのだ。他大学は四年生や三年生が主力である。一方うちは成長途上の二年目が主力であり、一年目の力も借りなければならない。しかも成長途上といえば聞こえがいいが、あと二カ月やそこらで仕上がるのかといえば難しいと言わざるをえなかった。私たち二人だってそうだ。このあと二カ月でどうすれば強くなれるのか。

さらに柔道以外にも、私には大きな悩みの種があった。その夜、私たちは並んでバップのカウンターで飲んでいた。客は五人くらいいて店の半分の椅子が埋まっていた。飲んでいるうちに私は市原慶子のことでいろいろマスターに相談した。何度か彼女を店に連れてきてるのでマスターも知っていた。

「ちょっと」

横の竜澤が私の腕を握り、椅子から降りた。何だろうとついていくとドアを押してさらに強く腕を引く。廊下に出てドアを閉めた。そこで立ち止まって振り返った。

「増田君、酔ってんのか」

「どうして」

「なんであんなこと言うんだよ」

「あんなことって？」

「彼女のことだ」

意味がわからなかった。

「今日の増田君は格好悪い。もう帰れ」

強く言って手を伸ばし、私の肩を押した。

「なんだよ。どうして俺が帰らなきゃいけないんだよ」

「いいから、とっとと帰れ」

また肩を押してきた。私はその手を思いきり振り払った。その勢いで私の手の甲が竜澤の顎にまともに当たった。竜澤の顔色が変わった。

「帰れって言ってるだろ！」

いきなり頬を殴られ、私はその場に倒れた。

「わかんないのか。人前で好きな女の悪口を言うな。俺はあの子と付き合うのは正直いって反対だ。増田君が不幸になる。でも本気で好きだって言うから応援してるんだ！　愚痴があるなら俺に言え！　俺が全部聞いてやるから他で話すな！　格好悪い増田君は見たくない！」

言い捨ててドアを引き、店内へ戻っていく。

「痛えな……」

頬を抑えながら私は立ち上がった。口を開いたり閉じたりした。頬の内側が切れており血の味がした。あの野郎、思いきり殴りやがって。しかし、たしかに竜澤の言うとおりである。私は二度三度と深呼吸してからドアを開けた。店内に戻って竜澤の横に座った。そして「ごめん」と小声で言った。竜澤は「いいよ」と言ってコップの焼酎をあおった。

「おまえら連れションだと思ったら時間差で帰ってくるし、増田は顔腫らしてるし。何やってんだ」

マスターが笑いながら煙草をくゆらせている。他の客たちも怖々と私たちの顔を覗き見ていた。

4

このころ事件が起きた。同期の荻野勇が退部すると言い始めたのだ。岩井監督に直接言いにきたらしく、それを監督も認めたらしい。電話しても出ないし、アパートに行っても出てこない。どうやら柔道部だとわかると居留守を使っているようだった。

私はひとりで工学部機械工学科へ荻野勇を訪ねていった。荻野は驚いた顔をしたが、逃げはしなかった。しかし下を向いて心の内は話してくれなかった。私は岩井監督が師範室で着替えているときノックして入り、正直に聞いた。

「あいつ、俺と竜澤のことが嫌になって辞めたんですよね」

「柔道部に合わなかったんだ」

周辺をなぞるような言い方をした。しかしそれは私の言が中心を射貫《いぬ》いているからこその返事だった。私は空唾《からつば》を飲み、頭を下げ、静かに師範室を出た。

荻野は柔らかい関西弁で話す大人しい人物だった。趣味は航空機で、とくに戦闘機に目がなかった。いくつかの雑誌を定期購読しているとも聞いていた。ある日、私が一浪時代に自衛隊航空学生を受けて面接までいったことを話すと眼を輝かせていろいろ質問してきた。航空学生とは自衛隊の戦闘機乗りを育成する学校である。合格しても行く気はなく、親父の「早く警察官になれ」というプレッシャーを逸《そ》らすために受けただけだったが、荻野にとってはすごいことのようだった。

「F15を近くで見れた？」

そんなことを聞き、視力検査の厳しさのディテールなどを細かく質問してきた。将来は航空機の開発に携わりたいと言った。そういう話をするときの彼は本当に楽しそうだった。ときどき私や竜澤が練習後に部室で悪ふざけしたりしていると眉《まゆ》をしかめていた。「こういうのが嫌なんだな」ということはわかったが、唐突に退部するとは思いもしなかった。私は岩井監督に聞いたことを竜澤には言わず、伏せておいた。竜澤は荻野とうまくいっていなかったので余計にこじらせそうだったからである。六人だった三年目は、これで五人になった。一年目の新歓合宿のときは十二人定着していたので、半分を下回ってしまったのである。

5

二部練のときは朝から延々と寝技乱取りをやり、昼に少し仮眠し、夕方からは岩井監督が来ての部内練習試合が繰り返された。道場には東海大四高や札幌第一高なども入れ替わりで出稽古にやってきた。監督は重量級の彼らとの練習試合も組んだので体力の消耗が激しかった。二部練ではない日は延長練習である。武道館の閉館まで練習試合と寝技乱取りが続いた。

私は《二分》という数字を決めていた。分け役の後輩たちを最低でも二分で一本取らなければならないと決めたのだ。本番では分け役たちは命がけで守ってくる。練習で二分で取れない相手は、本番では六分かけても八分かけても取れない。だから六分間の乱取りで二分で一度取り、四分でもう一度取り、六分でもう一度取る。それができなければ私は本番で抜けはしない。

その日も私は二年目の守村に二度三度と速攻をかけ、一分弱で抑え込みに入った。そして腹の下で逃しては崩上や横四方に変化していた。

「俺は乗ってるだけだぞ。逃げれるぞ」

守村は私の下で荒い息を繰り返しながら両手で隙間を作ろうとしている。しかし私は彼の動きに合わせて体重移動し、彼の意図をひとつずつ潰していく。腹で呼吸を妨げてやると私の体を何度も叩いて参ったした。だが私は放さなかった。

この守村は二年目のなかでは、東英次郎、城戸勉の次に強いナンバー3の位置にいる。立技が切れ、寝技もスピードでしのぐタイプの好選手である。しかし脇が甘いのがなかなか直らなかった。体が小さいので脇の甘さはとくに致命的である。だが層の薄い現在の北大では彼こそが守りの要《かなめ》にならなければならない。彼が今のままでは、北大は七帝本番でゴボウ抜きされてしまう。

「動くんだ。止まるな」

体の下で守村をコントロールしながら言った。

「俺程度に取られてどうするんだ。本番ではもっと強い選手がぞろぞろ出てくるぞ」

そして腹を守村の顔の上にもっていって再び呼吸を妨げた。

守村が必死に顔を左右に振る。

それを追って私も体を移動した。

「下半身を振れ。相手との間に隙間を作るんだ」

守村が私の肩を叩いて参ったした。

「ばかやろう。どこも極まってないだろ」

私は守村を抑え込みから逃して背中につき、そのまま片羽絞《かたはじ》めに入った。守村の喉《のど》がぜいぜいと鳴る。手を叩いた。両脚が宙を泳いでいた。そのうちその脚が畳に落ち、動かなくなった。

私は技を解き、守村を仰向けにして胸を両手で押した。守村が蘇生して立ち上がった。絞め落とされたのだと気づくのに数秒かかった。頭《あたま》を振ってまた組みにくる。彼のいいところは気持ちの強いところだ。好きなところを持たせ、背負い投げにくるところを潰して今度は腕挫十字固《うでひしぎじゅうじがた》めを取った。守村が参ったした。起き上がってまた組みあう。守村が背負いにくる。私はまたそれを潰した。私の手はすでに守村の頸《けい》動脈に当たっている。横絞めに入った。守村はセオリーと反対側へ回った。しかたなく絞め落とした。

守村に活を入れ、額の汗を拭《ぬぐ》いながら帯を結び直した。目の前に打ち込みフォームチェック用の大鏡があった。そこに映った自分の顔を見て自分の顔ではないような気がした。一年目のときに当時の主将の金澤さんと繰り返した地獄の乱取りを思いだした。あのときの金澤さんの顔にそっくりだ。

守村が立ち上がるのを待っていると怒鳴り声がした。振り返ると、竜澤と東英次郎がいつものように喧嘩《けんか》腰のぶつかり合いをやっていた。

竜澤はこの東と一度まともにぶつかっていた。昨年春の新入生歓迎合宿最終日の武道館裏でのジンギスカンパーティーで、二人が殴りあい寸前になったのを私と後藤さん、杉田さんの三人で抱きついて止めたのだ。それ以来、二人の間の緊張は解けていなかった。

「おら！」

竜澤の乱れた長髪が汗で額に張り付いている。得意の内股《うちまた》で飛び込んだ。東が引き手を切って突き放す。

「来い！」

東が声をあげる。竜澤が飛びかかるようにしてまた東の奥襟を握った。

東が小内刈りから体を反転させて背負い投げで竜澤を浮かせた。竜澤はそれをまたいで、東の頭側に回ってカメになった東の後頭部を右膝で潰し、全体重を乗せた。横三角狙いだ。

東の横顔が苦しみに歪《ゆが》んでいる。

竜澤が東の脇に左踵《かかと》をねじ込む。

東が気合いもろとも竜澤を持ち上げて立ちあがり、それを振り払った。竜澤が横転した。二人は立ち上がって向かい合った。顔に滝のように汗を滴らせ、それを二人同時に袖で拭ってまた「来い！」と両手を上げた。下級生たちはそれを怖そうに見ていた。

東が小内で牽制《けんせい》しながら竜澤の胸をぐいぐい押し込んでいく。竜澤が崩れて道場脇の金属製のロッカーに背中をぶつけ、大きな音が響いた。

竜澤は振り向きざまに東の奥襟を摑《つか》み、体を入れ替えて大内刈りで今度は東の背中をロッカーに叩きつけた。そこで乱取り交代の合図があった。二人は睨《にら》みあいながら頭を下げた。

私は次に二年目の川瀬悦郎を呼んだ。川瀬も守村と同じくチームの分けの要にならなければならない男だ。体格もありパワーもそれなりにあるのだが、真面目で少し闘争心に欠けるところがある。その川瀬を引き込み際の速攻で抑え込みながら私は怒った。

「動け。動いて脚を戻すんだ」

しかし川瀬は逃げることができない。しかたなく立ち上がり、続けて二本取って「動け」と怒鳴った。そしてそのままずっと川瀬を抑え込み続けた。苛々《いらいら》した。

乱取り交代の合図があると今度は「石井、一本やろう」と声をかけた。石井武夫が嫌そうな顔をして近づいてくる。彼も間違いなく七帝戦に出なければならない。私は奥襟を取って二段小外で崩し、石井が引き込んでくるのを速攻で攻めた。

石井が潜り込もうとした。私はそこを狙って頭に回り、腕を縛りにかかった。しかし上手くかわして石井がカメになる。私は舌打ちして、今度は横絞めを狙って横についた。しかし石井の首が堅くなかなか手が入らない。壁の大時計を何度も見ながら横絞めを狙い続けた。

二分を過ぎた。取れない。三分を過ぎた。取れない。四分を過ぎたところで私はいらついて立ち上がった。そしてカメになっている石井を蹴《け》った。すると「増田っ！」と大声が聞こえた。振り返ると、岩井監督が手招きしていた。そのまま監督は師範室のドアを引いて中へと入っていく。私は、畳に手をついて苦しそうに立ち上がる石井武夫を一瞥《いちべつ》して師範室へ走った。中へ入ると、監督は激しい勢いでドアを閉めた。

「なにやってんだ！　おまえは！」

私は息をきらしながら頭を下げた。

「あんな練習してると、おまえたちが本当についてきてほしいときに後輩がついてきてくれないぞ」

監督の眼は怒りに血走っていた。私はまた頭を下げた。私のカメ取りは決定力を欠いていた。私は石井に怒ったわけではない。自分の不甲斐《ふがい》なさに怒ったのだ。

「いいか」と岩井監督が続けた。

「今度の七帝戦が終わったら、おまえらはもう幹部なんだぞ」

私はうつむいたまま顔に滴る汗を拭った。何試合も練習試合をこなして疲弊した体でさらに二時間も寝技乱取りを続け、息は切れ、心臓は悲鳴をあげていた。毎日毎日、追い込めるところまで追い込んでいた。練習中ずっと意識は朦朧《もうろう》としていた。しかし石井武夫をはじめ分け役の後輩たちはもっと苦しいだろう。それをわかっていながら私は怒りをぶつけたのだ。そのうち涙が溢《あふ》れてきた。

岩井監督が私の腕を軽く叩いて師範室を出ていった。私は道衣で涙を拭い、何度か深呼吸してからそこを出た。道場は汗の蒸気で煙《けぶ》っていた。七月の七帝戦までもう二カ月もない。

「ファイト……」

解けた帯を結び直すために立ち上がる者が時々かすれた声をあげた。抜き役は絶対に取らなければならない。分け役は絶対に取られてはいけない。矛盾の関係は乱取りをしている組の数だけあり、その矛盾は呻き声や叫び声、そして怒声や、ときに咽《むせ》び泣きとなってあらわれた。

私はまた何度か肩で顔の汗を拭い、道衣の前を合わせ直した。左側の壁に数百枚のOBの名札がずらりと並んでいる。明治四十一年創部の北大柔道部は戦前の高専柔道の名門中の名門である。昭和九年には高橋照信《たかはしてるのぶ》主将率いるチームが悲願の全国優勝も遂げている。戦後、高専大会が七帝戦に変わってからも強豪ぶりを発揮し、輝かしい戦績を残してきた。われわれ現役部員は少ない人数でその歴史を背負っていた。

岩井監督は練習試合で様々な組み合わせで選手を当て、レギュラーを決め、七帝本番でどこに置くかのシミュレーションをしているようだった。壁に貼られた「A」「B」「C」「D」の選手のカテゴライズは、監督によって日々入れ替えられていた。

6

翌日も相手を替えながら七帝ルールでの練習試合が延々と続けられ、それが終わると今度は寝技乱取りが続いた。

二年目の城戸と何本か続けて乱取りをしていると、道場入口のあたりで投技の打ち込みをしている新入生らしき者がいた。力強い打ち込みだった。横に杉田さんが立って彼と話している。

城戸との乱取りを終えた私は、見学者が必ず書かされる壁に貼ってあるプロフィールを見に行った。二段だと書いてある。身長も体重も私とほぼ同じ。中量級だ。名前は飯田勇太《いいだゆうた》。私は飯田の打ち込みを見ながら、救急箱からテーピングテープを取って指のテープを巻き直した。テープを歯で千切っていると、師範席に座っている岩井監督と眼が合った。監督が手招きした。

小走りに行って片脚でひざまずいた。

「あの新入生と一本やってみてくれないか」

監督が言った。私はすぐに立ち上がって道場入口のところまで戻った。そして打ち込みを繰り返している飯田に声をかけた。

「高校で柔道部だったのか」

飯田が打ち込みをやめ、私を見た。

「はい。そうです」

「だったら続けたほうがいいぞ。せっかくなんだから」

「でも、たいして強くないんで……」

シャイな感じの少年だった。

「二段なら充分だ。うちは白帯から始めるやつが毎年三割から半分くらいいる。今年入った一年目も何人かは白帯だ。寝技は好きか」

「いえ。ほんとにたいしたことないんで……」

飯田は頬を染めた。

「そう謙遜《けんそん》するな。一本やってみよう」

私が言うと「僕と先輩がですか？」と少し驚いたように言った。

私は肯《うなず》いて、飯田を道場の中央まで誘った。

「うちは寝技ばかりやってるやつが多いけど、立技と寝技の区別をつけてないから立っていきたければ立技でもいいんだぞ」

そう言うと飯田は「はあ」と気の抜けたような返事をした。

もちろん飯田は引き込みなどやったことがないのでそのまま立ってくる。私はまず立技の力を測るために付き合った。

組み合った。

しばらく摺《す》り足で前後左右に動いた後、飯田が大内刈りにきた。私がそれに対処した瞬間、右の背負いで担がれた。双手《もろて》背負いである。入り方が浅かったのでそのまま受けたが、強引に高い位置で体を浮かされた。しまったと思った瞬間、大車輪のように回転し、激しく畳に叩きつけられた。

まわりで見ていた者たちが「おおっ！」と声をあげた。腰が強く、かつ柔らかい。師範席の岩井監督も腕を組んでこちらを見ている。和泉さんや後藤さん、杉田さんも何が起こったのかと見ている。竜澤も宮澤も松井君も見ていた。一年目もみんな見ている。

今度は私はすぐに引き込んでみた。飯田は基本どおり腰を落とし、胸を張って上体を引っ張り込まれない体勢をつくった。高校までしっかりした指導者についてきたのがよくわかった。私はまずはまっすぐ引っ張り込もうと思ったが、やはり体幹が強くて上半身が折れない。しかたなく変則の返しで横に落とし、暴れるのを腕を縛って崩上に抑え込んだ。

飯田が逃げようと動き続けるが、その動きに合わせて私は少しずつ首をしっかりと極めていく。そのうち飯田はすっかり息が上がって、動きを止めてしまった。しばらくして私は崩上を外し、立ち上がった。道場内の皆の眼が集まっていた。飯田は息を荒らげながら帯を直している。

また立技で組んだ。

飯田は組み際に鋭い小内で一気に押し込んできた。そして私の足を取り、足取り大内にこようとした。私は腰を引いて飯田の背中を下に引き落とし、両手を突かせてそのまま背中に回った。片羽絞めに入った。すぐに飯田が手を叩いたので放した。すでに息があがっているようだ。

これは今年使えるぞと思った。受験勉強でスタミナが落ちているが、七帝本番までにそのスタミナを戻し、寝技の守りの基本を教えていけば、十五人のメンバーに食い込める。岩井監督も飯田をまだ見ている。

あまり寝技ばかりやってここで入部を思いとどまったりしないように、その後は立技の相手を乱取り交代の時間までやった。背負い投げは入られないように注意しないと、担がれてからでは防ぐのが難しい強力なものだった。

乱取り交代の合図があった。飯田は額の汗を袖で拭いながら頭を下げた。

私が右手を差しだすと、きょとんとしていたが、すぐに察してその手を握り返した。

「強いな、君。入れよ」

私が言うと、「いえ、あの。はい」とどっちともとれる言葉を返した。そして見学している一年目がたむろする道場脇のベンチプレス台のほうへ走って戻っていった。

「どうだった？」

竜澤がやってきて私に聞いた。「かなりいいよ。一年目でおそらく一番強い」と答えると、飯田の方を見た。

「一年目で二人メドが立ったか」

飯田は両手を膝について他の一年目と談笑していた。

乱取り交代の合図があった。私が次の乱取りの相手を探そうとした瞬間、右膝に激痛が走った。先ほど投げられたときに、また悪くしたようだ。

しばらく道場脇の壁にもたれていたが痛みは治まらない。

竜澤が飯田と乱取りを始めたので、これを見てから下で冷やしてこようと思った。

竜澤も立って応じていた。得意の内股で飛び込んだ。飯田は引き手を巧みに切ってそれをしのいだ。そして小内刈りを放って竜澤を壁際まで押し込んだ。

竜澤は横に移動しながら帯取《おびと》り返《がえ》しで寝技に持ち込み、崩上に抑え込んだ。しかし竜澤とここまでやれるのだ。寝技で下になったら取られるだろうが、竜澤や私が一年目のときそうだったように、立技で引き分けを狙えばいい。師範席の岩井監督はまだ飯田を見ていた。

それを確認してから私はドアを開けて階段を下り、シャワー室横の水飲み場へ行った。

帯を外して道衣の上を脱ぎ、ズボンの裾《すそ》をめくりあげ、きつく巻いた自転車のチューブと包帯を急いで外す。洗い場に右脚を上げて水を流して冷やした。北海道の水道水は内地のそれより温度が低いのですぐに膝の痛みが楽になっていく。しかしもう私は自分の柔道を諦めていた。なにしろ練習するほど弱くなっていくのだ。膝を庇《かば》ううちに他の古傷もガタガタになっていた。気持ちが切れかかっていた。

息を整えながらそのまま膝を冷やしていると、奥からすすり泣くような声が聞こえた。はじめは何かの聞き間違いかと思ったが、蛇口を締めて水を止めると、たしかに人の嗚咽《おえつ》だった。

覗《のぞ》きにいくと、柔道衣姿の誰かがうずくまって泣いていた。水を流していた音が聞こえたはずだから気づいていないわけはないが、顔を上げようとはしない。見ている者が誰なのか知るのを避けるように、背中を向けてうずくまっていた。私も一年目のとき、金澤さんにボロボロにされてときどきトイレで隠れて泣いていた。私はチューブや包帯を持ち、黙ってその場を離れ、道場への階段を上っていった。

道場に戻るとベンチプレス台の横に落ちていたタオルで濡《ぬ》れた膝を拭《ふ》き、チューブと包帯を順に巻いていく。そして壁を使って右胸を注意深くストレッチし、乱取り相手を探した。すると同期の宮澤守がやってきて頭を下げた。

宮澤とやるのは久し振りだった。ひとまわり大きな宮澤とはパワーの差がある。組んだ。私が脇固めにいくと宮澤はそれを封じ、がっちりと襟をつかんで私を前に落とした。両手をついた私は横へ回り込みながら素速く体を起こした。組み合って今度は引き込み十字にいった。しかし宮澤に潰されてサイドにつかれた。

脚を絡めて下から宮澤の脇を差し、上体を極められないようにしたが、怪力で腕緘《うでがら》みに入られそうになった。一年目や怪我で見学している者たちが趨勢《すうせい》を見守っているのが見えた。私がその腕緘みを防ごうとするところで宮澤が一気に脚を抜いた。横四方だ。

「増田さん、ファイトです！」

一年目の誰かが言った。

私は必死にエビをして脚を戻し、脚を絡んで横四方を外した。そこを宮澤に腕緘みに入られた。

「宮澤っ！　放しなさんなや！　そこ勝負で！」

いつのまにか和泉さんが横に立っていた。

宮澤がさらに強く極めた。歯を食いしばって痛みをこらえていると宮澤が折るぞという意志を込めてグイッと肘を捻った。私は痛みにうめきながら体を反転させて必死に腕緘みを外した。その瞬間、宮澤が腰をきって、また横四方固めに入った。私は再びエビで脚を戻そうとしたが、がっちりきまっており、今度はまったく動けなかった。

「増田君、何やってんだ！」

竜澤の怒声だ。見上げると汗を滴らせた竜澤が帯を結び直しながら上から覗き込んでいた。

「よし。一本じゃ」

和泉さんが言った。

宮澤が立ち上がった。

乱取りがすべて終わると、また部内練習試合となった。宮澤は絶好調で、その日、合計四人を抜いた。今年一番の秘密兵器は間違いなく宮澤である。七帝戦初出場になるので他校からは完全にノーマークであった。白帯スタート組だが手脚が長く、懐が深く、身長は一八一センチある。体重も九〇キロほどまで増え、寝れば竜澤も東英次郎も手に余していた。さらにこの数週間で一気に力を伸ばし、寝技で相手をコントロールする何かをつかんだようだった。

宮澤は将来の大器と期待をかけられながらも腰椎《ようつい》ヘルニアで長らく見学していた。毎日練習後に地下鉄終点の真駒内《まこまない》まで通院し、深夜に帰宅するという生活を続けていたが、その才能がいま開こうとしていた。

「宮澤は強いのう」

練習後、和泉さんが着替えながら言った。

「あいつ、今年抜くんじゃないか。体全体の力がすごい」

竜澤が嬉《うれ》しそうに言った。

「サイズが一回り違うからな。俺が一七六センチで宮澤が一八一センチ、五センチ差はそのままパワーの差になる」

私が言うと、竜澤は部室に転がっている柔道部日誌を開き、ペンを走らせて計算しはじめた。

「体型が相似形だとすると筋肉量は身長差の三乗になるから――。一八一割る一七六が一・〇二八四〇九。その三乗が一・〇八七六七一。つまりパワーの差は八・八パーセント増しになる。この差はでかい」

「八・八パーセントっていうと数字的にはあまり大きく感じられないけど、プラスして手脚の長さの梃子《てこ》が入るからな。腕取られたらその数字以上の差を感じる。本当に抜く可能性があるな」

物理系頭脳の回転の速さに驚きながら私は言った。そしてゆっくりと息をついた。今日は何人もの後輩を取ることができなかった。

7

「中島《なかじま》体育センターへ行こう」

宮澤守に誘われて新生UWF旗揚げ第二戦の札幌興行へ行ったのは六月十一日である。他の部員もそうだが、私も肉体的にも精神的にもくたくたで、気持ちが切れてしまっていた。繊細な宮澤はそれを見て誘ってくれたようだ。彼は他人の心を見つめて生きる優しい人間だった。

前年十一月のUWF対維新軍の六人タッグマッチで、長州力《ちょうしゅうりき》が木戸修《きどおさむ》にサソリ固めを極めようとした。そのとき前田日明《まえだあきら》が後ろからまともに顔面に回し蹴りを入れた。長州は右眼窩《がんか》底骨折という全治一カ月の重傷を負って大問題となった。

アントニオ猪木《いのき》が前田のこの蹴りに対して「プロレス道にもとる」と発言し、問題はより複雑化していた。プロレスは勝敗があらかじめ決められたエンターテインメントではなくストロングスタイルという真剣勝負であると前面に出していたのは猪木自身である。そのことと「プロレス道にもとる」という発言には大きな齟齬《そご》があった。そもそもどの試合も普通の格闘技なら反則になることをやって会場を沸かしているのがプロレスなのだ。前田が蹴るとなぜプロレス道にもとるのか。フアンは納得できない。

新日本プロレスは前田を無期限出場停止処分とした。その解除条件としてメキシコ遠征を言い渡したが前田はこれを拒否。結果、今年二月一日付で新日本プロレスを契約解除され、寒風の街へと放り出された。

だが放逐され、頼る者がいなくなった前田をこそファンは待っていたようだ。五月十二日の後楽園ホール。新生UWF旗揚げ戦のチケットは十五分で完売し、UWFの復活はファンたちに熱狂的に迎えられた。大会名『STARTING OVER』はジョン・レノンが活動を再開した際のシングル盤のタイトルだ。直訳すれば『やり直す』である。『新たなる始まり』とも訳される。

「選ばれし者の恍惚《こうこつ》と不安、ふたつ我にあり」

前田のリング上での挨拶《あいさつ》はヴェルレーヌの言葉を借りている。こういった興業センスが前田にはたしかにあった。そして巨大なエネルギーをマグマのように抱えていた。もしかしたら今度こそ本当の真剣勝負のプロレス興行が具現化されるのではないかという期待があった。

中島体育センター二階席の前方に陣取った私と宮澤は、新生UWF独特の場内の空気にやられてしまった。前田日明、高田延彦《たかだのぶひこ》、山崎一夫《やまざきかずお》の三選手以外は二線級だったが、見せ方がこれまでの団体とは明らかに違った。レガース姿も第一次UWF時代より、さらにしっくりきていた。プレミア感の演出がうまかった。リアルファイトかどうかについては柔道家としての眼で見ても〝わからない〟というのが正直なところだったが、しかし間違いなく道場でしっかり体をつくり、スパーリングをやりこんでいることは伝わってきた。

帰り、地下鉄の駅まで歩きながら私と宮澤は話した。

「いや、ほんとうに来てよかった。誘ってくれてありがとう」

私が言うと宮澤が肯いた。

「週プロ、次週にどう書いてくるか楽しみだね」

新しい何か、新たなる始まり、スターティング・オーヴァーをたしかに眼の前で見ることができたのである。

ＵＷＦ観戦の翌週は延長練習が一週間続き、そのまま今度は合宿のなかで最もきつい七帝合宿に入った。延長練習から通常練習を挟まず合宿へ突入するのは肉体的にも精神的にもかなり応《こた》えた。岩井監督と後藤さんが話し合ったのだろう。一週間にわたるこの七帝合宿の練習時間はこれまで最も長いものとなった。なにしろ道場に泊まり込んでいるのだから使用時間の制限はない。消灯を遅らせれば何時までも練習ができる。練習試合の数が増やされ、乱取り本数も増やされ、逃げ場のないところで私たちは寝技漬けになった。

合宿が終わると、私は横井整形外科リハビリ担当の元大道塾の加賀見さんとじっくり話して漸《よう や》く決心した。そして竜澤だけには自分の考えを話した。竜澤はうつむいて黙って聞いていた。

第8章

後藤主将、七帝戦を率いる

1

　七帝戦の一週間前から例年通り調整練習に入った。すると疲弊して痩《や》せた体が揺り戻しのように大きくなってきた。筋肉がカーボを蓄えてきているのがはっきりわかる。体重もどんどん増えてきた。練習前に裸で大鏡の前に立つと、本当に自分の体なのかと驚くほど、肩から腕、そして胸まで大きな筋肉が盛り上がっていた。部室で着替えている同期の竜澤や宮澤、そして松井君を見ても、プロレスラーのような体型になっていた。

　その日、私は道場へ早めに行き、師範室で過去の七帝戦のビデオを観て他大学の選手を研究していた。そしてふと体を陽に焼いてやろうと思った。他の大学の連中は内地の強い陽射しで浅黒く精《せい》悍《かん》になっているだろう。北大キャンパスにはどこにも負けぬ広さと美しさがあるが、強い陽光だけがない。しかし裸になって時間をかければ少しは焼けるのではないか。

　道場の上のほうにはぐるりと天窓がある。縄梯子《なわばしご》がついていてそこまで上れるようになっており、冬は閉めたままだが、夏のあいだは練習前に一年目が上って全開にすることになっている。武道館は部室のところが出っ張っており、天窓まで上ると部室の上、つまり部室の屋根にあたる部分に乗れることに、私は一年目時代から気づいていた。しかし一度もそこに乗ったことはない。

私は縄梯子を登り、注意深くその部室の屋根の部分に下りた。そこにはアスファルトの黒い粉塵《ふんじん》が溜《た》まっている。冬の間に雪とともに積もり、雪だけが解けることを何年も繰り返しているうちにこうなったのだろう。枯葉や虫の死骸《しがい》なども多量に交じっていた。

これでは汚すぎて寝転ぶことができない。

私はまた縄梯子を下りた。そして部室に戻り、誰のものともわからぬジャージやバスタオルなどを勝手に拝借し、どっさりと肩に担ぎ、再び天窓まで上って屋根の上へ出た。

適当なところにジャージやバスタオルを敷いた。その上でトレーナーとTシャツとズボンを脱ぎ、トランクス一枚の裸になって寝転がった。屋根の端から顔だけ出して俯《うつぶ》せになる。暑くもなく寒くもない。内地でいえば四月の気候だろうか。背中を焼きながら上から北大構内を見ていると、通りかかる北大生たちが気づき、驚いてのけぞっている。道路をはさんだ向かい側では馬術部の馬が尻尾《しっぽ》を振りながら歩いていた。微《かす》かに吹く風は樹々の緑の香りを含んでいた。

向こうから紺色のジャージを着た和泉さんがやってくるのが見えた。

「和泉さん!」

和泉さんは、どこから声をかけられたのかわからず、まわりを見回している。

「和泉さん!　ここです!」

私が立ち上がって手を振ると、和泉さんは声をあげて笑った。

「そんなところで何やっとんじゃ」

「気持ちぃいんですよ、ここ。見晴らしもいぃいし」

「馬鹿なこと言いなさんなや。裸になってからに」

「肌焼いてるんです」

「みんな見とるで、あんた」

和泉さんが四方を見た。教養部や獣医学部の学生たちであろう、たしかに男も女もこちらを見ていた。だが、その視線は私だけに注がれているわけではない。なにしろ毛玉だらけのジャージを着た坊主頭の眼光炯々《けいけい》の男なのだ。しかし和泉さんはそのことには気づいていないようだった。

「先輩も上がってきてください。気持ちぃいんです。ほんとに」

和泉さんはしばらく考えていたが、「上がってみるかいねぇ」と言ってすたすたとこちらにやってきて武道館の玄関に入ってくる。

私は窓をくぐって柔道場側に戻った。しばらくすると和泉さんが道場に入ってきた。私は上から「こっちです。この縄梯子で上がってきてください」と言った。和泉さんは鞄《かばん》を畳の上に放り投げ、黙って梯子を登ってきた。

私はまた窓をくぐって外へ出て、部室の屋根の上に乗った。

「先輩、こっちです」

和泉さんも窓をくぐって外に出てきた。

「なんじゃ、この屋根は。汚いのう」

「大丈夫です。たいして汚くないすよ」

「汚いじゃろが。あんた足の裏、見せてみぃや」

言われて足の裏を見ると、たしかに真っ黒だった。

「わしのう、いま足の裏に怪我をしておるんじゃ。こんな汚いとこ歩いたら悪化してしまうじゃないか」

「大丈夫ですよ。紫外線で足の裏を焼けば怪我が治るはずです。一石二鳥ですよ」

「そうかのう」

「気持ちいいですからこっち来て寝転がりましょう」

和泉さんがその場で服を脱ぎだした。そして私と同じくトランクス一枚になって屋根の上にきた。

「ほう。ほんとに気持ちええのう」

和泉さんがぐるりとそこからの景色を見渡した。

「でしょう。ほら、先輩。ここに寝てください」

私がバスタオルを二枚敷くと、そこに和泉さんが仰向けに寝転んだ。私もその横に寝転んで一緒に空を見上げた。

「ところで先輩、こんな昼間から大学来てなにやってたんですか」

空を見ながら私は聞いた。

「授業に決まっちょるじゃろが」

「もしかして数学科の？」

「あたりまえじゃないか。わしゃ今年は卒業するけえの」

「卒業するんですか」

「あんた卒業せん気かい」

「はあ……」

「はあ、ってあんた。柔道部引退したら学部行くっちゅうとったろが。引退したら勉強しんさいや」

　私は今年の七帝戦後の自分の身の振り方を竜澤以外には話していなかった。

　そこから和泉さんは黙って空を見ていた。私も黙って空を見ていた。

「雲が動いちょるのう」

　たしかに大きな雲がうねりながら風に流されていた。

「五年間……長かったような気もするが短かったような気もする」

「卒業したら広島帰って坊さんになるんですか。それとも普通に就職するんですか」

　柔道部員は普段は柔道の話ばかりで、〝その後〟の話をすることはほとんどなかった。だから互いに何をしようとしているのかあまり知らない。

「わしゃ、やらにゃいかんことができそうなんじゃ」

「なんですか」

「まだ言えんがの。いろいろあるんじゃ」

　和泉さんはそう言ってまたしばらく黙って空を見上げていた。

「ずっとこうして北海道にいたいのう」

「僕もこんな空が見られただけで北海道に来てよかったです」

「あと、雪じゃ。そして吹雪じゃ。寒さじゃ。氷じゃ」

「はい」

「あんたドストエフスキーやトルストイ読んじょるかい」

「はあ」

「この北海道はのう、ロシアとおんなじなんじゃ。この感覚はこの土地でしか味わえん」

「冬の凍《い》てつく道と、夏の高い空ですか」

「そうじゃ。それとロシア人ちゅうのは肺活量が大きいじゃろ」

「でかいですからね」

「体じゃのうて感性の肺活量じゃ。ドストエフスキーなんか見てみんさいや、あの文体。止まらんじゃろが。感性の肺活量が大きいんじゃ。じゃけ、あんなのはロシアの人間にしか書けんのじゃ。もし近づけるとしたら北海道の人間じゃろう」

「肺活量に喩《たと》えるというのは面白いですね」

「わしは北海道から離れたくないんじゃがの」

和泉さんがしんみりと言った。

「院に行けばいいんじゃないですか」

「さっき言うたように、わしにはやらにゃいかんことができそうなんじゃ」

和泉さんは上半身を起こしてそこにあぐらをかいた。そして寝そべったままの私を見た。

「それにしてもあんた、ええ体になったのう。入ってきた頃とは月とすっぽんじゃ」

「もう何年も経ちますからね」

「あんたが入ってきたときのこと、いまでも覚えちょるで。あんた汚いジャージ着てきたじゃろ」

和泉さんは自分の汚いジャージのことを棚にあげて言った。

「はい。それで練習終わってから和泉さんにイレブン連れてってもらってクリぜん食ったんです」

「イレブンも行ったかいね」

「行きました。そのあと正本《まさもと》で寿司《すし》食わしてもらってみちくさで飲んだんです」

「そうじゃったのう」

「僕、松ジャンをぜんぶ食えなくて和泉さんに睨《にら》まれて、怒られるのかなってびびったんですけど『まあええじゃろ。少しずつ食えるようにしんさい』って言われたんです。それで見た目ほど怖くないのかなって」

「わし、怖かったかいね」

「怖かったっすよ。入部の前、道場に顔出す数日前だったと思いますけど、教養食堂で和泉さんに会ったんです。怖い眼して椅子の上にあぐらかいて飯食ってる人がいて、それが和泉さんで、ぎろっと睨まれたんです」

「わし、睨んだかいのう」

「睨んだっすよ」

「はっはははは」

「あの日、みちくさで和泉さんがずっと『北大を復活させたい。七帝で優勝したい。協力してくれ』って言ってたのを覚えてます」

「わしも覚えとるで」

「和泉さんだけじゃなくて、北大の先輩はみんなそんな人ばっかりで、七帝のときに会った他の大学の先輩もそんな人ばっかりで。みんなすごくいい顔してて。後藤さんなんか、昔の後藤さんとは別人ですものね。僕から見ても惚《ほ》れ惚《ぼ》れします」

「そうじゃのう。後藤はいい顔になってきた」

「杉田さんもそうだし、斉藤テツさんも。テツさんは七帝、出られるでしょうか」

「わしは出す思うで。このところいい寝技しちょるじゃろ」

「先輩も気づいてましたか」

「そりゃ見とるで、あんた。可愛い後輩じゃけ」

「僕、つい一カ月前までは六分間に五本でも十本でも取れたんですが、最近は二、三本しか取れなくなりました」

「竜澤や東を相手にしてもそんな感じになってきちょる」

「でもやっぱり最後は取られるんですよね。ほんとうに出られるといいんですが……」

「そうじゃの。あれだけ頑張っちょるんじゃけ。最後の七帝じゃ。なんとか出られればええがの」

「僕、テツさんと一年目の頃からあまりうまくいってなくて」

「知っとるで」

「知ってたんですか？」

「あんた乱取りでテツを泣かしたじゃろ」

「見てたんですか」

「あたりまえじゃ。あんただっていま、後輩のことをこと細かに見とるじゃろ」

「はい」

「テツは昔とっぽいところもあったんじゃが、いまは別人じゃ。北大柔道部が彼を変えた」

「はい。ほんとに僕は尊敬してます。すごくいい先輩です。いつか謝れるときがきたらと思ってます」

「それよりあんた、その、汚《きちや》い髭剃《ひげそ》りんさいや」

「これ、後藤さんと約束したんですよ、七帝まで一緒に伸ばそうって」

「後藤と？」

「はい。意味はそんなにないんですけど」

一年目の頃、斉藤トラさんや内海さんが髭を伸ばしているのを見ていいなと思っていた。それで後藤さんと飲んでいるときに、七帝戦まで一緒に伸ばそうと約束したのだ。

「あと、宮澤が髪の毛伸ばしてるでしょう」

「おう、そうじゃの。なんであんなに伸ばしちょるんじゃ。フォーク歌手みたいじゃないか」

「宮澤と竜澤が約束したんです。戦前の高専柔道の選手は髪伸ばしてたじゃないですか。あんな感じに七帝まで伸ばし続けようって」

「竜澤は伸ばしちょらんじゃろ」

「あいつはまた途中で『かっこ悪いかな、やっぱり』とか鏡みて言って、切っちゃって。宮澤だけ意地で伸ばし続けてるんです」

「竜澤らしいのう」

和泉さんが笑った。

「あいつはあれでいいやつなんですよ」

「そうじゃの」

「下級生にはなかなか伝わらんですけど」

「そのうちわかるじゃろうて」

「そうですね」

「とにかく今年の七帝、最下位だけは脱出しようで。監督さんを男にしようで。のう」

私は黙って肯《うなず》いた。

空の雲たちは上になったり下になったり、うねりながら流れ続けていた。まるで寝技乱取りをする柔道部員たちのように見えた。

2

飛行機で東京に降り立つと、そこはもう東南アジアの市街を髣髴《ほうふつ》とさせる異国だった。高温。高い湿度。そして強い刺激臭が鼻をついた。一番強い臭いは融解したアスファルトのものである。それに生ゴミを煮染めたような生活臭が混じっている。

眼球が痛くなるほど陽射しが強い。その陽射しの下を主務の杉田さんの誘導のまま黙々と移動した。あまりの暑さにスタミナが消耗されていく。

バスに乗ると冷房が効いていて一息つけたが、乗客が多く座ることができない。立ったまま揺られていくうちに気分が悪くなってきた。窓外《そうがい》の車や人の多さも精神的によくないのかもしれない。

バスを降りると杉田さんがみんなを集めた。

「ここから歩きだ」

地図のコピーを手にしていた。私たちはアスファルトの臭いの中をアブラゼミの声を浴びながら黙って歩いた。すぐにみんな汗だくになり、隊列が乱れていく。立ち止まって後ろを振り返ると、和泉さんがゴトマツに背負われていた。ゴトマツが来るのを待った。

「先輩、大丈夫ですか」

札幌駅から足を引きずっていた。足の裏の傷が化膿《かのう》したと言っていた。

「ものすごう痛うなってきての。かなわんのじゃ」

そして「ゴトマツ、すまんのう」と言った。

ゴトマツは「はあ。大丈夫ですよ」といつもの柔らかい関西訛《なま》りで言った。

「僕が道場の屋根の上に誘ったのがいけなかったですね」

「そんなこたぁ気にせんでええ。じゃが明日は試合じゃ。少しでもよくして出たいけの。旅館着いたらちょっと医者連れてってもらおう思うちょる」

私はゴトマツの横に並んで歩いた。小さなビル街を抜け、住宅地とビルの混合地帯に入り、なんだかんだと入り組んだ道をいき、小さな公園のようなところへ出た。

「ここだ。着いたぞ」

先頭を歩く杉田さんの声が聞こえた。皆ぞろぞろとそこへ集まっていく。東大が用意してくれた宿舎は上海楼《シャンハイろう》という名の木造二階建ての旅館だった。いまどき東京にこんな建物があったのかと思うほど古い。太平洋戦争の戦火をまぬがれ、焼け残った建物なのではないか。

「ちょっとここで待っててくれ」

杉田さんが中へ入っていくと、部員たちは地面に自分のスポーツバッグを置き、その上に座って顔の汗を拭《ぬぐ》った。そして一回戦はどこと当たるのだろうかなどと話した。

しばらくすると杉田さんが出てきた。

「みんな入れ」

暗く狭いロビーで杉田さんが部屋割りを発表した。一部屋三人から五人の部屋である。それぞれ割り振られた部屋に入って旅装を解いていると、すぐに呼集がかかった。東大道場での調整練習だという。各大学に時間が割り当てられているらしい。

タクシーに分乗して東大へ向かった。約束の場所に案内役の東大柔道部員が待っていてキャンパス内へ先導していく。中はまるで深い森のようだ。北大キャンパスにも楡《にれ》や銀杏《いちょう》の巨木がたくさんあるが、広いので圧迫感はない。しかし東大キャンパスはまさに森で、頭上にまで枝々が伸びていて空がよく見えない。樹種も違い、葉の色は黒に近い濃緑で、深みを帯びている。

少し歩くごとに煉瓦《れんが》造りの古い建物が点々とあった。三四郎《さんしろう》池の横を通るとき、下級生の誰かが「漱石《そうせき》の三四郎が散策する舞台だったからこういう名前が付いたんだよ」と蘊蓄《うんちく》を言っている。喋《しやべ》り方から一年目の佐藤衆一のようだ。歩きながら視線を巡らせたが、碑銘らしきものはなかった。

しばらく行くと「ここです」と東大生が立ち止まった。写真で見たことがある。東大道場の七徳《しちとく》堂《どう》だ。瓦屋《かわら》根で純和風の、大きく堂々とした建物である。外の陽射しが強すぎるため中は暗くてよく見えない。

「どうぞ、こちらです」

東大生が靴を脱いで道場へと上がっていく。天井が高く、柱などに様々な装飾がある。

指定場所で着替え終わるとすぐに準備体操をして寝技乱取りをやった。私は二年目の東英次郎と組んで、互いに技術のチェックをし、息を上げない程度に軽く体を動かした。

調整練習を終え、着替えながら皆と話した。七徳堂はかつて高専柔道大会の東部地方予選に使われていた道場だ。ここで勝ち上がった旧制高校が京都武徳殿での決勝大会へ進めたのである。七帝戦でもほんの十数年前、昭和四十年代まで使っていたという。

＊　＊

旅館に戻って冷房をつけ、竜澤、松井隆、宮澤守、工藤飛雄馬の同期四人としばらく七帝のオーダーについて話していると、夕食の時間になった。

それぞれの部屋に戻り、膳に載せられたそれを食べ終えた。同部屋の他の者たちは外へ出ていったので、私は畳の上に一人で寝転がって眼を閉じ、精神を集中していた。

誰かが襖《ふすま》を開けて入ってきた。眼を開けると竜澤だった。

「和泉さんが東大病院に入院したらしい」

「入院？」

私は驚いて上半身を起こした。

「熱が四十二度以上あるらしい。いま点滴を受けてる」

四十二度。そうとう化膿しているに違いない。

「出れなかったら誰を代わりに出すんだ。また穴がひとつ増える」

私の言葉に、竜澤が眉根《まゆね》を寄せながら私の前であぐらをかいた。

バタバタと廊下を走る音がして「東北です！　相手は東北です！」と誰かが叫んでいる。

私たちは顔を見合わせた。

襖が慌ただしく引かれ、二年目の川瀬悦郎が顔を出した。

「東北です！」

「一回戦か？」

私が問い返すと「はい、一回戦です！　東北です！」と息を荒らげた。そして襖をバタンと閉め、走り去ると、すぐにまた隣の襖を開ける音がして「東北です！」という声が聞こえた。あちこちで足音があがりはじめ、壁の薄い旅館が喧噪《けんそう》に満ちていく。

竜澤が表情を強張《こわば》らせていた。

「最悪の相手だ……」

あぐらをかきなおし、腕を組んだ。

実力の差は圧倒的だ。去年よりさらに力が落ちている北大と、逆に去年以上の戦力を整えた東北大とではお話にならない。戦いようがない。

「最低でも三人か四人は抜かれるだろうな……」

私が溜息をつくと、竜澤が悲しそうな眼を上げた。考えていることは同じだ。昨年の東北戦で「俺たちは札幌には観光に来た」と言い放たれた屈辱は忘れない。

「北大集合です！　監督さんの部屋に集合です！」

また誰かが廊下を走り回っている。すぐに私たちの部屋にも呼集係の一年目がやってきた。「よし。行こう」二人で気合いを入れて立ち上がった。

＊　＊

全部員が岩井監督の部屋にぎっしりと入った。

狭いので誰も座れない。

監督がぐるりとみんなを見た。

「相手は強敵だ。これまでの稽古《けいこ》のすべてをぶつけるしかない。抜き役は確実に抜き、分け役は必ず分けること。チーム力では差があるが、どこかに突破口を見出《みいだ》すんだ」

そこまで話して横を見た。後藤さんが肯いた。そしてしばらく何かを考えるように足元を見て、顔を上げた。

「強いか弱いかと言われたら俺たちの代はたしかに弱い。だけどこの一年、死力を尽くして努力してきた。相手はあの東北だ。あいつらを許すことはできない。どうしても勝ちたい。それには実力以上のものを全員が出し切る以外にない。頼む。力を貸してくれ」

この一年、小柄な体で部を引っ張ってきた後藤主将の声はかすれていた。

「和泉さんはどうなんでしょうか？」

私が聞くと「まだ状況はわからん」と岩井監督が言った。

「最悪の場合、和泉なしで戦う」

「東北に負けたらどこなんですか」

二年目の誰かが聞いた。

「東大だ。七番籤《くじ》の東大が待っている」

杉田さんが静かな声で言うと、あちこちで溜息が漏れた。東大は、京大、東北大と並ぶ強豪である。数年前から立技主体に練習を切り替え、七帝戦で大旋風を巻き起こしていた。主幹校はこの七番籤が定位置で、敗者復活校と戦うことになっている。紫藤《しとう》、道崎《みちざき》、鴨野《かもの》、倉木《くらき》、阿部《あべ》ら、強力な立技を持つ選手を揃えている東大に、北大は昨年ボロ負けしていた。

3

緊張でなかなか眠りに入れなかった。同部屋の者もみな寝付かれないようで寝返りを繰り返している。窓の外ではアスファルトの上で熱い空気が揺れる気配があった。今回は私にとって特別な試合だ。うとうとしかけると不安が頭をもたげて覚醒《かくせい》してしまう。そんなことを繰り返しているうちに朝がきてしまった。

朝食は無理やり腹に詰め込んだ。

旅館を出た。

昨日以上に陽射しが応《こた》えた。タクシーに分乗し、会場である台東《たいとう》リバーサイドスポーツセンターの体育館に付けた。三階の武道場へ上がると、柔道場にはすでに他の六大学の選手たちが来ていて準備体操などをしていた。道衣《どうぎ》の胸の《九大》《阪大》などの刺繍《ししゅう》を見て脈拍が速まる。ぐるりと探した。一番奥に《東北大》の連中がいた。二人組になって軽いスパーのようなことをやり、体を温めている。その横では《東大》の選手たちが投技の激しい打ち込みをしている。

道場は五十畳の試合場が二つ取れる広さがあるが、試合場の外側のスペースが狭い。これで各大学のOBたちが応援に来たら満員電車なみの立ち見になってしまうだろう。天井も低いので、いつもよりかなり圧迫感があった。

北大勢は黙って着替え、最後の技術チェックをした。

開会式が始まると、全大学の二十人のメンバー、合わせて百四十人がずらりと並んだ。

今年も七帝戦が始まった。

喉《のど》が渇いてしかたなかった。

開会式後、岩井監督のまわりに集まった。監督はいつものように一人ずつ顔を見てからゆっくりと喋りはじめた。

「先鋒《せんぽう》飛雄馬、次鋒東、三鋒飯田、四鋒城戸、五鋒後藤、六鋒守村、七鋒竜澤、中堅斉藤、七将西岡、六将松井、五将藤井、四将内海、三将増田、副将和泉、大将は宮澤」

ある者は顔を火照らせ、ある者は唇を嚙《か》み、ある者は下を見て緊張している。オーダー用紙を書いていた一年目が係のもとへ走った。しばらくすると北大と東北大のメンバーが一人ずつ掲示板に掲げられていく。そのたびに両陣営がざわめいた。

	北海道大学	（学年）	東北大学	（学年）
先鋒	工藤飛雄馬	3	金子　剛	2

次鋒	東英次郎	2	小野栄夫	6
三鋒	飯田勇太	1	小林文則	3
四鋒	城戸　勉	2	斉藤　創	4
五鋒	後藤孝宏	4	増田浩司	6
六鋒	守村敏史	2	塩見祐二	4
七鋒	竜澤宏昌	3	佐々木徹	4
中堅	斉藤哲雄	4	高橋隆司	4
七将	西岡精家	1	大森泰宏	3
六将	松井　隆	3	脇野真司	4
五将	藤井哲也	2	山口孝幸	4
四将	内海正巳	5	長谷部諭	4
三将	増田俊也	3	輿水　浩	3
副将	和泉唯信	5	佐藤稔紀	4
大将	宮澤　守	3	平山　健	3

東北大はあまりに厚い。逆に北大はあまりに薄い。

序盤は東北大四鋒の超弩級《ちょうどきゅう》、斉藤創さんを北大が何人で止められるかにかかっている。フィジカルに長《た》けた創さんがパワフルに繰り出す縦返しは他大学の脅威の的で、こちらがカメになったら徹底的にそれで攻めてくる。京大や東大など他大学もその縦返し対策の研究にかなりの時間を割いているという。

中堅の高橋隆司さんは一〇〇キロを超える体で引き込み、下から攻める本格的な寝技を持っている。さらにその後ろに大森泰宏《おおもりやすひろ》、脇野真司《わきのしんじ》、山口孝幸、長谷部諭《さとし》、輿水浩《こしみず》、佐藤稔紀、平山《ひらやま》健とずらりと上級生を並べ、まったく穴がない。

対する北大は、三鋒の飯田勇太と七将の西岡精家の二人の一年目がいて、これは完全な穴だ。寝技に引き込まれたらかなり危ない。そして二年目が四人いるがそのうち守村敏史と藤井哲也は危ない。さらに四年目の斉藤テツさんという穴も抱えていた。しかし五年目の和泉さんと内海さんという助っ人を入れ、これが現在の北大のベストメンバーだった。

後藤さんが皆を集めた。

「この暑さも北大の敵だ。内地の連中は慣れているが、うちは慣れていない。しっかり水分を摂《と》って試合に臨むように」

冷房が入っているはずだがほとんどそれを感じない。OBも入れるとおそらく五百人を超える大男たちがいる。しかも試合をし、大声をあげて応援もする。汗や吐息による湿度もある。外より暑いのではないか。この空間は狭すぎる。

主審が試合開始のために両校を呼んだ。開始線に並んだ。十五人が横に並ぶと試合場いっぱいになる。東北大も十五人。同じ人数の筈《はず》なのに圧倒される。あまりに厚く、あまりに巨大な壁だった。

「正面に礼！」

主審の声で両校メンバーが一斉に正面を向き、頭を下げる。

「お互いに礼！」

向き直って互いに頭を下げた。

「頼むぞ」

後藤さんが先鋒の工藤飛雄馬の尻《しり》を叩《たた》いた。全員が「北大ファイト！」と声をあげた。東北大も互いに気合いを入れ合っている。

試合が始まると立って組み合った。飛雄馬は左組み、いつものフットワークで引き手を取らせない。しばらく右へ左へと動き続ける。さらに前後へ動く。飛雄馬が思いきって右の一本背負《いっぽんぜお》い。金子《かねこ》が吹っ飛んだ。「よし！」「いった！」北大陣営から声があがるが主審のコールなし。七帝戦は立技に厳しい。三十秒抑え込めば一本勝ちとなる寝技と違って、主審によって判断が分かれてしまうからだ。立技の一本は過去の試合でも後で必ず揉《も》めごとが起こった。

飛雄馬はそのままカメになった。金子はバックについて絞めを狙う。後輩たちが「工藤さん、ファイトです！」と声援する。先輩たちも「堅くいけ！　堅く！」「脇ぜったいに空けるなよ！」などと声を飛ばしている。

しかしここは大丈夫だろう。ともに斥候役だ。無理はしまい。

私は座ったまま両腕を組み直した。

そしてホワイトボードのオーダー表を見上げた。

次の東英次郎と小野栄夫《おのまさお》さんの試合が荒れそうだ。立技勝負の東と、寝技の強者《つわもの》小野さんである。医学部六年、東北大が一昨年と昨年に二連覇したときの中心選手の一人だ。どこかで抜けるとしたら、この東の立技か、竜澤か私の上からの寝技の攻め、それ以外にないだろう。

試合場では飛雄馬がカメのまま守っている。声をあげていた両陣営は引き分けを確信したのか、静かに趨勢《すうせい》を見守りはじめた。

試合が終わり飛雄馬が引き分けて戻ってくると、東英次郎が替わって試合場へ上がっていく。いつものように気合い充分。火のような闘志。開始線に立つ。

「はじめ！」

主審の声とともに東が前へ出る。組んだ。小野さんがすぐに引き込んだ。しかし分けようとは思っていないようだ。下から東の後ろ襟を引き付け、執拗《しつよう》に攻めてくる。東が持ち上げようとした瞬間、返されて下になった。上体を固められた。あまりに巧《うま》い。これが七帝戦二連覇の寝技なのだ。小野さんが脚抜きにかかる。筋肉の塊のような東の体が、小柄な小野さんの体で潰《つぶ》されていた。プレッシャーが相当強いのだろう。東の顔が歪《ゆが》んでいる。小野さんが脚を抜く瞬間、東が返した。北大陣営から歓声があがった。東が立ち上がって「待て」。

そこから同じような展開の攻防が続く。北大陣営は固唾《かたず》を飲んでそれを見守る。長い長い六分間を終え、汗にまみれた東が呼吸を荒らげて戻ってくる。ここで抜いてほしかったがさすがに相手が悪かった。他の人間だったら間違いなく抜かれていた。ゴトマツと黒澤暢夫がスポーツドリンクやタオルを差し出している。レギュラー以外の者たちも必死にサポートしていた。

三鋒。一年目の飯田勇太が出ていく。ここは大きな穴だ。寝技に引き込まれたらかなり危ない。しかし飯田は一年目ながら持ち前の立技の腰を生かし、大善戦して引き分けた。これで一人目の穴をなんとかしのげた。

問題は次である。

東北大の四鋒、斉藤創さんがゆっくりと畳に上がってくる。七大学屈指の超弩級選手。対する北大二年目の城戸《きど》は下からの守りでは北大随一である。カメも抜群に堅く、北大内で彼のカメを取れる者はもう誰もいなくなっていた。創さんは立技も切れる。末岡《すえおか》さんでさえ一昨年《おととし》の東北戦では内《うち》股《また》で吹っ飛ばされて一本負けを喫した。立っていったら危険だ。すぐに寝ろと監督からは指示が出ている筈だ。

試合が始まると、城戸が慎重に引き込んだ。

「よし。そのまま」

岩井監督が指示を出した。創さんは強烈なプレッシャーをかけて城戸の脚を割ってくる。しつこく上から攻める。城戸が苦しくなってカメになった。創さんが城戸の頭に回って縦返しの体勢に入った。

「ようし！」

「創、じっくりいけ！」

東北陣営《とんぺい》から声が飛んだ。そこから執拗な縦返し。城戸は必死にこらえる。創さんは自陣営を見ては残り時間を聞き、縦返しを狙う。城戸はそれをしのぎ続ける。二分、三分とこらえて、試合時間の残りが少なくなる。北大陣営がほっとしたところで創さんが凄《すさ》まじい形相で攻めてきた。縦返しで返された。横四方に抑えられた。創さんのクレバーな試合運びと、縦返しの想定した以上の威力に北大陣営は騒然となった。城戸が取られるとしたら誰が分けるのか。

二人目。主将の後藤さんが畳に上がっていく。後藤さんはこの大会の直前に頭を丸め、坊主頭になって気合いを入れていた。背中に主将としての矜持《きょうじ》を背負っていた。

「はじめ！」

主審の声でいつものように両脇を締め、レスリングのように体勢を低くし、口を真一文字にして向かっていく。袖《そで》を握った。寝技に引き込んだ。そして創さんを前に落としてカメにした。創さんはそのままじっとしている。どうやら城戸戦で疲れたため休んでいるようである。

後藤さんは必死の形相でバックにつき、攻撃しはじめた。脇を掬《すく》った。回転縦四方を狙っているようだ。この一年、主将として抜く練習もしてきた。その意地であろう。抜き返すつもりだ。創さんは途中で何度も東北大陣営を見て残り時間を聞いている。怜悧《れいり》な計算がその表情に見えた。「あと三つ！」の声が両陣営からあがった。いきなり創さんが動きはじめ、怪力で捻《ね》じ伏せるように後藤さんをカメにした。

すぐに頭に回って縦返しを狙う。後藤さんが必死に耐える。自身の尊厳をかけたカメである。北大道場で何万本も練習してきた。先輩たちに後頭部を潰されて畳に押しつけられ、後輩たちに背中からプレッシャーをかけられながら数万本の乱取りを耐えてきたカメである。しかし残り一分を切ったところで強烈な縦返しで返され、がっちりと抑えられた。「後藤逃げろ！」「逃げてください！」北大陣営から無数の声があがる。しかしあまりにがっちり決まっていて動けない。三十秒の一本を宣されて立ち上がる。テーピングテープを外しながら悔しそうに戻ってくる後藤さんは耳と鼻から血を流していた。これ以上ないほど激しい呼吸で喘《あえ》いでいる。

三人目は二年目の守村敏史。立技で引き分けを狙う。創さんが応じる。守村が右、創さんが左の喧嘩四つである。創さんが奥襟。そして場外際で内股。守村は背中から畳に落ちた。両陣営から歓声と悲鳴。

「技あり！」

主審が言った。助かった。軌道が低かったが勢いで一本を宣されてもおかしくなかった。両者はそのまま東北大陣営に突っ込んでいく。七帝ルール特有の「そのまま」で試合場中央に連れてこられるかと思ったら観戦者たちと団子状態にもつれたため、主審が「待て」をかけた。

開始線に戻り、再び組み合う。守村が引き込んだ。創さんはそれに応じ自分からカメになった。また休んでいるのだ。守村は必死にそのカメを取りにいく。しかし攻撃の緒《いとぐち》がつかめない。守っていた創さんが動いたのはまたしても「あと三つ！」の声があがったところだ。仰向けになって脚を戻し、下から守村の後ろ帯を取って上下逆転した。そして縦返しにくる。しかしかなり体力を消耗している。守村がぎりぎりでしのぎ続ける。館内は人いきれで猛烈な暑さになっていた。窓際に立つ各大学OBがいくつかの窓を開けている。クーラーはまったく効果がない。あまりに息を上げた創さんは途中で三人目を抜くのは諦めたようだ。「あとひとつ！」と声があがった。これは引き分けることができそうだ。

次は竜澤である。

相手は増田浩司《ますだこうじ》さんだ。理学部数学科で留年している六年目である。

「一矢報いられるか」

隣の竜澤に聞いた。竜澤は黙ったまま精神を集中している。ここで一人抜こうが大勢に影響がないことは北大陣営は誰もがわかっていた。東北大は後ろにまだ実力者をずらりと並べているのだ。しかしこれではなめられっぱなしだ。

守村の試合があと三十秒になったところで竜澤は岩井監督に呼ばれ、その前に正座した。監督の言葉は聞こえないが、間違いなく「抜きにいけ」だろう。二人ビハインドである。

竜澤が立ち上がり、両頬を張って試合場に上がる。

試合開始の合図とともに猛然と前に出た。増田浩司さんが引き込んだ。竜澤は噛み付いてプレッシャーをかけながらじりじりと上がっていく。増田浩司さんが下から返そうとするのをそれでも上がっていく。時間ぎりぎり、ついに脚を越え、腕を縛って上体を固め、歯を食いしばって崩上《くずれかみ》に抑えた。額から汗が滴っていた。

「もう一人抜け！」

「いや。もう二人だ！」

東京在住の老OBたちの声のようだ。

二人目。塩見《しおみ》さんは強力な抜き役である。しかし竜澤は攻める。塩見さんも攻めてくる。片方がミスを起こせばそこで決まる緊迫した展開だった。しかし両者とも決め手なくそのまま引き分け。一人差にはなった。

次は北大の最大の穴、副主将の斉藤テツさんだ。七帝戦初出場。蒼白《そうはく》になって試合場へ上がっていく。相手も同じく四年。ここは間違いなく抜かれる。私はオーダー表を見ながらテツさんが抜かれたあと自分が誰に当たるかをシミュレートした。

しかし、試合が始まって驚いた。

テツさんは目の覚めるような寝技をした。体重六〇キロのテツさんは体力で圧倒されながらも、決して相手の力に逆らわず、流れるような動きで先へ先へと回っていく。体は振り回されるまま。しかし的確に相手の技に応じ、右へまわり、左へまわり、前へまわり、後転し、決して相手に重要なところを極《き》めさせない。それはまさに究極の寝技だった。そしてついに最後までそれを続けて引き分けてしまった。最後の最後に自分の柔道を創り上げたのだ。私は言葉にできない感動に包まれていた。ほんの数日前まで下級生たちに抑え込まれていたテツさんが、皆が気づかぬうちにぎりぎりで寝技を完成させたのだ。

だが、このテツさんの頑張りも、次の東北大の高橋隆司さんの登場で一気に引っ繰り返された。

一昨年の定期戦の再現であった。引き込んでは返し、引き込んでは返し、西岡精家《きよたか》、松井隆、藤井哲也と一気に三人を抜いてしまった。五年目の内海さんが頑張って、四人目で辛うじて守っている。

「増田――」

岩井監督に呼ばれた。斜め前へ行き、正座した。指示は「抜きにいけ」。当然だ。彼我にどれほどチーム力の差があろうと、北大が勝つには私と和泉さんと宮澤、この三人で四人以上抜き返すしかないのだ。

内海さんが高橋さんを止め、汗まみれになって戻ってくる。それに替わって私は畳に上がった。東北陣営から大森泰宏も上がってくる。同期の三年でいつも酒を酌み交わす。乱取りも何度もしたことがある。家に泊めてもらったこともある。しかし今は仇敵《きゅうてき》だ。

試合開始。同時に私は前へ出た。

大森が引き込んだ。速攻をかけた。胸が合った。いけると思った。しかしいつも以上に脚が粘っこい。すぐに胸を離された。練習ではお互いに取ったことも取られたこともなく、互角だった。それでも取らなければならない。しかし何をやっても大森に脚を戻される。「増田さんお願いします！」といった後輩たちの声に交じって「何やってんだ！」「抜かんか！　馬鹿やろう！」と北大陣営から幾つかの怒声があがっている。在京の老OBたちだろう。

私と大森泰宏、互いの荒い息が耳元でぜいぜいと共鳴する。唸《うな》りながら私は攻める。大森は守る。だが互いの技を知り過ぎていた。立って引き込み十字にいったが防がれた。時間がない。再び立ち上がった。大森が引き込むところにまた速攻。しかし脚を一本越えたところで大森は下から腕緘《うでがら》みを狙ってきた。互いにそこから動けぬまま試合時間を終えた。息を荒らげて最後の礼をした。

北大陣営に頭を下げて戻った。まったくいいところのない試合だった。情けなくなる。

和泉さんは東北大四年の脇野真司さんと激しい攻防を繰り広げだした。北大陣営から激励の声が飛ぶ。東北大陣営が静かに見ているのは四人リードし、さらに抜き役を後ろに並べている余裕からだろう。私は荒い息を整えながら自陣営の後ろ側へ下がっていく。そして一年目が渡してくれたスポーツドリンクを飲み、両袖で交互に汗を拭った。上がった息が収まらない。

「おい、増田君」

後ろから肩を叩かれて振り向き、驚いた。入学したときの教養部のクラス担任、室木《むろき》洋一《よういち》先生だった。私が二年目の夏に入院して見舞いに来てくれたとき以来だから一年ぶりだ。

「おまえが抜かなきゃいけない場面だろ」

「すいません」

「だがいい顔だ。一年目の頃とは見違えるようだ」

私は頭を下げて「先生、どうしてこんなところに」と聞いた。

「東京で学会があったんだ。柔道の七帝戦が今日あるって聞いたから覗《のぞ》きに来た」

「ありがとうございます」

「まだ試合は終わってない。最後まで見てろ」

室木先生が強い口調で言った。

私はまた頭を下げて前へ出ていく。そして和泉さんと脇野さんの試合を見た。ともに取りにいっている。だが和泉さんは入院中の東大病院から直行してきたせいで、技のキレが悪い。なにしろ四十二度の熱が下がっていないのだ。さらに脇野さんの側から見れば引き分けてもチームの勝ちはまったく揺るがないが、対する和泉さんは四人抜かなければならない場面だ。心理面でも圧倒的に不利だった。結局引き分けに終わった。

和泉さんは汗を滴らせながら戻ってきてその場に座り込んだ。高熱をおして出場したその顔は蒼白であった。一年目の山本祐一郎が手渡したスポーツドリンクを飲んで荒い息をしている。

入れ替わりに宮澤が試合場に上がっていく。

北大も東北大も全員が正座する。大将戦は正座して観戦するのが暗黙のルールだ。

「宮澤！　頼むぞ！」

北大陣営から無数の声が飛んだ。大将戦は八分。東北大は七帝戦初出場の宮澤を置き大将だと思っているに違いない。だが、すでに宮澤を寝技で取ることができる人間は北大にはいなくなっていた。それほど宮澤の寝技は急成長していた。

一八一センチ九〇キロ。寝技師として理想的な体格。しかしもし宮澤が抜いても、このあと東北大は、四年の長谷部諭、三年の輿水浩、主将で四年の佐藤稔紀、三年で次期主将の平山健と並べている。すべて抜き去るのは不可能だ。だが、せめてもう一人は抜いて意地を見せたい。

宮澤が引き込んだ。山口孝幸さんが上から応じてきた。山口さんも巨漢である。下から腕緘みを狙う宮澤。それを嫌って山口さんが上半身を起こした。上下から攻め合う二人。両校、趨勢を見守る。しかし六分を過ぎたところで山口さんが一瞬胸を合わせた。宮澤がエビで脚を戻そうとしたところを、変則的な攻めで抑えにきた。しばらく状況を見ていた主審が「抑え込み」とコールした。

「宮澤！」

北大陣営から無数の声があがった。

「宮澤っ！　返せるはずだ！」

竜澤が畳を叩いて大声をあげた。私は三十秒間見ていることができず、試合から眼をそらした。

「おまえらいい加減にしろ！」

「こんなの見てられんぞ！」

罵声《ばせい》が飛んだ。またしても北大の在京老ＯＢたちの声であった。

4

北大は敗者復活戦で今回の主幹校、東京大学と戦うことになった。東大にも北大は昨年五人残しで惨敗していた。どう戦えばいいのかまったく方策がたたない。

廊下に出てのミーティングは沈鬱《ちんうつ》なものになった。

「主将の俺が取られてたらだめだ……すまん」

後藤さんがうつむいたまま言った。

みな暗く、うち沈んでいた。

「東北だけには負けたくなかった」

後藤さんが「すまん」とまた繰り返した。

だが、では誰が斉藤創さんと引き分けるのか。後藤さんのカメも城戸のカメも取られたのだ。この二人のカメは北大の双璧である。誰が高橋隆司さんと引き分けるのか。東北大は後ろに主将の佐藤稔紀さんも残していた。いまの北大に佐藤さんと引き分けられる者がいるとは思えない。北大はここ何年もずっと、やれることはすべてやってきた。浜田浩正主将、佐々木紀主将、金澤裕勝主将、和泉唯信主将、みなやれることはすべてやってきた。それでも負け続けている。ほかに何をやればいいのか。

だが考えていてもそれを口に出すことはできない。七帝戦は結果がすべてだ。強い者が勝ち、弱い者が負ける。そして弱い者は「練習量が足りない」と言われる。

和泉さんが言った。

「しゅんとしよってもしかたないで。わしらも去年、一試合目の負けに引きずられて東大に大敗してしもうたが、止めるとこ止めりゃ、なんとかなる相手のはずじゃ。七帝は寝技じゃなきゃ勝てん。それを教えるで、東大に」

部員全体に目を配る五年目の存在はこういうとき頼りになった。

岩井監督が言った。

「和泉が言うとおりだ。たしかに東大は強い。だが、決して勝てない相手じゃない。向こうは立技で勝負にくる。どう対応するか、それぞれこの一年間やってきた柔道を信頼しろ」

いつものように先鋒から順に、監督が顔を見て指名していく。係の一年目がそれをオーダー表に書いていき、大会事務局へ持っていった。

しばらくすると名札が掲げられていく。

引き分けが続けば、東大の最大の抜き役である二人、六鋒の道崎隆《たかし》は東英次郎と、四将の紫藤英《ひで》文《ふみ》は私と当たることになる。

	北海道大学	（学年）	東京大学	（学年）
先鋒	工藤飛雄馬	3	窪田克彦	2
次鋒	城戸　勉	2	田中祐治	2
三峰	竜澤宏昌	3	佐藤隆之	4
四鋒	飯田勇太	1	鴨野博道	2
五鋒	守村敏史	2	小野山貫造	4
六鋒	東英次郎	2	道崎　隆	4

七鋒	松井　隆	3	渡辺卓也	2
中堅	西岡精家	1	阿部圭太	3
七将	和泉唯信	5	中谷尚武	3
六将	藤井哲也	2	石森義則	3
五将	斉藤哲雄	4	大澤一夫	3
四将	増田俊也	3	紫藤英文	4
三将	内海正巳	5	斉藤健二	4
副将	後藤孝宏	4	倉木豊文	3
大将	溝口秀二	2	古川　宏	4

「ただいまより第一試合場で北海道大学と東京大学の試合を行います。選手は試合場にお上がりください」

アナウンスが入った。

北大勢は後藤さんの後ろに従って帯を締め直しながら上がっていく。

全員が並んだ。

向き合った。

十五人対十五人。

私の向かいには大きな紫藤英文が泰然と立っている。気圧《けお》されぬよう、私は黙ってその顔を見た。

北大柔道部に入部した日、和泉さんからみちくさで聞かされた東大の超弩級だ。

「正面に礼！　お互いに礼！」

主審の声で三十人の選手たちは互いに頭を下げた。

工藤飛雄馬と窪田克彦《くぼたかつひこ》のスピーディな立技の応酬から試合は始まった。

「工藤さんファイトです！」

悲壮な声が自陣から飛ぶ。しかし立技の東大が相手である。立技に安定感のある飛雄馬の試合は安心して見ていることができた。そのまま危なげなく引き分けた。

続く城戸はすぐに引き込んで下になる。そして取れると判断したのか得意の浅野返《あさのがえ》しで上になった。しかしまた返されて、相手が嫌がって立つ。それを繰り返しているうちに時間。立技主体の東大と試合が噛み合わない。

北大最大の抜き役である竜澤は四年の佐藤隆之《さとうたかゆき》を取りにいく。立ったまま投技の攻防が続いた。しかしこれでは取り切れないと判断した竜澤が引き込んだ。返せない。竜澤は立ち上がり、相手をあおって帯を持ち、帯取り返し。そして上から攻めにいく。しかし佐藤も必死だ。結局引き分けられた。

四鋒の一年目の飯田は穴だが、東大相手なので立技の一発に期待した。しばらくの立技の攻防の後、鴨野博道《ひろみち》を背負った。これが「技あり」。北大陣営が大きく沸くが、そのままカメになってバックにつかれ、絞められて一本負け。ここで一人ビハインド。

次の守村は引き込んで立技には付き合わず。カメになって守り、引き分けた。

一人ビハインドのまま、北大の大砲東英次郎。組み合うや鋭い気合いで攻め込み、豪快な背負い投げで叩きつけて一本勝ち。北大勢は全員立ち上がって大歓声。これでタイに持ち込んだ。

次の相手は東大主将、超弩級の道崎隆。体は小さいがその立技の切れは七大学ナンバー1だといわれている。北大で立って五分に戦えるのはこの東以外にいないだろう。

両者組み合って投技の激しい攻防。北大陣営は固唾を呑《の》んでそれを見守る。道崎が奥襟を取った。そして後ろへ後ろへと東を引き出して下がっていく。あっと思った瞬間、飛び込んで高内股。東はまともに飛ばされて背中から落ちた。主審が「一本！」と右手を高く上げた。北大の立技最強の東が投げられた。

替わって松井隆が試合場に上がる。下がりながら慎重に寝技に引き込んだ。そして寝技で徹底的に守る。引き分け。

一年目の西岡精家も、渡辺卓也《わたなべたくや》の立技戦に応じて引き分け。

和泉さんは寝技に引きずり込んで手堅く引き分け。藤井哲也も同じく引き込んで引き分ける。続く斉藤テツさんは、東北大戦に続きまたもや流れるような守りを見せ、見事に引き分けた。まさに七帝柔道を体現した戦いだった。

一人ビハインドで私にまわってきた。

相手は同じ三年の大澤一夫《おおざわかずお》。私より小柄だった。

私がこの大澤を取って紫藤英文と引き分け、内海さんと後藤さんのどちらかが取る。そして溝口を残す以外、北大の勝ちはないだろう。

紫藤戦にスタミナを残しておかなくてはならない。

「はじめ！」

主審の声とともに私は一気に取りにいった。突っ込んで組みにいった瞬間、天地が引っ繰り返った。一瞬何が起こったのかわからなかった。カウンターの大外刈りで投げられたのだ。天井を仰いだまま情けなくてしばらく立ち上がれなかった。あまりに早い一本負けだった。投げられて負けるのは七帝戦では最悪の負け方である。しかも出合い頭。数秒であろう。相手は汗さえかいていない。

なんという抜き役だ。東大勢の大歓声と拍手が聞こえた。私はできるだけ感情を表に出さずに畳に手をついて立ち上がり、開始線に戻って礼をした。

「なにやってんだ、おまえは！」

北大の老OBたちからまた、いまいましげな言葉がぶつけられた。

次の内海さんがその大澤一夫を寝技に引きずり込んで、下からの腕固《うでがた》めで簡単に一本勝ちするのを見て、なぜ自分は立っていったのかと悔やんだ。それは自分の考えが間違っていたからだ。すべては自分の責任である。

一年目から差し出されたスポーツドリンクを飲みながら自陣の後ろへ下がっていくと、室木洋一先生と眼が合った。その瞬間、北大に入ってからの様々なことを思い出して涙が出てきた。下級生たちに悟られないように肩で何度か涙を拭い、再び顔を上げたときには室木先生の姿は消えていた。

紫藤英文が巨体を揺すりながら出てきた。

内海さんが腰を引いて組みにいく。顔は真《ま》っ蒼《さお》である。内海さんは立技はまったくできないのでまともに組んだら一発で飛ばされる。

襟を摑《つか》んだ。引き込んだ。しかしそれを捌《さば》かれ、一気に横四方に固められた。まるで鋼鉄製の巨大な戦車に轢《ひ》かれているようだ。内海さんはまったく動けない。圧倒的な強さである。

続いて後藤さんが主将の意地をかけて挑んでいくが、やはり引き込み際を捌かれてまたしても横四方に抑えられた。大将の溝口秀二も上四方に簡単に抑えられた。

四人残しの大差で東大に屈し、北大の五年連続最下位が決まった。北大がこんな怪物たちと肩を並べて戦える日が来るとは到底思えなかった。

最後に全員が並んで礼をした。東大陣営には笑みが見えた。北大勢はみな黙ってうつむいていた。

道場の外の廊下へ出て後藤さんを中心に集まった。岩井監督と後藤さんの総括を聞いて、それぞれ黙って着替えはじめた。私も着替えようと帯を解いていると誰かが道衣の袖を引っ張った。

「増田——」

振り向くと後藤さんだった。汗でぐっしょり濡《ぬ》れた顔は畳で擦りむけて真っ赤である。黒く汚れた道衣には血が付いている。唇が切れて腫《は》れていた。いつもの濡れネズミだ。

「ちょっと付き合ってくれ」

言いながら廊下の奥へと歩いていく。途中で左へ曲がり、しばらく行ったところで後ろを振り向いて誰もいないことを確認した。どうしたのかなと思っているとベランダへの扉を開けた。広さは二畳ほどしかない狭いベランダである。そこへ出て私を招き、ドアを閉め、壁にもたれかかって座り私を見上げた。

「おまえも座れよ」

私は頭を下げ、向かい合ってそこに座り、背中を壁につけた。三階なので下で騒ぐ親子連れらの声が聞こえる。

後藤さんが濡れた道衣の胸元から何かを出した。煙草の箱とライターだった。封を切り、煙草を一本出した。どの指も長年のカメの練習で節くれ立ち、テーピングテープでかぶれている。

「俺は引退したからもう吸ってもいいんだ」

傷だらけの顔でそう笑い、煙草をくわえ、さらに一本抜いて私にくれた。

「戦争映画なんかであるだろ。戦いを終えた男が煙草を分け合って吸うシーンが。俺さ、七帝戦が終わって、おまえとこうしてサシで煙草吸うのを夢見ながら毎日の練習に耐えてきたんだ。だけどおまえは現役なんだからその一本だけだぞ。特別に吸わせてやる。今日はまだ俺は主将だからその権限があるんだ」

言いながら私の煙草に火をつけてくれた。自分の煙草にもつけようとしていたので「すいません。僕が」と言ってライターを手にし、火をつけた。後藤さんが顔を寄せるが風が吹いていてつかない。両手で煙草を風から守った。そこに私は火をつけた。本当に戦争映画みたいだなと思った。後藤さんが煙を吐いた。私も一服吸った。試合で疲れきった体にニコチンがまわり頭がくらくらした。

「本当に長かったよ」

後藤さんがまた深々と吸い、煙を吐いた。

いつのまにか泣いていた。

その涙を道衣の肩で拭った。

「俺なんか強くもないから本当に長かったし、きつかった。でも俺みたいなのでも主将ができたんだ。後輩たちに勇気を与えることができたと思う。それだけでも、俺が北大で柔道をやった甲斐《かい》があったっていうもんだ。なあ。そうだろ。そう言ってくれよ」

「もちろんです」

答えながら私も泣けてきた。

5

夜。上海楼の慰労会にはたくさんのOBが来てくれた。

しかし一部の在京老OBの言葉には慰労とは呼べぬ棘《とげ》があった。あまりに先の見えない負け方だったのだ。悪いのは私たち現役である。歴史ある北大柔道部の名を汚しているのは私たちなのだ。あるOBは立ち上がって憤然と言った。

「立技に自信のある者は立っていって投げられ、寝技に自信のある者は寝て抑え込まれる。この状況を立て直すには最低十年はかかる」

私たちはうなだれて聞いた。

涙が止まらなかった。

東大の抜き役が「北大は北海道拓殖銀行だ」と言っていたという話が北大陣営に伝わってきていた。つまり預金してあるからいくらでも勝ち星を引き出すことができるという冗談だ。みじめでしかたなかったが、現実なのだ。私たちは泣き続けた。

直近の先輩たち、私たちが下級生の頃上級生だった斉藤トラさんや金澤さん、岡田さんらが酒を注ぎに来てくれた。みんな黙って肩を叩いてくれた。

次の日、準決勝と決勝が行われた。

決勝は常勝京大が東大を四人残しで破って大会八連覇を決めた。

翌々日、解散となり、夏合宿までしばらくの夏休みとなった。私は同期たちと一人ずつ握手をした。竜澤が眼を見て強く握り返してきた。皆とそこで別れ、私は名古屋の実家へ帰るために新幹線に乗った。父と母と膝《ひざ》詰めで話さねばならない。

第9章

寝技仙人は東の方角にいる

1

年末年始は入院中で帰省できなかったので、昨年の夏以来一年ぶりの名古屋である。

名古屋駅から快速で三十分弱で春日井《かすがい》駅に着く。そのあいだ私は内地の鮮やかでくっきりとした景色が車窓を走るのをぼんやりと見ていた。胸中ではこれからの人生をずっと考えていた。

実家のある愛知県春日井市は江戸時代から尾張《おわり》の穀倉地帯のひとつだった。しかし今では田畑の埋め立て開発が進み、さらに奥地の山々を崩して高蔵寺《こうぞうじ》ニュータウンという巨大団地を造ったため、私が産まれたころ十万人程度でしかなかった人口が二十七万人に届こうとしていた。

ＪＲ中央本線はこのさき東濃地方まで蛇のようにくねって山岳地帯へ入り、多治見《たじみ》、瑞浪《みずなみ》、中津川《なかつがわ》と、岐阜の町を過ぎてゆく。長野県に入るのは田立《ただち》駅からだ。そこからさらに岡谷《おかや》や甲府《こうふ》などを経由し、東京駅へと続いている。だからこの中央本線は時間こそ十倍から二十倍くらいかかるが新幹線を使わずに東京まで行ける裏道である。

スポーツバッグを提げて春日井駅で降り、瓦屋根《かわらやね》の葺《ふ》かれた古い駅舎を出て太陽光に手をかざした。バスは停まっておらず、駅前ロータリーは閑散としていた。アイドリングしているタクシーが一台だけいて、運転手がシートを倒して眠っていた。

財布の中身を確認しながらタクシーに近づいた。窓を指で叩《たた》いた。運転手が気づかないのでもう一度強めに叩いた。運転手がびくりとして体を起こした。ここから実家まで約五キロ。歩いても帰れないことはないが体が内側から嫌がっていた。柔道の試合というのは夜になるとどっと疲れが出て、翌朝から数日はあちこちが痛くなる。今回は東北大の大森泰宏とやったときに右膝《ひざ》を捻《ひね》って血が溜《た》まってガボガボしていた。足首や腰など他の故障箇所もギシギシと音をたてている。大森泰宏に腕絨《うでがら》みを狙われた肘《ひじ》も痛い。クーラーの効いた車内に入り、実家の住所を告げた。

家では父と母が待ちかねていた。とことん話し合おうという肚《はら》であろう。

居間の座卓で向かい合った。母が瓶ビールとコップを持ってきた。それを父と飲みながら私は大学を中退すること、市原慶子と結婚することを改めて話した。怪我で満足できる柔道ができないこと、柔道をやるのが第一目的だったので大学に思い残すことはないこと、慶子が精神的に不安定になっていること。淡々と話すので両親は拍子抜けしたようだった。口論にさえならなかった。

「結局、体を壊しただけだったろ」

父が溜息《ためいき》をつきながらコップのビールを飲み干した。何度も電話で話し、手紙のやりとりをし、それでも理解を得られず大反対されていた。しかし父は、今日、息子に会ってみて、翻意はありえないと悟ったようだった。一度言いだしたら子供の頃から頑固だった。

「結婚も許してくれるね」

「だったらすぐに警察官になれよ」

父はビールを手酌しながら言った。

しかし私はそれには肯《うなず》かなかった。

「大学を辞めることは竜澤だけが知っている。他の部員には言ってないから柔道部の夏休み明けに話す。そのあと職を探すよ。しばらく働いて金を貯める。もしそのあと勉強したくなったらまた大学に入り直すよ。そのときは働きながら通う」

2

真夏の炎天下。私は土方仕事をしながら実家で過ごした。就職が決まるまで少しでも日銭を稼いでおかなければならない。あまりに暑いので二日目からは上半身裸でスコップを使い、一輪車を押し、資材を担いだ。年配の土方たちと仲良くなり、昼休みにはホースで水をかけあって戯れたりした。力自慢の何人かと相撲をとった。大腰《おおごし》で投げると、金を賭《か》けていたようで、わいわい言いながら札をやりとりしていた。

土方の仕事は五時にぴたりと終わる。家に戻ると玄関前で泥まみれの作業着を脱ぎ、靴下を脱ぎ捨てる。そして風呂《ふろ》場へ直行して水シャワーを浴び、熱くなった体を冷やした。トランクス一枚で鏡の前に立つと、陽焼けした体は試合後にさらにカーボを溜め込み、大きな筋肉が盛り上がっていた。この筋肉だけが北大で柔道をやったという証《あかし》である。学生証はアパートの部屋のどこかにしまったままで、教科書も柔道部の先輩から貰《もら》った数冊しか持っていなかった。

入学式をサボって初めて道場に顔を出した日のことを思い出した。多くの先輩たちとの交流を思い出した。斉藤テツさんとの思い出はもっとも忘れがたいものだった。テツさんの七帝戦での二試合を私は生涯忘れないだろう。それに較べて自分はいったい何だというのだ。何ものでもないという言葉は私のことをいうのだ。

毎日土方をしながら、母の作ってくれる飯を腹一杯食い、柔道のことを頭から追い払った。日曜日は仕事が休みである。その日、私は九時頃までゆっくり眠って、居間へ起きていった。妹もいて家族三人で冷や麦を啜《すす》っていた。父は朝からビールを飲んでいる。巨大歓楽街を管轄に抱える中署《なか》から県警本部に異動した父は、日曜日にきちんと休めるようになっていた。中署は警視庁の新宿署より署員が多い日本最大の警察署である。管内には週末になると東海地方各地から大量に暴走族が集まる。その対策の専門官として父は中署の取締係長をしていた。だから中署時代は呼び出しばかり受けて週末はほとんど家にいなかった。

「あんたも食べるでしょう」

母が立ち上がって私の椀《わん》と箸《はし》を持ってきてくれた。

座って一緒に冷や麦を食べていると玄関の引戸が開く音がした。乱暴な音である。そして聞き慣れたドスドスドスという足音が居間までやってきた。はたして大きなスポーツバッグを肩に担いだ竜澤であった。

「あれ。竜澤君かね。どうしたの。突然来るでびっくりするがね」

母が腹を抱えて笑った。二人は二年前からときどき遠距離電話で話す仲である。授業に出ない私を二人は心改めさせようとしているようだった。しかし母の驚きようを見ると今回はとくに二人で画策したふうには見えない。「どうも。お久しぶりです」と父と母に言ってそこにあぐらをかいた。竜澤もなぜか真っ黒に陽焼けしている。

父が「おい。ビール持ってきてくれ」と嬉《うれ》しそうに空の瓶を振った。母が立っていってビール二本とコップ二つを持ってきた。

「どうした」

私が驚いて問うと、竜澤は白い歯をこぼした。

「迎えにきたんだ」

私の肩を叩いて、母にビニール袋を差し出した。

「なにこれ」

母が中から箱を取り出した。

「広島土産です。もみじ饅頭《まんじゆう》です」

「竜澤君は山梨でしょ。広島に何しに行っとったの」

母が聞くと「柔道部の先輩に広島のお寺の長男がいるんです」と竜澤は説明した。

「その先輩の実家に遊びに行ってたんです。東北大学の人と一緒に」

そう言ってなぜか顔をしかめた。

「東北の？　誰？」

私が聞くと「文彦さんだよ」と吐き捨てるように言った。昨年の東北大との定期戦後、私が乱取りで胸を借りてボロボロにやられた東北ＯＢの文彦さんのことだろう。

「あの野郎、俺は絶対に許さん」

竜澤は怒っていた。

「なにかあったのか」

「北大の練習は根本的になってないとか言いやがった」

詳しく聞くと、こういうことだった。

七帝戦後、竜澤と文彦さんは別々のルートで広島の和泉さんの寺へ行って数泊した。帰り、竜澤は私のところに顔を出そうとし、文彦さんは愛知県西尾《にしお》市出身だから、一緒に深夜の長距離バスに乗った。

バスに乗ってすぐ、竜澤は言った。

「北大を強くするために必要なことを教えてください」

しかしそのうち話がこじれ、文彦さんに「北大の練習は根本的にだめだ」と切り捨てられたのだそうだ。それで口論になり、名古屋に着くまでの十時間近く、二人は一言も口をきかず、そっぽを向いてバスに揺られてきたという。二人とも気が強いことで有名である。

竜澤はぶつぶつ言いながらコップのビールを飲み干した。父と母は笑いながら私たちのやりとりを見ていた。

「ビールを」

父がまた空瓶の口のあたりを持って振った。

「冷えたビール、もうないよ」

母が言った。

私と竜澤は「じゃあコンビニで買ってこよう」と、二人で外へ出た。

強い陽射しの下をサンダルを引きずりながら肩を並べて歩いた。田舎道なのでところどころ道の左右に畑がある。民家の軒先や畑の樹々で無数の蟬が鳴いていた。桃の匂いがすると思ったら左に桃畑があった。甘い香りにカブトムシ特有のにおいが混じっている。近くの熟れた桃に大きな雄がしがみついている。カナブンも何匹かいた。別の桃にたかっているスズメバチと蠅が羽音をたてている。

「ところで何でそんなに真っ黒なの。俺は土方で焼けたんだけど」

「広島の海で泳いだ。三人で」

その濃いメンツで海水浴場にいたら他の人たちは怖がっていたのではと少しおかしかった。

そこからまた無言のまま二人で歩いた。

熱湯のような空気が蟬の声でビリビリ震えている。札幌で歩いているとき響く二人のサンダルの音は、ここでは蟬時雨にかき消されてしまう。あまりの暑さに頭が朦朧《もうろう》としてきて札幌の自分たちが本当の姿なのか、いまの自分たちが本当の姿なのかわからなくなってくる。

コンビニに入るとクーラーが効いていて思いきり深呼吸した。買物籠《かご》を持ち、二人で缶ビールを放り込んでいく。そしてチーズ鱈《たら》や煎餅《せんべい》などつまみになるものと、冷凍庫からガリガリ君アイスを二つ手にして放り込んだ。レジへと持っていった。私がポケットからくしゃくしゃに丸まった五千円札や千円札の束を出して一枚ずつ伸ばしていると、竜澤が驚いた。

「なんでそんなに金持ってる」

「土方は日払いだから」

そう言うと、竜澤は横の棚から魚肉ソーセージを両手でごっそりつかみレジ台に載せた。それで終わると思ったらさらに一つかみ載せ、また一つかみ載せた。彼の大好物である。足りないかもしれないので私はまたポケットから札の塊を出し、何枚か広げてレジ台に置いた。会計を済ますとレジ袋三つ分になった。その袋を私がひとつ、竜澤がふたつ提げてコンビニを出た。

すぐにまた汗が噴き出した。

二人でガリガリ君を齧《かじ》りながら歩いた。

アブラゼミの声に車の排気音が混じって耳に障った。札幌の街とは何もかも違う。音も。匂いも。空気の密度やざらつきも。

「俺がどうして名古屋に来たのかわかってるよね」

「わからん」

「さっき言ったろ。迎えにきたんだ」

私は溜息をついて首を振った。

「あと一年、大学に残ってほしい。短気を起こさないでくれ」

竜澤が食べ終わったガリガリ君のスティックを横の畑に放り投げた。続いて私も放り投げた。木製だから土に還るだろう。二人とも前を向いたままなので互いに顔を見ず話していた。私が袋から缶ビールを出してプルタブを引くと、横の竜澤も同じように飲みはじめた。冷えているはずなのになぜかぬるく感じ、苦みだけが口のなかに残っていく。それぞれが一本空けるころに家についた。二人は同時にアルミ缶を握りつぶし、それを屋根の上へ放り投げた。

居間へ行くとすでに冷や麦は片付けられていて、父と母、妹の三人がテレビを観ていた。私は立ったままレジ袋から缶ビールを出し、卓上に置いていく。五缶ほど出したところで言った。

「これ飲んでいいよ。俺たちちょっと奥の部屋で柔道の話をするから」

母が嬉しそうな顔をした。竜澤が私を翻意させてくれるかもしれないと期待しているのだ。しかし父のほうは複雑な顔をしていた。三人でビールを一緒に飲めると思って楽しみに待っていたのだろう。

私は廊下の奥へと竜澤を連れていった。

帰省中にいつも寝ている座敷である。畳んである布団の横で二人で向かい合ってあぐらをかき、つまみの袋を開け、ビールのプルタブを引いた。竜澤が喉仏《のどぼとけ》を上下させながら三口四口と飲み、手のひらで唇を拭《ぬぐ》った。そして冷たい息を吐いた。

「もう一年、一緒にやろう」

私は首を振った。二人で何度も札幌で話し合った。一度決心したのに恋々《れんれん》と柔道に思いを遺《のこ》したくなかった。それでは辛《つら》くて前へ進めない。

「これで終わってほんとうに増田君はいいのか。ずっと一緒に『北大を復活させよう』って話してきたじゃないか。一年目時代からずっと語り合ってきたじゃないか。俺たちが自分たちの方針で練習を決めてもいい立場になったんだ。やっと練習内容や方針を改革できる日がきたんだ」

竜澤が前のめりになった。

「一年間、力を貸してほしい」

そう言われても俺には無理だ。

「ここまで一緒に柔道をやってきた。一年目時代、同期がみんな練習が辛くて辞めてくなかで五人だけが残った。いつか一緒に強い北大柔道部を作ろうと言ってやってきた。怪我で力が落ちたってまだまだ強いよ。俺ひとりでは引っ張っていけない。それに結婚することにも俺はもう反対なんてしてない。あと一年延ばしてもいいじゃないか。バイトしながら延ばせばいい」

竜澤は汗で額に張りつく前髪をかき上げながら話し続けた。

そして缶ビールを空けてはそれを握りつぶして床の間へ放り投げ、新しい缶のプルタブを引く。私も同じペースでビールを空け、缶を握りつぶして床の間に放り投げた。「一緒に強い北大柔道部を復活させようってずっと話してきたじゃないか。このままじゃ北大はなめられっぱなしだ」と竜澤は言った。そんなこと言わないでくれと私は思った。胸が詰まって苦しくなる。

「俺がいてもいなくても状況は変わらないよ」

私が言うと竜澤が思いきり畳を拳《こぶし》で殴った。

「そうじゃないだろ。七帝柔道は人数こそ力だろ。それをはじめに俺に言ったのは増田君だぜ」

床の間にビールの空き缶が積み重なっていた。何本買ったのか自分でも把握していなかった。缶のなかに少しはビールが残っているので投げるたびにそれが飛び散り、親父が大切にしている掛け軸にかかった。そのうち掛け軸も床の間も、手前の畳もびしょ濡《ぬ》れになってきた。居間と違ってクーラーがないので、暑さで蒸されたビールの匂いでむせかえるようだった。

「あと一年、一緒にやろう。親友が頭を下げてもだめか」

竜澤が両手を畳についた。

私が「馬鹿なことするな」と呟《つぶや》くと、竜澤がニヤリと笑った。

3

柔道部の夏休みが終わった。

私も札幌に戻った。

二人が真っ黒に日焼けしているのを見て後輩たちはびっくりしていた。

道衣《どうぎ》に着替え終わった後輩たちが部室から出てきたところで竜澤が両手を二度叩いた。

「集合！」

北大道場での竜澤主将の初めての呼集である。

道場脇に座っていた部員たちが巻きかけのテーピングテープや包帯を手に走ってきた。

「今日から俺が主将だ。皆もわかっているとおり、いまの北大は最悪の状況にある。俺たち三年目だけではこの状況を変えることは不可能だ。おまえら全員の協力が必要だ。きついことも言っていくと思うが一年間ついてきてくれ」

下級生たちの顔は火照っていた。これから始まる竜澤新主将の柔道部がどんなものになるのか、恐怖と不安を抱えながらも、この人ならやってくれるかもしれないと思っているようだ。竜澤は下級生たちに怖れられていた。しかし北大柔道部が陥ったこのどん底、目の前に立ちはだかる分厚い壁をぶち破るためには、竜澤というダイナマイトに懸けるしかないということは誰もが理解していた。夏の練習メニューを話す竜澤主将の顔を、全部員がじっと見つめていた。

4

練習後、新幹部で練習メニューを話し合うため、山内コーチの店へ行くことになった。竜澤が大鏡でケツの大きさのチェックをするのを待ってから、同期五人で道場の階段を下りていく。

武道館を出ていつものように馬糞《ばふん》の臭いが漂う馬術場の前を通って皆で歩いた。内地と違い、札幌の夏の夕方に吹く風は涼やかだ。夏休みなので函館から飛雄馬も合流し五人全員が揃っていた。

喫茶イレブンの前を通るとき、一年目の頃よく先輩たちにクリぜんを食いに連れてきてもらったことを思いだした。あの頃は十何人も同期がいて賑《にぎ》やかだった。後に退部する同期のひとり繁山一樹《しげやまかずき》が竜澤を茶化し、竜澤が「この野郎！」と立ち上がったのを私が止めたのだ。そうしたら店を出たときに店の裏まで腕を引っ張って連れていかれ「こんど止めたら増田君も殴る！」と胸ぐらをつかまれた。あの竜澤がいまや主将としてチームを引っ張っていた。

北十八条の交差点を渡り、ホテル札幌会館の裏手にまわって、まずは正本に入った。五人で梅ジャンを食った。お握りサイズの握り八貫と海苔《のり》二本で五百五十円。すぐにみんな平らげてしまった。私は一年目の頃はぜんぶ食いきれず残したが、いまでは普通に食べることができた。

正本を出ると、北十八条駅の階段を下り、地下鉄に一駅乗って北二十四条駅まで行った。駅を出て三十秒、二階建ての木造モルタル二階に山内コーチの店、北の屯田《とんでん》の舘《やかた》はある。

引戸を開けると右側へ向かって細く急な木製階段になっている。

「おう。ゴミどもか。上がってこい」

階段の上から山内さんが顔を出した。頭を下げながら私たちは上がっていく。店には客がたくさんいて、みな上体を揺らして酔っていた。

私たちが靴を脱いで傾いた小上がりに座ると、山内さんが半分ほど入った焼酎《しょうちゅう》の瓶を次から次に持ってきて「飲め」と言った。客の飲み残しだ。さらに客の食べ残したホタテやらマグロやら大量の魚介類を手づかみで皿に載せて持ってきた。

最後に大ジョッキ五つにビールを注いでテーブルにどんと置いた。

「幹部就任祝いだ」

祝い酒に息をつげば失礼にあたる。みなそのビールを一気に飲み干した。脱水状態の体に冷たいビールがまわっていく。山内さんはカウンター内にいる板前のはっちゃんに何だかんだと用を言いつけてから私たちのテーブルについた。

山内さんは全員をぐるりと見て巨大な腕を組んだ。

「おまえらすげえ負け方したらしいな。このあいだ岡田と斉藤トラが来て話していった」

竜澤が大きく息をついた。

「最低の負け方でした。東北にも東大にも大敗です。抜き役不在だし、分け役がまったく育ってない。チーム力が落ちてどうしようもない状態です」

「これで五年連続最下位だろ。長いな、ほんと」

「まず二年目を鍛えないと」

竜澤が言った。二年目は九人残っており、最強の東英次郎と、手堅い寝技を身につけている城戸《きど》勉の二人が頭ふたつ抜けていた。三番手の守村《もりむら》敏史以下の伸びがいまいちでどうにもならない状態だった。

「東は九月に函館に行っちまう。その後、うちの練習は厳しさがかなり落ちると思う」

私が言うと、みな肯いた。東は水産系なので函館に移行する。体格が大きく立技が強い東は道場内を緊張させるキーマンの一人である。

「城戸はもう心配しなくていい。ほっといても伸びる。守村も自分でやってくしかない。問題は岡島や石井武夫、その他の連中だ」

竜澤が言った。

東と城戸以外は私たち三年目にまったく敵《かな》わなかった。

守村敏史は少しは頑張れるが六分の乱取りのあいだにたいてい二本は取れた。それ以外はもうぼこぼこにできるレベルでしかなかった。私たち三年目に取られるようでは、京大や東北大の抜き役相手に分けられるとはとうてい思えない。

「分け役が育ってくれないとな」

竜澤が言うと、山内さんが厳しい顔を上げた。

「ばかやろう。おまえらがもっと強い抜き役にならなきゃだめだ。体でかくしろ。食ってウェイトやってもっとパワーをつけろ」

私たちは頭を下げるしかなかった。もちろんわかっている。わかっているし、食べているし、ウェイトもやっている。技の研究もやっている。乱取りも心臓が爆発するまでやっている。しかし結果が出ないのだ。

山内さんが他の客に呼ばれて立ち上がり、カウンターの料理を持ってそのテーブルへ行ってしまった。私たちは焼酎を番茶で割って飲み、刺身を食べながら話した。

「佐々木コーチがいればな。佐々木さんならいろんな技知ってるのに」

飛雄馬が言った。

佐々木洋一《よういち》コーチは昭和五十四年、五十五年の北大の七帝連覇時にも大きな力となっている。私たちが一年目のはじめの頃は道場に指導に来ていたが、この二年くらいまったく顔を出さなくなっていた。引っ越したようで柔道部からは連絡がつかない状態だった。

「俺さ、実は佐々木さんらしき人を二回見たんだよ」

竜澤がぼそりと言ったので、私は驚いた。

「どこで？」

「足立ビルのすぐ前の市民生協だよ。あれ、おそらく佐々木さんだと思うんだけどな。髪がぼさぼさで後ろ姿も似てた。いつも足早にどっか行っちまう。もしかしたらうちの近くに住んでるんじゃないかな」

「向こうは気づいてないのか」

「いや。気づいていて逃げてる気がする。『佐々木さんじゃないかな』と思って近くへ行くと消えてるんだよ。逃げてんだ」

「なんで逃げるんだよ」

「わからん……」

竜澤がコップの焼酎をぐいと飲み干した。宮澤がそのコップに片手で焼酎を注ぎながら「佐々木さんはいまでも大工やってんのかな」と聞いた。

私はその上から番茶を注ぎながら言った。

「そうだと思うけど。監督さんに聞いたら、市民運動とかボランティアにも参加してるみたいだよ。そっちのほうが忙しくなってるのかもしれない」

「でも、逃げることないと思うんだけど」

宮澤が言った。

竜澤がコップを持ち、首を捻《ひね》った。

「俺もそこがわからん。でも、あれ佐々木さんだと思うんだ。佐々木さんがいれば絶対に違ってくるはずなんだ。いまの北大には佐々木さんが必要なんだ。俺も横三の精度上げたいし、浅野返しのディテールが知りたい。下級生たちにも技を教えてやってほしい」

5

翌々日から夏合宿に入った。私たちが入学して三度目の夏合宿だ。一年目のときは東京学芸大学、二年目のときは一橋大学が合同合宿にやってきたが、今年はあえて単独の合宿に入った。

金澤主将の練習には色があった。和泉主将にも色があった。後藤主将にも色があった。道場全体に立ちこめる汗の蒸気はその主将の色に染まっていた。たとえば和泉さんは出稽古《でげいこ》という方策に打開を恃《たの》み、道警特練への出稽古を増やした。たとえば後藤主将は全成員の心の一致をみるために、そして試合で崩れぬ精神力を養うために練習後の腕立て伏せやウェイトトレーニングの量を増やした。竜澤の色はそれらの先輩たちよりさらに練習量を増やすことだった。そして道場全体を激しく厳しく張りつめた空気にしていくことだった。

「寝技乱取り六分二十本！　八分五本！」

朝練が始まるや、いきなりそんなことを叫ぶ。朝がこれだから午後練はさらに本数が増える。

私が近づいて「下級生もいるから少し抑えろよ」と囁《ささや》くと険しい眼で首を振った。下級生たちは顔を引きつらせながら乱取りに入っていく。延々と続く寝技は、みな体力の限界ぎりぎりのところを綱渡りしているようだった。下級生は乱取り数が半分を過ぎるころには疲弊しきり、蒼白《そうはく》の顔でぜいぜいと喘《あえ》いでいた。私自身、息も絶え絶えであった。そして膝が悲鳴をあげ、腰が悲鳴をあげ、大胸筋の肉離れの痕《あと》が悲鳴をあげた。幹部なのだから乱取りを抜けるわけにもいかない。夜、寝る前に冷やしてなんとか誤魔化していたが、いちど強く捻ってからは膝の腫《は》れがさらにひどくなった。膝の自転車チューブを巻き直し、腰の晒《さらし》を巻き直しながら「やはり引退して中退すべきではなかったのか」という小さな迷いがあった。

道場には、呼ばなくとも東海大四高や札幌第一高、旭川龍谷高などが大挙して出稽古にやってくる。インターハイや高校選手権、金鷲旗《きんしゅうき》の上位常連校である。北海道は高校柔道のレベルが非常に高いので、どの高校が出場しても優勝争いに喰《く》い込んでいる。将来は東海大学や天理大学、国士舘大学や近畿大学などへ進む彼ら重量級陣と私たちは必死に乱取りを繰り返した。最上級生となった私たちの学年は簡単に取られるわけにはいかない。抑え込まれそうになると彼らの道衣に嚙《か》み付き、ときには髪を引っ張り、腕や脚に嚙み付いてでも逃げた。

竜澤主将の率いる初の合宿はこれまで以上に全員がボロボロになってようやく終わった。

6

夏合宿が終わると、私は日曜日の練習休みにはまた土方仕事へ行くようになった。引退後の生活のためである。コンビニのバイトを少しだけしていたこともあるが、土方のほうが性に合った。金がないので弁当を持っていく。

「約束を破った」

市原慶子は結婚を先延ばしにした私にそう言って怒った。感情が爆発して強く私を詰《なじ》ったが、黙って彼女の言い分を聞いていると落ち着きを取り戻してくれた。そして「納得するまで柔道をやって」と理解してくれた。私は頭を下げ、感謝した。二転三転させた私が悪い。

九月に入るとすぐに札幌は秋色に沈んでいく。風が冷たく、朝夕は内地の真冬のように冷え込んだ。アパートでは早くも煙突ストーブをつけるようになった。今年の冬はかなり厳しく冷えるという長期予報が出ていた。

アパートの下駄《げた》箱には木製扉がついており、ポストと兼用になっている。ときどき入っている手紙は大抵は親からか名古屋の友人からのものである。ある日そこに北大教養部からの手紙があった。自分の部屋に戻りベッドにあぐらをかいて開封すると、成績表であった。授業に出ていないのになぜか単位が少し増えていた。

なんだろう――。不思議に思ってひとつずつ科目を見ていくと《体育実技》の単位に《良》がついている。一年目のときから《柔道実技》を選択していたが一度も出席したことはない。担当教官は室木洋一先生である。しばらくぼんやり考え、直接聞いてみようと思った。時計を見ると柔道部の練習までまだかなりの時間がある。

三合の米をといで炊飯器のスイッチを入れた。そしてベッドに仰向けになり、また室木先生のことを考えた。たしか教育学部の教授だ。教育学部の建物にいるのだろうか。しかし教養部の体育実技をみているのだし、空手部の顧問でもあるから、教養部の建物だろうか。

読みかけの西村寿行を開き、飯が炊けるのを待った。

読んでいるうちに練習の疲れで知らずうつらうつらとした。ふと気づくと一時間以上たっていた。サバ缶をおかずにして丼二杯の飯を食い、一昨日《おととい》洗って干しておいた道衣を畳み、部屋を出た。共同廊下にあるピンク電話で北大の大代表にかけると女性の交換手が出た。室木先生の研究室がどこにあるのか聞くと、教育学部の建物ではなく体育館の裏手にある体育教官研究棟だという。礼を言って電話を切りアパートを出た。

空気は冷たいが風がないので気分よく歩いた。

秋の快晴である。創成川を渡って北区へ入った。北大通りの交差点まで行くと大学方面へ歩いていく若者がちらほらいた。これから四講目か五講目を受ける北大教養部の学生であろう。

私はいつものように馬術場の向かいから左手のキャンパスへと入った。武道館の前を過ぎ、裸になった樹々の下を通って体育館の右手へまわった。枯葉を踏みながら体育教官研究棟に近づいていく。ガラス製の扉を引き、中へ入った。入口に案内用のプラスチックプレートがあった。《室木洋一》の名前を見つけて奥へ進んでいく。

部屋を見つけ、ノックした。

中から「どうぞ」と声が聞こえた。ドアを開けて入っていくと窓際の机に大柄な室木先生が座っていた。

「こんにちは」

頭を下げると声をあげて先生が笑った。

「なんだ。おまえか。珍しい顔だな。どうした」

私は机のところまで近づいてもういちど頭を下げた。

「体育実技に単位がついていたんで、どうしたのかなと」

「なんだ、そんなことか。勝ったら優をやろうと思ったが負けたから良にしといた」

私が驚いていると「あと一年だろ。引退まで頑張れ。四年間だという約束だからな。四年間柔道やったら函館へ行けよ」と言った。北大柔道部の試合を観にきたのだと思っていたが、もしかしたら私の試合だけを観にきたのではないか。

私は腰を折った。そして深く頭を下げた。いずれ中退するのだから別に欲しかった単位ではない。しかし私のことを気にかけてくれていることが嬉しかった。私とはスケールの違う人物だった。

「もう幹部になったんだろ」

「はい」

「来年は最下位脱出しろよ」

もう一度「はい」と言おうと思ったが声を出したらその瞬間、涙が出そうだった。黙ってまた頭を下げ、しばらくそうしていた。そして踵《きびす》を返し、ドアを開けて廊下へと出た。窓外《そうがい》に枯枝が複雑に重なる景色があった。大きく息をついた。自分のなかで何かが吹っ切れたような気がした。

7

私たち幹部は練習だけではなく精神的にも消耗が激しかった。辛い日々を支えてくれるのは同期たちである。とくにのんびりした松井君が私たちの癒《い》やしとなっていた。

柔道においては鈍牛と呼ばれているように動きはのろいが、とにかく怪力である。腕回りの力が桁《けた》外れだった。不器用で入部以来ずっと肩固《かたがた》めだけをやっていた。私たちの学年は入部してからすでに数万本の寝技乱取りをやっているはずだが、その数万本×六分の間、肩固めだけをやっているというのは驚異的な生真面目さである。

松井君はまず上になって相手の脚を一本越えにいく。越えたら相手の道衣にしがみつき、四分五分とかけて一センチ単位で相手の頭方向へジリジリと上がっていく。そして相手の胸まで上がったところで首と腕を抱え込み、道衣を使って強く縛り、ガチガチの肩固めに極《き》めてから脚を抜くのだ。完全にそこまで入られたら、もう誰も逃げることはできない。東海大四高や旭川龍谷高の重量級レギュラーを抑え込んでいるのを何度か私は目撃して「すげえな」と思っていた。同期は松井君のことを「肩固め十段」と呼んでいた。逃げようとして動くとそのまま落ちて失神してしまう強烈な肩固めである。その強引な技で後輩たちを抑え込んでいた。

しかし私たち同期にはその技はまったく通用しなかった。松井君は関節の可動域が異様なまでに狭く、自分の形にはまったときは強いが、寝技で一〇センチくらい力の方向をずらしてやると陸に横たえられた鯉のようにぱたりと動けなくなる。そこを私たちは攻め込むことができた。北大の同期以外はこの松井君の弱点を知らないのだ。

のんびりしていて、なにからなにまで牛のようだった。すべてに無頓着《むとんちやく》だった。そこがいいところなのだ。

夜の空が北海道の冬特有の鈍色《にびいろ》に沈んできた頃である。練習が終わって着替えているとき、私は気になっていたことを聞いた。彼の胸には五センチくらいの長さに切ったテーピングテープが何重にも貼ってあった。

「いや。変なものができちゃってね」

松井君が鼻の下を人さし指でこすりながら言った。

「見せて見せて」

私が頼むと松井君は照れくさそうにテーピングテープをとった。小指の先くらいの奇妙なできものがあった。

「キノコみたいだ……」

驚いて私が言うと、松井君は「うん。そうなんよ。形が似てるよね。でもただのできものだよ」と言った。しかしそれにはちゃんと笠《かさ》のようなものがあり、キノコにしか見えない。

「どうしてそんなに大切にしてるの」

「大切って？」

「だってこんなに大きくなるまでテーピングテープで守ってるんでしょ」

「病院行く時間がなかなかなくてさ。薬学部は忙しいから」

松井君はまた照れくさそうに鼻の下をこすった。

8

松井君のアパートは同期のなかで一番大学から近いので、練習後、みんなで押しかけることがときどきあった。

ある日、竜澤、宮澤と私の三人で久しぶりにそのアパートを訪ねた。長期休みと合宿時以外は飛雄馬は函館なのでこの四人が同期全員である。

「泥棒髭《どろぼうひげ》のところへ行こう」

竜澤が言いだしたのだ。松井君が肩固め以外にもうひとつ得意とする親子丼を作ってもらおうと思ったのである。泥棒髭とは一年下の城戸勉が付けた渾名《あだな》だ。漫画によく出てくるステレオタイプの泥棒の髭に形が似ているからだという。

竜澤は玄関に入るや、三段飛ばしで階段を走り上がっていく。

「もう」

松井君が嬉しそうに竜澤の背中を見上げて続いていく。松井君はいじりまわされているのに竜澤のことが大好きなのだ。私と宮澤もその後ろからどかどかと上がっていった。

「早く早く」

竜澤が鍵《かぎ》のかかったドアのノブをがちゃがちゃやった。

「いま開けるから待ってよ。もう」

松井君が鍵を開けた。二畳しかない部屋は来るたびに汚くなっていた。部屋の中央には炬燵《こたつ》があって、その上には様々な物が山となり、隙間に薬学部の専門書やノートが開いてあった。炬燵の上だけではない。床も、まさに足の踏み場がないほどコンビニ弁当の空き箱や空き缶、ペットボトルなどが転がっていた。

「最近、掃除してないんよ」

人差し指で髭をこすりながら松井君が言った。

「最近じゃないでしょう。ずっとしてないでしょう」

私が言うと「いや、ときどきやってるよ」と松井君は答えた。

奥に入っていった宮澤が松井君のベッド代わりの押し入れをいつものように覗《のぞ》き込んだ。

「やっぱりカビだらけだよ、この寝藁《ねわら》」

窓が小さく、しかも北向きで、おまけに隣に大きな建物があるので陽がほとんど当たらないのだ。

松井君は小さな流し台に向かって料理を始めた。私のアパートと同じくブリキ製の作り付けの流しである。

私と竜澤、宮澤の三人は、ゴミを足でよけて座り、さらに炬燵の上に載っているものすべてを手で払って床に落とした。

「教科書もあるんだからさ。行方不明になっちゃうよ」

松井君が振り向いて笑った。

テレビをつけようとして、私は「まだこれ使ってるの」と驚いた。テレビ台には段ボールが使われている。松井君と初めて柔道部で会った日に私がここに来て、テレビを段ボールから出し、アンテナを繋《つな》いで設置を手伝った。そのとき松井君が「とりあえずこれをテレビ台にしとくよ」とテレビの入っていた段ボールを引っ繰り返し、その上にテレビを置いたのだ。

「とりあえずそれでいいでしょ」

松井君が太い腕で料理しながら言った。

「だから、いつまでとりあえずが続くんだよ。もう三年近くたってるよ」

私が言うと「うるさいなあ。もう」と松井君が言った。

「そういえばさ、松井君。胸のあのキノコみたいなの結局なんだったの？　わかった？」

私が聞くと松井君は料理しながら「うん。ホケカンで切除して北大病院の病理検査にまわしたら、やっぱりキノコだった」と言った。ホケカンとは保健管理センターの略である。北大生は無料で診てもらえる保健室のようなものだ。

「えっ！　ほんとにキノコだったの！」

「うん」

松井君がごそごそ料理しながらのんびり答えた。

「なんだ、それ？」

竜澤が聞いた。

「松井君、練習のとき、右胸にテーピングテープをベタベタたくさん貼ってたでしょ」

「おお、そういえば貼ってたな」

「あれはさ、胸にキノコみたいなできものができたから、それが乱取りで擦《こす》れて取れないように押さえてたんだよ」

「あれ、キノコだったの！」

宮澤が両手を上げて驚いた。

私は説明した。

「俺、見せてもらったんだ。キノコみたいな形してた。小指の先くらいの大きさだった。だから病院行って取ってもらえってずっと言ってたんだけど、松井君は大事そうにキノコが取れないようにテーピングしてたんだよ。ちゃんと笠があったからキノコに決まってんだよ」

松井君が出来上がったみんなの親子丼をひとつずつテーブルに持ってきた。

食べながら話した。

「なんでキノコが人間の体に生えるんだよ」

竜澤が親子丼を頰張りながら言った。

「菌糸でしょ、キノコは。カビの一種なんだよ。この部屋のカビが松井君の胸で繁殖したんだよ」

宮澤が言った。宮澤は合成化学科だからこういうことを知っているのだろうか。

「怖くなってきた」

竜澤が真面目な顔で箸《はし》を置いた。そして「大丈夫かな、これ食ったらキノコ生えないかな」と言った。

「大丈夫大丈夫」

松井君が呑気《のんき》に言った。

「なんで大丈夫なんだよ」

私が聞いた。

「だって診てくれた先生が言ってたから。『切除したからもう大丈夫だよ』って。でもすごく珍しい症例らしいんだ。最初の診察のとき医学部の教室に連れてかれてさ。学生の前で上半身脱いで、先生が『これが人間に生える珍しいキノコです』って講義してたから」

「なんだ、それ！」

私たち三人は驚いた。

「それに素直について行ったの？」

「だってすごい症例だって言われたからさ」

松井君が照れくさそうに言った。なぜ嬉しいのか私たちにはさっぱりわからなかった。

そういえば、柔道部ＯＢの農学部の教授が前にこう言っていた。

「おまえらの代で一番の大物は松井だ。ああいう人間を大物というんだ」

たしかにそうかもしれない。体にキノコが生えるほど汚い部屋に住んでいても楽しそうに暮らしているし、体に生えたキノコを大事そうにテーピングテープで守って練習しているし、医学部の講義に引っ張って行かれて教材にされて喜んでいるのだ。

9

竜澤の練習メニューはとにかく乱取り中心主義だった。下級生の頃はどちらかというと立技の選手だったが、練習方針の寝技への傾きがこれまでのどの主将よりも大きくなった。いきなり「寝技乱取り六分二十本！」と言うのはあたりまえになり、そのあとに自由乱取りを六分十本やったりした。これは寝技乱取り六分三十本と同じことであった。

正直いって滅茶苦茶な練習量である。しかし、ほんのときどきだが私は不思議な光景を目にするようになっていた。数時間におよぶ乱取りをこなし、体重が五キロも六キロも減った蒼白の一年目や二年目が、練習後に部室内に座り込んで歓談しているのだ。こういうことは私たちが下級生時代にはなかったことである。この小さな灯りこそ竜澤主将がもたらしたものなのかもしれない。

10

私も竜澤も下級生の頃から北大柔道部が何でも一番じゃないと気が済まなかった。それは幹部になっても変わらなかった。試合だけではなく飲み屋界隈《かいわい》でも「北大柔道部がなめられている」と感じれば、他の部の上級生だろうと暴走族だろうとチンピラだろうと容赦しなかった。怖いのは道警特練とヒグマと幽霊と女性だけで、あとは大抵なんとかしようとした。アメフト部がベンチプレスで柔道部より挙げたと聞けばむきになってそれを更新し、ラグビー部員が大食いの店で新記録を作ったと聞けばその店へ行って記録を更新した。

その日、私たちはみねちゃんで女子バスケット部の二年目、佐藤茜《さとうあかね》が北大近くにある〈時館《じかん》〉というカレー屋で三キロカレーの早食い記録を作ったと聞いた。

「茜には勝てないわ。あの大食いはただものじゃないぞ」

みねちゃんが教えてくれた。

時館の名物、この三キロカレーは二千円もするのだが、三十分以内に食べきれば無料になるらしい。噂は聞いていたが「たかが三キロカレーをわれわれ柔道部が相手にする必要もなかろう」と私たちは思っていた。しかしそこで女子バスケの一七八センチ七五キロの佐藤茜という大食い女子が十四分二十一秒という大記録を打ち立てたという。そして《3kgカレー新記録14分21秒、北大女子バスケット部・佐藤茜様》と大きくマジックで書かれた紙が壁に貼ってあるらしい。

「三キロって丼飯で何杯くらいですかね」

みねちゃんに聞くと「十杯以上あるらしい」と言った。そして「やめとけ、茜には勝てないって。ここでもつくねを十五人前食ってけろりとしてるんだから」と笑った。

竜澤が「いやあ」と唸《うな》った。

「そういうの聞くと余計に負けていられない気がする。丼十杯を十四分……誰なら勝てる」

「ゴトマツはどうだろう」

私が言うと竜澤は腕を組んだ。

「たしかにゴトマツなら三キロを食い切るだろうけど、十四分というのは無理じゃないか。二十分ならいけそうだけど、丼十杯だろ」

「二年目に聞いてみようか。あいつら一年目を梅ジャンやチャン大に連れてってるから誰が大食いかわかるはずだ。城戸に電話してみる」

みねちゃんに店の黒電話を借りた。城戸は柔道部内では希少なワンルームマンション住まいで、電話を引いているから何時にかけても大丈夫だ。

城戸も「柔道部は何でも負けたくない」派である。

「暢《のぶ》でどうですか。あいつならできるかもしれません」

ゴトマツと並ぶ重量級、黒澤暢夫のことだ。部内では暢と呼ぶのが完全に定着していた。

「ぜったい大丈夫か」

「あいつ、梅ジャン連れてったとき三人前を普通に食ってますよ」

「ほう。それならいけるかもな」

正本の梅ジャンボ寿司は普通の人間では一人前でも簡単には食べきれない。

城戸が笑いながら続けた。

「あいつときどき練習さぼることがあるから、記録破ったらこれまで休んだのを全部許してやるっていうのはどうですか」

電話を切って竜澤に話すと「よし。それでいこう」ということになった。体格と怪力を持つ暢はまだ攻撃はできないし守りも脆いが将来の大砲として期待されていた。しかし出欠を管理する二年目泣かせの一年目だった。

翌日、練習が終わったあと、全部員でぞろぞろと時館まで歩いた。

一二〇キロを超える巨体は店のなかで嫌でも目立ち、他の客たちも立ち上がって見にきた。

出てきた三キロカレーは思った以上の大きさだった。

しかし暢は余裕の表情でにこにこと笑っている。

「時間はわかりませんが、これくらいなら食べるのは余裕ですよ」

店員がストップウォッチをテーブルの上に置き、合図とともにスタートさせた。

暢がガツガツと食べ始めた。

真向かいに座った城戸がにやにやしながら見ている。

「その調子でいけ。女子バスケに負けたままでは北大柔道部の名折れだ」

暢は肯きながら凄まじい勢いでスプーンを口に運ぶ。

両サイドを竜澤と私が挟んでいた。

カレーが熱いので顔に汗が垂れてくる。その汗をときどき竜澤が紙ナプキンで拭き、私がコップを持って水を飲ませた。まるで外科医をサポートする看護婦のような気分である。

「おまえ、竜澤さんと増田さんにこんなことさせて記録破れなかったら大変だぞ」

城戸が笑って暢に言った。同期から〝ヨイショ野郎〟と渾名されるくらい城戸は上級生を立てるが、実は立てながらいじっている。松井君などは「鼻輪をつけて部屋で飼いたいくらい尊敬してます」などといつもいじられていた。

「暢がんばれ。おまえは一年目の星なんだから」

同期の西岡精家が後ろから肩を揉みながら囃《はや》したてた。

「西、おまえそんな怖い顔で言ったら逆に暢の邪魔になるやろ」

ゴトマツが関西弁で突っ込んだ。西岡は眉毛が薄いので〝ヤンキー西〟と同期たちから呼ばれていた。他の一年目も笑って見ている。

暢は必死にカレーを頬張る。その汗を竜澤がこまめに紙ナプキンで拭き、私が水を飲ませる。ついに食べきったのは十四分十七秒だった。

「よし、よくやった！」

柔道部だけではなく店全体から拍手が沸いた。店員が大きな紙に《3kgカレー新記録14分17秒、北海道大学柔道部・黒澤暢夫様》と書き、壁の目立つところに貼ってくれた。これで北大柔道部がカレーの大食いでも一番だと証明された。

「暢、おまえは素晴らしい」

口々に言いながら私たちは店を出て三々五々家路についた。

しかし翌日、暢は同期に「食べすぎて腹が痛い」と電話をかけてきて部を休み、みんなで苦笑いせざるをえなかった。次の日からは二年目が毎日強引に道場に引っ張ってくるようになった。

練習は十一月の東北戦に向けて激しくなり、悲愴の汗が飛び散っていた。

「ファイト出していけよ！」

竜澤が汗まみれの長髪を振り乱して言うと「ファイト！」と後輩たちが声をあげた。

11

いよいよ寒さが増してくると、例年どおり練習が終わってから竜澤と二人で鍋《なべ》を作ることが多くなった。なにしろ体が消耗しきっていた。無理してでも食べないと痩《や》せていってしまう。いつものように二人で東区市民生協へ行き、互いに籠に好き勝手なものを放り込んでいく。ときどき竜澤は立ち止まって店内をぐるりと見渡した。この店で佐々木コーチらしき人物を二度見たというのだ。しかしそれからは一度も会えていないらしかった。

竜澤の住む三階の部屋に入り、鍋を作る。いつものように、鱈《たら》の切り身あり、鶏《とり》の砂肝あり、蕎《そ》麦《ば》あり、うどんありのぐちゃぐちゃなものだ。

「佐々木さん、引っ越したのかもしれんな」

鍋を食べながら私が言うと、竜澤が肯いた。

「俺あきらめきれんよ」

「佐々木さんがいれば絶対に空気が変わるからな」

私たち現役はOBたちからも見放されていた。なにしろ五年間一度も勝っていないのだ。試合の応援にもあまり来てもらえないし、七月の七帝戦では在京の老OBたちから罵《ば》声《せい》まで浴びせられた。北大道場に頻繁に顔を出してくれるのは岩井監督だけだった。

その日、鍋を食い終わった二人はその場でごろりとしばらく仮眠し、午前二時半過ぎに起き、竜澤の自転車に二人乗りしてバップへ飲みに行った。カウンターだけの狭い店内には他に三人の常連客がいた。

「その佐々木コーチっていう人、まだ見つからないのか」

私と竜澤が佐々木さんの話をしていると、マスターが聞いた。

「そんなにすごい人なのか、その人は?」

「寝技仙人って言われてるんです。北大の全盛時代のコーチでどんな技でも知ってるんです」

「ほう。寝技仙人ねえ。面白そうだな」

マスターがロングピースに火をつけると甘い煙が立ちのぼった。そして「どれ、俺が占ってしんぜよう」と言った。マスターは手相を見たりもできる器用な人だった。

「まずはエキからだ」

私の手を取り、じっと見て言った。

「うん。東だ。その仙人は東の方角にいる」

「やっぱり……」

竜澤が言った。そして俺の手相も見てくださいと差しだした。マスターはその手を見て「うん。間違いなく東の方角にいるようだな」と言った。

「やっぱりあの生協の近くだ……」

私は言った。

「増田君も竜澤君も信じやすすぎ。マスターにからかわれてるのよ。あなたたち、それがわからないの」

隣に座っていた女子バレー部の五年目が言った。

「嘘じゃないですよ～。インド人と真ちゃんは嘘つかないあるよ」

マスターが言った。そして「君は今日は何色のパンティはいてるの。綺麗《きれい》にオソソを洗ってるかな」とその五年目女子に聞いた。「マスター下ネタばっかり」と女子が肩をすくめた。札幌では女性器のことをオソソというと聞いたことがある。小樽ではなぜかヨシコともいうらしい。

「信じる者は救われるんだよ。君もこの柔道青年二人の素直さを見習いなさい。そのうち君にもいい男が現れるから。どれどれ君の手相も見てあげようか」

マスターがそう笑い、煙を吐いた。

「いいですよ。また下ネタ言うんでしょう」

女子がカウンターの下に手を引っ込めた。

その横で私と竜澤は佐々木コーチのことを話し続けた。

12

「来年の七帝戦にも出るぞ」

留年している後藤さんがはっきりそう言ったのはこの頃である。これまでもときどき来てくれていたが、この宣言後は毎日来るようになった。主将としての重責から解放されたので今年は攻撃の練習を中心に据えるのかと思っていた。しかしまた徹底的にカメをやるようになり、練習時間のほぼすべてをカメに充てていた。私たちとやるときだけではなく札幌刑務所や他の実業団、東海大四高や旭川龍谷高などが来たときにもカメになって、裾《すそ》を握った両手を膝で潰《つぶ》されながら必死の形相で守っていた。

どうやら斉藤創さんにカメを取られ、さらに堅固なカメを作らねばと思っているようだった。最後の腕立て伏せや綱登りなど含め現役とまったく同じメニューをこなす後藤さんはいつも厳しい表情をしていた。

第10章　対東北大学定期戦

1

柔道場には変わらず汗の蒸気が立ちこめていた。

「気合い入れていくぞ！」

ときどき竜澤主将の怒声が響く。

この声の大きさ、強引さは、私が見てきたこれまでの主将にはなかったものだ。

二年目のうち留年していない者たちは、教養部からそれぞれ学部学科へ移行した。水産学部の東英次郎や溝口秀二らも函館へ引っ越してしまった。東英次郎がいなくなったことで札幌の練習の厳しさはやはり落ちていた。竜澤の顔は険しかった。

その日、部室で同期たちと道衣《どうぎ》に着替えていると、二年目の岡島一広が「俺、びっくりしましたよ」と私たちに向け苦笑いしてきた。どうしたのかと聞くと、こう教えてくれた。

「工学部の廊下歩いてたら『荻野《おぎの》！　てめえなんで辞めた！』って怒鳴り声が聞こえて、竜澤さんが僕のほうを見てるんですよ。それで驚いて廊下の反対側を見たら荻野さんが蒼《あお》い顔して向こうへ走っていって」

たしかに驚いただろう。柔道部以外の学生たちはもっと驚いただろう。しかし竜澤の魅力は、この欠点があってこそのものなのだ。それを私はわかっていた。後輩たちも竜澤を怖れつつ、この人についていけばもしかしたら勝てるかもしれないと思いはじめているように見えた。

東北戦が近づいていた。この定期戦で五連敗を喫している北大は、来夏の七帝戦前哨戦《ぜんしょうせん》としてなんとしても勝たなくてはならなかった。

「いくぞ!」

竜澤の怒声。一年目の巨漢、ゴトマツをカメにして横三角で返し、腕を縛っている。「ゴトマツ動け! こんなので返されるな!」とハッパをかける。ゴトマツは巨体を揺すりながら逃げようとしているが、竜澤が崩上《くずれかみ》に変化すると簡単に抑え込まれてしまった。

「東北はこんな甘くないぞ!」

鬼の形相で抑え続ける竜澤の下でゴトマツは必死にもがいている。他の下級生たちは蒼くなってそれを横目で見ながら乱取りしていた。私も一年目の黒澤暢夫を横四方で抑えながら竜澤とゴトマツの乱取りを見ていた。

ゴトマツも暢《のぶ》も将来の大砲として育てていた。だからこそ俺たちに取られていてはどうしようもないという気持ちがあった。将来に向けて俺たちを超えてくれないと困るのだ。

私たち幹部の三年目は下級生を抑え込み、絞め、関節を取り続けた。相手が誰であろうと抜きにいかなければならない抜き役は、いま四枚。三年目は主将の竜澤、私。そして二年目は東英次郎と城戸勉。その下の金銀クラスに三年目の他のメンバー。その次の駒に二年目の守村、岡島らがいた。

しかしこのクラスになるとまだとても取れるような力はもっていない。竜澤、増田、東、城戸だって北大のなかでの飛車角であり、七帝のトップレベルでの飛車角ではない。京大や東北へ行ったら金銀クラスでしかない。

　東北大の新主将は平山健。一九〇センチ近い長身を活《い》かした懐の深い寝技をやり、立技もできる。他の幹部、大森泰宏や輿水《こしみず》浩、近藤元就《こんどうもとなり》たちは体格こそ大きくはないが、なんといっても二年連続で京大と優勝を分け合った先輩たちのいる時代に鍛えられている選手である。彼らを取るのは不可能だ。その下の代にも、重量級が何人かおり、いい選手が揃っていた。勝つ道筋が見えなかった。

　五年目の和泉さんは秋の体重別六〇キロ級で二度目の優勝を果たして正力杯に出場し、すべての試合を終えて完全に引退していたが、ときどき道場へやってきて下級生たちを鍛えてくれた。四年目の後藤さんも理学部生物学科の忙しい毎日の実験を抜けだして下級生たちを鍛えていた。杉田さんや斉藤テツさんも顔を出しては声をかけてくれた。それを師範席で岩井監督がじっと見ていた。

　今年も東北戦へ向けて二部練となった。朝はトレセンでの山内コーチのウェイトトレーニング、夕方からは道場での寝技乱取りと練習試合が延々と続いた。私たち最上級生でもきつい練習である。下級生たちはついてくるのに必死だった。

　二週間の延長練習に入ると部員たちの疲れはピークに達していく。夕方から始まる練習は夜九時の武道館閉館時間まで続いた。

　まずは様々な組み合わせで部員同士の練習試合が繰り返される。

　いつものように岩井監督が黒板に選手の名前を書いていく。剣道部も少林寺も空手部も帰ってしまい、武道館は静まりかえっている。その静かな空気のなかでチョークが黒板を叩くコツコツという音だけが響いていた。部員たちは岩井監督の後ろに立って、自分が誰と当てられるか戦々恐々としながら見ている。

岩井監督は抜き役と分け役を当ててそれぞれの力を測り、抜き役同士を当ててそれぞれの力を測った。何巡も何巡もその練習試合は繰り返される。それが終わると二チームに分けての紅白戦となる。そうなると、抜き役は何人抜けるかを測られた。そしてたとえば竜澤が一人抜いて二人目に分けられると、抜かれた後輩は怒られ、二人目で分けた後輩は褒められ、二人抜けなかった竜澤は叱責《しっせき》されるのだ。抜いても抜かれても誰かが叱られた。こうして強い者と弱い者をぶつけて全体のレベルを上げていくのが「分け役」が鍵を握る七帝の練習方法である。部員たちは全員、アクセルを踏みっ放しだ。練習試合を終えるとすぐに乱取りに入る。

「寝技乱取り六分二十本！　八分四本！」

竜澤自身もボロ雑巾《ぞうきん》のように疲れているはずだが、それでも乱取り数を毎夜増やしていった。私も膝《ひざ》を庇《かば》って乱取りするうち古傷の腰がどんどん悪くなってきて最悪のコンディションだった。

極限まで体を苛《いじ》めぬく延長練習二週間が終わると、そのまま東北戦合宿に入った。スチーム暖房がまだ入っていないので夜は寒い。練習時こそ汗の蒸気をあげながらぜいぜいと息を乱したが、消灯時間になると寒くて布団にくるまった。そもそも大学当局は十月に大学内に宿泊するということは想定外なので、杉田さんが主務のころから何度も訴えてきていたが「スチームは十一月から」という姿勢を変えなかった。合宿が終わると、また延長練習に入った。

2

私と竜澤は練習後、北区と東区を仕切る創成川の橋を渡りながら、下級生たちのそれぞれの弱点を話し合った。明日はあいつのあそこを鍛えなければならない。そしてあいつとあいつのあの部分を鍛えなければならない。

「佐々木さん、来ねえかなあ」

最後は必ず佐々木コーチの名前が出てきた。東区市民生協に行くたびに二人で捜したが、会うことはできなかった。私たち幹部も疲れがたまっていた。岩井監督だけが私たちの支えだった。

3

一昨年《おととし》、仙台で戦ったときはあえて海路を選びフェリーで乗り込んだ。しかし可能なかぎり好コンディションで戦うため、今年は飛行機での移動となった。新千歳《しんちとせ》空港を飛び立ったのは十月二十九日である。

仙台空港に着き、飛行機を降りた。内地の重たい空気に敗北のイメージが重なった。仙台にはいい想い出がひとつもない。一年目のとき和泉主将に率いられて十一月の東北戦で惨敗。翌年の和泉主将の代の七帝戦も仙台開催だったが、そこでは阪大と東大に抜きに抜かれ、最下位になった。

私たちの代が入部してから、いや、五年目の和泉さんたちが入部してから、北大は東北戦でも七帝戦でも一勝もしていない。「勝つ」ということがどんなことなのか、その感覚さえまったくわからなくなっていた。

空港を出て歩きながら緊張感しかなかった。

バスに乗り換え、旅館に着くと、すぐにミーティングが始まった。

歴代主将の思いを背負っている竜澤が静かに言った。

「いいか。絶対に勝つぞ」

顔は蒼ざめていた。他の者たちもそれを聞きながらやはり蒼ざめていた。

柔道衣を抱えて東北大道場へ調整練習に行くと、最後の技術チェックをし、旅館に戻った。旅館には遅れて別便の飛行機でやってきた岩井監督と和泉さんが待っていた。和泉さんは現役学生一人ひとりに握手をして肩を叩《たた》いて迎えてくれた。

夕食時もみな緊張で黙っていた。部屋に戻り、消灯となった。寝苦しい夜だった。暗い部屋で天井を見上げながら、北大は本当に勝つことができるのだろうかと私は延々と考え続けた。結局、七帝戦のときと同じく朝まで眠れなかった。

4

朝食をとり、東北大道場へ向かった。先頭を歩く竜澤は無言だった。道場に入ると、東北大はすでに道衣に着替えて練習していた。北大道場と同じく汗が蒸気となって道場にたちこめ、湿度が異様に高い。北大勢も黙って道衣に着替えた。

仙台在住の北大OB数人が強張《こわば》った顔で道場に入ってきた。敵地である。道場内にはびっしりと東北大OBたちが陣取っている。その片隅に北大OBたちは座って、試合開始を待っていた。

岩井監督と和泉さんが入ってきた。

「北大集合！」

竜澤が両手を叩いて部員を集めた。

全員が集まると岩井監督は一人ひとりの顔をじっと見ていく。全員と眼を合わせていく。何も言わない。待ちくたびれた頃にようやく「いいか」と言葉を発した。

「ここで勝って来年の七帝へ繋《つな》ぐ。いいな」

全員が肯いた。

「先鋒《せんぽう》、飛雄馬。次鋒、松井。三鋒、西岡。四鋒、城戸。……」

敵陣に聞こえぬよう小声でメンバーを発表していく。岩井監督はいつもオーダーを紙に書いて読み上げたりはしない。すべて頭のなかに入っている。

先鋒にいちばん動きのいい飛雄馬を置いて相手の出方を探り、その後ろに松井隆を並べて睨《にら》みをきかす。そして四鋒に抜き役の城戸、中堅に二年目最強の東英次郎、五将に私、竜澤は副将で、大将の黒澤暢夫は一年目なので置き大将である。つまり竜澤で勝負を決める布陣だ。

一年目がオーダー用紙を持って係のもとへ走る。

壁に二校のオーダーが一枚ずつ掲げられていく。そのたびに両陣営のざわつきが大きくなっていく。

東北大学も、副将に主将の平山健を据えた同じような布陣だった。ただ、大将の河本《かわもと》は置き大将ではなく、相手によっては抜きにいける二年の選手である。北大が勝つためには先行逃げ切りしかない。

	北海道大学	（学年）	東北大学	（学年）
先鋒	工藤飛雄馬	3	中川智刀	1
次鋒	松井　隆	3	森　侯寿	2
三峰	西岡精家	1	瀬戸謙一郎	2
四鋒	城戸　勉	2	小野義典	2
五鋒	飯田勇太	1	近藤元就	3

六鋒　岡島一広2　輿水　浩3
七鋒　溝口秀二2　太田義郎2
中堅　東英次郎2　西川　治3
七将　川瀬悦郎2　黒沢勢太2
六将　石井武夫2　戸次賢治2
五将　増田俊也3　大森泰宏3
四将　藤井哲也2　山下耕太郎1
三将　守村敏史2　金子　剛2
副将　竜澤宏昌3　平山　健3
大将　黒澤暢夫1　河本孝造2

「よし。いくぞ！」

竜澤が声をあげた。

「はい！」

全員が声をあげた。

選手整列を主審が促し、十五人のレギュラーが並ぶ。

私は眼の前の大森泰宏の顔を見据えた。向こうも眼をそらさない。夏の七帝戦に続き、またしても当たるのだろうか。なにしろ東北大のなかで一番仲のいい男だ。私も嫌な気分だが、向こうも嫌だろう。

ゆっくりと視線を動かした。すると平山主将が目の前の相手を怒りのこもった眼で睨みつけていた。そこには竜澤主将がいる。東北大はこの対北大定期戦に五連勝中、平山主将としてはその連勝を止めるわけにはいかない。逆に竜澤主将にとってはどうしてもここで連敗を止めなければならない。

「正面に礼！　お互いに礼！」

主審の声に合わせ、全員が一斉に頭を下げた。

体全体に力が漲《みなぎ》った。

飛雄馬を残して全員が試合場を降り、オーダー順に並んで座った。

「工藤さん、ファイトです！」

後輩たちの声援のなか試合が始まった。飛雄馬がいつものように素速いフットワークで相手を翻《ほん》弄《ろう》していく。だが相手の中川智刀は体格がいい一年でマークしている選手だった。飛雄馬の立技を嫌い、しつこく寝技に引き込んでくる。飛雄馬は中川をうまくカメにして攻めたが決め手なく六分が過ぎた。両者とも蒼い顔で汗を拭《ぬぐ》いながら自陣に戻ってくる。

次鋒の松井隆が畳に上がる。

森侯寿《もりよしひさ》が引き込むところ松井隆がそれをカメにし、得意のパターンで返して、肩固めを狙ってじりじりと上がっていく。

「隆、そこ勝負で！」

和泉さんが声をあげた。

松井君が森の上半身を固め、いつもの手順で道衣を使ってがっちりと縛り付けた。完全に勝ちパターンに入った。あとは脚抜きだけである。両陣営が大騒ぎになっていた。

「松井君、抜けるぞ！」

竜澤の声だ。とにかく先にリードしたい。

松井君が必死の形相で脚抜きにかかる。しかし相手の森も松井君に抱きつき、必死にそれを防ぐ。両者とも顔を歪《ゆが》め、滝のような汗を滴らせる。歓声と罵声《ばせい》が入り乱れるなか、そのまま膠着《こうちゃく》してしまった。結局引き分けに終わった。

三鋒の西岡精家は一年目ながら切れ味鋭い立技をもつ。しかし寝技はまだまだ。相手は抜き役の重量級、瀬戸《せと》謙一郎《けんいちろう》。ここは西岡は下になりたくない。体重を利した瀬戸に攻め込まれる危険がある。二人とも立っていく。瀬戸の払腰で西岡が飛ばされた。両陣営がいっせいに主審を見た。

「技あり！」

北大勢から「よし！」という歓声があがった。瀬戸がそのまま上から攻めてくる。体格とパワーで圧倒される。西岡が必死の形相でカメになった。瀬戸が猛攻。東北大陣営が大騒ぎになった。北大陣営は「妥協するな！」と声援を送り続けるしかない。長い六分間が終わり、西岡が戻ってくる。和泉さんが握手でそれを迎えた。

次の城戸勉は実力者小野《おの》義典《よしのり》を相手に手堅い寝技で攻め続け、引き分けた。ここは順当だ。

五鋒戦。一年目最強の飯田勇太が得意の立技でプレッシャーをかけていく。東北の近藤元就が引き込んだ。それに合わせ、飯田が一気に速攻をかけて横四方から上四方に抑え込んだ。北大陣営が大歓声をあげ、全員が立ち上がった。飯田は二人目の輿水の寝技をなんとかしのいで引き分け、ここで一人リードとなった。

六鋒岡島一広は寝技に引き込んで下からいくが、相手も強く、そのままの体勢で引き分けとなった。

七鋒の二年目溝口。相手は三年の幹部西川《にしかわ》だ。寝技に引き込んだところで上体を固められた。すぐに西川が脚抜きにかかる。

「西川！　絶対取れ！」

東北大陣営から大声があがる。

北大陣営は拳《こぶし》を握りしめて「溝口！」と叫び続ける。すると西川が足首を抜く瞬間、溝口が返して上になった。北大陣営から大歓声。そのうち、溝口が西川をカメにし、それを返して抑え込んだ。

北大勢がまた大騒ぎになった。横を見ると竜澤は両腕を組んだまま黙って試合を見ていた。疲れた溝口は二人目の黒沢勢太《くろさわせいた》に対し防戦一方になったが、なんとかしのぎきり北大が二人リードとなった。

だが、東北は後ろに強豪を並べている。

まったく安心はできなかった。

函館の水産学部から飛雄馬に率いられて合流した東英次郎が両頬を張りながら気合いを入れて畳に上がる。相手も実力者の戸次賢治《べつきけんじ》。試合が始まるや東が得意の立技でぐいぐい押していく。戸次が引き込んだ。東が上から攻め、一気に横四方に抑え込んだ。

北大陣営がまた総立ちになった。座ったままなのは私と竜澤だけだった。これで三人リードだ。

しかしそれでも安心はできない。東北大は層が厚い。

東の二人目の相手は東北大の三年目、大森泰宏。東北大の七帝戦二連覇時のレギュラーメンバー。

ここは東は守りに入り、引き分けた。

私は立ち上がって四股《しこ》を踏み、体を温めた。胸のなかで心臓が暴れていた。このままいくと主将の平山健とあたる。

次の二年目の川瀬悦郎が分け、さらにやはり二年目の石井武夫が分けた。

石井武夫が戻ってくるのに代わって畳に上がった。

平山が凄《すさ》まじい気魄《きはく》を漲《みなぎ》らせて開始線へと出てくる。当然だ。平山が最低でも三人抜きしなければ東北に勝ち目はない。しかも北大は副将に竜澤主将が座っているのだ。

しかし私自身三人リードしていても勝てるとはまだ思えなかった。いつも最後に主将クラスにゴボウ抜きされ、逆転される試合ばかり繰り返してきた。平山にまたやられるのではないか。そんな思いを拭い去ることはできなかった。

私の後ろには二年の藤井と守村が並んでいる。その後ろに主将の竜澤がおり、大将には黒澤暢夫だ。竜澤以外は誰も平山に敵《かな》わない。そうなると、私が抜かれれば平山が三人抜きするだろう。そして竜澤と引き分けを狙ってくる。竜澤が抜き返せずに、もし大将決戦になれば、河本孝造《こうぞう》が黒澤暢夫を抜く可能性がある。暢が引き分けたとしても、代表戦になれば、誰をどの順番で出していくのか。誰を出しても勝てるとは言い難い。延々と代表戦が続けば勝ち慣れている東北大に分があるのではないか。

さまざまな思いをめぐらせながら、一八七センチの平山と組み合った。凄まじい勢いで攻めてきた。なにしろ彼は三人を抜き返さねばならないのだ。

平山が内股《うちまた》。私は股に手を入れ、掬《すく》い投《な》げでこらえた。平山が向き直って足払《あしばら》い。私は支え釣込み足で応戦。寝たらリーチに差がありすぎて不利だ。とにかく距離をとった。平山が寝技に引き込んだ。私は速攻をかけ、崩上《くずれかみ》四方固めで抑え込んだ。しかし、鉄砲で一気に返され、逆に崩上で抑え込まれた。力が強い。必死にエビでこれを返し、立ち上がって互いに「こい!」と叫んだ。両陣営は大騒ぎになっていた。

「平山! 取れるぞ!」

東北大ＯＢたちが大声をあげる。

また立ったまま組み合う。平山が内股。これも掬い投げでこらえた。私が脇固めにいくと平山が怒声をあげて袖《そで》を切った。そして足払いから内股にきた。私の心中に弱気の虫が頭をもたげてきた。守りに入った。平山がさらに攻め込んでくる。釣り手で距離を取り、腰を引いた。時間はもうほとんどないはずだ。試合終了のベル。自陣に戻ると全員が立ち上がって迎えてくれた。

そのままみんなで立ったまま試合を見る。久々の勝利が近づいていた。

藤井哲也《てつや》が河本孝造に払腰で投げられた。

「一本！」

主審の声が響いた。東北大陣営が立ち上がって歓声をあげた。しかしまだ北大は二人リード。そしてなんといっても竜澤が残っている。竜澤は北大陣営の後ろで打ち込みをしながら体を温めていた。

それでも私たち北大勢は勝てる確信がなかった。河本は守村を必死に攻めてくる。しかし、守村が疲れた河本を途中でカメにし、ついに上四方で抑え込んだ。三十秒のブザー。

「よし！」

北大陣営は泣きながら握手を繰り返した。六年ぶりの勝利だった。主審に促されて十五人が並んだ。礼をして自陣に戻る。岩井監督も和泉さんも眼を潤ませていた。なんと長い勝利への道のりだっただろう。北大は勝ったのだ。七帝戦の公式戦ではない、東北大との定期戦でしかない。しかし勝った。本当に勝ったのだ。この勝利には竜澤主将のリーダーシップが与《あずか》って力があった。

5

今回の勝利は、七帝戦本番も含め、北大にとって実に六年ぶりの白星だった。暗かった北大道場に小さな光が射した。その一筋の光に私たち部員は蜘蛛《くも》の糸をつかむようにしてすがり、苦しい練習を続けた。道場の外では雪が舞いはじめ、また長い冬が始まろうとしていた。

東北戦で勝ったといっても、向こうは来夏の七帝戦本番では医学部四年の斉藤創《つくる》さんが五年生となって出場する。このチームに創さんが入ればかなり厳しい戦いを強いられる。

創さん得意のカメ取り「縦返し」を一人で防ぐことができる者はいまでは七大学全体でもほんの数人だろう。夏の七帝戦でも北大は最も守りの堅い二人、後藤さんと城戸勉の二人を簡単に抜かれてしまっていた。

北大には斉藤創さんのような飛び抜けた超弩級選手を絶対に止めることができる堅固な分け役の育成が急務であった。しかしそんなことが可能なのか。部の現状と自分の怪我。私は苛々がつのっていた。

6

そんなときである。私は佐々木洋一コーチを捕まえた。夜、自宅アパート近くのコンビニへ買い物に行ったとき、ばったり出くわしたのである。

「佐々木さん！」

私は思わずその手首を両手でしっかり握った。竜澤が市民生協で二度逃げられたと言っていたので離してはだめだと思ったのだ。

「お……」

一瞬、佐々木さんは私が誰かわからないようだったが「なんだ。増田かよ」と破顔した。

「どうして道場に来てくれないんですか」

私は佐々木さんの手首をさらに強く握りしめた。

「いや、いろいろ仕事とか忙しくてな」

佐々木さんはそう言って誤魔化した。

「俺たちを助けてください。五年連続最下位なんです」

ここで逃したら永遠に北大柔道部の浮上はないと思った私は、現在の北大の状況をまくしたてた。早く喋《しゃべ》らないと佐々木さんがまた逃げてしまう。抜き役が少ない。確実な分け役も少ない。技のレパートリーが減っている。岩井監督しかOBが来てくれない。僕らは辛《つら》い。勝ちたいんです。お願いですから道場に来てください。

「五年間、北大は七帝戦で一勝すらしてないんですよ。助けてください」

気圧《けお》されたように聞いていた佐々木さんが肯いた。

それでも私は話し続けた。

「お願いです。絶対に来てください。みんな待ってますから。北大柔道部には佐々木さんの力がどうしても必要なんです」

他のお客さんたちは怪訝《けげん》そうに私たちを遠巻きに見ていた。それでも私は語り続けた。話しているうちに涙が出そうになってきた。

「ずっと竜澤と捜してたんですよ。どうして来てくれないんですか」

佐々木さんは眼を細めて私の顔を見ている。そして「わかった。行くよ。絶対行くから安心しろ」と言った。

道場にやってきたのはその翌日だった。岩井監督と一緒に師範席に座って寝技乱取りを見ていた。ときどき岩井監督と話しては立ち上がり、下級生をつかまえてアドバイスをしている。そのうち部室へ入って誰かの古い道衣を着て出てきた。

岩井監督が師範席から立ち上がって乱取り中の竜澤に声をかけた。

竜澤が両手を上げて叩いた。

「集合!」

部員たちが集まった。岩井監督が佐々木さんを紹介した。なにしろ私の学年が一年目のはじめのころに何度か来ただけで、それ以来来ていないのだ。一年目も二年目も会うのは初めてである。すぐに技研になった。

佐々木さんが大森一郎を使って横三角の逃げ方を説明していく。後輩たちは食い入るようにそれを聞いている。途中で部室へ走ってノートとペンを持ってくる者も何名かいた。そしてみな質問を繰り返す。そういえば私たちが二年目の春、道柔連が元全日本王者の竹内善徳《たけうちよしのり》先生を東京から招き、中島体育センターで技術講習会を行ったことがある。このときに後で「北大生はさすがに違う。ノートを取ったり質問したり、その向上心に心打たれた」と言っていたらしい。

それと同じようなモチベーションが佐々木さんが道場に来たことによって後輩たちに起きているようだった。

佐々木さんはそれに対してさらに「これが奈良の三角だ」とか伝説の先輩たちの名前を出して詳説していく。後輩たちの真剣な表情を見ていると竜澤と眼が合った。「最下位を脱出するぞ」と激しい発破をかけながら、実際のところ自分たちがそれを成せるかどうかはわからなかった。七帝柔道は相手チームとの力関係で勝負が決まるものであり、タイムを向上させるような個人競技ではないからである。だから私たちは後輩たちが伸びる土壌づくりを並行してやる必要があった。その大きなひとつが、この佐々木コーチの再任であった。

この日、練習が終わると佐々木さんは宮澤をつかまえてマンツーマンの指導をしていた。どうやら宮澤の素質を見抜いたようだ。

この日以来、佐々木さんはときどき道場に顔を出してくれるようになった。「仕事が詰まっていて忙しくてあまり来れない。すまん」とボサボサの頭をかきながら、劇団に関わっているという噂も本当だと言った。佐々木さんは様々なことに興味をもって活動しているようだった。

7

私は右膝を東北戦でまた痛めていた。練習中だけではなく、夜のロッキングもひどく、一晩中呻《うめ》いてばかりいた。苛々がつのり、自己嫌悪がつのった。

練習中は自転車のチューブ二本と弾力包帯を巻いて固定していたが、ぐらついて使い物にならない。脚が細くなっていた。そのまま寝技乱取りを繰り返し、膝と腰を悪くしていくだけの練習が続いた。少しでも調子を上げなければならない時期にこのざまだ。

雪が降り、札幌は冬の景色に沈んでいった。

吹雪の土曜日、竜澤がアディダスの新しい靴を買ったと嬉《うれ》しそうに言うので練習前に一階へ下りて見せてもらった。たしかにデザインがよく、私も同じようなものを買おうと思った。

その日は体育会全体の幹部コンパが〈きよた〉の大座敷で開かれることになっていた。松井君と宮澤は用事があって出られないらしい。

練習後、私と竜澤で参加した。応援団やラグビー部以外はあまり知った顔がなかったが、宴が進むにつれみな席を動いていくので、竜澤とは少しずつ席が離れていく。

応援団の一年目のなかに酒で乱れている者がおり、あちこちで人にからんでいるのが見えた。九〇キロほどありそうな大きな一年目だ。近くにいた男子バレー部の主将に聞くと「よく酒で暴れて問題を起こしてるやつだよ」と教えてくれた。近くに来たら面倒だなと思っていたらだんだん近づいてきて、後ろから私の首を絞めてきた。「いい加減にやめろ」と言うと「なんだ、こら」と私の頭を思いきり叩いた。私は立ち上がりながら掬い投げで持ち上げ、そのままテーブルの上に投げ捨てた。料理が吹っ飛んで飛び散った。

瀧波《たきなみ》憲二が飛んできた。

「増田、申し訳ない。抑えてくれ」

暴れていた応援団一年目は吾平に連れられて店から出ていった。おそらく家へ送り届けられるのだろう。応援団だけはこういった酒席には必ず全学年で出席してくる。

「俺も悪かった。すまん。このところ自分で自分が不甲斐なくてな」

瀧波に謝って座った。

焼酎《しょうちゅう》の一升瓶を一本ずつ抱えて瀧波とサシで飲んだ。

応援団と柔道部のこれからを話しながら一本ずつ空けた。話しているうちにだんだん泣けてきた。出口が見つからなかった。瀧波も泣いている。そのうち練習で疲れている体に酔いがまわってきた。

何かの料理の皿を運んできた店員に瀧波が「こいつは柔道部引退したら結婚するんです。一本出してください」と言った。しばらくすると大将が「祝いだ。飲んでくれ」と焼酎二本を持ってわざわざ厨房《ちゅうぼう》から出てきた。瀧波が祝い酒なんだから飲めと言った。しかたなく私は瓶に口をつけて飲みながら話した。それが空く頃には自分でも完全に酔っているのがわかった。瀧波も酔眼を揺らしていた。

「応援団も下の学年が少なくて、いま大変でな」

「こんど柔道部と合同コンパでもやってお互い志気を高めるか」

瀧波と向き合ってあぐらをかいて話し込んでいると「なんだ。柔道部かよ」と言う小声が斜め後ろから聞こえた。聞こえないふりをしてテーブル上の未開封の焼酎一升瓶を手にし、封を切った。そして適当な茶碗をふたつ取って一つを瀧波に渡した。そこに焼酎を満たしていく。自分の茶碗にも注いだ。そのまま二人で飲み続けた。

「柔道部がよ」

また斜め後ろから声が聞こえた。どうやら私を挑発しているようだ。何人かで話している内容の端々から、男がボクシング部の幹部であること、北海道の何とか級の学生チャンピオンだということはわかった。そして北大柔道部を小馬鹿にしているということも。柔道を本格的にやったことがない人間は、格闘技としての柔道をなめている。私や竜澤の噂をどこかで耳にしていてボクシングの優位性を仲間に言っているのかもしれない。

「おい。おまえ。俺が柔道部の人間だと知っててわざと近くで言ってるのか」

振り向きながら言うと、その男は驚いたような顔をしたあと「なんだ」と不良ぶって眼を細めた。

私はその眼を見て、もういちど言った。

「俺が柔道部の人間だとわかっていて柔道部のことを侮蔑《ぶべつ》してるのかと聞いてるんだ。それに答えろ」

「おい、増田。ほっとけ」

瀧波が止めた。

しかし私はやめなかった。

「俺を見下すならいくらでも見下せ。だが北大柔道部を見下すのは許さんぞ」

その男が鼻で笑うようにして「たかが柔道だろ」と言った。

「ボクシングでは柔道に勝てんぞ」

私の言葉に、その男の顔が朱に染まっていく。

そして「立て！」と言って立ち上がった。面倒だったが立ち上がった。いきなり左の頬を殴られた。私も思いきり右拳を振ったが空を切った。その瞬間また二発殴られた。私も何度か拳を振ったがことごとく空振りさせられた。「喧嘩《けんか》だぞ！」「誰だ」「ボクシング部だ」「柔道部だ」と座敷全体が騒がしくなってきた。みんなが見ているので柔道の実戦力を見せるチャンスだと思った。男の背中をガバとつかんで大腰で投げた。そのまま崩袈裟《くずれけさ》で抑え、片腕の関節を脚で思いきり極《き》めた。そしてもう一方の腕を腕緘《うでがら》みで折ろうとしているとまわりの人間が一斉に止めに入った。一人の人間が後ろから私の両脇を抱えた。えらく腕の太いやつだなと思ったら聞き慣れた声があがった。

「やめろ増田君！」

竜澤である。しかし両腕にはまったく力が入っておらず、ふわりと抱えているだけであった。その時点で笑えてきたが、次に竜澤が発した言葉に私は爆笑してしまった。

「みなさん、すいません。こいつは喧嘩っ早くていつも俺が止めてるんです」

逆だ。喧嘩を止めるのは私のほうが多い。しかしここは自分が止める側になるチャンスだと思って他の席から嬉々《きき》として飛んできたのだ。

先ほどのボクシング部員は「ちくしょう！」と暴れながら何人かに抱えられて店の外へ連れられ

ていく。集まっていた他の部の人間たちもざわつきながら自分の席へと戻っていく。

竜澤は両脇を抱える腕を外しながら耳元で「よくやった」と囁《ささや》いた。そして「増田君が腕折ってから止めりゃよかった」と続けた。二人で笑った。瀧波憲二が「ひでえな、おまえら」と体を揺すって笑っている。瀧波もわかっているのだ。いちど一緒に飲んでいるとき酔客が北大応援団を侮辱し、瀧波が怒りを爆発させたのを見たことがある。

体を動かして喉《のど》が渇いたので茶碗の焼酎を飲み干した。竜澤と瀧波と三人でしばらく飲み交わしているうちにぐらりぐらりと酔いがまわりはじめた。

「ちょっと横になりたい」

そう言って畳の上に仰向けになり眼を閉じた。靴下を履いていたので投げるときに畳で少し滑り、膝が痛かった。酔いで頭のなかがぐるぐると回りはじめた。しばらく座敷のざわめきが聞こえていたがそのうち聞こえなくなった。そして闇のなかに落ちていった。

次に聞こえたのはゼイゼイという呼吸音である。風の音も聞こえた。寒い。なぜか私の体は上下に揺れていた。

「重いな。このおっさんは」

竜澤の声がした。

薄目を開けると前が見えないくらいの吹雪である。まわりは真っ白。猛吹雪。ブリザードである。創成川の辺りのようだ。頬のあたりに髪の毛が触れた。どうやら竜澤に背負われて運ばれているようだ。

「いったい何を食ったらこんなにでかくなるんだ」

竜澤がぶつぶつ言い、ゼイゼイと息を荒らげて歩いている。〝でかい〟というが二人のサイズは殆ど同じである。私が一七六センチ。竜澤が一七七センチ。体重は二人とも八〇キロ前後。靴のサイズも同じ。ジーンズのサイズも同じ。だから服や靴は貸し借りする。しかし唯一違うのが脚の長さだ。竜澤のジーンズを借りると裾を折らなければならない。酒席で二人で座っていて帰るときに立ち上がると、知らない人たちは「あれ？　増田さんのほうが大きく見えたのに」などと驚く。座高は私のほうが高いからだ。

「重い。なんでこんなに重いんだ」

竜澤は苦しそうにゼイゼイと喉を鳴らしている。眼を覚ましたことがバレると酔ったまま吹雪のなかを歩かねばならなくなる。友情を無碍《むげ》にもできない。そう思って眼を閉じた瞬間、また深い眠りに落ちた。

次に目覚めると自分のアパートのベッドにいた。顔の辺りが吐瀉《としゃ》物でごわごわし布団も汚れていた。時計を見ると朝の九時のようだ。よくここまで運んだものだと感心し、謝らなければと思った。ストーブをつけて部屋を暖め、汚れた布団のシーツを替え、濡《ぬ》らしたタオルで顔や首筋の吐瀉物を拭った。

新しいTシャツとトレーナー、そして柔道部ジャージを着込んだ。その上に防寒コートを羽織ってアパートを出た。膝がまたぶかぶかしていた。雪はやんでいたが二〇センチから三〇センチくらい積もっている。靴の下で新雪がきゅるきゅると鳴った。

竜澤の住む足立ビルへ行ってドアを引いた。

「昨日はごめん。運んでくれたんだね」

そう言いながら部屋に入ろうとすると、玄関の三和土《たたき》に昨日見せられた新しいアディダスの靴が立てかけてあり、なぜか濡れている。

竜澤は床に座って魚肉ソーセージを齧りながらゆっくりと顔を上げた。

「どうしたの、このアディダス。新品なのに洗ったの?」

「覚えてないんだね……」

かなり落ち込んでいる様子だった。

部屋の隅の洗濯紐《ひも》には昨日彼が着ていた服がすべて干されていた。

「もしかして俺、運ばれてるときにもゲロ吐いた?」

私が聞くと寂しそうな眼で「五回くらい吐いたよ」と呟いた。

「ごめん……」

あまりのショックに怒ることもできないようだった。

「本当にごめん」

私は手を合わせて謝った。

雪の日は一人で普通に歩いてもあの居酒屋から私のアパートまで三十分から四十分かかる。猛吹雪のなかで八〇キロの私を担いで歩いたのだから一時間半はかかっただろう。酔っ払いなので一度下に降ろしたら二度と担げないため、ずっと背負《しょ》ったままだったのは間違いない。竜澤の足腰と体幹の強さに驚いた。それにしても、破天荒でワガママでありながら、いざとなると怖ろしいほど責任感が強い。吹雪のなかで友達を背負って一時間半も歩く。こんな男は他にいないだろう。

8

私が、昨冬《さくとう》に手術した岸辺整形外科でもういちど膝を手術することになったのは、さらに雪が深くなってきた頃だ。しかし、手術日、関節鏡を入れてみると、以前切除した半月板のところの骨が炎症を起こし、縫って補強した半月板もボロボロになっていた。これがロッキングの原因だという。うちでは十字靱帯《じんたい》の再建もできないし、手のつけようがないから大きな病院に移るようにと言われた。二週間の入院の後、タクシーで病院を移った。

今度の病院は四人部屋であった。入学してからいったい何度目の入院なのかと暗い気持ちになりながらベッド脇の棚に荷物を詰め込み、隣の人に頭を下げた。爽《さわ》やかな感じの男だった。

「大学生ですか?」

その男が屈託なく聞いてきた。

「はい。北大です」

「じゃあ一緒だ。僕も北大生です。医学部の五年目です」

「そうですか。頭いいんだ」

私が言うと彼は「そんなことないです。たまたま受かっただけで」と照れた。性格のいい人だなと思った。

私は言った。

「僕は三年目です。水産系の三年目で、増田っていいます。柔道部です」

「じゃあ柔道で怪我したんですか?」

「ええ」

「十字? 内側?」

細かいことを聞いてくるのは医学部生らしい。私が「十字です」と答えると、「そうですか……それは大変ですね。僕は野球で内側をやっちゃって。スライディングしたときに二塁手と脚がからまって」と言った。

「野球部なんですか?」

「いえいえ、とんでもないです。北大の野球サークルです。高校までは部でやってたんですけど。体育会の柔道部なんてすごいですね」

「いや。どうだろ。すごいのかな。最近もう感覚がおかしくなってきて、どれが本来の生活なのかわからなくなってしまって」

私が笑うと、Tシャツからのぞいている私の前腕を指さした。

「腕太いもん。そうとう練習してるんでしょう?」

「弱いですけどね」

「どこの出身ですか?」

「愛知県です」

「えっ、僕も愛知県ですよ。刈谷《かりや》高校」

「僕は旭丘《あさひがおか》です。名古屋の」

「へえ、ほんとに奇遇ですね。歳は?」

「二十三になりました、十一月八日に。僕、二浪だから」

「じゃあ歳も同じだ。僕は現役合格だから。昭和四十年生まれ」

私はベッドの端に腰掛けながら話を続けた。ほんとうにいい人物であった。見た目も爽やかだが、私の話を真摯《しんし》な眼で聞き、文脈を正確に理解し、言葉を選びながらまるで雅語《みやびご》を話すように柔らかく返した。そして上品に笑った。祖父がおこして父が継いでいる愛知県刈谷市の家具メーカーの次男だという。名前を春山優二《はるやまゆうじ》といった。

「増田さん、水産系で札幌にいるってことは留年?　一回……いや、まだ函館行ってないってことは二回留年?」

「そうです。二回留年してます」

「じゃあ来年行くんですね。函館もいい街らしいから遊びにいっていいですか」

「いや。僕、来年の七月で大学辞めるんです。柔道の七帝戦が七月にあるから、その試合出て辞めることになってるんです。だから函館には行かないんですよ」

「辞めることになってるって?」

「柔道の七帝戦は七帝柔道っていって、戦前のルールでやってて寝技ばっかりなんです。それに憧《あこが》れて北大に入ったんです」

「それだけで?」

「まあ、それだけじゃないですが。第一目的は柔道です」

「でも、普通、北大にスポーツやるために入りますか?」

「はあ……」

春山は腹を抱えて笑った。

「いや、単純なんです、僕は」

「僕なんか共通一次が終わったときに東大の理1と北大医学部を天秤《てんびん》にかけて、そんな選び方だから。ちょっと羨《うらや》ましいな。でも今は医学部入ってよかったと思ってますけどね」

そう言いながら病室の入口のほうを見て片手を上げた。

振り向くと、瞳《ひとみ》のくりくりした若い女性が袋を両手に提げて入ってくるところだった。

「遅くなっちゃってごめん」

その女性が言った。そして私をちらりと見て、また春山に眼をやった。

春山は私を紹介した。

「この人、増田さん。北大柔道部の人だよ。増田さん、こいつ僕の彼女で藤永香緒里《ふじながかおり》っていいます」

その瞬間、藤永香緒里は大きな眼をさらに大きくして嬉しそうに「柔道部なんてすごい！」と大声で言った。

「そんな大きな声だすなよ、みんなが驚くだろ」

春山が困ったように声を抑えた。たしかに同室の人たちみんながこちらを見ていた。だが藤永香緒里はそんな眼を気にもせず、「柔道って人を投げたりするんですよね。すごい」と言った。

「はあ、まあ投げたり抑えたり」

私が言うと、「蹴ったりとか、すごいですよね」と藤永香緒里が続けた。

「いや、蹴ったりはしません。それは空手です」

「へえ。初めて知った」と藤永香緒里は言った。そして両手に提げていた袋を開き、中から白い箱を取りだした。「ケーキ持ってきたんです。増田さんも食べませんか」と言った。

「甘いもの好きなんで、じゃあいただきます」

私が言うと、春山が「すみません。僕の彼女、面白いんだけど、ときどきおかしなこと言うから」と首を振った。

藤永香緒里はケーキを出してひとつずつ春山と私に渡した。

「飲み物ないと食えないよ。なんか自販機で買ってきて」

春山が言った。藤永香緒里は文句を言うでもなく、病室を出ていった。

「さあ、食べてください。僕も食べちゃおっと」

春山がプラスチック製のスプーンでケーキをえぐり、口に運んだ。私もケーキにかぶりついた。

春山が笑った。

「なんでスプーン使わないんですか」

「スプーンだと食った気がしないんです。うちの柔道部でスプーン使うやついないですよ」

そこに藤永香緒里が缶ジュースを買って戻ってきた。

「増田さん、そのまま食ってるんだよ」

春山が可笑しそうに私を指さした。藤永香緒里は「ほっぺに生クリームがたくさんついてます」と腹をかかえて笑い始めた。私が袖で顔をぬぐうと、また「どうして服の袖でぬぐうんですか。ティッシュでぬぐえばいいのに」と笑い続ける。

「ティッシュ持ってきてないんで」

私が言うと、藤永香緒里は「ティッシュないって、どういうことなんですか。ふつう持ってきますよ」と笑い続けた。

夕食の時間も藤永香緒里は病室にいた。そして夕食が終わっても話を続けた。私が話すたびに笑った。市原慶子に彼女みたいな素朴な無邪気さがあったらと思った。慶子は常にナイフの刃の上を裸足《はだし》で歩いているようなところがあった。今日は昼一時からの準夜勤である。藤永香緒里とかち合わなくてよかった。慶子とは合わないタイプかもしれない。

藤永香緒里は午後八時半の面会可能時間ぎりぎりまでいた。

9

夜は柔道部の同期がときどき連れだって来てくれた。和泉さんや後藤さん、杉田さんら先輩たちも来てくれた。

一番やってくるのは竜澤だった。同期同伴でなくとも一人でやってきた。日曜日にもやってきた。別に用事があって来るわけではない。いつもと同じく暇つぶしに来ているのだ。来るとまず後ろを向いて自分の尻《しり》を叩き「このジーンズ、ケツでかく見えないかな」などと聞いた。

そして誰かが持ってきてくれた見舞いのリンゴやバナナを棚から降ろし、ベッドの脇に座って食べはじめる。ときどき私の横にねそべって眠ってしまうこともあった。さすがに大きな病院なので看護婦が怒ったが、竜澤が眼を覚まさないので、私がベッドから降りて椅子に座った。

藤永香緒里は興味深そうに私たち二人を見ていたが大声で笑ったりしないのは、竜澤と話すときは真剣に柔道の話をしているからだろう。

「分け役のコマが三枚足りない」

竜澤はいつも苦しげに言った。

ノートを出して二人でオーダーを組んでいく。そうすると他の穴もたくさん見えてきて「三枚どころじゃないな」と二人で言い合った。五枚はいるのではないか。来夏の七帝戦は私たちの代の最後の七帝戦である。この七帝戦で最下位を脱出しないと、北大の最下位は今後さらに何年も続くのではという嫌な予感もあった。

ある日、元マネージャーの久保田玲子が花を持って見舞いに来てくれた。畠中師範経由で入院を知ったという。すでに現場で警察官として働いている。えらく綺麗《きれい》になっていたので聞くと「わかりますか」と照れくさそうに言った。警察官の彼氏ができたという。

彼女は北大柔道部初の女子マネージャーだったというだけではなく、私たちの代の〝同期〟の一人だ。短大のため私たちより早く卒部してしまったが、こうして見舞いに来てくれるのは本当にありがたかった。

「今度こそ絶対に最下位脱出してください」

その表情はまさに同期そのものだった。

「ありがとう。来年は名古屋開催だけど応援においでよ」

「まだ新人だから勤務ローテとか融通がきかないんです」

「へえ。警察命になってるな」

久保田は私の言葉に嬉しそうに笑った。

第11章

雪が積もりはじめた札幌で

1

その日は早朝から手術の準備でばたばたし、なかなかベッドから下りられない。代わる代わる看護婦が来て薬剤を飲まされたり様々な同意書にサインさせられたりした。昨日の夕食から抜かれ、腹が減ってしかたない。昼過ぎに太い針を手首の上に刺され、リンゲルの点滴が始まっていた。

私は昨夜来た竜澤と練った七帝戦のオーダーに、ベッドで仰向けになってシャーペンで手を入れていた。

隣のベッドでは春山優二と藤永香緒里が話し込んでいる。

整形外科の手術は今日は四人いて、もともとは三番目が春山、四番目が私だった。それが今朝、突如、春山の手術順が最後になったのだ。

「主治医が『本当は患者には言わないんだけど、君は医者になる人間だから説明しておく』って話してくれたんです」

春山の言《げん》である。血液検査の結果、C型肝炎ウイルスの抗体が陽性だったという。手術台の清掃管理などがより念入りになるため順番が最後になったらしい。春山本人もその感染は知らなかったと言った。

「それは今後悪くなったりするんですか」

「いま研究が進められてるそうです。完全にはわかってないようです。まあ大したことないでしょう」

屈託なく笑った。医学部の学生がそう捉《とら》えているのだから大丈夫なのだろう。

「ところで天皇の体調、あまりよくないようですよ」

春山がベッドサイドの北海道新聞を手にした。裕仁《ひろひと》天皇は昨年、腸閉塞《ちょうへいそく》で開腹手術を受け、その後は公務を休み、一度は復帰したがまた休んでいた。春山と二人で、明治天皇、大正天皇、今上天皇の話をした。太平洋戦争の話を続けていると、岩井監督が病室に入ってきた。

驚いて上体を起こし、頭を下げた。

監督はベッドの横の折り畳み椅子を広げ、座った。

「手術まであと一時間くらいみたいです。少し早くなりました」

「手術自体はどれくらいかかりそうだ」

岩井監督が腕時計を見た。

「今回は一時間か二時間じゃないでしょうか」

「わかった。じゃあその頃にもういちど来る」

しばらく部の現況を話してから笑顔を作り、立ち上がって病室を出ていった。その背中を見ながら私は思った。来年こそ連続最下位を脱出したいという思いを、岩井監督は選手以上に持っているだろう。

岩井監督は昭和五十三年卒の主将である。栃木県の真岡《もおか》高校出身で、高校時代は野球部の捕手、主将として部を率いた。江川卓《えがわすぐる》が率いる作新学院《さくしん》とも戦ったことがあるという。

北大入学後に柔道に転じ、同期にはインターハイ出場者など猛者《もさ》も多いなかで白帯スタート組ながら主将を任された。

そして優勝から遠ざかっていた北大柔道部を一年間率いた。

七帝戦では一回戦から激戦を制して勝ち上がり他校を瞠目《どうもく》させたが、決勝で九大とあたり、代表戦となる。当時チーム最強だった同期の鈴木《すずき》康宏《やすひろ》を出したが怪物平島稔《ひらしまみのる》に敗れた。

翌年、奈良博《ひろし》主将率いる北大はやはり決勝まで勝ち残ったがまたしても九大の平島稔に優勝の夢を潰された。だが当時、抜き役主体だった北大柔道部を分け役を重視する方針に変え、さらには実力的に試合に出られない補欠も含めて「全員による柔道部」を掲げたことは、岩井イズムと呼ばれ、後々まで北大柔道部に影響を与えた。

2

手術の三十分ほど前になって何人かの看護婦がやってきた。一人の看護婦がベッドまわりのカーテンを閉め、私は指示されるまま全裸になった。T字帯を装着し、手術着を着たところでストレッチャーに寝かされた。

廊下を運ばれていくと、すれちがう人たちがひそひそと連れの者と話しているのが見えた。これから手術みたいだね。どこが悪いんだろう。向こうは小声で話しているつもりだろうが、こっちは鋭敏になっているので聞こえてくる。

天井を仰ぎながら溜息《ためいき》をついた。考えるとだめだ。考えたらだめなのだ。考えたら大学で柔道なんてできない。柔道で実業団に入るとか、高校時代にインターハイに出た人間が、警察の特練員になるとか、学校の指導者になるとか、そういうために強豪私大に入学して柔道をやるならいい。しかし天稟《てんぴん》もなく柔道家になるわけでもないのに旧帝大でこんなに厳しい柔道をやること自体が滅茶《めちゃ》苦茶《くちゃ》なことなのだ。

ストレッチャー用の大きなエレベーターに乗り、手術室のある階で止まった。手術室に入るのは札幌に来て何度目だろう。どこの病院も手術関連の部屋は寒々としている。

しばらくして手術室の観音開きのステンレス製ドアが開いた。中から数人の看護婦が出てきて私の載るストレッチャーを中へ引いていく。そして数人がかりで私を手術台へと移した。別の看護婦が点滴の袋をいくつも足していく。かなり広い手術室だ。看護婦たちはナースキャップではなく頭をすっぽり覆う帽子をかぶり、顔半分を覆う大きなマスクをつけていた。それぞれが電動手術台を上へあげたり、私の点滴パックを点検したり、忙しく働いている。

看護婦たちが一斉に入口の方に会釈した。見ると、マスクをした男のドクターが、両手に手術用のゴム手袋をはめながら入ってきた。主治医の紺野《こんの》先生だ。その指示に従って、看護婦たちがさらに忙しく動きはじめた。

一人の看護婦が「じゃあ増田さん。麻酔がありますので手術着を脱ぎましょうね。横を向いて膝《ひざ》を抱えてください」と言った。腰椎《ようつい》麻酔は、神経が集まっている腰椎に注射されるということに加え、見えない背中側から打たれるため、何度受けても小さな恐怖感がある。

「もう少し背中を丸めてください」

紺野先生が言った。

消毒液らしきもので何度か拭《ふ》かれた。

「穿刺《せんし》。絶対に動かないでください」

先生が言った。私が顔をしかめると看護婦が手を握ってくれた。針が刺された。冷たい麻酔薬が入ってくるのがわかった。看護婦が「動かないでくださいね」と私の手を強く握りしめた。

麻酔が終わると仰向けにされた。しばらくして足先を何かでつねられた。

「痛いですか」

「はい。痛いです」

しばらく時間をおいてまたつねられた。「痛いです」と私は言った。「おかしいな」と紺野先生が呟《つぶや》いた。「何でつねってるんですか」私が聞くと「ペンチですよ」と看護婦が言った。

「僕、麻酔が効きにくいんです。これまでの手術でも何回か打たれました」

「もう一本打ってみましょう」

紺野先生が言った。また看護婦数人がかりで横向きにされ、麻酔を打たれた。そして仰向けに戻された。

「痛いですか」

「いいえ。痛くないです。大丈夫です」

「じゃあ始めましょう」

ベッドは少しだけ頭側が上げられている。聞くと腰に打った麻酔薬が頭のほうに来ないようにしてあるのだという。太股《ふともも》の付け根から消毒していく。紺野先生がメスを持った。

「カメラ」

先生が横にあるブラウン管モニターに目をやった。痛みはないが体内に異物を入れられていると思うと気持ちのいいものではない。先生がモニターを見ながら関節鏡を動かしている。「ああ。これはだめだ」と言った。半月板のことだろうか。

「それ、ぜんぶ取ってください」

私は言った。

紺野先生が私の顔を見た。

「半月板は骨と骨の間のクッションの役割をしてるんだから、ぜんぶ取ってしまったら骨同士が直接こすれてすぐに関節がだめになってしまう」

「ロッキング起こすし、柔道で使いものにならないんです」

「柔道を引退したあとのほうが人生は長いんですよ」

「その後なんてどうでもいい」

私が声を荒らげると、看護婦たちが驚いた。「七月の試合で使えるようにしてください。十字も再建できるなら一気にやってください」と私は言った。頭が朦朧《もうろう》としてきていた。

「この場で十字靱帯《じんたい》は再建できないです。時間がかかる。今日の手術時間は決まってるんです。それにリハビリ期間が長くなりますよ。入院も最低半年です。柔道への復帰なんて何年も後です」

「いいからやってください。すぐにリハビリで復帰してみせます」

こちらの体が動かないのをいいことに言いたいこと言いやがって。

「できません。今日は半月板だけ一部切除して、残りはできるだけ残すために何とか縫い合わせてみます。十字の再建については、また今度の診察で相談しましょう」

「七帝で勝ちたいんです！　時間がないんです！」

私は点滴がぶら下げてある鉄の棒を握ってその台を引っ繰り返した。

「なにするんですか！」

看護婦が驚いて立て直し、点滴針を確認した。「頭がふらふらしますか？」紺野先生が聞いた。「ふらふらなんてしていない！」と私は嘘を言った。「頭をもっと挙上して」と紺野先生が指示した。モーター音が聞こえ、手術台の上半身側が少し上がった。私は「そんなことといいから早く半月板をぜんぶ取ってください。七帝に間に合わないじゃないか！」と叫んだ。

紺野先生が看護婦に何か指示した。看護婦が点滴袋に注射針を突き刺した。「なにしてる！」私は叫んだ。舌がもつれていた。眼を開けていられなくなった。

3

川で溺《おぼ》れている夢を見て眼が覚めた。真っ暗である。しばらく状況がつかめなかった。体が動かない。頭を回してみた。視界すべてが暗い。手術室ではない。病室だ。すでに蛍光灯はすべて落とされている。手術中のことを思いだした。点滴に何かを入れられて眠らされてしまったのだ。

暗闇に眼が慣れるにつれ、喉《のど》の渇きをおぼえた。上半身を起こそうとしたが思うように動かない。腹から下のあたりに力が入らない。まだ麻酔が効いているのだ。首をひねり、枕元のナースコールのボタンを押した。小さなランプが点滅した。

しばらくすると、若い看護婦が速歩でやってきた。

「どうされました？」

私の耳元まで顔を寄せて囁《ささや》いた。

「水が飲みたいんですが」

私が小声で言うと、彼女は微笑んで病室を出ていった。しばらくすると静かに戻ってきた。手にはガラスの水差しのようなものを持っている。右腕で私の首を抱き上げ、その水差しのようなものを口元にもってきた。私が水を飲み終えると、彼女はゆっくりと私の頭を枕におろしてくれた。

「おしっこは？」と聞いた。

「まだ大丈夫です」

私が言うと彼女は病室を出ていった。

暗い天井を見上げながらぼんやりと柔道場のことを思い出した。入部以来、合宿のたびにこうして布団で寝て天窓から見える群青の星空を眺めた。一年目の初めての合宿の夜、その美しい星々を見て「これから何度この星の瞬きを見る夜を数えるのだろう」と思った。何年たったのだろう。長い長い月日に思えた。

そのうち麻酔が切れて膝が痛んできた。その痛みが次第に強くなっていく。これほどの痛みは初めてであった。おそらく残っている僅《わず》かな半月板の損傷部を切除し、縫合できるところは縫合し、目一杯の手術をしたのだろう。大腿骨《だいたいこつ》と下腿骨が膝のなかでぶつかって軋《きし》んでいるような気がした。

何度かナースコールで看護婦を呼び、痛み止めを貰《もら》ったが、まったく効かない。最後は当直の医師がやってきて、きつい痛み止めを点滴袋から入れてくれて楽になった。そしてそのまま眠ってしまった。

4

翌朝。眼を覚ますと隣の春山優二はすでに起きていて、私に笑いかけた。

「昨日は大変な手術だったらしいですね」

「大変？」

春山はにこやかな笑顔のまま肯いた。

「だって手術の順番待ってここにいるときに増田さんが運ばれてきて、看護婦さんたちがいろいろ話してたから。手術中に大暴れしたって」

「あ、それはそうかもしれない」

「へへへ。大変ですね」

茶化してきても、育ちのいい春山にはまったく嫌みがない。不思議な男だった。

「春山さんは、どんな手術だったんですか」

私は聞いた。

「うん。僕は内側の部分断裂みたいで、そこを縫い合わせて終わりです。こんな感じ」

そう言って春山はギプスを縦に割ったようなものを当ててある左脚を見せた。

私も膝を見せようとしたが、激痛が走った。右膝のあたりだけがコンクリートの塊のように重い。

ナースコールで車椅子を持ってきてもらい、まずはトイレへ行った。

岩井監督がやってきたのは昼飯が終わり、ベッドの背もたれを起こして『剣客商売』の文庫本を読んでいるときだった。

「いま先生がここに来る。三人で話すことになった」

言いながら折り畳み椅子に座った。練習が始まる前に来たのだろう。ラフな恰好《かっこう》をしていた。

「三人で、ですか」

「話し合って今後を決めよう」

心臓が大きく打った。私は視線を落とし、どんな話になるのだろうと考えながら文庫本を布団に伏せた。

「どうだ。痛みは」

「慣れっこなので」

「そうか。そうだな」

監督は快活に笑った。

しばらく下級生のことを聞いた。城戸勉は七帝戦では抜き役で使えるだろうと言った。また一年目のゴトマツと暢の重量級コンビの守りが少しずつだが堅くなってきたという。試合で使えるかどうかは難しいが、あと半年強で何とかしたいと言った。

主治医の紺野先生が頭を下げながら病室に入ってきた。

岩井監督が立ち上がって別の折り畳み椅子を開いた。紺野先生がそこに座った。

私はベッドに座ったまま頭を下げた。

「どうですか、痛みは」

先生が聞いた。

「さっき看護婦さんに痛み止めをいただきました」

「かなり中を触ったのでしばらく痛いかもしれないですが、まずは痛み止めで抑えてみましょう。それで今後の話です」

私の眼をじっと見てから岩井監督に視線をやった。そしてすぐに私に視線を戻した。

「先ほど監督さんには、来年の試合に出るつもりならこれから十字靱帯再建というのはありえないという話をしました。それは関節鏡を入れる前に増田さんにもお話ししましたよね」

「聞きましたけど、昨日関節鏡を入れてまた状況は変わってないんですか。何かいいアイデアはないんですか」

紺野先生は首を振った。

「移植による再建はリハビリに時間がかかりすぎる」

「吉村《よしむら》はもうリハビリしてますよね」

巨人の吉村禎章《さだあき》は札幌円山《まるやま》球場での中日戦守備中に左膝をやり、アメリカへ渡ってジョーブ博士の手術を受けていた。ジョーブ博士は村田《むらた》兆治《ちょうじ》の肘《ひじ》の靱帯再建を執刀した医師でもある。

「吉村もまだ復帰できないでしょう。とにかくリハビリに時間がかかるんです」

そう言いながら紺野先生はちらと斜め後ろを振り返った。先ほど車椅子で病室を出ていった高校生のベッドである。彼は膝の十字靱帯再建手術をしてすでに三カ月以上経っているにもかかわらず、いまだ脊椎《せきつい》に麻酔用の針を刺したままだ。そこから延びたビニールチューブは彼の胸のあたりにテープで留めてあり、いつでも麻酔薬を注入できるようにしてあった。膝の痛みがあまりに強いので経口薬はもちろん肘や手首への点滴静注でも抑えられないそうだ。さらに痛々しいことに外から巻くギプスではなく、バーベキューの串《くし》のようなものを大腿骨に二本、下腿骨に二本刺して、それを外側からボルトで留めてあった。見るだけで大変な手術だとわかった。自分の腰の横あたりから取った細い靱帯を撚《よ》り合わせて膝の十字靱帯として使うその手術では、靱帯が太く強く成長するまでに大変な時間がかかるという。

私は岩井監督の顔を見て助けを求めた。しかし監督は何も言わない。このままでは中退を撤回してまで部に留《とど》まった意味がない。

「吉村ももうすぐ復帰できるんじゃないかってスポーツ紙に書いてありましたよ。七帝戦までまだ七カ月あります。リハビリを急げば――」

私の言葉に、紺野先生が首を振った。

「吉村は手術してからもう半年近く経ってるんですよ。それでもまだリハビリ中です。私はここからまだ一年かかると思ってます。そこまでのリハビリが増田さんにできますか」

「そういう言い方は失礼だ」

私は思わず声を荒らげた。

岩井監督が片手で私を制した。

「それで増田がその移植再建手術をしたら、復帰して怪我する前の力に戻すのに具体的にどれくらいかかりますか」

紺野先生が溜息をついた。

「そうですね。最低二年はかかるでしょう」

「ちょっと待ってください……」

私が言うと、岩井監督がまた手で制して前のめりに聞いた。

「半年とか一年では無理ですか」

「無理ですね。たとえば私は四年前にラグビー選手の膝の靱帯再建をしました。二年後にゲームに復帰しましたがまったくだめでした。この間も診察しましたが四年経っても六割といったところです。本人は七割と言ってましたがコーチと話したら五割とのことです。だから私は間をとって六割くらいのパフォーマンスだと思います」

「でも村田兆治はあんなに勝てるようになったじゃないですか」

私が横から言うと紺野先生は困ったように首を振った。

「あれは肘だからです。肘と膝ではかかる力が違う」

「でも膝をやった吉村も一年か二年で復帰できるかもしれないんでしょう。だったらリハビリを急げばできませんか」

「彼らは野球選手だから。柔道やラグビーとは違います。野球は相手にタックルしたり足を引っかけて倒したりしてはいけない競技です。でも柔道やラグビーは、まさにそれをやる競技ですよね。コンタクトスポーツだから試合で金具入りサポーターも使えない。相手の攻撃もどの角度からくるかわからない。瞬間的に膝にかかる負荷は三倍や四倍でしょう。そもそもこの靭帯再建はまだ始まったばかりの手術法なんです。だからこそ村田兆治も吉村もアメリカまで行って手術した。私だって自信がありますよ、この手術には。世界で最先端のことをやっている自信があります。でも彼らはジョーブ博士のところまで行った。過渡期の手術だと思ってください。これから先、世界中の整形外科医が様々な方法を考案していくでしょうが、いまはまだ確立していないんです。十年後あるいは二十年後なら増田さんに良い手術をしてあげられるかもしれませんが」

「では、いまできるベストの選択はなんでしょう」

岩井監督が聞いた。

「来年七月の試合に懸けるなら徹底的なリハビリで、筋肉で少しでも膝を固めてしまうことです。それしかできないでしょう。いまよりは良くなる。登別《のぼりべつ》に北大病院の分院があって、そこでスポーツリハビリの研究がされています。プロ野球選手も来ますし、アイスホッケーの選手も多い。それに——」

話し続ける岩井監督と紺野先生の横で私の頭は混乱していた。ここ何日も靭帯再建手術か人工靭帯か、ずっと考えてきたのだ。化学繊維を使った人工靭帯は移植靭帯と違って術後の回復は早いし強いものができるのだが、金属疲労と同じで何度も繰り返し動かしているうちに切れてしまうらしい。だからスポーツ選手にこの手術を施してもすぐに病院へ逆戻りになる。激しい動きをせず、長く使うこともない老人の手術に適した方法だという。しかし七カ月もてばいいのだ。それに懸けられないのか。あるいは靱帯再建手術をして、未来へ懸けることだってできる。

「よし、増田。登別へ行け」

顔を上げると岩井監督がじっと見ていた。

「登別でリハビリして戻ってこい。一〇〇パーセントに戻す必要なんてない。少しでもいいから調子を上げてこい」

「再建手術を受けて、一年遅らせて東や城戸の代か、二年遅らせて西岡たちの代で試合はできませんか」

岩井監督は斜め上へ眼をやった。そのまましばらく考え、私に視線を戻した。

「同期と一緒に最後の試合をしたほうがいい」

「でも……」

「同期と一緒がいい」

私が黙ってしまうと岩井監督は続けた。

「登別へ行ってこい。器具が揃っていてリハビリ担当の先生もいる。今現在のベストをしよう。勝っても負けても同期たちと一緒に泣いたほうがいい」

監督の黒眼はまったく動かなかった。

5

北大病院登別分院に転院したのはクリスマスの数日前のことである。

札幌から直線距離で七十キロ。鉄路で百十キロ離れている。浜風が吹き抜ける寒い町だった。札幌にはすでにかなりの雪が積もっているのにここでは半分以上の地面が見えていた。ところどころ雪が凍って光っているところもあるが、アスファルトも土も、冷たい風にさらされて埃《ほこり》を飛ばしている。駅前の道路はスパイクタイヤで削られて上下に波打ち、道路脇にはほとんど建物がない。林があるわけでも草むらが繁っているわけでもない。ただ荒涼とした土地があるだけだ。

この病院は正式名を《北海道大学医学部附属病院登別分院温泉治療研究施設》という。つまり本来は研究所である。カモメの鳴き声が微《かす》かに聞こえるほど海が近い場所に建っている。

事務の男性が荷を運ぶ台車を、看護婦が私を運ぶ車椅子を持ってきてくれた。

「歩きますから大丈夫です」

私は車椅子は断り、荷物だけ台車に載せてもらった。看護婦は「ほんとうに大丈夫ですか。脚ひきずってますよ。痛くないですか」と聞いた。

「はい。大丈夫です」

二人に案内されてエレベーターで二階へ上がり、病室へ入っていく。六人部屋に四人が横になっており、私が入ることで残りのベッドはひとつになった。二人の若者は大学生だと言い、共に片腕を三角巾《きん》で吊《つ》っていた。おそらく似たような怪我なのだろう。一人は漁師で片腕の肩から先がなかった。残るひとりはトラックの運転手で足首の怪我だった。

一通り挨拶《あいさつ》をして、バッグを開けて荷物を棚に入れていると若者二人が手伝ってくれた。しかし二人とも片腕しか使えないので難儀した。

トラックの運転手が一階の自販機でペットボトルの飲物を買ってきてくれたので、飲みながらそれぞれのベッドの上に座って話をした。

「北大の柔道部なんだって?」

斜め向かいの漁師が聞いた。すでに伝わっていることに驚きながら頭を下げた。五十年配か。額から頭頂部へ向かって毛髪が薄い西洋風の禿《は》げだ。

「柔道の怪我でリハビリに来ました」

「俺はよ、こいつをよ」と左肩の残っている部分を叩《たた》いた。「船のウィンチに持ってかれちまってな」と口元を歪《ゆが》めた。

「もう五年になる。ときどきメンテで入院させられる」

同年配の二人の若者が興味深そうに私を見ているのであらためて黙礼した。ともに右腕を同じ色の三角巾で吊っており、三角巾越しに左手でその腕を揉《も》んでいた。

「事故かなにかで怪我されたんですか」

私が聞くと二人は渋い顔で肯《うなず》いた。

「バイクで走ってるときに対向車に右腕引っかけられて吹っ飛んで」

一人の若者が言った。長髪の間から、意志の強そうな眼が覗《のぞ》いている。「体中に大怪我負って、北大の本院で手術してはここに来てリハビリしての繰り返し人生になっちまった。室工大の二年生だ。本当ならもう卒業してるはずだけど」と苦笑いした。そして「こいつも同じ怪我だよ。俺と同じ。バイクに乗ってて対向車に右腕引っかけられた。事故の時期も同じくらい。年齢も一緒。馬鹿みたいだ」そう言って隣のベッドの若者に顎《あご》を振った。坊主頭で眼が吊り上がったヤンチャそうな顔をしている。その若者が私に頭を下げた。

「俺は宇佐美《うさみ》っていうんだ。中学からずっと陸上部で、大学でも二〇〇走ってた。でも、もう大学辞めようと思ってる。三年以上も病院行ったり来たりで手術ばっかり続いて。まだこの右腕が動かないし」

二人とも顔や首にも相当数の傷痕《あと》があった。バイク事故だからおそらく腕やら脚やら体中に大怪我を負い、繰り返し手術が必要なのだろう。

「増田さん、歳は？」

髪の長い室蘭《むろらん》工大の若者が問うた。

「二十三です。二浪して入学していま三年目だから」

「へえ。じゃあ俺たち三人、みんな同い歳か」

そのまま六時の夕食まで話を続けた。室蘭工大の学生は羊谷《ひつじだに》という変わった名前だった。機械工学を専攻しており、大学内でバンドを組み、ベースギターをやっていた。宇佐美は高校時代に二〇〇メートルでインターハイ二位、体育大学では大学記録にコンマ二に迫る記録を出したことがあるという。一瞬の事故で二人とも若い時期を吹っ飛ばしてしまった。

「増田さんのいまいるベッドに一週間前まで柔道やってたやつがいたんですよ」

羊谷が言った。

「へえ。どんなやつですか」

私が聞くと、利く側の左手をぐるりと大きく回した。

「熊みたいな大きいやつです。歳は一個下ですけど。高校三年の終わりにバイク事故やって、僕らと同じ怪我ですよ。右腕をこうやって吊ってる」

そう言って自分の右腕を見た。三年も四年もずっと三角巾で吊らなければならない怪我とはどんな怪我なんだろう。

若い看護婦が書類の束を持ってやってきた。私の担当になったという。入院するたびにたくさんの書類に署名捺印《なついん》しなければならない。

6

夜、ロビーの公衆電話から竜澤に電話をしたが出なかった。飲み屋だろうと思い順番に電話していくと、みちくさにいた。病院の様子を話し、後輩たちの様子を聞いた。札幌は夕方から吹雪《ふぶ》いているという。

7

次の日、医師の診察を受け、看護婦に伴われて一階のリハビリ室へ挨拶に行った。常勤の理学療法士が詰めている研究室のような部屋があり、その外がかなり広いリハビリ室になっている。何人かがリハビリをしていたが年配の人ばかりだ。

ざっと機器類を見た。マシンは充実しているが、心配したとおりフリーウェイトがほとんどない。バーベルはプレートが四〇キロまで。あとは小さな鉄アレイが棚に並んでいるだけである。バーベルプレートは後輩に電話して追加を送ってもらおう。懸垂ができる鉄棒と、平行棒があるのはありがたい。平行棒の間の床には滑り止めがついたゴム製マットが敷かれているので歩行練習用だろうが、ディップスにちょうど良い高さだ。

理学療法士は平井《ひらい》宗太郎《そうたろう》という人だった。

「まずは少し膝の状態を見せてください」

施術ベッドに寝るよう促した。すでに医師から指示書が出ているという。膝を動かして可動域や痛みの程度を調べていく。そしてそのまま初日のリハビリが始まった。まだ腫《は》れがかなり残っている右膝の可動域を広げるためにまずはホットパックで温めて、少し負荷をかけて動かした。激痛で声が出るほどで、平井先生の額からも汗が垂れていた。

窓から建物裏に小さな陸上トラックが設《しつら》えられているのが見えた。一周一〇〇メートルくらいだろうか。枯草と粉雪が地面を転がっているのが寒々として見えた。

「増田さんも良くなってきたら軽くジョグしてみてください」

札幌と違って雪が少ないので冬でも走れるのだ。

「現役のスポーツ選手はいまは増田さんだけです。いるときはチームごと預かったりもするんだけど」

平井先生が左の壁にたくさん貼ってある紙をさした。小さな賞状のようなものに何らかの記録の数字が書いてあり、《記録》とか《更新》とか《ここに賞します》などの文言がある。

「サイベックスマシンなどの記録を出した選手たちです。主に野球選手とか競輪選手とかアイスホッケーの選手たちです」

この分院は有名ないわゆる「登別温泉」とは少し離れているそうだ。ロビーに貼ってあるポスターには林立する巨大なホテルの写真や熊牧場の写真があった。

「山の上にあるのが登別温泉、山の下のこのあたりは登別カルルス温泉というんだけど、泉質が違うんです。上は硫黄《いおう》泉だけどカルルス温泉は単純泉といって日本名湯百選にも選ばれてる保養にいい温泉です。整形外科の患者が多いけど他の病室には外見なんともない人たちもいるでしょう。糖尿病とか他の内臓疾患の人たちです。あと白蠟《はくろう》病の人も多い」

白蠟病とはチェーンソーなど振動の激しい機械を長時間使うことで手の血行が悪くなる障害であ

る。指が蠟のように白くなってしまうと、中学の社会科で習った記憶がある。

平井先生は徒手負荷での初めてのリハビリを終えると、A4の紙三枚にびっしりと打ち込まれた私のためのリハビリメニューを見せてくれた。それを説明しながらルーム内の機器を案内してくれる。

スポーツ選手の入院患者がいないからだろう、重量設定はみな軽くなっていた。試しにサイベックスマシンを使って右膝に軽い負荷をかけたレッグエクステンションをやってみたが、膝のなかが砕けるような酷《ひど》い痛みがあり、先生の手を借りて床に座り、痛みが去るのを待った。

「少しずついきましょう」

先生が言った。

そのあと昼飯を食べて再びリハビリ室へ下りた。「プールへ案内します」と奥へ連れていかれた。まずはプール手前のステンレス製機器を見せられた。形は茶筒形、直径二メートルほどか。

「体脂肪率を測る特殊な機械です。日本にいくつもない貴重なものですよ」

おそらくこのなかに水を満たし、水中に潜って、溢《あふ》れた水を量るのではないか。

その向こうにプールがあった。

「長さ一五メートルあります。水ではなくて温泉が張ってあります。増田さんにはこれから毎日、ここを二十往復してもらいます。ただしゆっくりやってください。痛みが出たらすぐやめてください。無理は禁物です」

頭で計算した。六〇〇メートルだ。それくらいなら軽いだろう。「いまから一度歩いてみますか」と平井先生が言って男子更衣室へ案内してくれた。そこには洗濯された短パンが何枚も用意されていた。着替えてプールに出た。

「こっちがスタートです。あちらまで歩いて戻ってきてください」

言われるままステンレス製の梯子《はしご》を下りた。湯は思っていた以上に温かい。普通の風呂は四十度位だといわれるが、それと比較して少しぬるい程度、おそらく三十数度あるのではないか。歩きはじめるとその熱さが心臓に応《こた》え、心拍数がすぐに上がり、体中から汗が噴き出した。

向こうから戻ってくる私の表情を見て平井先生が笑った。

「きついでしょう。下半身やったスポーツ選手たちにはこれを課してます」

「柔道の疲れに似てますね。道衣《どうぎ》のなかに籠《こ》もった汗の逃げ場がないというか」

「それはよかったです。はじめのうちは無理しないようにゆっくりやってください。終わったらまたリハビリ室に来てください」

先生が去っていくと、入れ替わりに短パン姿の老爺《ろうや》二人と繋《つな》ぎ姿の老婆三人がプールサイドに入ってきた。そこで思い思いに準備体操をし、プールに入ってくる。そしてゆっくりと歩きはじめた。私が追い抜くとき、一人の老爺が私の背中を平手で叩いた。なんだろうと振り向いて立ち止まると嬉《うれ》しそうに笑っている。その顔にはすでに汗が滴っていた。

「あなたは何のスポーツやってるの」

「柔道です」

「ほうかい。それでいい体してるのかい。頑張りなさい」

私の肩のあたりを触りながら言った。私は頭を下げて再びプールの往復を始めた。するとすれ違う老婆たちも私の体をぺたぺたと叩いていく。その嬉しそうな顔を見て、そうか、相撲取りと一緒だと理解した。花道を歩く相撲取りの体に触れる老人たちと同じなんだろう。岸辺整形外科に入院しているときに妊娠中の看護婦が「お腹を触ってくれませんか」とやってきたのも同じだ。

プールを往復するうち私の呼吸はかなり乱れてきた。頭も朦朧としていた。体温に近い湯のなかを歩くのがこんなにきついとは思わなかった。十往復十五往復とするうちに何も考えられなくなった。二十往復を終え、プールサイドに上がって座り込んでいると、やはりプールサイドに座っていた老婆が話しかけてきた。彼女は重度の糖尿病だという。運動療法と温泉を飲む「飲泉」のために来ているらしい。

「ほら。そこにも」

老婆が指さした場所にはごく小さな洗面台のようなものが設えられ、小さな蛇口があり、棚に紙コップが積み重ねられていた。院内の廊下のところどころに同じようなものがあり、病院だから手洗いとうがいを奨励しているのかなと思っていたが、温泉を飲むためのものだったのだ。

「失礼します」

私はその老婆に頭を下げ、立ち上がった。

着替えてリハビリ室に戻ると、十数人がいた。バイク事故の羊谷と宇佐美も来ており、羊谷はリハビリベッドに仰向けになっている。平井先生が伸ばしたり畳んだりしているその腕を見てぞっとした。腕にはまったく肉がなく、骨に皮膚がまきついているようだった。焦茶色に黒インクを混ぜたような色で、まるでミイラである。羊谷は黙って眼を閉じているが顔の筋肉は緊張している。いつかまた腕が動いてくれるという希望をまだ捨てていないようだ。

そういえば昨日、病室にいるとき、羊谷と宇佐美の二人が別の病室の友人に会いに行った。そのさい私の向かい側にいるトラック運転手が「あいつらまだ自分の腕が動くと思ってるんだよ。一生動かないのに可哀想にね」と小声で笑っていた。

私は羊谷の乾涸《ひか》らびた腕を見るのが辛くなって、リハビリ室から逃げるようにして廊下へ出た。そしてまた二階への階段を上がっていく。二階の食堂に人が集まっていた。どうしたのかと一歩入ると手前の椅子に座っている中年女性が教えてくれた。

「天皇陛下の体調が良くないらしい」

テレビでニュースをやっているようだった。私はそのまま病室へ戻り、バッグの中から大学ノートを出した。そしてボールペンをそこへはさみ、再び階段を下りていく。上半身の筋力や心肺機能も落とさないようにしなければならない。いや、むしろそれらは高めるくらいにしないといけない。

第12章 昭和最後の日

1

　プールは平井先生がいるときのみの使用だが、リハビリ室は一日中施錠なしで開放されているので、私は朝食が終わると毎日すぐにリハビリ室に下りた。

　そして平井先生が来るのを待って徒手で負荷をかけた膝《ひざ》のリハビリをやってもらい、そこからメニューを組んでもらったサイベックスマシンや砂袋を使った負荷トレーニングをした。すべてのメニューをこなすのに午前中いっぱいかかった。先生が《三セット》と書いているのを倍の六セットやっていたからである。

　昼になると二階へ上がり、テレビを観ながら食堂で昼食を食べた。はじめは看護婦が病室まで持ってきてくれていたがテレビがあるのは食堂だけなので皆と同じように食堂で食べるようになった。

　朝も昼も、ニュースは天皇の体調のことばかりである。東京都内のデパートなどでの自粛ムードも画面に映され、ニュース内容によっては食堂内にざわめきが起きたりもした。みな映像を食い入るように見ていた。

「ごちそうさまでした」

　食べ終えると、私はまたすぐにリハビリ室へ下りていく。

　他の患者たちは一日に一時間程度のリハビリだが、私は八時間を自分に課していた。午前中に三時間、午後に五時間である。他のことには時間を使いたくなかった。午後はプールを三十往復から五十往復。これでかなり消耗した。そのあと札幌から送ってもらったプレートを足してのベンチプレス、平行棒でのディップス、鉄棒での懸垂、バーベルカール、フレンチプレスの五種目でジャイアントセットを組んだ。ジャイアントセットとは、たとえばベンチを一セットやったあとに休憩なしでディップスを一セット、懸垂一セット、カールを一セットというように何度もぐるぐると回していく手法である。

「増田さん、飛ばしすぎです」

　平井先生が他の患者のリハビリをしながらときどき近づいてきて注意したが、私はそのまま続けた。膝の回復に合わせ、手術のたびに落ちた体全体を戻したかった。右大胸筋の調子が少しいい感じだったのでこのまま最後の七帝戦まで走りたかった。

　このリハビリ生活のなかで私が楽しみにしているのは竜澤からの手紙であった。私たちは文通しながら近況を伝え合った。といっても私は病院での生活、たとえば同じ病室の患者たちの様子であるとか、様々な患者がいて人生観が変わったとかそういうことを書くくらいである。一方の竜澤は私が一番知りたいことをもちろんわかっていて、後輩たちのことばかり書いていた。

《ゴトマツのカメが堅くなってきた。まだまだ何本でも取れるけど、脇の力がついたのでこのまま伸びてほしい》とか《城戸が半端じゃない速度で伸びてきている。七帝で抜くかもしれないぞ》とか、そういった細かいことが便箋《びんせん》にびっしり書いてあった。私はそれに対して《岡島の浅野返しは完成しそうか》とか《大森の引き込み際の悪い癖は直ったか》とか質問を繰り返した。二人の手紙のなかで後輩たちは息をしており、呻《うめ》き声をあげながら寝技乱取りをしていた。

病院が年末の休みに入り、平井先生は来なくなった。

しかしリハビリ室は開放されているのでプール以外の種目はずっと続けた。パンプアップが甘いときはセット数を増やして追い込んだ。とにかく早くパワーをつけるために休息日を設けず、毎日ジャイアントセットをやった。はじめは五セットずつ回したが、すぐに十セットまで増やし、十五セットまで増やした。結果、久しぶりに力が戻りつつあるのがわかった。

病院の食事だけだと痩《や》せていってしまうので病室の年配の人たちに相談したらそれが病院中に広まり、他の病室の人たちまで私に食事を分けてくれるようになった。おかずも貰《もら》ったが御飯もたくさん分けて貰えたので丼飯を毎食三杯は食べた。

「寒い時期に遠洋やるときは俺たちはバターを食って痩せないようにするんだ」

漁師の人がそう言って、奥さんに大量にバターを買ってこさせてそれを私にくれた。北海道では御飯にバターと醤油《しょうゆ》をかけて食べる人がけっこういるのである。内地でいえば卵かけ御飯だ。私は貰ったその一本二〇〇グラムのバターを毎日ひとつずつ食べるようになった。検温のときに看護婦にそれを話したら驚かれ「カロリー摂《と》りすぎですよ」と心配された。主治医にも診察日に指摘されたが、内臓等に疾患は抱えていないことと、札幌にいるときから大量の食事を摂っていたことを話して納得してもらえた。

大晦日《おおみそか》の夜は深夜まで食堂が開放され、大勢の患者が「紅白歌合戦」と「ゆく年くる年」を見た。こういうところは田舎の病院のいいところだろう。家族的で融通がきき、のんびりとしている。札幌の大病院ではとても無理だ。

2

年が明けるころからニュースの騒がしさが増し、みな食事以外の時間もテレビを観続けるようになった。

一月七日午前八時前、宮内庁藤森《ふじもり》長官からの発表が放送された。昭和天皇裕仁の崩御だ。ブラウン管の中で動く藤森長官の挙措が一つひとつ生々しく、呼吸音までマイクに入っている。入院患者には高齢者が多いこともあり泣いている人も多くいた。看護婦や医師も来てテレビを観ていた。私はなんともいえぬ虚無感をおぼえた。玄関を出れば建物はほとんどなく、道路を走る車もごくまばら。ただ潮風が吹き粉雪が舞っているだけの北海道の田舎に滞在しているときに昭和が終わったことに、ひどく淋《さび》しさを覚えた。自分だけ時代に置いていかれているような気がした。

昭和が平成に変わっても、登別には変わらぬ寒風が吹いていた。やがて右膝の可動域が増してきて外の陸上トラックを軽くジョグできるようになったので、海の香りを含んだその冷たい風のなかで毎日ほんの少しだが走った。温泉プールでの歩行訓練で腰まわりから下の肉に張りが戻ってきていた。しかし油断するとすぐに膝が腫《は》れた。

相変わらず日々の楽しみは、竜澤との文通だけだった。工学部土木工学科の彼の文章は巧《うま》いとはとてもいえない。しかしそこには北大柔道部と後輩たちへの愛情が便箋に穴が開くほどの強い筆圧で書かれていた。実際に便箋をボールペンが貫いて穴が開いていたこともあった。

《石井武夫の頑張りがなかなか良い感じだ》とか《飛雄馬が水産軍団を連れてやってきた。彼らが来ると道場に張りが出る》とか《暢は実戦に強い。練習試合になると頑張って分けることが増えてきた》とか、そんな情報を私は嬉《うれ》しく読んだ。そして《いつもありがとう。北大を絶対に復活させよう》と返信を書いた。ときどき札幌の病院で一緒だった春山優二と藤永香緒里からも連名で手紙が来た。仲のいい二人だなと思った。

リハビリは膝に時間を割きながら、上半身についてはジャイアントセットでさらにセット数を増やしていった。六人部屋で空いていたひとつのベッドには新しい患者が入った。六十年配のその人は三キロほど離れたところでカルルス温泉の小さな旅館を経営しているという。腰を傷めているということだった。

3

その日、消灯前に私がベッドでストレッチしていると看護婦が呼びにきた。

「札幌から看護婦詰所に電話です」

顔を上げると薄く笑みを浮かべている。もしかしたら市原慶子かなと思ったが看護婦が継いだ言葉で違う人物だとわかった。

「いつもの人です。『長距離電話だから早く増田君呼んできてくれ』って」

看護婦がくすくす笑いながら戻っていく。

私はベッドを下り、サンダルをつっかけて廊下へ出た。看護婦詰所のカウンターへ行くと数人いる夜勤の看護婦が皆でこちらを見てニヤニヤしている。

私は置いてある受話器を取った。

「はい。増田ですが」

「今日すごくいいことがあったんだ」

「何があった?」

「西のやろう、使えるぜ」

一年目の西岡精家のことだ。

「西がどうした」

「いま帰ってきたんだけど、さっきまで武道系コンパだったんだよ」

「きよたか」

「そう。きよた。大座敷に武道系が全部、全学年、大勢集まった。そしたら途中で腕立て伏せ大会をやろうってことになったんだ」

「ほう」

私は自分がにやけ顔になるのがわかった。何となく話が見えてきたからだ。

竜澤が嬉しそうに続けた。

「代表を一人出してくれっていうから、俺は『よし西。おまえいけ』って出したんだ」

「なるほど」

「そしたら司会やってたやつが『一年目でいいんですか』って聞くんだよ。ほかの部は二年目とか三年目の腕自慢みたいの出してるから。俺は『うちは一年目で充分だ』って言ったんだ」

「それでそれで」

「腕立て伏せが始まったんだけど、他の部の連中は五十回とか六十回とかそんな感じでダウンしてくんだよ。そんななかで西だけは延々と続けてさ。他の部の連中が『さすが柔道部は別格だよな。いつもトレーニングしてるし練習量が違うから』とか言い合ってるんだよ」

私は笑いながら「だろうな」と言った。

「いつまでたっても西が腕立て伏せ続けるんだよ。それで他の部がざわざわしてきて、三百回になったところで西がそのままの姿勢で顔を上げて『竜澤さん。あと三百回か五百回か御指示くださ い』って冷静な顔で言ってさ。他の部の連中がびっくりしちまって。西は使えるぜ!」

「どうだ、北大柔道部を見たかという感じだね」

私の語気は思わず強くなった。詰所のなかの看護婦たちが驚いて私を見ていた。私は彼女たちに片手を上げて笑顔で応《こた》えた。

「今日はいい気分で眠れそうだ」

竜澤が言った。

「ああ。俺もいい気分で眠れるよ。電話ありがとう」

そう言って私は看護婦を呼び、受話器を返した。

看護婦は少しのけぞるようにしてその受話器を受け取った。

「どうしたんですか。何かいいことがあったんですか?」

「すごくいいことがありました。おやすみなさい」

私は片手を上げて病室へ戻った。西岡が空気を読んで《あと三百回か五百回か御指示ください》と竜澤に聞いている場面が浮かんできて笑いが止まらなかった。

4

眠る時間と食べる時間、そして竜澤に手紙を書いている時間をのぞき、私はすべての時間をリハビリに充てていた。検温のときもパワーグリップを握り、回診のときにはベッドの横で腕立て伏せをやっていて怒られた。

膝は夜にときどきロッキングを起こした。しかしある日、夜中その痛みに耐えて歯を食いしばっているると、斜め向かいの漁師の人が体を起こして肩を押さえ、じっとしていた。窓からカーテン越しに入ってくる月明かりに浮かんだシルエットは小刻みに震えていた。明らかに痛みに耐えているようだった。

翌朝それを聞いてみると「見ていたのか」と笑った。

「おかしなもんだろ。肩から先がないのにときどき肘《ひじ》や手首まで激痛が走るんだ。幻肢っていうらしい。たまったもんじゃない」

この人は消滅してすでにないものに生涯痛みを感じ続けなければならないのだろうかと、何やら怖ろしさを感じた。まるで過去の呪いに縛られているようだと思ったのだ。

温泉治療研究施設なので風呂《ふろ》には毎日入れた。もちろん温泉である。年配者たちは午前中に入ったので、私は同年齢の羊谷と宇佐美と誘い合い、いつも三人で午後に入るようになった。

しかし最初に一緒に入ったときはリハビリを見たとき以上に心が痛くなった。二人は柳の枝のように細く変色した腕を湯船のなかで必死に揉《も》んでいた。頸椎《けいつい》から延びる神経が切れていて二度と動かないことは、主治医がはっきり言う言わないにかかわらずわかっているはずだと思う。三年経っても感覚すらないのだ。私は彼らの腕を湯船のなかで揉むのを毎日手伝うようになった。

5

「明日は河村《かわむら》が来る」

羊谷と宇佐美がそう言っていたので私は楽しみにしていた。河村君は高校で柔道をやっていて、卒業直前にバイク事故で羊谷たちと同じ怪我をしてしまったらしい。柔道をやっていたのだから仲良くなれるだろうと私は思った。

次の日の昼過ぎ、「おう」と言いながら入ってきた巨漢を見て私はかなり驚いた。

宇佐美がベッドから降り、左手同士で握手している。そして私を見て「こいつが河村だよ」と嬉しそうに河村の背中を叩《たた》いた。

「会えて光栄です。北大柔道部の増田です」

私も左手を差し出した。河村がゆるりと左手を出して私の手を握った。大きな分厚い手だった。テレビや雑誌でよく見ていた河村だった。彼は札幌にある東海大四高の柔道部員で、高校の学年でいうと私の一年下にあたる。だから私は高校柔道のテレビ放送や専門誌『近代柔道』などで彼をいつも見ていた。なにしろ〝山下2世〟と騒がれるほどの逸材だったのだ。当然東海大学に進学していると思っていたので、こんなところで隻腕《せきわん》の彼に会うとは想像もしなかった。たしかに高校三年生以降、彼の報道がなかったことはいま考えればおかしなことだった。あのままいけば今ごろ五輪代表選考などを争っていてもおかしくないはずである。

「なんだ。増田君、河村を知ってるの？」

宇佐美が私に聞いた。

「こっちが一方的に知ってる。河村君は俺のことを知らない」

河村は苦笑いしている。

宇佐美と羊谷は意味がわからないようだった。河村は自分が全国トップクラスの柔道選手であったことを彼らに言っていないのだ。だから彼らは河村を「高校で柔道をやってたやつ」くらいにしか認識していないのだ。よく考えると私だってたとえば幅跳びで高校日本一が誰なのか知らないし、高校バスケットで誰が騒がれているかなんて知らない。しかしなぜ河村は何も言わずにいるのか。

いったいどういう人物なのか。

「あの頃の四高だと佐藤宣紘《さとうのぶひろ》先生の弟子かな」

「ああ、そうだ」

「大変な怪我してたんだね」

私が言うと、河村はまた苦笑いした。その表情にはしかしバイク事故の後悔のようなものは感じられなかった。静かな眼で私を見ている。

「今は何してるの」

「叔父貴《おじき》の牧場の手伝いだ」

言葉遣いがぞんざいなのに少しむっときたが河村自身は気にもしていないようだ。

「左手一本で三十人分の働きしてるよ」

眼の色は凪《な》いだままである。本当に悔しくないのだろうか。

四人で食堂へ移り、夕方までずっと話した。私は河村がいかに凄《すご》い選手だったのかを羊谷と宇佐美に言おうか迷った。河村は意図的に喋《しゃべ》っていないのか。たとえば話すと辛《つら》くなるからという気持ちを持っているのだろうか。様々な話題に笑っている彼の表情をずっと見ていたが本心はわからなかった。話すべきかどうか迷っているうちに、外が暗くなってきた。

「じゃあな。また来るぜ」

河村は左手を上げて帰っていった。深夜バスで道東まで戻るのだという。バスはいつも空《す》いているので一番後ろの席にごろりと横になれるからいいんだと言った。

竜澤への手紙で河村のことを書くとやはり感じ入るところがあったようで《気の毒だな》と書いてきた。そして現在の北大柔道部について《全体に少しだけレベルが上がっている気がする》とあり《早く戻ってきてくれ》と締めてあった。

6

数日後に届いた竜澤からの手紙には四年目の後藤さんたちが引退するための追い出しコンパ、通称「追いコン」の前に行われるOB軍対現役軍の追いコン試合の結果と戦評がびっしりと書かれていた。

《現役強し。全員が攻めに攻めた。暢《のぶ》が橋本《はしもと》さんを圧倒して肋骨《ろっこつ》を骨折させて棄権させ二人抜き！現役が久々の勝利！》

「おお！」

私は思わず声を出した。

黒澤暢夫がようやく伸びてきたようだ。橋本さんとは昭和四十年代卒業の強豪で四十代前半。これまでは毎年、現役軍は橋本さんに何人も抜かれていた。その橋本さんの肋骨を折って棄権に追い込み、さらにもう一人抜いてしまったようだ。竜澤の喜びぶりが伝わってきた。

私は《俺も暢の試合を見たかった》で始まる長い返信を書いた。消灯後もベッドのライトで書き続けていて見回りの看護婦に叱られてしまった。

膝に血が溜《た》まるたびに医師がそれを抜いてくれた。そのときにリハビリのやりすぎではないかと何度か指摘されたが、私はセット数をかなり少なく偽った。

上半身についてはジャイアントセットでさらにセット数を増やしていた。ベンチプレスを三十セット、バーベルカールを二十セット、バーベルフレンチプレスを二十セットなどのほか、自重を使ったディップスを合計百回、懸垂合計百回など上半身トレーニングを十種目ほどやり、徹底的に追い込んだ。どの種目もアップからマックスまで持っていったあと重量を漸減していってセット数で追い込んだ。ベンチプレスなどは最後のほうのセットでは二十キロを一回しか挙げられないような追い込みかたをした。もちろんウェイトトレーニングと柔道のパワーはイコールではない。しかしとにかく焦っていた。

膝のリハビリが思った以上に難航し、その思いを上半身にぶつけていた。

少ないセット数を言って誤魔化していたが、それでもリハビリ室の平井先生はずっと「飛ばしすぎでは」と心配していた。そして、その怖れていたことが起こってしまった。

二月になる直前だ。大胸筋と腕まわりを追い込んでいると、右胸に突然強い違和感を覚え、右の腕が重くなった。またやってしまったと思った。左手で右手首を握り、上や左右へ動かすが、力が入らない。右大胸筋の肉離れの再発だった。

左手で大胸筋の付け根あたりを触るといびつに凹《へこ》んでいた。古傷である。あのときも毎日ベンチプレスばかりをやっていた。オーバーワークだとわかってはいたが「まだ大丈夫だ」と希望的観測で焦ってやってしまったのだ。今回の再発もそうだった。あのとき、ある程度よくなるまでにも何カ月もかかった。乱取りで問題なく使えるようになったのは三年目の夏過ぎである。つまり一年かかったのだ。

こうなると膝うんぬんだけではなくなってしまった。七帝戦には間に合わない。できるだけ乱取りに入らないようにして悪くするのを抑え七帝戦に臨むか、あるいは悪くなるのを承知で乱取りにフル参加して他の人間の練習台になるか。そのどちらかだ。しかしやっと戻ってきた幹部の一人が見学では、下級生たちの意気が上がらないに違いない。私は悩みながら、下半身のリハビリを繰り返した。気持ちはどん底に沈んでいた。秩序だっていた入院生活が一気に混濁した。

コップの水を飲もうとしても右腕は「重すぎて」動かすことすら困難だった。箸《はし》で食事をするときも痛み、まわりの年配者が心配してくれた。私はこの怪我がどれほど柔道に悪影響を与えるかわかっていた。おそらくチームの荷物になってしまうだろう。いったい何のためにリハビリに来たのか。

竜澤への手紙には肉離れのことは書かなかった。

7

横なぐりの吹雪が窓外《そうがい》を飛んでいる日、応援団長の瀧波《たきなみ》憲二とラグビー部の木村聡が唐突に見舞いに来た。ヒッチハイクで来たという。

「今夜どうするんだ」

私は聞いた。

「どっか適当なところに泊まろうと思っている」

瀧波が言った。

「金はあるのか？」

「わからん」

そう言って瀧波は財布の中身を確認した。二人とも万札が一枚も入っていなかった。

三人で大声で話していたので、同室の小さな宿を経営している患者が「いいよ。増田君の友達なら夕食と朝食つきで安くするよ」と言ってくれた。

三人で食堂へ移って話をした。

大胸筋の話をすると、二人は心配してくれた。

「おまえも膝はどうなんだ?」

私は木村に聞いた。

「あまりよくないな」

「いま、おまえは何を考えてラグビーやってる」

「一年目なんかは俺が元気な頃のラグビー見たことないだろ。だからなんか歳くったプロップのおっさんがよたよたやってるくらいにしか思ってねえんだ。これが木村ラグビーだっていうのを最後には見せたい。だからギリギリまで頑張るつもりだ」

ラグビー部の引退は七月引退の柔道部と違い、年明けの一月だ。だからまだ時間がある。しかし柔道部の七帝戦は四カ月後に迫っていた。

うつむいていると木村が私の肩を叩いた。

「やれるだけやってみろよ。柔道やるために北大に来たんだろ」

珍しく木村は真面目な顔をしていた。隣の瀧波も険しい顔で肯《うなず》いていた。

8

瀧波たちが来てくれた十日後、私は主治医やリハビリの平井先生と話し合い、退院した。右膝の可動域はほぼ戻り、膝まわりの筋肉が丸く盛り上がり、安定感が出てきていた。ジョギング程度なら少しはできるようになっていた。立技はできないし、横三角も使えないが、きちんと歩くことができるだけでも儲《もう》けものだと思わなければならない。それよりも大きな問題なのは右胸の大胸筋肉離れだった。しかし春合宿に出ないとチーム全体の士気にかかわる。竜澤ひとりに責任を負わせ続けているわけにもいかない。

札幌に着くと、三月も半ばを過ぎているというのにまだ大量の雪があった。雪の少ない登別とは街の色がまったく違う。三カ月離れていただけで別世界に飛び込んだような気分である。襟元に吹き込む風は残雪の上を走ってくるので氷のように肌に冷たい。

久々に道場に顔を出すと、後輩たちが嬉しそうに頭を下げた。

乱取りに参加した。

しかし右腕が使えないのだ。暗澹《あんたん》たる気持ちになりながらも、後輩に胸を貸し、ただ怪我を悪化させないように動いた。私たち最上級生が弱気を見せればそれは後輩たちに伝染《うつ》ってしまう。

夜は竜澤と、みねちゃんに行った。ビールのジョッキは重いので、気づかれないように自然な仕草で左手であおった。久しぶりの生ビールは胃の腑《ふ》から染み渡るように体に広がっていく。

「リハビリお疲れ」

「ありがとうございます」

「それにしてもおまえら二人は面白い関係だな」

みねちゃんが真顔になった。

「どういうことですか」

私が聞くと「カウンターの中からだといろいろよく見えるんだよ」と言った。

「竜澤が一人で来て飲んでると半人前の男にしか見えない。逆に増田が一人で来てるときもそうだ。だけど二人が揃うと違うんだ。一足す一が二にならない。十とか二十になる」

「あ。それ俺、山内さんに言われたことがある」

竜澤が言った。

「僕もバップで一人でいるときに馬術部女子に言われたことがあります」

「そうだろ。不思議な関係なんだよ。北大の体育会学生をたくさん見てきたけど、こういう二人は初めてだ」

みねちゃんが串《くし》を引っ繰り返しながら言った。その眼には本当の息子に接しているような深い慈しみがあった。北大柔道部の窮状《きゆうじよう》をOB以外で最も知っているのはレスリングコーチのみねちゃんとトレーニングコーチの山内さんだ。他の客もたくさんいるのにみねちゃんは私たちの話だけに付き合ってくれた。

「おまえらとにかく今年は最下位を脱出しなきゃだめだぞ。厳しいだろうけど頑張れ」

しばらく話して店を出、私たちは夜の札幌を北二十四条まで肩を並べて歩いた。言葉の数だけ白い息が顔を覆う。両手をポケットに突っ込んで硬貨を弄《もてあそ》びながら、背中を丸めて二人は歩いた。一年目のときからこの道を二人で何十回往復しただろう。

「おう。来たか。ゴミども」

北の屯田の舘では山内さんがいつものように迎えてくれた。そして嬉しそうに平手でバチンと私たちの背中を叩く。思いきり叩くので本当に痛い。

「座れ」

私たちが畳のテーブルに向き合ってあぐらをかくと焼酎《しようちゆう》の一升瓶を持ってきてテーブルに置いた。

「退院祝いだ」

コップを三つ出して自分もあぐらをかき「今日はしっかり飲むぞ、おら」と一升瓶をわしづかみにし、それを引っ繰り返してはなみなみと焼酎を注いでいく。

「頑張れよ、おまえら」

ヤクルトを飲むように人さし指と親指でコップを持ち、一息で飲み干した。私は左手で一升瓶を持ってそこにまた一杯に注いだ。

「和泉が昨日来てさんざん飲んで帰った」

「あとは徳島へ行くだけですからね。しかしよく受かったよな」

竜澤が感嘆するように言った。徳島大学医学部の合格発表がつい先日あり、和泉さんは合格していた。私たちはびっくりした。なにしろ「医学部を受験する」と言って受験勉強を始めたのは秋も深まった頃だったからだ。僅《わず》か数カ月の勉強で五年間の柔道と酒ばかりの生活で鈍った学力を取り戻したのだから凄《すさ》まじい努力だった。

「どうだ。下級生たちの調子は」

山内さんが真面目な顔になって聞いた。そして棚のノートを手にした。そのノートに竜澤が一人ずつ後輩の名前を書いていく。山内さんはじっとそれを見ながら指先でコツコツとテーブルを叩いていた。そこから三人で今年の七帝戦のオーダーについて話した。

その日の夜、アパートに帰って久々のベッドにもぐりこんだが、深夜に右膝にロッキングを起こした。激痛に歯を食いしばった。

9

三日後、一週間の春合宿が始まった。水産学部の飛雄馬が東英次郎らを率いて函館からやってきた。竜澤主将以下同期五名、そして一期下の二年目が九名、一年目が七名、合計二十一名での合宿が始まった。

乱取りでは以前と同じく膝は自転車のチューブ二本と弾力包帯で固定した。膝を庇《かば》って乱取りすると、すぐに腰の調子も悪くなって晒《さらし》を巻いた。あちこちにテーピングした。しかし大胸筋にはテーピングのしようがなかった。怪我を悪化させないように乱取りに参加するほかなかった。立技でプレッシャーをかけて相手が寝技に引き込む際に上から速攻をかけて抑え込む——そのパターンで攻めるしか過去一年は方策がなかった。しかし右腕もまったく利かなくなってしまったので、抑えも弱くなってしまった。抑えるときは左腕で相手の首を巻くようにして斜め横へプレッシャーをかけて固定した。

「お願いします」

乱取り交代のたびに頭を下げてやってくる後輩たちの動きをとにかくコントロールして時間いっぱいしのぐ練習になってしまった。

一年目はまだ弱いので左腕だけでコントロールして左腕だけで抑え込むことができたし、腕十字や脇固めもかかった。しかし相手が二年目となるとそうはいかない。ごろごろと寝技戦のすえ、すったもんだのあげく上のポジションを維持するのがやっとだ。次世代のエース、東英次郎と城戸勉には最後には抑え込まれる始末だった。そのさいも性格が出ていた。東は敢《あ》えて容赦なく攻め込んできて抑え込んだ。城戸は私を完全には抑え込まず、わざと逃そうとした。どちらにも優しさを感じたが、その二人の優しさに逆に私は傷ついた。

練習するほど右大胸筋は悪くなり、練習するほど実力が落ちるのがわかった。それでもとにかく乱取りを繰り返して雰囲気を乱さないようにした。

初日の夜の練習が終わり、布団を敷き、ミーティングが始まった。

「いいか。命をかけて最下位を脱出するんだ！」

竜澤が厳しく言う。部員たちはうつむきながらそれを聞いていた。竜澤はこの九カ月、柔道の実力とリーダーシップで部員を黙らせてきた。下級生たちは竜澤を頼もしく思いながらも怖れていた。

この緊張した雰囲気を和らげるのが私の役目だ。竜澤の練習総括を補足し、ミーティングは終わった。

みな疲れた体で布団に横たわり、それぞれ漫画を読んだり学部の専門書を開いたりして、道場内はしんと静まりかえっていた。

そもそも大学は春休みなので道場の外には誰も歩いていない。私も布団に仰向けになり左手で文庫本を読んでいた。

「増田君と話そ、増田君と話そ、増田君と話そ」

竜澤の歌声が聞こえてきた。布団に横たわったまままそちらを向くと、竜澤が布団をずるずる引っ張ってくる。そして私の近くまで持ってきて、ごろりと横になった。肘をたてて頭を乗せ「何か話そう」と言った。まるで茶の間でテレビでも観ているような寛《くつろ》いだ風情だ。

私が驚いていると竜澤は「増田君がいないあいだ、俺、一人で引っ張ってきて寂しかったからさ。話したいことがいっぱいあるんだ」と言った。この明快な友情表現と行動。しかしただのやんちゃで無邪気な男ではない。それは太い首やジャージの下で盛り上がった三角筋、丸太のような腕を見れば一目瞭然だ。北大柔道部の主将なのだ。

道場内に眼をやると、後輩たちが、あの二人はなにをやってんだろうと見ていた。あたりまえだ。普段は怖い竜澤さんと増田さんが布団を近づけて寝そべり、嬉しそうに話しているのだ。しかし後輩たちの眼にはある種の明るさがあった。後輩たちは、竜澤主将の下で練習することに明らかに誇りを持ちはじめていた。北大柔道部が世界の中心で、北大柔道部だけが正しいんだと強く思わせる力が竜澤にはあった。

竜澤は長髪を片手でかきあげながら私に話し続けた。

「城戸は今年抜くんじゃないかな。そうとう伸びてる。それから俺が一人抜いて増田君が一人抜いて東が一人抜いて――」

私は黙っていた。右胸の状態の悪さは竜澤にも言っていなかった。怪我の話をするのは男らしくないと思った。

パンパンと手を叩く音が道場内に響いた。

「消灯です！」

今日の係の一年目、ゴトマツが関西訛《なま》りで言った。パチンパチンと順に灯《あか》りが落とされていく。そして道場内が真っ暗になった。その瞬間、道場の天窓に無数の星が瞬いた。竜澤はひそひそ声になって部員たちの戦力の話を続けた。私は天窓の星を仰ぎ見ながらそれを聞いた。

しかし合宿を呑気に過ごせるのは初日だけである。三日目、四日目になるころには、みな疲れ果ててぼろぼろになって就寝時間となった。二日目くらいまでは専門書を開いて勉強していた者も、あまりの消耗で夜のミーティングが終わると消灯時間の前に布団をかぶって横になっていた。私たち四年目も疲れきっていた。

10

合宿が終わると土木工学科の実習で竜澤が三日間札幌を離れた。私が指揮を執ったこの三日の間にふたつ大きな出来事があった。

ひとつは西ドイツから来た研究生との諍《いさか》いである。道衣《どうぎ》を抱えて練習にやってきたその西ドイツ選手が、乱取りで引き込む北大の下級生たちに怒ってしまったのだ。

七帝ルールなどというものがあることを知るはずがない。引き込んで下から襟や袖を引っ張る岡島一広や川瀬悦郎を指さして「シドウ！」などと大声をあげている。しかし体が大きくフィジカルが強いので下級生たちは誰も取れずにいた。

しかたなく私が相手をしたが、懐が深くて脚を越えることができなかった。結局憤怒《ふんぬ》で顔を赤くした彼をそのまま帰した。竜澤がいないとこういう苦労もしなくてはならないのだと思った。また、自分がいない間、竜澤がどれほど様々なことに苦労したのかということを痛感した。

もうひとつ、和泉さんの見送りがこの間にあった。三月末日である。寒風が吹き抜ける残雪の札幌駅のホームで、スーツ姿になった和泉さんをみんなで囲んだ。涙を抑えることができなかった。私の北大柔道部の生活は、入部初日からこの人と共にあった。和泉さんがリクエストしたのは『時《じ》潮《ちょう》の波の』という昭和二十一年の寮歌だった。

宮澤守が一歩前に出て両腕を組んだ。

「昭和二十一年度寮歌。渋谷富業君作歌、寺井幸夫君作曲。時潮の波の。序、一番、結。アイン・ツヴァーイス・ドラーイ！」

厳しかる道に仕へて　限《かぎり》ある玉緒《たまのお》惜しむ
げにさあれ　深き因縁《えにし》の　魂《たま》ゆする生命《いのち》の饗宴《うたげ》
汲《く》まざらめや残《のこん》の月に　旅の朝　早くは明けぬ

時潮の波の寄する間を　久遠《くおん》の岸に佇《たたず》みて
不壊《ふえ》の真珠《またま》を漁《いさ》りする　嗚呼《ああ》三星霜《みつとせ》の光栄よ
緑の星を夢む時　疎梢《こずえ》を払ふ天籟《てんらい》は　秘誦の啓示《さとし》語るなり

近きかな楡陵《おか》を去る日は　還り来ぬ足跡《あと》愛《かな》しみて
ひたぶると打笑《うちえ》む時ぞ　求めつつ得べからざりし
秀邃《うるわ》しき真理《まこと》の道は　はろかなり我等が前途《ゆくて》　進まざらめや

和泉さんの五年間の北大生活を象徴するような静かな歌詞に送られ、ディーゼル機関車はゆっくりとホームを去っていった。

和泉さんが去ると、札幌は抜け殻のようになった。道場であの広島弁を聞くことはもうないし、夜の居酒屋巡りでも会うことはできない。しかしいつまでも和泉さんに頼っていてはいけない。私たちが和泉さんのような存在にならなければならない。

11

四月に入り、私たちは四年目となって新入部員獲得に動きはじめた。今年の勧誘の重要眼目はいつか常勝京大を破るためのチーム作りの核にまで成長してくれる男を見つけることだった。

それは高校時代の実績でも体格の良さでもなく「勝つための強い意志」をもった男だった。寝技中心の七帝柔道においては、一年目のときの順位がそのまま四年目まで変わらないなどということはありえない。誰が伸びるかやってみないとわからないのである。それが七帝柔道の最も魅力的なところだ。

がむしゃらな部員勧誘で一年目は日に日に増えていった。これだけのペースで部員が入部してくるのは近年ないことだった。それは道場内に満ちる張り詰めた空気、竜澤主将の光輝《こうき》によるところが大きかった。

「おら！　声だしていけ！」

乱取りの合間に竜澤が怒鳴ると、部員全員が汗の蒸気のなかで「ファイト！」と声をあげた。

その日、私たちはいつものように長時間の寝技乱取りを繰り返していた。みな怪我だらけだが見学なんかしていられない。七帝戦は三カ月後に迫っていた。とにかく穴になりそうな選手を鍛え上げなければならない。

私が下級生を左腕で抑え込んでハッパをかけていると、横でやはり誰かを崩上《くずれかみ》で抑えながら「七帝本番だと思って逃げろ！」と怒鳴っている竜澤と眼が合った。

と、竜澤が「あっちを見ろ」というように顎《あご》で指した。

道場の入り口の方角だ。

私が首をひねってそちらを見ると、ベンチプレス台に座っている見学の一年目が一人いた。

しかし竜澤が言いたかったのはそのことではない。その見学の一年目の横でまだ入部したばかりの一年目、長高弘《ながたかひろ》が両腕を組んで講釈をたれているようだ。床に置いてあるバーベルに片足を乗せていた。長は札幌北高の柔道部の主将だったので高校時代からよく北大に出稽古《でげいこ》に来ていた。だから同じ一年目でありながら、見学者に先輩風を吹かせて部の説明でもしているのだ。

私は竜澤に向かって肯いた。竜澤が私に何を求めているのかわかったからである。「乱取り交代」の合図があると抑え込みを解き、相手に最後の礼をしてすぐに長のところへ行った。

「長君、彼は一年目かい？」

汗を拭《ふ》きながら、わかっていて聞いた。

「はい。こいつは俺の北高の同期で、レスリング部のキャプテンだったんです」

見学の一年目がきびきびとした動作で立ち上がって「中井祐樹《なかいゆうき》といいます」と頭を下げた。

私が「四年目の増田です」と手を差し出すと、中井はしっかり握り返してきた。眼をそらさない。気が強い男だ、こいつは絶対欲しいと思った。

「うちは見てのとおり普通の柔道じゃないんだ。寝技ばっかりだろ。レスリング出身者は伸びるぞ。俺が一年目のときの五年目の先輩にもレスリング出身で白帯から始めた山岸さんていう人がいたんだけど、最後は一番強くなった。もう入ることは決めたのかい？」

「いえ、それは……」

中井はそう言って頭をかいた。柔道部が寝技ばかりの特殊なものだと聞いて、ちらりと覗《のぞ》きにきただけだという。高校で組み技をやったので大学では打撃を身に付けるために北大正門前にある極《きょく》真《しん》空手北海道支部道場へ入りたいと言った。

「そうか。まあ練習を見ていってくれよ」

私はそう言って、竜澤が〝私に求めていること〟を始めることにした。

「よし。長君、一本やろうか」

「えっ？　俺ですか？」

長は嬉しそうに「じゃあよろしくお願いします」と言って頭を下げた。高校の同級生の前で四年目に名指しで乱取りを所望されたのが誇らしいようだった。

本来ならば道場の真ん中まで移動してから乱取りを始めるべきだが、私は中井の目の前で長と組み合った。そしていきなり跳び付き腕十字で、かなり強めに極《き》めた。長が悲鳴をあげて手を叩いた。私はすぐ離した。長は立ち上がると首を傾げながら組んできた。高校生として出稽古に来ていた当時の長には力を抜いて相手をしていたから、私に抑え込まれたことはあっても関節を極められた経験がないのである。私は片手を持った瞬間、今度は反則すれすれの脇固めを極めた。長がまた「痛い！」と声をあげながら畳を叩いた。

中井が身を乗り出して見ている。十八歳のその眼は好奇心に輝いていた。

そこから私は長を立たせず、関節技を極め続けた。腕十字、腕緘《うでがら》み、腕固めなど、中井の興味を惹《ひ》くために、できるだけ見栄えのいい派手な技を使った。

六分が終わり、乱取り交代の合図があった。長はふらふらになりながら最後の礼をした。そしてそのまま中井の横に座り込んで休もうとした。笑いながら私に取られた言い訳をしているようだ。しかし、そこにやってきたのが竜澤である。

「おう、長君。彼は一年目か」

私と同じことを聞いた。私はにやつきながら横目で見ていた。

「あ、はい。北高時代の同期で中井っていいます。レスリング部出身です」

長が息を荒らげながら言った。

「レスリングか。伸びそうだな」

竜澤が嬉しそうに笑った。

「主将の竜澤だ。よろしく」

竜澤がやはり右手を差し出すと、中井が今度は明らかに憧《あこが》れの色をたたえた眼で、竜澤の手を両手で握りかえした。

竜澤が「うちに入れよ」と言うと、「そうですね、はい」と、かなり態度が前向きになっていた。

竜澤と眼が合った。私が〝もう少しだな〟と眼で言うと〝任せとけ〟とやはり眼で返した。

「じゃあ長君、俺とも一本お願いできるかな」

竜澤が言った。長が「えっ」と引いた。私と竜澤の意図に気づいたのだ。だが、今さらどこに逃げるわけにもいかない。

「よし、こい」

竜澤は組むや寝技に引き込んで下から返し、そこから私以上の技のデモンストレーションをやった。最初は横三角で一気に絞め上げた。そして長が「参った」するたびに技を緩め、逃げる方向逃げる方向へ関節技や絞技を極める。入ったばかりの新入生なのでさすがに落としはしなかったが、長は痛みと苦しみに絶叫し続けた。前三角、後ろ三角、そして腕緘みのあらゆるパターン。

中井はベンチプレス台から尻《しり》が半分落ちるほど前のめりになり、興奮しながらその技の数々に見入っていた。そのまま中井は最後まで練習を見ていた。そして練習後のミーティングで立ち上がり

「入部します」と宣言した。

竜澤主将のリーダーシップと、それについていく二年目や三年目たちの鬼気迫る練習ぶりを見て、見学に来た新入生たちは次々と入部していく。黒帯組には成蹊《せいけい》高校出身の吉田寛裕《よしだひろやす》、長田《ながた》高校出身の松浦義之《まつうらよしゆき》、札幌旭丘高校出身の上口一郎《かみぐちいちろう》、芦屋《あしや》高校出身の大野雅祥《おおのまさよし》、そして札幌北高の長高弘など、有望選手がたくさんいた。白帯組のなかでは中井祐樹がレスリング技術を持っているので頭ひとつ抜けていた。

四月の後半に入ると二十人近い一年目が入部していた。これは近年ではとてつもない数だった。一年目の大量入部で部員は一気に四十人を超えた。

乱取りでごった返す道場内は、私たちが低学年時代から夢みていた光景の具現化であり、見ているだけで胸が高鳴った。

「おらっ！　声だしてけよ！」

竜澤が声を出すと、後輩たちがみんな声を張り上げ「ファイト！」と言った。

12

私のアパートの呼び出し電話には徳島の和泉さんからときどき電話がかかってきた。

「新入生はどうじゃ」

「今日も一人入部しました」

そう答えると受話器の向こうで安堵《あんど》の息をつくのが聞こえた。そこから二年目の西岡精家やゴトマツ、黒澤暢夫や山本祐一郎たちの状態を聞かれ、三年目の成長具合を聞かれ、四年目の私たちのことを聞かれた。数日でそうそう変化があるわけではないが、和泉さんも私も毎回同じようなことを話した。和泉さんも私も不安と緊張が増していた。どうしても最下位を脱出したい。

四月二十九日。新歓合宿に入った。一般学生たちは初めてのゴールデンウィークで帰省したり旅行へ行ったりしていたが、われわれ部員は柔道漬けである。

一年目は何人か辞めたが、この時点で十五人が残っていた。

西岡やゴトマツたち二年目は、あまりに一年目が多いので気圧《けお》されているようだった。神棚側から順に高学年が布団を並べていくのだが、一年目のところだけ道場の端から端まで左右ぎっしりと布団が敷いてある。あまりに人数が多いので上級生の目が行き届かない。一年目はすべての乱取りには参加しなくてもいいので遠足気分の者たちもいた。一方ですべての乱取りに参加して疲れている二年目は彼らに攪乱《かくらん》されていた。一年目のなかにはわざわざ主将の竜澤のところまで来て「消灯時間は何時ですか」とか「朝の食事は何が出るんですか」などという質問をしては「そんなこと聞きにくるな。二年目に聞け！」と怒られている者もいた。私も「五講目があるときはどうしたらいいんですか」とか「柔道部って彼女できるんですか」とか「一番近いコンビニはどこですか」とかいろいろ聞きにこられ腹がたっていた。

私は夜のミーティングで一年目たちに「すべては二年目に任せてあるし、二年目の言うことを聞いて過ごすように」と注意した。二年目の負担はこれで増えることになるが、一年目と二年目の絆《きずな》こそが将来この組織を伸ばしていく鍵《かぎ》となる。

二年目は疲れてぐったりしていた。しかし彼らには楽しみにしていることがあった。カンノヨウセイである。これさえやれば面倒な一年目たちを一発で黙らせることができる。二年目は「去年、カンノヨウセイで小便を漏らして退部したやつがいる」とか「酒を飲むと怖いOBが多くて大変なんだ」などと一年目を怖がらせた。そして深夜、一階の少林寺拳法《けんぽう》道場で寮歌指導を始めた。

「あいつら、うるさくってしかたねえ。カンノヨウセイなんかもうやめちまえ」

消灯後、隣で寝る竜澤が布団を頭からかぶりながら言った。私たち四年目にとってはカンノヨウセイもこれで四回目、いい加減、飽きてきていた。私も「七帝戦とは関係ないもんな」とつぶやいた。

竜澤が布団から顔を出した。

「だろ？　あんな馬鹿なことに付き合ってられないよ。本当にめんどくせえ」

私は肯いた。

「一年目が怖がって辞めてしまう可能性もあるしな」

しかし合宿中に二年目にこっそり「今年はもう中止にするぞ」と言うと「僕たちが最後のやられ役じゃ、腹の虫がおさまりません」と抗議されたので、しかたなくそのままにしてあった。

階下では自己紹介の練習が終わり、『柔道部東征歌《とうせいか》』の練習が始まった。一年目たちの人数が多いからか、大きな声が階下で響きはじめた。

蓬風《ほうふうほ》吼ゆる北海《ほっかい》の　岸辺に狂う波《なみ》の花《はな》
雲煙《うんえん》遠く流れ入る　石狩河岸に根城《ねじろ》して
桜星《おうせい》の旗　飜し《はたひるがえ》　立てる我が部ぞ力あり

柔道場内でも三年目たちが一緒に口ずさんでいる。そのうち柔道部一の美声と大声を併せ持つ宮澤守が和するにいたり、私と竜澤も歌いはじめた。

「桜星の旗飜し、立てる我が部ぞ力あり」

最後のフレーズのあと「リャー」と声があがり、もういちど「立てる我が部ぞ力あり」と力強く繰り返された。終わると、階下から拍手の音が聞こえた。この歌をうたうと腹の底から力が漲《みなぎ》ってくる。北大生全体にとって『都ぞ弥生』は別格だが、柔道部員にとっての本当の魂は『柔道部東征歌』にある。なにしろ勝利の凱歌である。高専大会で昭和九年に初優勝したときに京都武徳殿で歌われ、七帝戦で優勝した昭和三十九年、昭和五十四年、昭和五十五年にも、高らかに歌われた勝《か》ち鬨《どき》の歌だ。

三年目の誰かが道場の出口のところまで行き「もう一回歌ってくれ！」とリクエストすると一年目たちの笑い声が下から聞こえた。そしてすぐにまた歌声が聞こえてきた。

蓬風吼ゆる北海の　岸辺に狂う波の花
雲煙遠く流れ入る　石狩河岸に根城して

桜星の旗翻し　立てる我が部ぞ力あり

強風が吹き荒れる石狩川の河口に打ち寄せる海の大波。波が砕け散る大きな音。そこに立つ北大柔道部員たちが、かつての北大の体育会名が染め抜かれた桜星会旗を翻しながら遠くで流れる群雲《むらくも》を眺めている情景を歌っている。新しく入部した一年目たちは、いま歌詞を覚えながら小さな興奮をおぼえているだろう。

カンノヨウセイは毎年繰り返される部の伝統行事だが、じつは「どっきりカメラ」のような陽性の悪戯《いたずら》だ。しかしそれには寮歌を覚えるという真の意味が隠されている。私たちが三年前に受け、東英次郎や城戸勉たちが二年前に受け、西岡精家やゴトマツたちが一年前に受けた。カンノヨウセイがあったからこそ私たちは七十代、八十代の大ＯＢたちと肩を組んで『柔道部東征歌』『都ぞ弥生』『瓔珞《ようらく》みがく』『水産放浪歌』『永遠《とこしえ》の幸《さち》』『ストームの歌』などが歌えるのだ。

こういった伝統行事をこなしながら、もちろん柔道部員の本業、練習メニューには一切の妥協はなかった。竜澤が指揮を執る合宿の練習は凄まじいメニューで続いた。七帝戦まであと二カ月半しか残っていない。竜澤は徹底的に部員たちを追い込んだ。

「いいか、最下位脱出するぞ！」

就寝前のミーティングのたびに竜澤は言った。その気魄《きはく》は下級生にも伝わり、上級生に抑え込まれながらも必死の形相で動いていた。私も怪我とどうにか折り合いをつけつつ練習を続けていた。

合宿五日目。

昨夜、一年目の二人が消灯後にコンビニ弁当を買いに出たらしいと聞いた竜澤主将は、ミーティングで烈火のごとく怒った。

「おまえら合宿を何だと思ってるんだ！　七帝戦が近づいてきてるのに団体生活を乱すな！」

「はい！」

後輩たちは主将のあまりの怒りに真っ青になって声をあげた。

その日、消灯の声が掛かってうとうとしていると畳を擦《こす》るような小さな音が聞こえた。そちらを見た。大きなトカゲのような影が私のほうに這《は》ってくる。人である。誰だろうと思っていると竜澤だった。私が眠っていると思ったのか、横までくると私の肩を揺すった。

「増田君――」

小声で言った。

「どうした？」

小声で聞いた。もしかしたら後輩のことで何か問題が起きたのだろうか。しかし違った。

「ビール飲みにいこう。喉《のど》かわいてしょうがねえんだ」

「さっき一年目に怒ったばかりだぞ」

「喉かわいて俺がダウンしたら明日《あした》から指揮が執れないだろ。そうしたら練習が中止になっちまう。そのほうが大変なことになる」

筋が通っているようないないようなことを言った。しかし冗談ではないようだ。竜澤は本気だった。

「バップ行こう。時間差で立とう。もし見つかってもトイレだと言える」

そう言って静かに立ち上がった。そして忍び足で道場の出口へ歩いていく。〝増田君は間違いなくついてくるだろう〟という確信があるようだ。たしかに私も《ビール》という言葉を聞いて喉がかわきはじめていた。そっと立ち上がった。

道場を出て一階へ下り、玄関を出ると竜澤が「寒ぃ寒ぃ」と言いながら背中を丸めて待っていた。この時期でも夜になると札幌は冷え込む。しかし今さらまた上に戻って部室内の上着を取ってくるのはリスクが大きすぎる。後輩たちに見つかったら大変だ。私たちは両手をポケットに突っ込み、白い息を吐きながらカネサビルへと急いだ。

そういえば最近「竜澤さんと増田さんは暴走機関車だ」と三年目と二年目がネタにしているという噂だった。

「たしかに暴走機関車だよな」

私が言うと竜澤が声をあげて笑った。でもここまで必死にやってるんだから少しは息抜きしないとなという話になった。下級生のころとは異質の強烈な疲れ方だった。とにかくプレッシャーが凄まじい。気持ちも体も限界すれすれのところを四年目は綱渡りしていた。

バップに行くと他に客は誰もいなかった。私たちは瓶ビールを二人で五本飲み、静かに道場へ戻った。その夜はぐっすりと眠れた。

13

「もう俺たちはカンノヨウセイは飽きた。三年目以下で楽しんでくれ」

竜澤はそう言っていた。しかし合宿最終日、恒例の札幌パークホテルでの「最後の晩餐《ばんさん》」のために一年目たちが連れられていき、部室内の机やらロッカーやら畳やらを二年目や三年目が外に運び出すのが終わる頃に、なぜか張り切りだし、指示を与えはじめた。私も気持ちが乗りはじめた。面倒な運び仕事などがなくなると、やはりこのどっきりカメラのような悪戯は面白い。

竜澤が言った。

「よし。下に貼り紙をしよう。西、おまえたしか習字やってたんだろ。おまえが紙に書け」

二年目の西岡精家にとっては待ちに待ったカンノヨウセイである。

楽しそうに筆をとりながら顔を上げて聞いた。

「第何回にしておきましょうか？」

「シックスナインだ」

竜澤が言った。

「は？」

西岡が聞き返したので、私が横から説明した。

「みんなが好きなシックスナインだ。シックスティナイン、六十九回くらいにしとけ」

西岡が笑いながら筆でグイグイと勇んで書きはじめた。

《第69回、新入生歓迎の儀
主催・北海道大学柔道部旧交会
責任者・寺沢実
かんのようせい
7：45～
OBの方は靴を持って2階まで》

「なかなかいい。おまえはやっぱり使える」

竜澤が満足そうに肯いた。

「たしかにいいじゃないか。これは本格的だ」

私も言った。

「玄関に畳をたてかけて、そこにこれを貼ったらいいですね」

ゴトマツが言った。なるほど。そいつはいい。私たちは畳を数枚担ぎ、一階へ下り、武道館の玄関に立てかけ、貼り紙をした。私と竜澤は二階の剣道場へ入り、割れて廃棄する竹刀を四つにバラした竹ベラをたくさん拝借した。竹刀は四枚の長い竹ベラのようなものを組み合わせて作られている。それを持って玄関に下りた。竜澤は太い木刀も持ってきて、素振りを始めた。

「竜澤さんも増田さんも、さっきまで『カンノヨウセイなんてめんどくさい』って言ってたじゃないですか」

二年目と三年目が言った。

「カンノヨウセイっていうのは楽しくやらなきゃいかんのだ」

竜澤が言った。そして「増田君、記念写真を撮ろう」と私を呼んだ。そして「かっこよく頼むぞ」とカメラを持つゴトマツに言い、革ジャンの着こなしを確かめながら貼り紙の前に立った。私も横に立って「よし、撮ってくれ」と言った。ゴトマツが「また竜澤さんと増田さんは、もう」と言いながらも嬉しそうにシャッターを押してくれた。

「そろそろ一年目が帰ってきます」

二年目たちが言った。

壁時計を見ると七時半だった。あと十五分である。私たちは二階へ上がり、剣道場へ入った。そして最後に一年目がブリーフ一枚になって寮歌を歌って目隠しを外されるところに畳を一枚運んだ。

竜澤がその畳を指さした。

「ここに俺たちが座る。一年目が目隠しを外されたところに主将と副主将が並んで待っているという寸法だ」

私は肯いた。

「それはいい。怖い顔をつくって待っててやろう。一年目の驚く顔が目に浮かぶ」

もうやめちまえとか、めんどくさいなどと言っていたくせに、われながら滅茶苦茶《めちゃくちゃ》だなと思うのだが、面白くなってきたのだからしょうがない。二年目と三年目は、竜澤さんと増田さんがまたわがまま言ってると笑っている。竜澤が「いや、真ん中には松井君を座らせる」と言った。

「えっ！　おれ？」

「そう、松井君が真ん中だ。その両サイドに俺と増田君が座る」

「もう」

松井君はそう言いながらも満更でもないのか照れている。

七時四十五分ぴたり。一階から「遅い！　なにやってたんだ！」と先導役をやる二年目が一年目に怒鳴っている声が聞こえてきた。誰かが大太鼓をドンドンドンドンと叩きはじめた。

「よしよし。面白くなってきた」

竜澤が嬉しそうに竹ベラを持って柔道場へ移動した。

私も竹ベラを手についていく。

ちょうど目隠しされた一年目たちが隊列を組んで柔道場に入ってくるところだった。私たちは竹ベラで畳を叩き、大騒ぎを始めた。「部の方針に反発してるやつがいるらしいな！」「髪を切ってないやつがいるらしいな！」「だれだ！」などと叫びながら、ときどき一年目の尻を指先で突ついたり、背中を竹ベラで小突いたりした。軽く触れる程度にやっているだけだが一年目の脳内では酒乱の大

ＯＢたちが大暴れしている映像が流れているのだろう、飛び上がって驚いている。

一年目たちが師範室に入っていき、今日の「順番」を発表され、また目隠しされて道場に出てくる。私たちは再び指先で軽く小突き、罵声《ばせい》を浴びせた。そのたびに一年目たちは驚く。一年目が部室に入り、ドアが閉められた。私たちは耳を澄まして面白い質問、面白い答を待った。

そして一年目がなにか言うたびに激怒した大ＯＢを装って壁を蹴り、竹ベラで畳を叩いた。竹ベラで畳を叩くとバシンバシンとにかくいい音がする。一年目たちは、ほんとうに大ＯＢたちが来ていると思い、かすれた声で答を二転三転させている。その部室内の様子を想像しながら、私たちは笑い声を消すために、部室の壁を蹴り、竹ベラで畳を叩き続けた。

一年目が十五人もいるから大変だったが、二時間ほど経ち、いよいよ寮歌を歌う時間となった。一人ずつ部室の外に連れ出された一年目は白いブリーフ一枚になって柔道場と剣道場の境の壁の前で寮歌を歌った。

そして剣道場に連れてこられ、松井君、竜澤、私の三人の前で目隠しを外され、なにごとが起こったのかわからぬまま記念写真をばしゃばしゃ撮られた。毎年の光景だ。

全員の〝儀式〟が終わると竜澤主将が言った。

「よし。これが最後だ。カンノヨウセイは廃止だ」

一年目たちが一斉に喰《く》ってかかった。

「僕たちが来年やってからです！」

第13章　最後の七帝戦

1

新入生歓迎合宿を終えると北大柔道部はそのまま七帝戦のための延長練習に入った。

近々《きんきん》には団体戦の大学日本一を決める全日本学生柔道優勝大会、通称「優勝大会」が開かれる。他の競技でいう所謂《いわゆる》インカレである。北大は和泉主将の時代にこの北海道予選大会で三位に食い込み、日本武道館で戦われる全国大会にあと一歩まで近づいたこともあったが「今年は七帝戦に懸《か》けよう」と監督と四年目幹部のあいだで話し合い、練習はあくまで引き込みありの七帝ルール中心に続けられることになった。

二人組でごろごろと転がる部員たちの体からは汗が蒸気となって揺れていた。

そのなかでも五年目の後藤さんのカメの練習が印象的だった。乱取り中は相手が後輩だろうと一年目だろうと敢《あ》えてカメになり「もっと厳しくだ。もっと厳しく攻めてくれ」などと下を向きながら言っていた。これ以上は巻けないほどにあらゆる指にびっしりとテーピングしてある。その手で後輩たちのズボンの裾を握って下を見ていた。あらゆるタイプに対応できる守りを作ろうとしているようだった。

夜九時の武道館使用時間ぎりぎりまで寝技乱取りと部内練習試合が続く。

剣道部員も空手部員も少林寺拳法《けんぽう》部員も合気道部員も帰ってしまった武道館で、乱取り中は竜澤の「声だしていけ！」という怒声と後輩たちの「ファイト！」という声が響き、喘《あえ》ぎ声と呻《うめ》き声が聞こえた。

練習試合中は「脇あけるな！」とか「そこ我慢！」とか「エビで脚戻せ！」といった指示が大声で飛んだ。

岩井監督も七帝戦最下位脱出に向け、毎日道場に顔を出してくれていた。また佐々木コーチも仕事の都合を空けて頻繁に顔を出してくれるようになった。そして岩井監督と一緒に師範席で腕を組んでじっと練習試合や乱取りを見ていて、技研で横三角や腕挫十字固《うでひしぎじゅうじがた》めなどのバリエーションを教えてくれた。

佐々木コーチの復帰は技術的なことでももちろんプラスはあったが、私たちにとっては道場にいてくれるだけで嬉《うれ》しかった。だから何かこちらからできることはないかと思っていた。

「道衣《どうぎ》をプレゼントしようか」

私と竜澤はバップで飲みながら思いつき、松井君に頼んで部費で畠中師範、岩井監督、佐々木コーチの三人に、新品の道着と帯をプレゼントした。もちろん部員と同じく胸に《北大》の刺繍《ししゅう》が入ったものである。そして裾には《畠中師範》《岩井監督》《佐々木コーチ》という刺繍も入れた。

その日、部室で着替えていると竜澤が笑いながらやってきた。

「増田君、ちょっと来てくれ。佐々木さんがおかしなこと言うんだ」

「どうした」

部室を出ながら聞くと「今年、俺たちが優勝してもおかしくないって言うんだよ」と言った。

「なんだって?」びっくりして聞き返した。竜澤は「だからさ、佐々木さんが俺たちのチームは七帝で優勝する力があるって言うんだ」と佐々木さんに近づいていく。

「なんだ、増田まで連れてきて」

佐々木さんが笑っている。

「いまのこのチームが七帝戦で優勝できるんですか」

私が聞くと「そうだよ。そう言ったら竜澤が『そんなわけない』って言うのさ。だけど本当だ」と言った。

「俺がいままで見てきた代で『優勝しなきゃおかしいチーム』だって断言したチームがひとつだけあって、それが高橋広明の代だ。あの代は、どう転んでも優勝するって俺は断言した。抜き役が超《ちよう》弩級《どきゆう》ばっかりで図抜けてたからな。だけど『優勝してもおかしくないチーム』って俺が言ったチームはその前の山内隆男の代だ。あの代は四年目は全員が分け役だったけど、俺は『優勝してもおかしくないチーム』って言ったんだ。その結果どうだった? 優勝したべ」

「でも俺たちの今のチームがそのレベルにあるんですか?」

竜澤が両腕を組みながら首を傾げた。

「俺も、そんな話、信じられないっすよ」

私もそう言って笑い飛ばした。

「なあに言ってんだ」

佐々木コーチが北海道弁のイントネーションで言った。そして「おまえらはたしかに突出した者はいない。絶対の抜き役がいない。でも、穴がないんだ。俺の言葉、信じろって」と竜澤の腰を叩いた。

「でもなあ……」

「そうだよなあ」

私も言った。

竜澤が道場の片隅に座り込んでいる後輩たちを見た。

「だって佐々木さん、俺に取られるやつがいっぱいいるんですよ。そいつら穴じゃないですか。俺より強いやつ、他の大学にたくさんいるでしょう」

佐々木コーチが笑った。

「いやあ、七帝本番では分け役が頑張るからな。それをシミュレートしてみろ」

だが《優勝》という言葉が出るとさすがに信じられない。私と竜澤が首を捻《ひね》っていると二年目の西岡精家が佐々木さんを呼びにきた。

「すいません。さっきの横三角の逃げ方、もう一回教えてください」

佐々木さんが私と竜澤に片手を上げて下級生たちのほうへ歩いていく。そして二年目や一年目にぐるりと囲まれて技研を始めた。最近、こうして下級生たちが佐々木さんを呼び止めてなかなか道場から帰さないようになっていた。北大柔道部が少しずつ明るくなってきている気がする。

しかし竜澤と私のコンビの暴走機関車ぶりは止まらなかった。

ある日、練習後の部室でのミーティングで竜澤主将の練習総括のあと、主務の松井隆が手を上げた。

「どうした。松井君」

竜澤が聞いた。

松井君が言いづらそうにゆっくりと話しはじめた。

「えぇっと……七帝戦が近づいてきたんだけど、部費が足りなくて、このままでは名古屋に行けなくなってしまいます。合宿費などの滞納がたくさんある人がいるので早く払ってほしいんですけど」

竜澤が「なんだと」と険しい顔で畳を叩いた。私は「いったい誰だ」と声を低めた。後輩たちがざわついた。こんなときにいったいどういう了見なんだ。

「いくらの滞納があるんだ」

竜澤が松井君に聞くと、松井君は困ったように上目遣いになった。

「二十万円ちょっとくらいかな……」

「ばかやろう。おまえら、この大事なときになに考えてる。滞納しているやつはすぐ払え！」

竜澤が厳しい視線で下級生たちを見まわした。みんなどきりとしたように顔を見合わせた。

「わかったな」と竜澤が言った。

「はい！」

下級生たちが声をあげた。

私も言った。

「こんな時期に、つまらんことで俺たちを怒らせるな」

「はい！」

「よし。解散！」

竜澤の号令で全員が立ち上がり、ほっとした顔で道衣の上を脱ぎ、階下のシャワー室へ下りていく。私も道衣の上を脱ぎ、腰の晒《さらし》や膝《ひざ》に巻いた自転車チューブを解いていく。そしてバスタオルを持って部室を出た。竜澤が大鏡の前でジーンズを上げ、上からポロシャツをかぶっているところだった。

「まいったな、下級生たちには」

竜澤が鏡に映った自分の尻を叩きながら言った。

「名古屋に行けんとか、わけがわからない。きちんとしないとな」

私も言った。

そこに松井君がのっそりやってきて竜澤のポロシャツの袖《そで》を引っ張った。

「なんだ、この牛め」

竜澤が言った。そして「金を早く集めろ。主務の仕事だぞ」と続けた。

松井君がさらに袖を引っ張りながら声をひそめた。

「あんたら二人なんだけど」

「何が?」

私は聞き返した。

松井君がまわりを見まわし、さらに声をひそめた。

「だから、あんたら二人なんよ」

「どういう意味だ。二人がどうしたんだよ」

竜澤が聞いた。

松井君が申し訳なさそうに「だからさ。部費の滞納、あんたら二人がほとんどなんだよ。あなたたちがひとり十万円ずつ滞納してんの」と小声で言った。

私と竜澤は顔を見合わせた。

「早く払ってよ」

松井君がすがるように竜澤の袖を引っ張った。

「けちなこと言うな。なんとかしろよ、主務なんだから。近江牛《おうみぎゅう》め」

竜澤が言った。

「主務なんだからなんとかしろよ。それが仕事だろ」

私も言った。

「まいったなあ、もう」

松井君が言った。

「モーモーうるさい牛だな」

竜澤が言った。そして「そうだ」と嬉しそうに「今日は肉チャーハンを食いに行こう。松井君、おごって。俺、お金なくなっちまったんだよ」と続けた。松井君は「もう。また」と言った。結局その日は松井君についていって二人は肉チャーハンの大盛りとラーメンをおごってもらい、満腹になって帰った。

しかし実際のところ、私たち四年目はみな七帝戦へのプレッシャーに押しつぶされそうになっていた。夜になって一人で布団に潜り込むと、頭のなかにオーダー表が浮かび、さらに試合シーンが浮かび、苦しくて息ができなくなるほどだった。七帝戦のことばかり四六時中考えていた。

三日に一度は和泉さんから電話があった。

「どうじゃ」

いつもその声に救われた。真っ暗な大海のなか、私たち部員はどこへ行こうとしているのか、和泉さんの言葉が頼りだった。

「あんたらならできるはずじゃ。頑張りんさい」

2

五月の終わり頃、優勝大会の北海道予選が紋別《もんべつ》であった。戦いおえて、紋別から帰ってきたその夜も、和泉さんから電話があった。寒い廊下に立って呼び出しのピンク電話で話した。

「優勝大会、どうじゃった?」

「すいません。シードを落としてしまいました」

「内容はどんなんじゃ」

私は先鋒《せんぽう》戦から細かく話した。怪我人が多くベストメンバーで臨めなかったのだ。うんうんと聞いていた和泉さんが「気にすなや」と言った。

「はい」

「あんた、怪我の具合はどうなんじゃ」

「あまり良くないですが、ぼちぼちでやるしかないです」

「そうか。頑張れや。最後までベストを尽くしんさい。竜澤はどうじゃ」

「竜澤はかなりいいですよ。立っても寝ても去年より五割くらいアップしてます。僕もこのあいだの練習試合で内股で投げられました」

「そうか。そいつは期待できそうじゃ」

寒い廊下でひとり、徳島の和泉さんと話しているといつも不思議な感覚がする。このあいだの春まで一緒にこの街を歩いていた和泉さんが、四国の地で、どんな色の土を踏んでいるのか、どんな樹木の匂いをかいでいるのか、あまりに遠くて見当もつかなかった。

「僕たちは七帝だけに照準をしぼっています。七帝戦に懸《か》けます」

「そうじゃの。それがいい。気持ちを切り替えて頑張りんさい」

そこからまた、延々と柔道部の話になった。板張りの廊下に裸足《はだし》で立っているので指先が冷たくなってくる。

「紋別まで行って疲れたじゃろ。今日はゆっくり寝んさい」

「はい。ありがとうございます」

受話器を置くと、ふわりと孤独感がおそってきた。

誰もいない部屋に戻り、ストーブの火を強めた。五月とはいえ、札幌の夜は冷え込む。

布団に潜り込み、天井を見ながら考えた。あまりに濃密な時間をすごし、一生ぶんを北海道で生きたかのような気がしていた。多くの人に出会い、人生を変えられた。私が一年目のときの金澤主将、私が二年目のときの和泉主将、私が三年目のときの後藤主将。それぞれの代の先輩たちとの思い出が今日はいつまでたっても頭のなかをまわり続けた。先輩たちは、ほんとうに私たちに良くしてくれた。しかし私たちいまの四年目は、後輩たちにその愛情を繫《つな》いでいるだろうか。そんなことを考えているうちに眠ってしまった。その夜もロッキングを起こして眼が覚め、暗闇のなかでしばらく膝を抱えて痛みに耐えた。

3

毎日が延長練習であった。午後九時まで延々と練習試合と乱取り、技研が繰り返された。

七帝戦まであと一カ月半。師範席には岩井監督と佐々木コーチがいつもじっと座って私たちを見ていた。最下位脱出へ向け、できることはすべてやらなければならない。

「声だしていけ！」

竜澤の凄《すさ》まじい声が何度も道場内に響く。

そのたびに「ファイト！」と後輩たちが叫ぶ。

乱取りが十五本を超えたところで私は息をあげていた。カメになる三年目の石井武夫のサイドについて横絞めを狙っていたが、取りきれずに立ち上がった。立ってリスタートし、石井が引き込むところを速攻で上につこうと思ったのだ。右大胸筋の肉離れの状態は悪くなるばかりでカメ取りの選択肢はほとんどなくなってしまっていた。

しかし立ち上がった私のズボンの足首あたりに石井は両腕でしがみついて離さない。おや——と思った。いつもなら彼は素直に立ち上がってくる。私は石井の手をズボンから離そうと足を引っ張ったが、それでも彼は畳の上を引きずられるようにしてついてくる。その背中からは汗の蒸気がもうもうと上がっている。そして喉《のど》の奥でぜいぜいと呼吸音が鳴っている。私はそのままの体勢で道場全体を見た。いつものように部員たちは二人組になって畳の上でごろごろと寝技乱取りをしている。そういえばこのところ石井武夫だけではなく三年目や二年目が乱取りや練習試合でこれまでにない執念を見せることがときどきあった。

＊　＊

毎日毎日延長練習が続いた。外は真っ暗で、ほかの部は帰ってしまって誰もいない武道館に、柔道部員だけの息遣いが聞こえる。そのなかでまた竜澤の大声が響く。

「ファイト出していけ！」

「ファイト！」

一年目の頃、上級生になれば楽になるだろうと思った練習だが、上級生になってもその苦しさは変わらなかった。いや、いまこの瞬間の四年目の練習が最も苦しい。肉体も精神も追い詰められていた。勝ちたい――その思いに押しつぶされそうだった。東海大四高や札幌第一高の出稽古《でげいこ》も毎日のようにあり、彼ら重量級とのぶつかり合いがさらに私たちの体力を消耗させた。

岩井監督の練習試合後の総括も、技術的に細かいところまで指摘があった。そして一人ひとりの精神状態も監督はしっかり見ており、帰り際などにさりげなく声をかけていた。大胸筋の怪我で難渋《なんじゅう》している私にも、いつもそれとなく声をかけてくれた。

「最下位脱出するぞ！」

練習後のミーティングでの竜澤の言葉は、日々かすれていく。ほんとうに最下位脱出が可能なのか。私にしか言わないが、竜澤も不安なのだ。ただ後輩たちの前でその姿を見せることは絶対にしなかった。以前は私と一緒に部員の名を紙に書いて並べ、オーダーを組んでは呻吟《しんぎん》していたが、この頃は眼を閉じて首を振った。

「辛《つら》いからやめよう。もう考えられない」

六月の七帝合宿に入ると私たち四年目でさえ息たえだえの練習量になった。竜澤が乱取りの本数を際限なく増やしていくのだ。これ以上無理だろうと思っていてもさらに増やしていく。一年目は七帝戦が終わるまですべての乱取りには入らなくていいと言ってあったので自分で調整しているが、大変なのは二年目と三年目であった。

七帝合宿のあとはそのまままた延長練習であった。岩井監督も容赦なかった。

「いつまでこのきついの続くんだろう……」

練習後、松井君が言いながら道衣の上を脱いだ。

松井君と私は部室のロッカーが隣同士である。七帝戦が迫り、プレッシャーがあまりにきついので、二人で鉄製ロッカーにマグネットを、七帝戦までの、つまり引退までの残りの練習の数だけ貼り付けた。そして練習が終わるとひとつ机の上にどけるということを繰り返して七帝本番を待った。しかし遅々として時間が進まない。これほど苦しい時間は生まれて初めての経験だった。

松井君と二人でいつものように上半身裸のままバスタオルを持ち、足を引きずりながら一階のシャワー室へ下りていく。合気道部の女子部員たちとすれ違うとき、香水が匂った。私はうつむいて溜息《ためいき》をついた。一階へ下りると、少林寺拳法部の女子新入生たちの嬌声《きょうせい》が聞こえた。

ウォータークーラーで水を飲み、重い足取りでシャワー室に入り、頭から湯をかぶった。そしていつものように固形石鹸《せっけん》を髪に塗りたくり、さらに肩、胸、腹、脚と洗っていく。一年目のときは体中が柔道衣と畳で擦り剝《む》け、そこに石鹸や湯がしみたものだが、いまでは体中の皮膚が柔道衣にこすれて硬くなっていた。しかし皮膚の下の盛り上がった筋肉は疲れ果て、筋肉をつなぐ靱帯《じんたい》はあちこちで不具合を起こし、関節は軋《きし》み、表面だけの勇猛を必死に保っている状態だ。それでも後輩たちにだけは弱気は見せられない。私たち幹部を頼りに後輩たちは頑張っているのだ。

シャワー室のカーテンを開け、またとぼとぼと歩いた。

階段を上り、柔道場に入ると、片隅に十数人ほど集まっていた。

近づいてみると、佐々木コーチが来ていた。真ん中で大工の作業着のまま技の講習をやっている。いま来たところのようだった。

「こうだべ。こうして脇をすくうべ。したっけ、おまえらのすくいかたとここが違う。だべ?」

竜澤が道衣の上を脱いで、一番後ろでぼんやりと見ていた。

佐々木さんが技の説明を終え、立ち上がった。

その佐々木さんにすがるように私は聞いた。

「本当に俺たちのチームは力がついてるんですか?」

「またその話かよ」

佐々木さんが笑いながら言った。後輩たちはぱらぱらと離れ、部室に入ったり、シャワー室に向かったりしだした。

「このチームにそんな力があるわけないですよ。だって――」

竜澤が言いかけたのを、佐々木さんは手のひらで遮った。

「だからな。何度も言ってるべ。俺はいままでチームを見てきて『優勝できないチーム』と『優勝してもおかしくないチーム』と『優勝しなきゃおかしいチーム』の三つに分けてきた。おまえらは優勝してもおかしくないチームだ」

「そのレベルにありますか?」

竜澤が言った。

「まだ俺の言うこと信じてないな」

佐々木さんが笑った。

「どうしても信じられないんです」

「まあ、いい。名古屋行って試合になればわかることだ。試合が終わったら電話してくれ」

私は驚いた。

「佐々木さん、今回、名古屋行かないんですか?」

「大工仕事がびっちり詰まっちまってるからな。抜けられなくなっちまってるんだよ」

「佐々木さんがいないと余計に心配だな……」

竜澤が溜息をついた。

「おまえ、キャプテンだろ。しっかりしろよ」

佐々木さんがその腰を叩いた。

竜澤はうつむいたまま二、三度肯《うなず》いた。

今年は最下位を脱出できるかもしれない。ＯＢのあいだで噂となり、大勢のＯＢが名古屋に観戦に来ると聞いていた。それがまた私たち幹部のプレッシャーとなっていた。明日から調整練習に入る。それが終わるといよいよ名古屋へと発《た》つ。今年の内地は例年以上の酷暑が続いていると聞いていた。

4

七帝戦前日の金曜日朝。北大柔道部は名古屋へ発つために札幌駅に集まった。改札口へ行くと久保田玲子が見送りにきてくれていた。そして部員一人ひとりに北海道神宮のお守りを配っている。

「ゲソ。おまえも気が利くようになったな」

竜澤が笑いながら久保田の頭を上からつかみ、髪をクシャクシャにした。

全部員で新千歳空港へ鉄路四十分かけて移動する。札幌駅も新千歳空港も私が入部したころの鉄《てつ》錆《さび》の臭いがうすれ、新しい建物になっている。ガラス窓からの光に溢《あふ》れ、すっかり都会的になっていた。四年間というのはここまで街を変えるほどの長さなのだと改めて思った。四十人近い大柄な団体は空港内で嫌でも目立ち、観光客たちが遠目に見ている。飛行機に搭乗して離陸すると、私は週刊誌二冊とスポーツ紙を読み終えてから眼を閉じ、シートに背中をあずけた。

シートベルトを締めるようアナウンスがあったのはそれからほどなくである。降下していく飛行機の窓から外を眺めた。まばらに浮かぶ雲を下へ抜けると、強烈な陽射しに炙《あぶ》られた名古屋の街が見えた。

市街を眼下にしながら、やがて小牧市《こまきし》にある名古屋空港へ着陸した。今年も入院で年末年始に帰れなかったので、昨夏以来、私にとって丸一年ぶりの名古屋である。

荷物を降ろしながら飛雄馬が振り向いた。

「実家、こっから近いよね」

「車で三十分くらいかな」

飛雄馬は一年目の京都での七帝戦のあと私の家に何泊かしたことがあり、父母とも顔馴染《なじ》みである。

部員たちとバスで名古屋市内へ移動した。三十分ほど走ったところで「次のバス停で降りてください」と松井君が立ち上がった。そのバス停には名古屋大学の一年生が待っていて宿泊先のホテルへ向かって歩いて先導してくれる。あちこちに陽炎《かげろう》が揺れ、融《と》けたアスファルトの化学臭と樹上のアブラゼミの騒ぎで頭がくらくらした。

「ここまで暑い七帝戦は初めてだ」

横を歩く竜澤が顔の汗を拭《ぬぐ》いながら表情を歪《ゆが》めた。ほんとうにそうだ。熱い空気が街を覆いつくしており、車が横を通るたびに熱風の塊が排気ガスとともにゆらりとこちらに動いて気分が悪くなる。

そのなかを黙って竜澤と肩を並べて歩いた。竜澤も私と同じことを考えているのだろう。宮澤のことだ。七帝戦の直前に以前から調子の悪かった心臓の不調で医師からドクターストップをかけられてしまった。さらに二年目最強の飯田勇太の退部である。事情があって練習にあまり来れない彼を七帝戦に出すかどうかで部内で議論が百出し、結局退部させてしまった。この二人の不出場はチームにとって大きな痛手だった。

用意されていたのは小さなビジネスホテルだった。大部屋がなく全員がシングルの個室だという。名古屋駅や栄《さかえ》駅近くの繁華街ではなく、試合会場近くのホテルをと、名大柔道部が気を利かせて探してくれた宿舎のようだ。ロビーに入ると冷房が効いていて一息つけた。荷物を床に置いてしばらく皆で話していると、フロントとやりとりしていた松井君が戻ってきた。そして大学ノートを見つつボールペンで何かを書きながら説明していく。

「部屋割りを発表します。鍵《かぎ》を渡しますので、荷物を置いたら道衣を持ってすぐにまたここに集まってください。すでに調整練習の時間に入っていますので、これから試合会場へ行きます」

松井君の後ろで名大の一年生が肯いている。

私たちはそれぞれの部屋で旅装を解き、道衣を持ってロビーに集まった。松井君の説明を受け、外へ出て会場の愛知県スポーツ会館へと歩いていく。

とにかく暑い。

この暑さは名古屋出身の私にも異常だと思われた。

まるで空気が燃えているようだ。

交差点の赤信号で停まった白いセダンがクラクションを鳴らした。サングラス姿の男が運転席からこちらを見ている。サングラスを取ると笑顔の杉田さんだった。サングラスは網膜剥離《はくり》歴があるからに違いない。地元が名古屋なので一足早く実家に来ていたのだろう。信号が青に変わるとそのまま会場のほうへと走り去った。

スポーツ会館は名古屋城の外堀にあり、採光用の曇りガラスになっている東の壁面が陽光をきらきらと反射している。開け放った窓からバシンバシンという大きな音が連続して響いていた。どこかの大学が投げ込みをしているのだろう。そこで気づいた。窓が開いているということはこのスポーツ会館の柔道場には冷房がなかったかもしれない。高校時代、私はここで多くの試合を戦った。団体戦の名古屋北地区予選と県大会、体重別個人戦、月次《つきなみ》試合。二浪したので秋に誕生日がきたら私は二十四歳だ。もう随分前のことのように思えた。

5

その日は調整練習をしてすぐにホテルへ戻り、各人それぞれ冷房の効いた部屋で体を休めた。外に出ると暑さでスタミナを消耗するので外出は控えるようにと岩井監督からの達しが出ていた。

私はロビーへ行き、実家に電話して明日の試合開始時刻を母に告げた。「応援に行くよ」と母は言ってくれたが父が来てくれるかはわからなかった。

午後六時に北大は食堂に集まった。

竜澤は岩井監督とともに主将審判会議に出ているので夕食の号令は私がやった。試合が明日に迫り緊張はあったが、それぞれまわりの者と談笑していた。そこに竜澤が岩井監督とともに戻ってきた。二人とも表情を強張《こわば》らせている。みな箸《はし》を置いて二人の顔を見ていた。トーナメントの相手校が決まったはずである。

「また東北《とんぺい》だ」

竜澤が言うとざわめきが起きた。

私は冷静を装って湯飲みの御茶に手を伸ばした。竜澤は四年目が固まっているこちらへやってきて黙って座った。そして箸を手にしてせわしく夕飯をかき込みはじめた。

下級生たちはその竜澤を怖そうに見ながら、斉藤創さんの話をしている。

またしても東北大学と戦うのか……。

七帝戦には輪廻《りんね》のように因縁が巡ってくるとOBたちからときどき聞かされていた。その因縁は決着がつくまで延々と繰り返されるのだと。強いときの因縁もあれば弱いときの因縁もある。

たとえば北大と九大との昭和五十二年と五十三年の決勝はいまだに語り継がれる激しい闘いであった。岩井眞主将と奈良博主将の代である。二年続けて大将決戦となって決着がつかず、代表戦となった。昭和五十二年は鈴木康宏が怪物平島稔に抑えられ、昭和五十三年は奈良博がやはり平島稔に抑えられて優勝を果たせなかった。こういったことは他大学も含め、何度も繰り返される因縁のひとつであるようだ。

私は酒席で北大の老OBに質問したことがある。どうして七帝戦はこれほどまでに因縁というものが生まれ、若者たちは巻き込まれるように戦わなければならないのでしょうと。

老OBは言った。

「高専柔道も七帝戦も各学校の熱量がほかのスポーツ、ほかの大会などと較べて桁違《けたちが》いだ。それは各校とも『練習量がすべてを決定する柔道』の言葉の下、本来ありえない量の練習をこなしているからだ。練習量のすえにその道場内には部員の汗の数だけ情念が立ちのぼって蟠《わだかま》る。古くは一高と二高との因縁。高専大会での四高と六高の因縁。君が言った七帝戦になってからの北大と九大の因縁の戦いもそうだ。二つの学校の情念が二頭の大蛇のごとく天へ向かって捻《ねじ》り合わされるように昇っていく。どちらかの大蛇がどちらかを頭から食い尽くすまでその因縁は続くんだ」

そして今年もまた因縁が巡ってきた。

因縁の始まりはあの二年前の東北戦《とんぺい》だ。

後藤孝宏主将率いる北大は札幌で東北大学を迎え撃った。

しかし東北大は「札幌には観光に来ただけだ」と言って上級生の抜き役をすべて後ろに並べ「俺たちは試合をしたくない。おまえたち一年と二年だけで片付けろ」と私たち北大を侮蔑《ぶべつ》した。そしてその言のとおりに北大は大敗した。この屈辱を晴らすために北大の練習はさらに凄絶《せいぜつ》を極《きわ》めるようになり、後藤主将の蒼白《そうはく》になっての寝技乱取りはいまでも語り草である。

そして年が明けた一九八八年、つまり昨年七月の七帝戦で、北大はこの因縁の東北大学と一回戦でいきなり当たった。

そこで当時医学部四年生の斉藤創《つくる》さんに後藤主将と城戸勉の二人を縦返しから抑えられてまた敗れた。二人は北大で最も堅いカメの双璧《そうへき》である。つまり斉藤創さんの強さは北大のスケールに収まらない位置にあった。あの縦返しは高専柔道の歴史書『闘魂』を著した旧制松本《まつもと》高柔道部OBの湯《ゆ》本修治《もとしゅうじ》先生に直接手ほどきを受けたもので、高専柔道OBたちから「幻の技が蘇《よみがえ》った」と太鼓判を押されていた。

昨年十月末の東北戦では竜澤主将率いる北大が、久しぶりに勝利を得た。しかし定期戦は三年目までしか出場できない。今回は医学部五年の斉藤創さんがまた出てくる。今年の七大学一の実力だといわれていた。

私たちは万がいち東北大学と当たったときには創さん対策が絶対に必要だということはわかっていた。だから創さんに二人抜きされた昨年の七帝戦のビデオを何度も検証して一年かけて縦返しへの対策を話し合ってきたが、答は出ていなかった。

見た目は非常にシンプルなカメ取りである。寝姿勢での帯取り返しに近い。しかしかなり浅い位置からも創さん特有の膂力《りょりょく》で返しにくる。上手《うま》くいかないと斜め方向や横方向へずらし、あるいは強弱やスピードも都度変えてくる。その揺さぶりでカメになっている者はバランスを崩され、最後は強引にめくられる。

少し離れた岩井監督の座るテーブルで下級生たちが必死に何か聞いている。岩井監督は箸を取らず、眉間《みけん》に深い皺《しわ》を寄せてそれに答えている。

「監督さん、誰を創さんに当てるんだろ」

私が言うと、竜澤、宮澤、松井君、飛雄馬、四年目全員が私を見た。岩井監督も、いま苦慮しているのではないか。北大の誰かが創さんと引き分けているイメージが思い浮かばない。

しかも東北は創さんだけではない。主将の平山健をはじめ大森泰宏、輿水《こしみず》浩、近藤元就《もとなり》ら幹部たちは、なんといっても二連覇時に京大と戦ったレギュラーメンバーなのだ。さらに下にも重量級何枚かを含めた強力な部員が育ってきているという情報が入ってきていた。

食事が終わると岩井監督と竜澤が立ち上がった。

一回戦が東北大であることが改めて伝えられた。

そして岩井監督が続けた。

「去年十月の東北戦で勝っているので勝てない相手ではないからな。それぞれの持ち味を出して緻《ち》密《みつ》な寝技をやるんだぞ。この一年の苦しい練習を思い出して必死にやれば勝てない相手じゃない。わかったな」

「はい！」

全員が声をあげた。

続いて竜澤が話しはじめた。

「創さんには去年の七帝戦で簡単に二人抜かれてる。去年のビデオを何回も観たが、かなり余裕をもっての二人抜きだ。今年は三人四人と抜かれてもおかしくない。だが、どうしても最下位を脱したい。その思いは俺たち幹部だけじゃなくおまえら全員同じはずだ。いいか。もし創さんに抜かれるとしても少しでも疲れさせろ。そいつが抜かれたら次のやつがもっと疲れさせろ。そいつも抜かれたらその次のやつがもっともっと疲れさせろ。後ろへ繋げ。総力をあげて創さんを止めるんだ。チームワークでは北大が上だと信じるんだ。この一年やってきた練習量を信じろ」

「はい！」

後輩たちのうち何人かは感極まって泣いていた。竜澤の凄まじいリーダーシップは部員の心を完全にひとつにまとめていた。

創さんに一人で絶対に分けられる人間は今年の北大にはいない。強豪秋田高出身の創さんは立技も強く、北海道体重別選手権で優勝した北大の末岡さんを定期戦では内股《うちまた》で投げて一本勝ちしている。竜澤も投げられるだろう。私も投げられるだろう。東英次郎も危ない。引き込んでいったら上から攻められて抑え込まれるだろう。カメになったら縦返しで返されて抑え込まれるだろう。だから竜澤が言うように総掛かりで止めるしかない。

6

自分の部屋に戻るとなぜか背中が冷えてきて強い寂寥《せきりょう》に襲われた。

一人部屋で七帝戦前夜を過ごすのは初めてである。

鞄《かばん》から小説の文庫本を出してしばらく読んでいたが集中できない。今回、私はいつものように『深夜特急』も荷物に詰めようとしてやめていた。なぜそうしたのか飛行機のなかでぼんやり考えていたがわからなかった。思いついてロビーへ行った。他大学も含め、二十人くらいの人間が何人かずつ固まって話し込んでいる。談笑している者はいない。みな真剣な表情である。

その横をすり抜けて奥の公衆電話のところへ行った。ポケットから財布を出し、メモ帳を引き抜く。私には高校時代の親友が何人かいる。そのうちの多くが東京へ進学してしまったが、二人だけは地元の名古屋に残っていた。その二人に手紙を書いて七帝戦のことを報《し》らせてあった。

一人は同じクラスの親友、若埜浩一《わかのこういち》である。電話には母親が出て彼に代わってくれた。「明日《あした》は応援に行くつもりだよ。久しぶりに会えるのを楽しみにしてる」と言った。しばらく彼の近況も聞いた。彼は一浪で名大医学部に入り、現在五年生である。電話を切ると今度は柔道部で同期だった武庫川豪《むこがわごう》にかけた。本人が出た。

「スポーツ会館行くからな」

「来てくれるのか」

「あたりまえだ。最後の試合だろ」

やはりしばらく近況を話し合った。彼とは柔道部の三年間だけではなく、その後の二浪生活も一緒に過ごした。現在は名古屋市立大学医学部の四年生だ。

電話を切って自室に戻ろうとすると、廊下の向こうからジャージに両手を突っ込んで歩いてくる竜澤が見えた。上は白いポロシャツ。襟を立てている。サンダル履きで札幌の北十八条界隈《かいわい》を歩いているときと同じようにぶらぶらやってくる。眼で言葉を交わした。私はロビーのソファに座った。竜澤は自販機コーナーに入っていき、しばらくするとスポーツドリンク二本を手にしてこちらに来た。一本を放り投げて寄越し、私の前のソファに座った。二人でそれを飲みながら話した。他の大学の連中もいるので小声である。

「誰なら創さんと分けられる」

竜澤が聞いた。

私は斜め下へ視線を落とした。そしてしばらく考えたあと首を左右に振った。竜澤が大きな息をついてスポーツドリンクを飲んだ。

「もし自分が当たったら、どうやって戦う」

竜澤が今度はそう聞いた。

私も同じことを心配していた。

竜澤が「上の後藤さんたちの代が少なかったから、俺たちずっと抜く練習ばっかりしてきたもんな」と呟《つぶや》くように言った。

私はスポーツドリンクをひとくち含み、それを嚥下《えんげ》した。

「すごく大切にされてたんだよ。ずっと先輩たちに将来の抜き役として育ててもらったんだよ」

「一年目の七帝までの三カ月だけだった、俺たちがカメの練習したの。あとは攻める練習ばっかりやってきた。監督さんや先輩たちの恩に報いないと」

それから二人で他大学の陣容を話し合った。東北大学だけではなく、今年はどの大学も強力なメンバーを揃えている。東大には阿部や倉木という強豪がいる。名大は幹部が十人ほどおり、しかも地元開催なので打倒京大を合言葉に凄絶な練習をやっていると伝わっていた。阪大には本田《ほんだ》と脇本《わきもと》の剛腕コンビがおり、大泊《おおどまり》ら強い下級生も揃っている。九大には高田《たかだ》良二《りょうじ》という金看板の主将がいて、彼は筑紫丘高校時代から九州の高校柔道界で鳴らした立技を持っている。そしてもちろん京都大学だ。栗山裕司《くりやまゆうじ》主将以下、まったく穴のない強力なチームを作っているという。

低学年の頃は私と竜澤は試合前夜に二人でロビーで遊んでいた。金澤さんや和泉さんたちに頼っていればよかった。しかし、いまでは誰にも頼ることはできなかった。逆に下級生たちの精神的支えにならなければならない。

竜澤と二人で天井を仰いだ。そこにはいつも私たちを励ましてくれる札幌の星空はなかった。

7

緊張の朝を迎え、食堂に集まって短いミーティングをしたあと、北大勢は会場へ徒歩で移動した。朝からかなり気温が上がっており、会場まで歩いただけでTシャツもジーンズも汗で濡《ぬ》れて体にべっとりと貼りついてきた。

皆がぞろぞろと中へと入っていく。私は入口前に立ったまま建物を見上げた。そして振り返って太陽を見た。宿舎から歩いたわずか二十分ほどの間に太陽はさらに光量を増し、黄金色の炎を揺らしていた。

二階の柔道場へ上がると早くも多くの大学が来ており、柔道衣姿であちこちでアップをしていた。

「おい、増田」

武庫川豪が笑顔で立っていた。握手しながら話した。そこへ若埜浩一が現れて、やはり笑顔で近づいてきた。

「元気そうだな。頑張れよ」

そう言って、彼も手を差し出した。

二人とも額に汗の玉が浮かんでいる。直射日光が当たる外も暑かったが、それ以上に暑い。窓が全開してあるが、試合場が三面ある会場は人いきれで噎《む》せ返るほどであった。上座にある一面は使われず会議用の長机が並び、そこに年配の役員たちが座っている。そして入口に近い二面に、それぞれ記録係や時計係の席などが設置されていた。激しい投げ込みをしているのは東大である。床全体が軋みをあげて大きく揺れている。その向こうで打ち込みをしているのは大阪大学と九州大学だ。みな気合いの声をあげているので会場は喧噪《けんそう》状態であった。東北大はと探すと、二人組になって寝技技術の確認をしていた。

「ここが北大の控えなので着替えてください」

松井君が観客席に入り、説明した。観客席は試合場から直接上がれる二十センチほどの高さのところに、上へ向かって斜め五列に設《しつら》えられた小さなものである。全体で三百人ほどの席がありそうだ。それが七つに仕切られ、松井君が立っているところには《北海道大学》と印刷された紙が貼ってある。

北大勢はそこに上がって緊張した面持ちで道衣に着替えはじめた。私は武庫川豪と若埜浩一に「着替えるから」と断って観客席へと上がった。

「どうじゃ、チームの具合は」

知らぬ間にそこに和泉さんが立っていた。その顔を見てほっとした。三カ月半前に札幌駅から徳島へ旅立って以来初めて会う。

「気持ちで押されなや。ここまできたら精神力勝負じゃ」

和泉さんの眼は強く光っていた。

着替えた竜澤もやってきた。三人でしばらく話した。和泉さんの後ろのほうに金澤裕勝さんや斉藤トラさん、岡田信夫《のぶお》さんたちの姿もあった。私たちが一年目のころの四年目である。他にもあのとき五年目だった佐々木紀さんがいて、和泉さんの代の松浦英幸《ひでゆき》さんや上野哲生《てつお》さん、内海正巳さんもいた。その若いOBたちは道衣を着た助っ人、五年目の後藤さんを囲んで話し込んでいる。

「竜澤――」

岩井監督から声がかかった。

竜澤が監督のもとへ小走りで行き指示を聞いている。そして「北大集合！」と声をあげ、両手を叩いた。

みんな急いで集まる。いつものように真ん中で岩井監督はぐるりと全員を見てから話しはじめた。終わると竜澤の号令で北大の準備運動となった。部員が円になって広がっていく。途中から他の大学がそれを驚きながら見ていた。人数が多いからである。一年目や二年目のころ竜澤と「いつか十五人の紅白戦ができるように三十人まで部員を増やしたいな」と話していたが、いまでは四十人近い部員数となっていた。

竜澤が近くに立つ城戸勉に何か言った。城戸の号令で準備運動が始まった。

それが終わると「北大、寝技乱取り六分三本！」と竜澤が言った。みな二人組になって寝技乱取りを始めた。岩井監督と竜澤と私の三人は一カ月ほど前に話し合い、試合前は体と気持ちを試合モードにするために、ストレッチや打ち込みだけではなく軽い乱取りをしたほうがいいと結論していた。この日のための改革のひとつである。

それを終え、汗を拭いながら竜澤とスポーツドリンクを飲んでいると岩井監督がやってきた。しばらくまた三人で話した。創さんはおそらく前のほうに出てくるだろうと岩井監督は言った。

マイクで開会式が始まることを告げられ、各大学のレギュラー二十人が本部席の前へと集まっていく。マイクの指示通り各大学が二列になって前から並んだ。私と竜澤は帯をいちど解き、それを強くしっかりと結び直して、最前列に二人で肩を並べた。

開会式が終わると第二試合場へ移動した。そこに名大の下級生の会場係がおり、北大と東北大にどこに自陣を組んで座ったらいいかなどを説明した。主審と副審が試合場の真ん中で話し込みはじめた。

ふと見ると竜澤が東北大陣営を睨《にら》みつけている。その視線の先には主将の平山健がいた。平山も竜澤を強く睨み返していた。

第14章　東北大学との死闘

1

「北大、集合！」

竜澤が両手を上げ、叩いた。

北大勢が小走りで集まっていく。みな、かなり緊張していた。

全員が集まったところで竜澤が監督に向き直った。

「監督さん、お願いします」

岩井監督が一人ひとりの顔をゆっくりと見まわしていく。眼が合ったとき、監督が肯《うなず》いた。いや、監督はいつも全員にそのように感じさせるのだ。一人ひとりに真剣に向き合っている。私のことも四年間ずっと見てくれていた。鳩尾《みぞおち》の少し上あたりに熱いものがこみ上げてきた。

「いいか——」

監督が言った。

「ここまできたら、何も言うことはない」

そこで一呼吸おいた。

「おまえらみんな、たくさんの思いを背負っている。今日はたくさんのＯＢが応援に来てくれている。それを忘れるな」

「はい！」

みんなが声をあげた。

監督の後ろに若手ＯＢたちが立っていた。最下位を経験した浜田浩正さんの代以降の若いＯＢである。みな強張《こわば》った表情で監督の背中を見ている。

「よし。オーダー発表するぞ」

岩井監督が声を落とした。七帝戦では選手二十名を大会前に登録し、試合毎にそこから十五人のメンバーを組む。

「先鋒《せんぽう》、西岡。次鋒、藤井。三鋒、城戸。四鋒、石井武夫。五鋒、守村。六鋒、松井。七鋒、ゴトマツ。中堅、岡島。七将、溝口。六将、東。五将、飛雄馬。四将、竜澤。三将、後藤孝宏。副将、増田。大将は大森だ」

一年目がそれを急いでオーダー用紙に書き込んでいく。係のもとへ走った。

東北大は斉藤創《つくる》さんを前半に置いてくるだろうと読んでの後半勝負の布陣である。創さんに抜かれるのは承知の上で、後半に抜き返して逆転勝ちを収めようという作戦だ。

しばらくすると、壁のボードにＡ３サイズをさらに縦長にしたような大きな名札が掛かりはじめた。北大陣営も東北大陣営も、その対戦表を固唾《かたず》をのんで見守る。

	北海道大学	（学年）	東北大学	（学年）
先鋒	西岡精家	2	近藤元就	4
次鋒	藤井哲也	3	山下耕太郎	2
三鋒	城戸　勉	3	瀬戸謙一郎	3
四鋒	石井武夫	3	金子　剛	3
五鋒	守村敏史	3	斉藤　創	5
六鋒	松井　隆	4	後藤圭吾	2
七鋒	後藤康友	2	大森泰宏	4
中堅	岡島一広	3	河本孝造	3
七将	溝口秀二	3	戸次賢治	3
六将	東英次郎	3	永峰共能	3
五将	工藤飛雄馬	4	中川智刀	2
四将	竜澤宏昌	4	森　侯寿	3
三将	後藤孝宏	5	平山　健	4
副将	増田俊也	4	輿水　浩	4
大将	大森一郎	3	小野義典	3

予想どおり創さんは前のほうに座っていた。五鋒である。そして全体にいい選手をまんべんなく配置する布陣。主将の平山健は三将に座り、副将に四年の輿水《こしみず》浩、大将に三年の小野義典を置いて

いた。置き大将ではなく、後半にも厚く上級生を並べている。これは北大が後半勝負をかけてくるのを読んでのものだろう。

一方の北大は、前半の早めの位置で創さんが出てきても対応できるよう、三鋒に守りが堅く攻撃力もある城戸《きど》勉を置いた。その城戸の一枚前に同じ三年目の藤井哲也を、後ろには石井武夫と守村敏史を置いて、三年目を四枚並べてある。絶対に止められる者はいないが、この四人が総掛かりならどこかで止められるという岩井監督の読みであろう。しかしこの四枚作戦のところは創さんからは少し外れた。

もし順当に引き分けが続けば三年目の守村敏史が斉藤創さんと当たる。守村が抜かれたら松井隆、ゴトマツ、岡島一広と次々にぶつかって止めなければならない。止めるのに何人かかるか予想がつかないが、とにかくどこかで止めて、抜かれた人数を後半で抜き返す。

六将の東英次郎以下、飛雄馬、竜澤、後藤さん、私と並べ、ここで決着をつけようという狙いだ。置き大将の大森一郎までまわしたら東北大の小野義典は強力な抜き役なので万事休すだ。しかし東英次郎と同じ六将に座る永峰共能《ながみねとものぶ》は次期主将で一〇〇キロを超える巨漢だし、三将に座る主将の平山健は身長一八七センチの強豪である。抜くといっても誰が誰を抜くのか。

私は対戦表を見たまま、隣に立つ松井君に肩を寄せた。

「創さん、やっぱり前にきたな」

「俺だね……」

松井君の声は上ずっていた。

「守村一人ではとても止まらんからな」

昨年の七帝戦では守村が止めている。しかしあれは創さんが城戸勉と後藤孝宏さんという北大の分けの要《かなめ》二人を抜いて疲れた後の三人目だったのだ。しかも創さんの後ろにはまだ高橋隆司さんや佐藤稔紀さんといった創さんに匹敵する超弩級《ちょうどきゅう》が残っていた。創さんが無理して三人抜きする必要はなかった。今回、一人目で守村が止められるとは到底思えなかった。

松井君が大きく二度深呼吸した。

「責任重いな」

二人目であっても松井君が分けることができるとは思えない。しかしそこで止めないとゴトマツや岡島一広ではさらに厳しくなる。

竜澤は一番前に立ち、両手を腰に当ててじっと対戦表を見ていた。その背中にはチームを率いる者の悲愴があった。

このオーダーだと、北大の勝ちパターンは限られる。

斉藤創さんに抜かれた人数を東英次郎と竜澤宏昌で抜き返して一人リードする。そして後藤さんが輿水浩と分け、私が小野義典と引き分ける。これが一番綺麗《きれい》な勝ち方だ。

万がいち東と竜澤でビハインドを取り返せなければ、後藤さんと私が意地でも抜かなければならない。だが、東北大の最後の三枚、平山健、輿水浩、小野義典、この三人を取ることはできそうもない。頭のなかを様々なシミュレーションが巡り、心拍数が上がってきた。

「よし。北大集まれ！」

竜澤が大声をあげた。

「ここに集まれ！　円陣組むぞ！」

部員全員が集まって肩を組みはじめた。『柔道部東征歌《とうせいか》』か『都ぞ弥生』でも歌うのだろうかと思っていると竜澤がぐるりと誰かを探している。そしてその人物を見た。

「大森。おまえだ。おまえが『北大柔道部ファイト』と叫べ。それに続いて全員で叫ぶぞ。いいなみんな。よし。大森やれ」

大森一郎は少し驚いたような顔をしたが、すぐに両サイドにいる城戸勉と中井祐樹の肩を抱えて前のめりになった。私たちも片脚を一歩引き、上体を屈《かが》めた。

大森が大きく息を吸った。

「北大柔道部、ファイト！」

声を嗄《か》らして叫んだ。全員が「北大柔道部、ファイト！」と大声をあげた。みな紅潮して円陣を解いた。レギュラー入りを目指して毎夜、キャンパスのメーンストリートを一人で走っている大森の努力を一年目から四年目まで全部員が知っていた。

場内マイクが数秒ハウリングし、アナウンスが始まった。

「第一試合場、東北大学対北海道大学。第二試合場、東京大学対大阪大学。四大学の選手は試合場にお上がりください」

「よし、北大いくぞ！」

竜澤が怒鳴って、試合場へ上がっていく。

北大勢が頬を叩《たた》きながら竜澤の後に従った。向こうから上がってくる東北大学の選手たちもそれぞれ気合い充分だった。

十五人対十五人。

世界に類のない大人数の柔道団体戦。抜き勝負。場外なし。一本勝ちのみ。

そして投技をかけずにいきなり自分から寝てもいい、いわゆる引き込みＯＫの異形のルール。

三十人がずらりと向かい合う。

私は眼の前の輿水を睨《にら》みつけた。輿水も眼をそらさない。四年間長かったな、お互い最後の七帝戦だなと心の内で輿水に語りかけると、輿水の眼の奥が潤みを帯びたような気がした。

「正面に礼！」

主審が叫んだ。

三十人が会場の役員席に向き直って立礼。

「お互いに礼！」

両校が向き合って一斉に頭を下げた。

「よおし。北大ファイトだっ！」

竜澤が叫んで試合場を降りていく。

みな「ファイト！」と応《こた》えながらそれに続く。

開始線へ歩いていく先鋒の西岡精家を私は「西」と呼び止めた。

西岡が立ち止まって振り向いた。

「相手は四年だ。寝技に付き合うな。おまえの得意の立技で暴れてこい」

強張った顔で肯く西岡の尻《しり》を叩いて送り出した。飯田勇太が退部したいま、彼が二年目を引っ張っていかねばならない。

「頼むぞ、西！」

竜澤の声が響いた。北大陣営最前列の真ん中で腕を組んであぐらをかいている。

「西岡さん、ファイトです！」

一年目たちもみな声をあげている。

「近藤！　取れるぞ！」

「取れよ！」

東北大陣営からもたくさんの声があがっている。

七帝戦は先鋒から十三人までは六分、副将や大将がからむ試合は八分。どちらにしても講道館ルールや国際ルールより長い。そして場外や寝技膠着《こうちゃく》の「待て」がない。だからこそ普段から練習量を多くしておかなければならない。

「はじめ！」

主審の声が響いた。

西岡が素早く近藤の襟をつかんだ。近藤が引き込む瞬間、「ターッ！」と気合いの声をあげて投技で合わせ、上になって持ち手を切り、強引に立ち上がった。西岡はそのまま開始線に戻ってくる。こうして両者が完全に離れてしまい、片方が寝技を続行する意思を示さない場合は、いくら七帝ルールでも主審が「待て」をかけざるをえない。先鋒戦は試合の流れを作る大切な戦いだ。そのため両チームとも動きのいいムードメーカーを置く。

「いいぞ西！　自分のペースでいけ！」

竜澤が声をあげた。

西岡が竜澤を見て、険しい顔で肯いた。

「はじめ！」

主審が言った。

西岡がまた素早く襟を取り、逆へフェイントをかけて一本背負い。近藤はそれを捌《さば》いてくるりと向き合い、正対に引き込んだ。西岡は上から脚を割っていく。しかし近藤は巧みに脚を使って下から攻撃しはじめた。西岡が顔を歪《ゆが》めて上で守る。立技をやる者特有の体幹の強さで上体を立てたままだ。両者とも自分の柔道を譲らず、そのまま膠着していく。

これは引き分けだな――。

私は壁のボードの対戦表を見上げた。

次の藤井哲也も引き分けるだろう。その次の城戸勉は抜き役だが、東北大も抜き役で重量級の瀬戸謙一郎である。これも引き分けだ。やはり守村と斉藤創さんがぶつかることになる。

竜澤のほうを見ると、同じように対戦表を見上げていた。そして振り返って立ち上がり、人混みをかきわけて後ろへ歩いていく。どうやら和泉さんに呼ばれたようだ。和泉さんが何か話しかけている。そこに浜田浩正さん、佐々木紀さん、金澤裕勝さんらが集まり、試合パンフレットと壁の対戦表を見ながら、やはり竜澤に話しかけている。何度か肯いていた竜澤がそこから離れ、陣営の真ん中にあぐらをかいて座り直した。そして太い腕を組んで試合に目を向けた。

ジリリリリリと六分の試合終了のベルが鳴った。

「それまで!」

主審が声をあげた。

畳の上でもつれ合っていた西岡と近藤が立ち上がった。帯を結び直しながら開始線に戻る。二人とも息を大きく荒らげ、髪から顔、首筋、そして道衣《どうぎ》までぐっしょりと汗に濡《ぬ》れている。普段は乱取り一本で息が上がったりはしないが、七帝本番では誰もが体力を消耗し尽くす。しかも今回はこの猛暑だ。湿度もひどい。私自身、座っているだけで首筋に汗が滴っていた。

「引き分け!」

主審が宣した。

岩井監督の前で正座して指示を聞いていた藤井哲也が立ち上がり、畳へ上がっていく。

「藤井ちゃん、頼むぞ！」

「絶対に分けろよ！」

北大陣営の同期たちから声が飛んだ。

東北大は二年の山下耕太郎《やましたこうたろう》。ここは無難に両者とも寝て引き分けになるだろう。試合が始まると果たしてすぐに寝技戦になり、両者ごろごろと畳の上を転がりはじめた。藤井が手堅くカメになった。このところ藤井のカメはかなり堅牢《けんろう》になっている。山下は攻めあぐねていた。

試合場の向こうから小さなざわめきが聞こえた。

見ると、斉藤創さんが東北大陣営の後ろで左内股《うちまた》の力強い打ち込みを始めていた。分厚い体。強い眼光。パワーファイターである。立技・寝技を含めた総合力で今年の七大学ナンバー1の超弩級だ。他大学の選手やOBも遠くから見て近くの者たちと何事か話している。

北大陣営では竜澤が両腕を組んだまま創さんの動きを見ていた。

岩井監督も創さんを一瞥《いちべつ》した。そして「城戸」と手招きした。城戸が小走りで行って監督の前に正座した。監督が静かに指示を出している。竜澤はまだ創さんを見ていた。

守村が立ち上がり、後ろに抜けて一年目をつかまえ、背負い投げの打ち込みを始めた。十五分後には創さんと戦わなければならない。そこに若手OBたちが集まっていく。守村が打ち込みをやめた。若手OBたちが身振り手振りを交えてアドバイスしている。守村はそれを肯きながら聞いている。相当に緊張しているようで横顔が強張っていた。

「引き分け！」

藤井哲也が試合を終えた。顔の汗を手のひらで拭《ぬぐ》いながら戻ってくる。途中で城戸勉とすれ違い、ひとこと何か言い合って城戸が試合場へと上がっていく。

「城戸、きっちりいきんさい！」

和泉さんが声をあげた。

城戸が振り向いて肯いた。

「頼むぞ！」

竜澤も声をかけた。城戸が開始線に立つ。相手は巨漢の瀬戸謙一郎。城戸と同じ三年生だ。ふたまわりほど瀬戸の体が大きい。

「城戸さん、ファイトです！」

何人もの一年目たちが声をあげた。城戸の防御力は北大でも随一だ。ここは何も問題はない。

「はじめ！」

試合が始まった。奥襟を取りにくる瀬戸を城戸が寝技へ引き込んだ。すぐに下から脚を利かせる。上になった瀬戸が体格を利して攻める。城戸は得意の浅野返しに持っていけるように念入りに形を作りはじめた。しかし東北大も万全の北大対策を練ってきている。そこから瀬戸はなかなか前に出てこない。

これも引き分けだ――。

対戦表を見上げた。次の石井武夫は金子剛と寝技で手が合うので引き分けは間違いない。やはり斉藤創さんは守村と当たる。

隣の試合場で大歓声があがった。

見ると東大の阿部圭太《けいた》が巨漢相手に大外刈りをかけていた。そのまま激しく畳に叩きつけ、主審が「一本！」と宣した。東大陣営が総立ちになった。相手は誰だ。うなだれて立ち上がった重量級の選手を見て私は驚いた。阪大の超弩級、大泊《おおどまり》だった。

大泊を投げるのか――。大泊は一年生のときすでに大学個人戦九五キロ級で全国ベスト16に入っている強豪である。それを中量級の阿部圭太が大外で叩きつけたのだ。他大学の同期の四年たちはこの一年の間にいったいどれほどの力をつけてきたのか。

竜澤も阿部の姿を見ていた。その一五メートルほど向こうで、絶対王者京大の栗山裕司主将も阿部を見ている。さらにその向こうには九大主将の高田良二がいて、やはり阿部を見ていた。かつて四年前、それぞれの大学に一年生として入部した者たちが、四年間の総決算としてここに集っていた。

ちょうど城戸勉と瀬戸謙一郎の試合が終わり、両者が道衣を直しながら主審の「引き分け!」という声で別れるところだった。

代わって石井武夫が畳に上がる。試合が始まった。すぐに石井が寝技に引き込み、カメになった。石井のカメもこのところ相当に堅くなっているので大丈夫だ。岩井監督は静かに見ていた。

試合場脇では、次の守村《もりむら》が肯きながら和泉さんの話を聞いている。和泉さんが厳しい表情で何か言って肩を叩いた。

「守村――」

岩井監督が手招きした。

守村が和泉さんに頭を下げて走っていき岩井監督の前で正座した。その横顔は真《ま》っ蒼《さお》になっていた。

石井vs金子の試合終了を告げるベルが鳴った。

両者が主審に促されるまま試合場中央で道衣を直す。

「引き分け!」

主審が宣すると、東北大学から「創《つくる》さん、お願いします！」「先輩、お願いします！」「創さんファイトです！」と多くの声があがった。七大学最強の男が両頰を張り、悠然とした所作で畳に上がってきた。百獣の王の余裕である。他の六大学のOBと選手たちの視線が集まる。

守村はまだ岩井監督の前で正座していた。

守村が何度か肯いた。立ち上がって試合場へ上がり、開始線に立った。

「はじめ！」

主審の声で斉藤創さんが前に出てくる。守村が腰を引き、下がりながら寝技に引き込んだ。

「頼むぞ、守村！」

北大陣営から無数の声があがった。引き分ければ大殊勲だ。創さんが上から脚を割ってくる。その下で脚を利かせようとしている守村の表情が歪む。創さんの上からのプレッシャーが想像以上に強いのだろう。

「カメになるなよ！」

「そこで我慢せぃ！」

北大陣営から無数の声。

カメになったら縦返しが待っている。

試合時間のうちどこかではカメにされるだろう。しかしカメになっている時間が短いほど分けられる可能性が高くなる。カメになる前にできるだけ時間を稼いだほうがいい。創さんが上から守村の上半身に胸を合わせた。そこで守村が怖がって潜り込み、カメになってしまった。強い選手というのは自分の思い通りに相手を動かすプレッシャーのかけかたが巧《うま》い。

「守村なにやってんだ！」

「だめだ！」

「脚を戻せ！　正対しろ！」

北大陣営から声が飛んだ。

カメになった守村の頭側に創さんが回り込んだ。守村の後ろ帯を握った。縦返しである。もう一方の手で守村の脇をすくいにくる。東北大陣営の歓声と北大陣営の怒声が交錯した。創さんが守村の体を何度か左右に揺すった。あっと思った瞬間に守村は引っ繰り返されていた。東北大陣営から歓声と拍手が起こった。

「エビだ！　早く戻せ！」

「逃げろ！」

北大陣営から無数の声。主審が上体を屈めて抑え込みのコールをすべきか趨勢《すうせい》を見ている。守村は必死に体を動かして逃げようとしている。創さんが鬼の形相で抑え込みにかかる。そして抑え込みの体勢を整えながら主審に何か言っている。

「抑え込み！」

主審がコールした。

東北大陣営から大歓声。しかし創さんが主審に言いたいのはそれではないようだ。

「折れた！　折れたぞ！」

唐突に東北大陣営から声があがった。

「痛いっ――」

守村がくぐもった声をあげた。

創さんが抑え込みながら主審を見上げてまだ何か言っている。主審が屈んで守村の顔を覗《のぞ》き込んだ。守村は眼を閉じて表情を歪め呻《うめ》いている。よく見ると守村の腕がおかしな方向に曲がっている。肩が完全に脱臼《だっきゅう》していた。

「大丈夫か……」

主審が心配そうに屈み込んだ。

東北大陣営が大歓声をあげ、立ち上がった。

負傷による守村の棄権負けになりそうだ。創さんが立ち上がった。守村は立ち上がれず仰向けに倒れたままだ。副審二人も飛んできた。主審が守村の腕に触れると、守村が「あ―――っ！」と絶叫した。

「黙っとれや。馬鹿たれが」

私の後ろで誰かが言った。広島弁である。和泉さんだ。守村が抑え込まれたとき「痛い」と言わず黙っていれば棄権負けにされなかったということだ。もちろん脱臼した守村が抑え込みから三十秒以内に脱出できるわけはない。しかし、その三十秒のあいだ少しでも創さんを疲れさせて後ろへ繋《つな》ぐことはできる――それが七帝の考え方だった。

一年目の何人かが柔道場を走り出ていく。おそらく救急車を呼ぶのだ。

主審と副審に抱き起こされた守村のところへ北大の別の一年目たちが駆け寄り、守村の首に帯をかけて腕を吊《つ》った。守村はそのまま道場の外へと連れていかれた。

その間、創さんは試合開始線のところで正座して息を整えていた。

二人目で戦う松井隆は両手を腰に当て、硬い表情で出番を待っている。創さんの疲れが少しでも残っているうちに戦いたい。

守村を見送った主審が試合場の真ん中まで歩み出た。

正座していた創さんが立ち上がった。

主審に促され、松井君がうつむいて開始線へと向かう。顔色が悪い。蒼いというよりもどす黒くなっていた。緊張感の強さが見てとれた。

「はじめ！」

主審の声とともに創さんが前に出る。

松井君が下がる。創さんが出る。松井君が下がる。創さんがさらに一歩出て襟を握った。同時に松井君が寝技に引き込んだ。創さんが一気に両脚を上から捌こうとする。松井君の表情が歪んだ。立技も強い創さんに対すると、とにかくまずは引き込まなければならないので精神的に不利だ。「自分の意思で引き込む」ことと「追い込まれて引き込む」ことはまったく違う。誰もが焦って引き込まざるをえなくなり、創さんの寝技地獄に搦《から》めとられてカメになって逃げようとする。そこで必殺の縦返しがくるというわけだ。

松井君はしばらく脚を利かせて下から守っていた。だが、上の創さんが本気で攻めていないのはその表情から明らかだった。前の試合で消耗したスタミナの回復を待っているのだ。一方、下になった松井君は必死の形相だ。

時間が過ぎていく。

両陣営とも趨勢を見守っている。

もしや創さんは一人抜きで終え、松井君との一戦は引き分けようとしているのではという虫のいい考えが北大陣営の胸に宿りだした頃、創さんが動きはじめた。上から桁《けた》外れの体幹膂力《りょりょく》でプレッシャーをかけ、一気に両脚を越えた。そして松井君の体を潰《つぶ》しながらカメになるように仕向けた。

松井君が苦痛に表情を歪めながらカメになった。

「隆、だめだ！」

「脚を戻しんさい！」

「松井さん！」

創さんが松井君の頭側にまわって後ろ帯を取った。そしてもう一方の手で脇をすくった。一発目、二発目と縦返しを繰り出した。それを松井君が必死に防ぐ。しかし何発目かで変則的な角度で返され、崩横四方《くずれよこしほう》に抑え込まれた。主審が抑え込みのコールをした。

「隆！」

松浦さんの声が飛んだ。

「それ逃げれるやろ！　エビで逃げろ！」

末岡さんの声だ。

「止まりなさんな！　動きんさい！」

和泉さんの声だ。

北大陣営の悲鳴と東北大陣営の歓声が交錯し続ける。

時計係がブザーを鳴らした。

「一本！」

主審が宣すると東北大陣営から大きな拍手が起きた。

松井君は表情を歪めて立ち上がり、乱れた道衣を直している。わずか数分間で汗まみれになっていた。

三人目は一二八キロの巨漢、二年目のゴトマツである。岩井監督の前に正座して神妙に肯いている。白帯から始めたため立技はまったくできない。寝技もまだまだだ。しかしカメだけは堅くなってきていた。入部したころまったくできなかった腕立て伏せや綱登りもようやくこなせるようになり、脇の力がついてきていた。何しろ同じ腕立て伏せをしても、ゴトマツや黒澤暢夫は百数十キロのベンチプレスを何百回もしているようなものなのだ。脚を使わない綱登りも連続では三本こなせなくても、かなり強度の高いトレーニングになっているはずだ。

ゴトマツが立ち上がり、試合場へと上がっていく。

「頼むぞゴトマツ！」

「絶対に妥協するなよ！」

背中に北大陣営から多くの声が飛ぶ。

組み合うやゴトマツはすぐに寝技に引き込んだ。

創さんはまたそのまま上で休み、息を整えている。北大陣営は固唾をのんでそれを見守る。これ以上抜かれると抜き返すのは無理かもしれない。しかしゴトマツの頑張りに託すほかに方策はなかった。一緒に畳に上がって戦うことはできない。

創さんが動いた。ゴトマツが必死の形相でカメになる。すぐに創さんはゴトマツの頭について縦返しを狙いはじめた。

「脇を締めろ！」

「耐えろゴトマツ！」

「耐えてくれ！」

私たちは拳《こぶし》を握りしめて声をあげた。入部したころ腕立て伏せが一回もできず、腕をブルブル震わせて涙ぐんでいたゴトマツが、真っ赤な顔でチームのために頑張っていた。いつか必ず強くなるときがくる。こいつが将来の北大を変えるんだ。私たち上級生はそう言い合いながらゴトマツを乱りで鍛えた。そして腕立て伏せなどの補強トレーニングで苦しむ彼を遠くから見守ってきた。

残り四分。残り三分。なかなか時計が進まない。そのあいだゴトマツは強力な創さんの攻撃で痛みに顔を歪め、必死に守っている。その姿に北大陣営からいくつかの嗚咽《おえつ》があがった。私は前のめりになりながら、じっとその攻防を見ていた。

「あとひとつ！」

北大のタイムキーパーが声をあげた。それに合わせ他の選手たちも「あとひとつ！」と声をあげる。東北大陣営からも「あとひとつです！　創さんお願いします！」と声があがる。残り時間は一分。ここからの一分間がチームの勝敗の分水嶺《ぶんすいれい》になる可能性が高い。予想以上のゴトマツの頑張りに場内は騒然となっていた。「あと半分！」残り時間三十秒だ。「ゴトマツ頑張れ！」「創さん！」「ゴトマツ辛抱だ！」声援が飛び交う。ゴトマツは口を大きく開けて呼吸していた。「ラストです！」残り十五秒。創さんが縦返し。ゴトマツが汗まみれの顔を歪める。「創さん！」東北大陣営が声をあげる。ジリリリリリと終了のベルが鳴った。

「それまで！」

主審が声をあげた。

「よし！　ゴトマツよくやった！」

北大陣営から大きな拍手が起こった。よれよれになりながらゴトマツが立ち上がり、開始線に戻る。ぜいぜいと息を吐いて道衣を直す。

「引き分け！」

主審が宣した。

すでに試合開始から一時間が経過していた。三人がかりでようやく創さんを止めることができた。

た。

「ここまでは計算通りだ！　気落ちするな！」

大声が聞こえた。見ると、竜澤が立ち上がり、北大の後輩たちの背中を一人ずつ叩いて回ってい

「俺たちが抜き返す！　勝負はここからだ！　気持ちを強く持て！」

竜澤の言葉に、頬を引きつらせた後輩たちは硬い顔で肯いている。

しかし、本当に抜き返せるのか。二人差を縮められるのか。

中堅。岡島一広が出てきた。白帯から始めたが伸び盛りの三年目である。佐々木コーチから本格的な浅野返しを仕込まれ、相手を下から返して抑えるコツをつかみはじめていた。北大勢の必死の声援のもと後藤圭吾《ごとうけいご》を抜き返しにいく。しかし逃げ切りをはかる後藤圭吾の守りが堅く、引き分けられた。力を付けてはいても抜くにはまだ少し荷が重かった。

北大七将の溝口秀二も最近とみに実力を伸ばしている三年目だ。私と竜澤は最近「三年目は東英次郎、城戸勉、溝口秀二の三強になった」と話していた。それくらい力をつけている。東北大四年の大森泰宏相手に果敢に攻めるが、しかしさすがに大森を取ることは無理だ。逆に攻め込まれて試合を終えた。

ここで北大は三年目の闘将、東英次郎が畳に上がる。

「東、頼むぞ！」

「東さんお願いします！」

他大学から徹底的にマークされているが、北大としては東でどうしても一人は抜き返したい。そうしないと竜澤に負荷がかかりすぎる。斉藤創さんでも二人抜くのが精一杯で顔面蒼白《そうはく》、ふらふらになっていた。七帝本番では一人抜くだけで凄《すさ》まじくスタミナを消耗する。しかも今回は、この炎

暑である。

東英次郎が河本孝造と対した。

「はじめ！」

主審の声と同時に東が両手を上げ「こい！」といつもの気合いで前へ出る。河本が下がりながら寝技に引き込むところを東が脚を割ろうとする。しかしなかなか入り込めない。

「東、落ち着いていけ」

岩井監督の声が響いた。

東が監督を見て肯いた。

河本の執拗《しつよう》な下からの脚使いに東が業を煮やして、畳から持ち上げた。

「待て」

主審が言った。

寝技膠着の「待て」がない七帝戦で「待て」になる例外的な場面のひとつだ。持ち上げて頭から突き落とすと下の人間が頸椎《けいつい》を傷め、首から下が不随になる危険がある。

両者開始線に戻る。

「はじめ！」

主審の声と同時に東がまた気合いの声をあげた。河本をつかまえた。河本引き込む。東攻める。河本が顔を歪めて脚を使う。東が攻める。河本がしつこく脚をまわして東の攻撃を防ぎ続ける。東は大声をあげてプレッシャーをかけていく。河本がカメになった。

「東、いけ！」

北大陣営は大騒ぎになっていた。東北大からも「河本しのげ！」という悲鳴があがる。東北大はここで東を止めれば勝利はほぼ確定となる。

東が必死の形相で河本を強引に持ち上げながらあおった。河本はたまらず引っ繰り返った。東がのしかかり、そのまま袈裟固《けさがた》めに入った。主審の「抑え込み」というコールが聞こえないほどの騒ぎになっていた。東北大陣営は身を乗り出して畳を叩き「動け！　逃げろ！」と叫び続ける。喧騒《けんそう》のなかで抑え込み三十秒経過のブザーが響いた。北大陣営の雄叫《おたけ》びと東北大陣営の嘆息があがった。これで一人差に縮まった。

両者が息を荒らげながら開始線に戻る。

「勝ち！」

主審が東に手を上げた。また北大陣営がわく。

「あと一人！　東、頼むぞ！」

東の同期の三年目たちが大声をあげた。東が帯を結び直しながら振り返り、肯いた。大量の汗が顔を覆い、柔道衣を雑巾《ぞうきん》のように濡らしている。次の東北大は実力者、三年の戸次《べっき》賢治である。

「はじめ！」

主審の声で東が前に出る。戸次が引き込んだ。東が脚を捌いて入ろうとするが戸次がしのぐ。東は大量の汗に眼をしばたたかせ、息を整え、また上から攻めていく。胸を合わせようとするが戸次の手脚がしつこくまわってくる。二人目で戸次を抜くのはさすがにきつい。

対戦表を見ると、東北大は次に永峰《ながみね》共能が出てくる。次期主将の重量級強者だがこれは飛雄馬が止めるだろう。

となると、竜澤の相手は医学部二年のホープ中川智刀だ。簡単には抜けないのではないか。竜澤でも引き分けられる可能性がある。中川を抜いたとしても次に三年の森侯寿が控えていた。これも手強い。しかしここで竜澤が二人を抜かなければ北大は相当厳しい状況になる。後ろには平山健、輿水浩、小野義典の三人が並んでおり、ここは鉄壁で崩せない。

竜澤は北大陣営の後ろで内股の打ち込みをして体を温めはじめていた。その竜澤の姿を下級生たちがときどき振り返って見ている。

飛雄馬が呼ばれて岩井監督の前に正座した。東と戸次の試合終了を告げるベルがジリリリリと鳴った。飛雄馬が監督の指示に肯き、試合場へ上がっていく。東北大陣営からは巨漢の永峰共能が上がってきた。

「はじめ！」

飛雄馬はその声でいつものようにフットワークを使いはじめた。斜め横へ跳び、後ろへ跳び、まわりこんで素早く永峰の襟をつかんだ。そして釣り手でコントロールしながら立技勝負にいく。永峰がそれにのってくる。飛雄馬の立技はスピードがあり受け腰が柔らかいのでまず誰にも投げられない。永峰も立技でくるので安心して見ていられた。

「竜澤――」

岩井監督が早くも声をかけた。

竜澤が監督のもとへ行き、正座した。監督は両手でゼスチャーを使いながら話している。竜澤が肯いている。北大陣営の視線がそこに集まっていた。

私も竜澤の二人後に試合をしなければならない。立ち上がって陣営の後ろへ行き、三年目の石井武夫をつかまえて大外刈りの打ち込みを始めた。最初はゆっくりと、二十本を超えたところからスピードをつけた。息が少し上がったところで石井に礼を言い、ストレッチをし、四股《しこ》を踏んで気持ちを上げていく。

岩井監督の竜澤への指示はまだ続いていた。

ここまで来ると勝ちパターンはいよいよ限られてくる。

竜澤が二人を抜き、五年目の後藤さんと私が引き分け、大将の大森一郎を残すのが北大の最良の勝ち筋だ。だが、強力な東北大の選手を、竜澤といえど二人も抜けるのか。すでに北大の負けはここで決まっているのではないのか。そうなると六年連続最下位だ。胸の内に弱気が這《は》い上がってきた。竜澤だって不安に違いない。しかし私たちはそれを表情に出してはならない。腕を組み、眼を閉じて、頭から不安をひとつずつ追い出していく。そして深呼吸を繰り返した。

「あとひとつ！」

両陣営から同時に声があがったところで、私は眼を開けた。

飛雄馬と永峰の動きが激しくなっていた。二人とも襟や袖《そで》を取っては相手に切られている。そのたびに二人の髪から汗が飛び散った。どちらにしてもここは引き分けだ。

和泉さんや松浦さんら若手ＯＢたちはそわそわしながら竜澤を見ていた。竜澤が最後に大きく肯き、岩井監督の前で立ち上がった。両頬を張った。その姿を下級生たちが見上げている。

「それまで！」

終了のベルと同時に主審の声があがった。

飛雄馬と永峰が息を荒らげながら開始線に戻り、道衣を整えた。

「引き分け！」

主審が宣した。飛雄馬が戻ってくるのに代わり、竜澤が静かに試合場へ上がっていく。

いよいよ主将の登場である。

「竜澤頼むぞ！」「竜澤さん！」「お願いします！」「二人抜いてください！」「竜澤さん！」「竜澤さ

ん！」「竜澤さん！」北大陣営からの無数の声援が悲鳴のように響いた。

「主将の意地を見せんさい！」

和泉さんの声が聞こえた。

「竜澤頼むぞ！」

「抜けよ！」

岡田さんや斉藤トラさんの声もわかった。

東北大陣営からも中川智刀に大声が飛んでいる。

「おまえなら分けられるぞ！」

「気持ちで前へ出ろ！」

竜澤と中川が向き合った。

両陣営の喧騒のなかで試合が始まった。

竜澤が軽いステップで前へ出る。中川が下がる。竜澤が出る。中川が下がる。竜澤が上から奥襟を握った。中川が頭を下げたまま引き込んだ。竜澤が上から速攻。脚を戻された。また立ち上がって速攻。胸を合わせた。

「竜澤さん、お願いします！」

北大の下級生たちから大声が飛ぶ。

中川が潜り込んで必死にカメになる。すぐに竜澤が上体を起こした。そして中川の頭にまわり、首筋の後ろを膝《ひざ》で潰した。得意の横三角狙いだ。

その横三角で一気に返した。中川が思いきりブリッジして竜澤を跨《また》いで逃げた。またカメになった。両陣営の怒声と歓声がぶつかっている。竜澤がまた横三。返した。暴れる中川の腕を縛りにかかった。

「中川、そこ妥協するな！　逃げろ！」

東北大陣営から無数の激励が飛ぶ。中川が腰を振った。必死に下を向き、またカメになった。腕を縛ってあった道衣が千切れるように外れた。竜澤が表情を歪めてまた返した。中川が喘《あえ》ぎながら体を揺する。しかし逃げられない。その中川の腕を竜澤がまた縛った。

「中川、ブリッジ！」

「ブリッジだ！　ブリッジ！」

「逃げれるぞ！」

「ブリッジ！」

竜澤が上体を起こして中川に半身ほど覆い被《かぶ》さった。崩上四方《くずれかみしほう》を狙っている。東北大陣営から「逃げろ！」と大声が無数にあがる。中川が顔を歪めながらブリッジ。竜澤は長髪を振り乱して抑えようとしている。中川が暴れる。中川がブリッジ。中川が暴れる。中川がブリッジ。竜澤が唸《うな》りながら「ちくしょう」と言ってねじ伏せた。また中川がブリッジ。逃げた。東北大陣営が総立ちになって「ウオー」と雄叫びをあげた。

埒《らち》があかないので竜澤は立ち上がった。そして背筋《はいきん》で中川を引きずり上げ、中川が上を向いたところで速攻。中川すぐにカメ。竜澤は中川の後頭部に回ってその上に座った。深呼吸をして息を整える。顔や首筋から大量の汗が滴り、長髪が額に貼りついていた。

「あと三つ！」

両陣営のタイムキーパーから同時に声があがった。残り時間三分。竜澤は肩を上下させて息を整え続けていた。中川の粘りにスタミナを消耗していた。

竜澤が歯を食いしばってまた動きはじめた。

横三角だ。

「竜澤いけ！」

宮澤が声をあげた。

中川が引っ繰り返った。

「逃げろ！」

「ブリッジだ！」

東北大が大声をあげた。中川が暴れる。竜澤が表情を歪めながら腕を縛りにかかる。中川が必死の形相でブリッジ。竜澤が腕を縛った。

竜澤が上体を起こそうとする。中川がブリッジ。竜澤が歯を食いしばって上体を起こす。そして崩上に入った。

「抑え込み！」

主審が宣した。北大陣営の大歓声、東北大陣営の怒声が場内に渦巻いた。

「あと二つだ！　中川逃げろ！」

「ブリッジだ！　ブリッジ！」

「ブリッジしろ！」

中川が左右に体を振りながらブリッジ。さらにブリッジ。竜澤は自分の顎《あご》や頬骨《ほおぼね》などを使って必死に抑え込みを維持する。中川がブリッジ。体がよじれて曲がる。竜澤が握る中川の後ろ帯が外れた。中川が反転してカメになった。東北大が大歓声をあげた。主審が「解けた」と宣した。

主審が時計係を振り向いた。

「二十七秒です」

「技あり！」

主審が水平に腕を上げた。

場内は大騒ぎとなった。技ありひとつで終われば優勢勝ちになるのは講道館ルールや国際ルールである。七帝では技ありを二つ取れば「合わせて一本」勝ちとはなるが、技ありひとつでは何にもならない。決着はあくまで一本勝ちのみである。もちろん有効や効果などのポイントはない。

中川は必死にカメで頑張っている。道衣のあちこちに血が付いているのは自分の血か、あるいは竜澤の血か。一方の竜澤は相当に疲れたようで中川の上で息を整えている。

「あとひとつ！　中川頑張れ！」

東北大陣営が畳を叩きながら声援を送る。

「あとひとつです！　竜澤さんファイトです！」

北大陣営も大声を張り上げている。

竜澤は眼も開けられぬほど汗まみれだ。

このまま竜澤が引き分けられれば北大の勝ちはありえない。

「竜澤、きっちりいけ」

岩井監督が冷静に指示を出した。

竜澤が大きく深呼吸し、カメになった中川の後頭部に座った。これが最後のチャンスだ。思いきって横三角で引っ繰り返した。中川暴れる。そしてブリッジで体を弓なりにして逃げようとしている。竜澤が気合いを入れて腕を縛りにかかる。

「中川！　あと半分！」

東北大陣営から声が飛ぶ。残り時間三十秒――。

「急げ！　竜澤！」

私は大声をあげた。

竜澤が腕を縛った。上体を起こして中川に覆い被さる。中川暴れる。竜澤が形相を歪めて抑える。

「抑え込み！」

主審がコールした。

北大陣営から大歓声があがった。

「中川、ラストだ！　逃げろ！」

東北大陣営が嗄《しやが》れた声をあげながら畳を叩く。ラストというのは残り十五秒の符丁だが、抑え込みが継続している場合、その抑え込みが解けるまで試合時間は延長される。解けたらそこで試合終了となる。

中川が必死のブリッジ。竜澤が髪を振り乱して歯を食いしばる。

「中川！」東北大陣営の声。

「竜澤さん！」北大陣営の声。

二十五秒経過のブザーが係の席で鳴った。

「技あり！　合わせて一本！」

主審が右手を上へ突き上げた。

北大陣営から大歓声があがった。

竜澤が顔の汗を拭いながら立ち上がり、肩を上下させて対戦表を振り返った。北大陣営はみな同じように対戦表を見ている。

	北海道大学	（学年）	東北大学	（学年）
先鋒	西岡精家	2	近藤元就	4
次鋒	藤井哲也	3	山下耕太郎	2
三鋒	城戸　勉	3	瀬戸謙一郎	3
四鋒	石井武夫	3	金子　剛	3
五鋒	守村敏史	3	斉藤　創	5
六鋒	松井　隆	4	後藤圭吾	2
七鋒	後藤康友	2	大森泰宏	4
中堅	岡島一広	3	河本孝造	3
七将	溝口秀二	3	戸次賢治	3
六将	東英次郎	3	永峰共能	3
五将	工藤飛雄馬	4	中川智刀	2
四将	竜澤宏昌	4	森　侯寿	3
三将	後藤孝宏	5	平山　健	4
副将	増田俊也	4	輿水　浩	4
大将	大森一郎	3	小野義典	3

ついに東北大に追いついた。しかし竜澤にはもう一人抜いてもらわなければならない。次の相手

は三年の森侯寿だ。これも手強い。竜澤がこの森侯寿を抜いて次の平山健と引き分ければ北大の勝ちは揺るがなくなるだろうが、竜澤の疲れぶりを見ると苦しいのではないか。

主審が竜澤と中川に道衣の乱れを直すよう指示した。

それを待って主審が竜澤に手を上げる。

「勝ち！」

北大陣営から大きな拍手が起こった。

「竜澤！　もう一人頼むで！」

和泉さんの大声だ。

東北大から次の森侯寿が緊張の面持ちで畳に上がってくる。

「はじめ！」

主審の声で竜澤が前に出る。森が下がる。竜澤が出る。森が下がる。竜澤が襟をつかんだ。森が引き込んだ。竜澤が速攻。

「竜澤さんファイトです！」

後輩たちから無数の声が飛ぶ。

竜澤が攻める。

森が潜り込んでカメになった。

私は後藤さんと二人で立ったまま試合を見ていた。

竜澤が森の後頭部に座り、横三角を狙いはじめた。

「だめだ！　竜澤！　少しだけ休め！」

私の声だとわかったのか竜澤は動きを止めた。そしてゆっくりと深呼吸を繰り返した。中川と時間いっぱい戦ったのだ。スタミナを消耗し、顔面蒼白であった。

「抜けるでしょうか」

次の出番を待っている後藤さんに私は聞いた。

「わからん」

後藤さんが試合を見ながら呟《つぶや》いた。その顔は試合もしていないのに汗まみれである。私もそうだ。この会場は暑すぎる。竜澤はカメになった森を上から制しながら両眼を閉じ、スタミナ回復を待っている。

しばらくすると竜澤が眼を開いた。横三に行くと思ったら歯を食いしばって自分から森の下に潜り込んだ。帯取りで返した。森が先に回って、またカメになった。竜澤はもういちど森の下に潜り込んだ。しかし森がまた先に回ってカメになった。竜澤が苦しげに表情を歪めた。大きく肩で呼吸している。完全にスタミナを失っていた。岩井監督がじっとその竜澤を見ている。竜澤が抜かなければ北大は負けてしまう。しかし竜澤にはもうそのスタミナは残っていない。

竜澤が息を荒らげながらまた自分から下になって森を返した。森が潜り込もうとするところを、ズボンを握ってねじ伏せようとする。しかしいつものパワフルさがない。

「竜澤さん、お願いします！」「竜澤さん！」「竜澤さん！」「竜澤さん！」

北大の後輩たちが連呼している。

竜澤が苦しげな表情で抑え込みにかかる。

「森！　逃げろ！」

東北大陣営が総立ちになって叫ぶ。

森が潜り込んでまたしてもカメになった。

竜澤はぜいぜいと荒い息を吐きながらカメになった森の頭側でまた休んでいる。閉じた両瞼《まぶた》に大量の汗が滴っていた。道衣も夕立ちに遭ったように濡れて重たく体に貼り付いている。いつまでたってもその姿勢のまま動けない。このまま倒れて意識を失ってしまうのではないかと思えるほど疲弊していた。もうだめかもしれない。やはりまた北大は最下位なのか。

「タツ、もう一回！」

岡田さんの声だ。

竜澤が瞼を虚《うつ》ろに開けた。そして顔を上げ、岡田さんを見て小さく肯いた。歯を食いしばって森の下に潜り込み、ゆっくりと返した。森はまた潜り込んでカメになろうとする。竜澤が森の脇をすくって縛りにいった。北大陣営も東北大陣営も全員が身を乗り出した。

「森、危ない！　逃げろ！」

「竜澤！　きっちりいけ！」

両陣営から声が飛ぶ。

必死に潜り込んでカメになろうとする森。

竜澤は帯で縛ると思いきや腕緘《うでがら》みで一気に極《き》めた。そして立ち上がって、そのまま一人でふらふらと開始線へ戻っていく。途中で一度だけ振り返り、森を指さして主審に何か言った。森の肘《ひじ》は完全に折れているようだった。

「一本！」

主審が声をあげ、右手を天に突き上げた。北大陣営が歓声をあげ、総立ちになった。

痛みで畳の上をのたうちまわる森の左肘はあらぬ方向に曲がっている。副審二人も走り寄り、主審と三人で肘の状態を見ている。隣の会場の選手たちもみなこちらを見ていた。竜澤は開始線で両手を膝につき、対戦表を振り返って息を整えていた。ここで初めて北大は一人リードした。一方の東北大陣営では主将の平山健が四股を踏んで試合を待っている。

しばらくすると主審と副審に抱かれながら森が立ち上がった。左肘を帯で首から吊っている。顔色は骨折時特有の蒼白だった。そのまま東北大ＯＢに連れられて柔道場の外へ出ていく。この試合、二人目の救急搬送である。凄絶《せいぜつ》な試合になっていた。

主審が竜澤の勝ちを宣した。

平山健が竜澤を睨みつけながら試合場に上がってくる。そして竜澤から眼をそらさないまま開始線に立った。平山が一八七センチ、竜澤が一七七センチ、身長差は一〇センチ。

主将同士の対決である。

「はじめ！」

主審の声とともに平山が竜澤に襲いかかる。

竜澤のスタミナが戻る前に決着をつけようとしている。竜澤が下がる。平山が出る。竜澤が下がる。平山が長身を利して強引に奥襟を握った。竜澤が寝技に引き込んだ。平山が速攻をかけた。竜澤が下がって引き込んだので、北大陣営の目の前だった。竜澤が脚を戻して正対になった。平山まった速攻。竜澤が足を回してしのぐ。平山速攻。竜澤が表情を歪める。場外に二人が出ていく。座っていた北大の選手たちが立ち上がって場所を空けた。七帝戦に場外の「待て」はない。立技で思いきり観衆に突っ込んで、「そのまま」と止める間もなく、危険とみなされたときに限る。

平山が再三の速攻から脚を越えた。

竜澤が潜り込んでカメになった。

両陣営がどよめいた。抜き役の主将、竜澤がカメになったのだ。大相撲でいえば横綱がなりふり構わず頭をつけたのと同じだ。平山は鬼の形相でカメ取りにかかる。竜澤はカメになっているので表情が見えない。平山のズボンの裾《すそ》を両手でつかんでいる。

平山が唸り声をあげて竜澤を返し、のしかかった。そのまま正上四方に抑えた。

「抑え込み！」

主審が宣した。

「よっしゃー！」

東北大陣営が総立ちになった。

一方の北大陣営はまさかのできごとに静まりかえっていた。眼の前で抑え込まれる竜澤主将を後輩たちは呆然《ぼうぜん》と見ていた。竜澤は抑え込まれたまま激しい呼吸で腹が上下している。二人を抜き、スタミナは完全に失われていた。これだけ息があがった状態で抑え込まれると相当きつい。おそらく平山の腹で呼吸を妨げられて水に溺《おぼ》れるような苦しみを味わっているだろう。

私の隣に立つ後藤さんが両頬を張った。

後藤さんが平山を止めなくてはならなくなった。

「大丈夫ですか——」

失礼だと思いながら私は聞いた。私は平山と昨年の東北戦で戦い、また合同乱取りで何度もぶつかり、その強さを実感している。後藤さんは一六七センチだ。つまり平山との身長差は二〇センチもある。リーチの長さはそのまま寝技の強さに繋がる。私の心臓は速打ちしていた。

後藤さんが私を見た。

「おまえ、なに心配してんだ」

「だって相手は平山ですよ。竜澤が抑え込まれてるんですよ」

「俺のカメは竜澤のカメとは年季が違うんだ。どんな強いやつだろうと俺がカメで止めてみせる。そのために留年して試合に出てるんだ。最下位のまま終わらせたくない」

後藤さんは平然とした顔でそう言った。

「攻めることにかけちゃあおまえらにかなわない。でも分けることにかけちゃ俺のほうが上だ。絶対に分けなきゃいけないっていうこの場面、今日のこういう場面を俺は待ってたんだ」

後藤さんが続ける。

「五年間、カメばっかりやって分け役やってきた意地がある。任せてくれ。その代わりおまえ、輿《こし》水《みず》取れよ」

「いや、俺では輿水は無理です。取れません。うちで取れるとしたら竜澤か東しかいないです。でも彼らでも一人目じゃないとだめです。一人目であっても取る確率は五パーセント以下です。僕が取れる可能性はゼロです」

「いや。取れ。取るんだ。なんとしてでも取れ。俺も絶対に分けるから」

後藤さんが私の腰を叩いた。

人のために身を捨てる分け役の凄《すご》みを改めて教えられた。

三十秒経過のブザーが鳴った。

「一本!」

主審が右手を上げると、東北大陣営から大きな拍手が起こった。

平山が立ち上がりながら道衣を直して開始線に戻っていく。竜澤も立ち上がりながら道衣を直す。

三試合を戦った竜澤は疲れきっていた。肩で大きく息をしながら開始線に戻る。

「勝ち!」

主審が平山のほうに手を上げた。

東北大陣営からまた大きな拍手が起きた。

主将対決は平山に軍配が上がった。北大のリードはなくなり、またタイに持ち込まれた。いや、タイではない。北大は置き大将なのだ。竜澤がうなだれて戻ってきた。替わって前主将の五年目、後藤さんが出ていく。

「後藤さん、お願いします！」

静まり返っていた北大陣営の誰かが声をあげた。

それにつられて「後藤さん！」という悲痛な声がいくつもあがった。

開始線で向かい合う。

二〇センチの身長差は大人と子供のようだ。

平山は殺してやろうというくらいの形相で後藤さんを睨みつけている。

「はじめ！」

主審が声をあげた。

後藤さんは腰を引き、レスリングのような低い構えで下がっていく。平山がそれを追って奥襟を握った瞬間、後藤さんが寝技に引き込んだ。

「そこだ！　平山！」

東北大のOBたちが大声をあげた。

「平山いけ！」

「平山さんファイトです！」

平山が後藤さんの両脚を捌く。いや、捌けない。後藤さんは脚を回して正対し続けていた。平山が背筋を伸ばしてまた後藤さんの脚を捌こうとする。しかし後藤さんは歯を食いしばりながら脚を戻し続ける。

平山が形相をかえて脚を一本越えた。

その瞬間、後藤さんはくるりと向き直ってカメになった。そして平山の道衣のズボンの裾を両手で握った。流れるような動きだ。平山が舌打ちしてカメ取りにかかる。

「後藤さん、ファイトです！」

後輩たちが声をあげた。

後藤さんのカメを平山が様々な技で返そうとしては後藤さんがカメに戻るということを繰り返す。平山が技を繰り出すたびに東北大陣営から大歓声があがる。

私は落ち着かない気持ちで自分の出番を待っていた。しかし岩井監督は黙って後藤さんの動きを見つめている。後藤さんへの信頼がその表情からわかった。

岩井監督が顔を上げてこちらを見た。手招きした。私は走っていって、その前に正座した。

「去年のようなポカはするなよ」

監督が言った。去年のポカとは、東大との一戦で焦って取りにいき、その勢いを利用されてカウンターの大外刈りで一本負けしたことだ。

私が肯くと、監督が強く言った。

「いいか。抜け」

私は眼を伏せながら肯いた。自信はまったくない。

私は今日、膝に巻いてある自転車チューブを二年ぶりに外し、弾力包帯だけを巻いていた。安定感はなくなるが可動域が増して戦いやすくなるはずだ。ぶっ壊れてもいい。この一試合だけもってくれればいい。

監督は少し前のめりになって小声で言った。

「カメになると輿水はしぶとい。その前に決着をつけるつもりでいけ」

背中でジリリリリと試合終了のベルが鳴った。北大陣営から大きな拍手があがり、東北大陣営からは溜息《ためいき》が漏れた。

私は立ち上がって帯を解き、結び直しながら試合場の手前まで歩いた。

「引き分け！」

主審が宣した。

平山が向こうへ帰り、後藤さんも戻ってくる。私は開始線へと歩いた。すれ違いざまに後藤さんが私の尻を軽く叩いた。カメで耐えた汗みどろの顔はいつものように畳で赤く擦りむけていた。

輿水と向き合った。

絶対の分け役だ。私より小柄だが、そもそも輿水が取られたのを私は一度も見たことがなかった。京大相手にも手堅く引き分けていた。

「輿水、頼むぞ！」

東北大陣営からいくつも大声があがった。

「これ引き分けで勝ちだぞ！」

そのとおりである。東北大大将は三年の小野義典。彼はチーム最強の本大将ではないが、しかし置き大将でもない。前夜の作戦会議でもマークされた抜き役である。一方の北大大将は大森一郎。置き大将だ。この大森を残して勝つ作戦であった。しかしここまでタイで進んできてしまった。つまり、私が抜かないと大将同士の決戦となり、大森が抜かれて北大は負ける。

輿水を抜けるとは思えない。しかしやらなければならない。四年前、入部した日、「全員の人生背負《しょ》っとるんじゃけ」と和泉さんにみちくさで言われたのを唐突に思い出した。横眼で北大陣営のなかに和泉さんを探した。姿を見つけ、安心した。

輿水は静かな眼で私を見ている。

「はじめ！」

主審が声をあげた。

北大陣営の「増田さん頼みます！」という声と、東北大陣営の「輿水さん頼みます！」という声が無数にぶつかり合った。お互い最上級生になったことを改めて実感した。

私は前に出た。輿水が腰を引きながら私の襟を持ち、すぐに寝技に引き込んだ。

ここしかない──。

私は速攻をかけて輿水の脚を越えた。上体を固めようとしたが、膝で押し戻された。越えたと思った脚は私と輿水の間に戻った。もういちど両脚を捌きながら上体を固めにいくと、輿水がくるりとカメになった。北大陣営から「あ──！」と落胆の声が漏れた。東北大陣営からは拍手が起きた。

深呼吸しながら頭のなかでカメ取りの方法を考えた。膝を脱臼しようが大胸筋の肉離れが酷《ひど》くなろうが関係ない。明日《あした》から練習も試合ももうない。

私は上体を起こし、輿水の後頭部の上に座って左踵《かかと》を輿水の脇下に捻《ね》じ込んだ。数年ぶりの横三角である。

「それ、取れますよ！」

城戸の声だった。それに続いて後輩たちの「お願いします！」という無数の声が響いた。

「輿水、きっちりいけよ！」

東北大陣営からもいくつも声があがった。

深呼吸した。輿水の頭と首を両膝ではさみ、全体重を乗せてプレッシャーをかけた。しかし、まったく手応えがない。頭のなかでイメージしている昔の横三角のプレッシャーがかけられない。

「増田さん、きっちりいきましょう！」

東英次郎の声だ。

「取れる取れる！」

宮澤の声だ。

「取りんさい！」

和泉さんの声だ。

多くの声が頭の上を行ったり来たりした。

「増田、冷静に。冷静に」

岩井監督が言った。

私は顔を上げた。監督は手のひらを下に向け、それを軽く上下させていた。落ち着けということだ。

「増田さん、お願いします！」

大声がした。大森一郎の声だとわかった。私は深呼吸してカメの輿水の背中の上で体をぐるりと回し、バックについた。送《おく》り襟《えりじ》絞めからの十字固めだ。この技も腰を極めるときに膝に負担がかかるので封印していた。

「増田選手、いけるぞ！」

畑中師範の声だ。

しかし輿水の首は堅牢で指先を入れるのがやっとである。何度も襟に指が掛かったがしつこくそれを戻された。日々の乱取りで中村良夫さんや中村文彦さん、佐藤稔紀さんや斉藤創さんの絞めを何千本何万本としのいできた首である。ときどき苦しくなると輿水が唸り声をあげた。二人の息遣いが首のあたりでゼイゼイと交わっていた。刻々と時間が過ぎていく。

「あと三つ！」

両陣営から同時に声があがった。八分あった試合時間のうちすでに五分も経っていた。私は輿水の襟を狙い続けた。輿水が痛みに喘ぎ声をあげた。私の膝も悲鳴をあげていた。二人の喉《のど》の音が低く響き合う。見ている者たちのところまでは聞こえないだろう。二人だけの意地のぶつかり合いだった。

「あと二つ！」

両陣営から声。

「輿水、分けれるぞ！」

東北大陣営から無数の声。無為に時間が過ぎていく。

「増田、立て。立っていけ」

岩井監督が言った。

私は立ち上がり、帯を解き、道衣を整えながら開始線へ歩いた。額の汗が大量に眼に滴って痛い。

自陣最前列では大森一郎が立ったまま出番を待っていた。

「増田さん、ファイトです！」

大森一郎が言った。期待に応えられない自分が情けなかった。私と竜澤、二人には彼の期待に応える義務がある。彼をこの苦しい北大柔道部に引き込んだのは私たち二人なのだ。

帯を巻きながら作戦を巡らせた。輿水も帯を解いて道衣を直している。顔も胸も大量の汗に濡れ、道衣はずぶ濡れだった。お互い鏡を見ているような状態だろう。練習で毎日何時間も乱取りしていても、七帝本番だけは別物だった。

開始線で再び向かい合った。

「増田——」

岩井監督が声をかけた。眼が合うと小さく肯いた。一発を狙えということだ。輿水は立ってこないので跳び付き十字は使いづらい。腰を引くので引き込み十字も難しい。ということは選択肢はひとつしかない。監督もそれを期待しているのだろう。

「はじめ！」

主審が声をあげた。

輿水はやはり腰を引き、下がりながら私の襟を握った。その瞬間、私は輿水の手首を極めて脇固めにいった。場内がどっとわいた。しかし輿水はその動きに合わせて引き込んだ。そのまますぐにカメになった。私は背中について、また送り襟からの十字固めを狙った。

「あとひとつ！　輿水がんばれ！」

東北大陣営から大声があがった。輿水はそれを聞いて唸り声をあげ、体全体に力をこめた。もう何もできない。何もできない。だめだ——。

「取ってください！」

「輿水さん、あと半分です！」

「増田さん、ファイトです！」

「輿水、気ぃぬくなよ！」

「ラストです！　増田さん、お願いします！」

無数の声が聞こえる。

しかし同期の声だけが聞こえない。

なぜだ。

竜澤の声も聞こえない。

両大学の声が渦巻いているが同期の声だけが聞こえない。

ジリリリリリ――。

「それまで！」

主審の声が響いた。

東北大陣営から大歓声と拍手が起きた。私は息を荒らげながら立ち上がった。朦朧《もうろう》として開始線に戻る。視界に大将の大森一郎の姿が映った。体を左右に揺すりながら出番を待っている。私は帯を結び直して開始線に立ち、輿水と向かい合った。

「引き分け！」

主審が宣した。

この瞬間、北大の六年連続最下位が決まった。みんなに頭を下げながら私は自陣に戻った。大森一郎とすれ違うとき、尻を軽く叩いた。大森はしかし、それに気づかぬほど緊張して試合場へ上がっていく。

北大陣営はOBも含め、みな蒼《あお》ざめていた。顔を上げない者もいる。六年連続最下位だ。飛雄馬がスポーツドリンクを差し出した。受け取ったが口をつけることもできず、呆然と大森一郎の背中を見ていた。

「ごめん……」

息を荒らげながら飛雄馬に言った。飛雄馬は黙って背中を叩いてくれた。

竜澤を見つけた。疲れた顔で大森の背中を悲しそうに見ている。私たちは入学以来同じパターンで最下位を続けていた。勝利をつかんだと思いながらつかめず最下位を重ねてきた。また同じだ。宮澤が出ていればと思った。あるいは二年目の飯田勇太が残ってくれていればと思った。

北大陣営も東北大陣営も、みな正座していく。大将がからむ試合は正座して見るのが礼儀だ。

大森一郎vs小野義典。

大将決戦。

試合時間は八分。

「はじめ！」

主審の声が響いた。

大森一郎が気合いを入れて前へ。組んだ。大森が引き込んだ。小野が脚を割って入る。一瞬胸が合った。北大陣営から小さな悲鳴。大森が慌てて逃げた。カメになった。

「大森さん、ファイトです！」

「ファイトです！」

一年目や二年目たちが声をあげている。

小野がカメになった大森の頭側に回った。縦返し狙いか。いや違う。右手で大森の奥襟を逆手に握って首にプレッシャーをかけている。

「小野、得意だ！」

東北大陣営から声が飛ぶ。小野は何をしようとしているのか。大森は必死の形相でカメになっている。見たことがないその変則の絞技《しめわざ》らしきものを主審が上体を屈めて観察している。

私は立ったままスポーツドリンクの蓋《ふた》を捻《ひね》った。ひとくち飲んで息を整え、小野の動きを見ていた。カメになった大森の表情が歪み、早くも汗が滴っている。畳にポタポタと水溜まりを作っていく。

「一郎！ 気持ちで負けるな！」

「根性だ！」

「ファイトだぞ！」

北大陣営からの複数の声は大森の同期たちだ。しかし私は取られるのは時間の問題だと思っていた。彼我の実力差がありすぎた。大森では無理だ。だからこそ最後の十五番目に置いたのだ。彼が戦う前に勝とうという作戦であった。その十五番目の実力の選手が引きずりだされたのだ。

「あと五つです」

両陣営から声。

小野の背中の筋肉が柔道衣の下で盛り上がった。そしてカメの奥襟を逆手で握ったまま自分の体を横へローリングさせた。大森の体がそれに引きずられるように回転していく。あっと思った瞬間、見たことがない技で抑え込まれていた。

東北大陣営から大歓声がわき、全員が立ち上がった。

大森が必死の形相で暴れる。

数秒で逃げ、主審のコールはなかった。

袈裟固めに似ているが袈裟ではない。ベンガラに近いがベンガラでもない。返しかたも見えなかったが抑えかたも初めてだった。

小野はこの新技、変則のカメ取り返しを仕掛けるために先ほどからずっと準備していたのだ。外から見ている私たちでも初めて見る技で全貌《ぜんぼう》が摑《つか》み切れていないほどなので、カメになっている大森は背中で何をされているかまるで判じられなかったことだろう。しばらくするとまた同じパターンで引っ繰り返された。そして今度はがっちりと抑え込まれた。私はまわりにわからぬよう深い溜息をついた。最下位のまま引退するのだ。竜澤も軽く目を閉じて下を向いていた。

「大森さん！　逃げてください！」

北大の下級生たちが声をあげている。

大森が必死に暴れている。それに合わせて小野が強烈に体を極めていく。小野は体全体の力が強そうだった。力の強いこういうタイプを大森はとくに苦手としている。

後輩たちは必死に声をあげて騒いでいる。

「ブリッジです！　ブリッジです！」

大森が体を反らせてブリッジを繰り返す。そして顔を歪めながら腰を大きく左右に振っている。

「大森さん！」

「ファイトです！」

「お願いします！」

下級生たちが悲鳴のような声をあげ、ときどき試合進行の時計係のほうを見ている。もう抑え込み三十秒のベルを待つだけだった。

その瞬間、大森が歯を食いしばりながら潜り込んでカメになった。

「解けた」

主審が手を振って宣した。

両陣営がいっせいに時計係を見る。

「二十九秒です」

時計係の言葉に北大陣営から大歓声があがった。

「技あり!」

主審が右手を横へ伸ばした。

大森のカメを小野がまた同じように攻めはじめた。さっきと同じ変則の横へのローリングだ。大森が腰をひねって必死に逃げる。大森の道衣は大量の汗に濡れ、乱れ、スタミナも奪われていた。息を荒らげ口を開けて酸素を求めている。さらにまた同じ技。今度は完全ではなかったため暴れてカメに戻した。

「あと四つ!」

両陣営のタイムキーパーの一年目が声をあげた。攻められている側には寝技膠着の「待て」なしの八分間はあまりに長い。

小野がまたローリングで大森を引っ繰り返した。そして抑え込むために体を極めていく。

両陣営から怒号と悲鳴があがる。

「大森さん、逃げてください!」

「大森、だめだ! 反対に回れ!」

「逃げろ!」

後輩たち、OBたちが声をあげる。

大森が暴れる。

小野が脇を差しにいき、必死の形相で抑えた。

大森が暴れる。

主審が屈み込んで片手を浮かし、抑え込みのコールをしようとしている。

「抑え込み！」

コール。大森が暴れる。大森が暴れる。大森が暴れる。すでに大森は疲弊してボロボロだった。逃げられるとはとうてい思えない。それでも大森は蒼白の顔で動き続ける。いったいどこからこの力が出てくるのか。

「大森頑張れ！」

私は思わず声をあげた。恥ずかしくなってきたのだ。もう負けたなんてどうしてわかるんだ。六年連続最下位が決まったなどとどうして思うんだ。

大森が表情を歪めながら潜り込んでまたカメになった。ウォーと北大陣営が声をあげた。主審が「解けた」と言って時計係のほうを見た。

「二十三秒です」

両陣営から歓声と怒号があがった。あと二秒で「合わせて一本」だった。もうひとつの試合場の選手たちが驚いたようにこちらを見ている。

「あと二つ！」

両陣営のタイムキーパーが声をあげた。

まだ二分もあるのか。守っている大森には二時間にも三時間にも感じられるだろう。小野が厳しく大森の頸椎にプレッシャーをかける。大森の表情が歪む。声援と怒号がぶつかり合う。

「大森さんファイトです！」

後輩たちが悲鳴のような声をあげる。

「小野！　取れるぞ！　もう一回だ！」

東北大陣営からも大声があがり続ける。

小野が息を荒らげながら、思いきってまたローリングした。大森の体がゆっくりと仰向けになった。小野は頬をすりつけるように大森の上半身を制しにいく。東北大陣営から「取れるぞ！」、北大陣営から「逃げろ！」と声が飛び続ける。大森が体を反転して渾身《こんしん》のブリッジ。そこに小野がのしかかった。東北大陣営が総立ちになった。

「抑え込み！」

主審が怒声を割って大声をあげた。

「大森さん、逃げてください！」

「大森さん！」

「大森さん、ファイトです！」

北大陣営から下級生たちの大声が続く。

大森が顔面を朱に染めながら小野をはねのけようとするが、小野は力強く抑えていく。

「大森！　逃げろ！」

竜澤も大声をあげていた。

「大森さん、逃げれます！」

後輩たちが声をあげる。

「大森！　反対じゃ！　反対へ回りんさい！」

和泉さんの声が聞こえた。

「ブリッジだ！　ブリッジ！」

末岡さんの声だ。

「一郎！　腰を振れ！　腰を大きく振れ！」

松浦さんの声だ。

声をあげながら、みな時計係のほうを気にしている。何秒経ったのか。試合進行の時計係が片手を上げる準備をしながらストップウォッチを見ている。もうだめだ。二十五秒で合わせて一本である。その瞬間、大森が唸り声をあげて潜り込んだ。

「解けた！」

主審が声をあげて時計係を見た。

両陣営の視線が時計係に集まる。何秒だ――。

「二十二秒です」

時計係が言った。

「よっしゃー！」

北大陣営が声をあげて全員立ち上がった。

「小野！　なにやってんだ！」

東北大陣営から罵声《ばせい》が飛ぶ。

「もう一回いけ！」

小野が必死の形相で攻める。

「あとひとつ！」

両陣営のタイムキーパーが同時に声をあげた。残り一分。

「大森さん、ファイトです！　あとひとつです！」

下級生たちが悲痛な声をあげる。小野が鬼の形相でまたローリング。大森が引っ繰り返った。小野がのしかかった。大森が酸素を求めて口を開けている。白眼を剝き顔は土気色《つちけいろ》だ。

「回れ！　回れ！」

北大の若手OBたちが大声をあげる。

主審が抑え込みを宣しようとした瞬間、大森がまた潜り込んでカメになった。

「よっしゃー！」

北大陣営から大歓声。

「大森さんファイトです！」

下級生たちのかすれた声が、東北大陣営の「小野！」という大連呼と重なった。

「あと半分！」

残り三十秒。大森が酸素を求めて喘ぎ、必死になっている。

「ラストです！」

残り十五秒。悲鳴と怒号が交錯する。

ジリリリリリリ——。

試合終了のベル。北大陣営は総立ちになってこれ以上ないほどの拍手をした。一方の東北大陣営は畳を叩いて悔しがっている。

大森が乱れた道衣を直しながらふらふらと立ち上がった。小野も全身汗まみれになりながら道衣を直す。開始線に二人が立つ。大森はボロ雑巾のように疲れ果てていた。

「引き分け！」

主審が宣した。

大森が乱れた息で戻ってくると三年目の同期たちが皆で抱きついて迎えた。大森は頭を叩かれながら同期たちと握手を繰り返した。そして両手を膝についてゼイゼイと荒い息を繰り返している。一年目が持ってきたスポーツドリンクにも手を付けられず、その場に座り込んで道衣の上をはだけた。

しかし私たち幹部はその歓《よろこ》びに加わってはいられなかった。

東北大陣営の後ろで斉藤創《つくる》さんが内股の強烈な打ち込みをしていた。主将の平山健も下級生をつかまえて鬼のような形相で大外刈りを打ち込んでいた。

代表戦である。両校がそれぞれ代表選手を出してどちらかが勝った時点で試合が終わる。

七帝戦では、決勝戦は決着がつくまで何度でも代表戦を繰り返すが、それ以外の試合では大会運営の都合で代表戦は三回までと決まっている。三回で決着がつかなければ抽籤《ちゆうせん》となる。

東北大はおそらく一人目で斉藤創さんを出し、二人目で主将の平山を出して斉藤創さんを休ませ、三人目にまた斉藤創さんを出してくるのではないか。そういう空気を隠さず見せること自体に、東北大陣営の自信がわかる。

北大はどうか。一人目竜澤、二人目に私で平山と分け、三人目にまた竜澤で思いきった勝負をかけるか。あるいは一人目に東を出して立技で分けを狙い、二人目の竜澤vs平山で竜澤の本戦雪辱にかけるか。しかし誰をどう出そうと、創さん相手には分が悪すぎる。誰が当たろうと取られる可能性が非常に高い。そうなると六年連続最下位が決まる。しかし大森一郎があそこまで頑張ったのだ。守村敏史も肩を脱臼しながら頑張ったのだ。ゴトマツも創さんを頑張ってカメで止めたのだ。

「北大集合！」

竜澤が岩井監督の横で声をあげた。

小走りで集まり、二重三重の円陣になって監督を囲む。

岩井監督が全員の顔を見まわしていく。みな、緊張で固まっていた。ひとり大森一郎だけがまだ息を荒らげていた。いつも練習では上級生に六分間で何本も何本も簡単に取られるのに、本番になって自分の持つ何倍もの力を出し切ったのだ。

「いいか、みんな」

岩井監督が東北大陣営に聞かれぬよう小声で言った。

「まだ可能性はある。最後まで諦《あきら》めるな」

「はい！」

全員が声をあげた。

岩井監督が全員を、もういちど見まわす。いったい斉藤創さんに誰をぶつけるのか――。

場内アナウンスが入った。

「第一試合場、北海道大学と東北大学は、代表戦第一試合のオーダー用紙を大会運営本部まで取りに来てください」

一年目が走っていく。応援に来てくれているOBたちが部員たちの輪をさらに囲む。

岩井監督がまたぐるりと見まわした。代表は誰か。みなごくりと唾《つば》を飲み込んだ。

「一人目、東《あずま》。二人目、城戸《きど》。三人目、東」

一瞬、息が詰まった。斜め向かいの竜澤を上目で見ると眼をきつく閉じている。視線を移すと宮澤守、松井隆、工藤飛雄馬、四年目全員がうつむいている。下級生たちはざわめいた。三年目の二人だけで勝負するのだ。最後の最後、ぎりぎりの状況で岩井監督が頼ったのはわれわれ四年目ではなく、三年目だった。考えてみれば当然かもしれない。竜澤は二人抜いたが平山に抜き返されたし、私は抜かなければならないところで抜けなかったのだから。一年目がオーダー用紙に《東英次郎》と書き、本部へ走っていく。

「よし。いくぞ」

岩井監督が言った。

「はいっ!」

全員が声をあげたが私は声が出なかった。四年目はみな蒼ざめていた。

東英次郎が両頰を張って二年目の西岡精家の腕を引き、後ろへ下がった。打ち込みをするのだ。

全員がそれぞれ掲示板を見た。北海道大学のところに《東英次郎》の名札が掲げられると会場全体からどよめきが起こった。続いて東北大学のところに《斉藤創》の名札が掲げられた。会場がさらにどよめいた。

主審と副審が試合場に上がっていき、互いに頭を下げた。副審が両サイドの椅子に向かって歩き、そこに座った。

東北大陣営から創《つくる》さんが静かに上がってくる。すべての視線が今大会ナンバー1の創さんに注がれている。もうひとつの試合場の試合も終わり、選手たちがこちらの試合を見るために集まってきていた。

東英次郎が両頰を張りながら試合場へ上がっていく。城戸勉が次期主将に、そしてこの東英次郎が副主将に就くことは、すでに本人たちとわれわれ四年目、岩井監督だけは知っていた。

しかし東といえども創さんと比べればやはり落ちる。立っていってもまともに組めば投げられるかもしれない。そして寝技に持ち込まれたとき、あの縦返しをしのげるのか。

2

「東、頼むぞ！」

「東さん、お願いします！」

北大陣営のOBや後輩たちが東の背中に声をかけるが、東には聞こえていないだろう。それくらい集中しているのがわかった。

代表戦の緊迫感は京大と東北大の二年連続決勝戦で見ていた。投げられた瞬間にチームが負ける。抑えられた瞬間にチームが負ける。それは江戸時代の真剣による斬り合いに似ている。どこかに当たったときにはすでに勝負がついている。腕が吹っ飛ぶか頭が割れるか腹を真っ二つに斬られるかという戦いだ。

開始線で向かい合った。

「はじめ！」

主審の発声とともに東が「こい！」と大声をあげて創さんに向かっていく。創さんはかちんときたように眼を光らせ、組みにきた。東がその手を払う。創さんが前に出る。東が手を払う。創さんが前に出る。すごい圧力だ。

両者組み合った。東が右、創さんが左の喧嘩《けんか》四つ。

創さんは東をグイグイと前に引っ張って頭を下げさせようとしている。東に手をつかせ、そのまま寝技勝負へ持ち込むつもりである。昨年の七帝戦でも何度か見せた横捨《よこす》て身《み》に近い引き込みだ。ビデオで何度も研究したが対策は見つかっていない。

「東、頭上げろ！」

「そこ妥協するな！」

「創さん！　お願いします！」

両陣営から大声があがる。

試合を見ながらまだ私は考え続けていた。なぜ東と城戸なのか。それほど四年目には信頼がないのか。竜澤を見ると、やはり落ち込んでいるのがわかった。

東と創さんが形相を変えて立技を競り合う。創さんは強力な内股を持っている。東には鋭い背負いがある。

両者の腰が音をたててぶつかり合った。創さんが内股。東が捌く。創さんが東の背中を持って横捨て身で引き込もうとする。東が嫌って引き手を切る。創さんが東を押し倒した。場外際だった。北大陣営に突っ込んで倒れたので主審が「待て」をかけた。創さんは東の体の上で仁王立ちするようにして睨みつけ、ゆっくりと開始線に戻っていく。明らかに創さんの力が上だ。

「あと五つ！」

両陣営のタイムキーパーから声があがった。

代表戦は副将・大将戦と同じく試合時間は八分。

この緊迫感のなかで八分間というのは相当にきついだろう。

創さんがグイグイ引き付ける。東の頭を下げさせ、抱きつくようにして横捨て身で寝技に持ち込もうとする。早く東をカメにして縦返しで攻めたいのだ。東も当然それはわかっているので、立ってなんとか耐えている。寝技になったら分が悪すぎる。創さんが内股。東が小内刈り。場外際で創さんが再び東を押し倒した。そして東を睥睨《へいげい》して開始線に戻る。

誰かが近づいてきて私の腰を叩いた。振り返ると宮澤だった。

同期の顔を見て安心し、私は思わず溜息をついた。

「四年間がこれで終わっていいのかな……」

「東なら分けてくれるはず」

宮澤が静かに言った。宮澤は代表戦に出られない竜澤と私が傷ついているだろうと察しているのだ。ドクターストップがかかり試合にさえ出られず、一番辛《つら》いのは宮澤だろうに。

「それまで!」

ふいに主審が声をあげた。

長い長い八分間が終わっていた。

東と創さんは、息を荒らげながら道衣を直している。東のほうが消耗していた。創さんはその東を睨みつけている。東のこんなに疲れた姿を見るのは初めてだった。道都大学の大原学《おおはらまなぶ》と立技で互角の攻防をしたときも決して疲れを表に出さなかった。

「引き分け!」

主審が宣した。

館内から大きな拍手がわいた。東が肩を上下させながら戻ってきた。一年目が冷たいスポーツドリンクを差し出した。東はそれを口に運んだ。そして両手を膝について息を整えている。

「北海道大学と東北大学は、代表戦第二試合のオーダー用紙を本部まで取りに来てください」とアナウンスが入った。すぐに一年目が走って本部へ行き、用紙を持ってきた。そして《城戸勉》と書き、また本部へ走っていく。しばらくすると掲示板に《城戸勉》の名札と《平山健》の名札が掲げられた。場内がざわついた。

東北大陣営を見ると、平山は両腕を組んで静かにこちらを見ている。本戦で竜澤を抑え込み、その顔には自信が漲《みなぎ》っていた。一方の城戸は岩井監督の前に正座してアドバイスを聞いている。しばらくすると頭を下げて立ち上がった。

代表戦二人目。

城戸勉と平山健が主審に促されて試合場に上がる。

「はじめ！」

主審の声で平山が一気に前に出てくる。

城戸がすぐに引き込み、半身になって脚を利かせた。平山が凄まじい形相でそれを越えにくる。

「城戸！　きっちりいけよ！」

「平山さん取りましょう！」

両陣営の声のなか、二人は高度な寝技戦を続けていく。城戸には浅野返しがあった。上から不用意に平山が攻めてくると下から返そうとした。しかしその攻撃はあくまで防御的攻撃で、自身の体勢が悪くなるほどは攻めない。監督から指示が出ているのだろう。

平山は城戸の執拗な脚にいらつきはじめた。これは間違いなく引き分けになる。勝負は次の最後の代表戦、斉藤創さんと東英次郎の戦いだ。創さんは腰に両手を当てたまま黙って試合を見ている。一方の東はスポーツドリンクを飲みながら息を整えていた。

ふと見ると、竜澤がいない。

捜すと、北大陣営の後ろで一年目の吉田寛裕を相手に内股の打ち込みを始めていた。胸を打ちつけるたびにバシンバシンと大きな音がした。強い当たりに吉田の顔が歪んでいる。

東北大陣営がそれを見て小声で話している。創さんも視線をそちらに移した。竜澤が東の援護射撃をしているのだ。次の代表は竜澤だと思わせるためのデモンストレーションである。これで創さんは対竜澤をシミュレートしながら試合を待つだろう。落ち込んでばかりはいられない。あのプライドの高い竜澤が、それをかなぐり捨てて援護射撃をしているのだ。私も何かしなければ。大きく深呼吸したあと近くにいる三年目の石井武夫の袖を引き、北大陣営の後ろでゆっくりと引き込み十字のフォームチェックを始めた。一ミリだっていい。一グラムだっていい。ほんの少しでも後輩たちの役に立たなければいけない。

「それまで！」

主審の声が響いた。

城戸勉と平山健、両者がゼイゼイと熱い息を吐きながら開始線に戻った。

「引き分け！」

両陣営から拍手があがり、全身汗まみれの平山と城戸が陣営に戻った。いよいよ勝負だ。創さんもパワー全開でくるだろう。

代表戦第三試合のオーダー用紙を本部まで取りに来るようにとアナウンスが入った。すぐに一年目が走って本部へ行き、息をきらしながら戻ってきた。そして岩井監督に小声で確認し、用紙に《東英次郎》と書いてまた走っていく。

しばらくすると掲示板に《斉藤創》の名札が掲げられた。東の名札が掲げられた瞬間、場内が大きくどよめいた。

主審に促されて両者が試合場へ上がっていく。東は両頰を張って、気合い充分。その東の顔を創さんが鋭い眼光で見ている。

「はじめ！」

主審が言うと両陣営から大きな声援があがった。東が組み手を捌く。創さんは冷静にそれに対処

し、組み合った。創さんが内股の構えを見せるたびに東北大から歓声があがる。さらに前へ前へと

プレッシャーをかけてくる。東が小内刈り。創さんがそれを潰した。東が焦って立ち上がる。

「こい！」

東が両手を上げた。

「東、頑張れ！」

「気合いで負けるな！」

北大の老ＯＢたちから励ましの声が飛んでいた。こんな声を聞いたのは初めてだった。私たちは見捨てられていると思っていた。しかしたしかに老ＯＢたちが立ち上がって大声をあげていた。

「あと五つ！」

北大のタイムキーパーが声をあげた。

東が押されている。立技で飛ばされるのではと何度か冷や汗をかかされる。しかし東は闘志を前面に出し、それでも創さんに向かっていく。こかされて寝技に引き込まれそうになっても、必死に立技勝負へと持ち直す。そのたびに両者の頭髪から大量の汗が飛び散った。

そして長い長い八分間が終わった。全力を出し切った二人は髪から顔から道衣からびしょ濡れである。息を切らしながら最後の礼をすると、両校のみならず、試合会場にいるすべての選手とＯＢから二人に大きな拍手がわき起こった。私たち四年目は、大将戦での大森一郎の頑張り、そして代表戦での東英次郎と城戸勉の頑張り、三人の後輩たちの力で首の皮一枚つながった。

アナウンスが入った。

「北海道大学と東北大学は代表戦三度で決着がつかなかったので、これより抽籤により勝敗を決めます」

本部から名大の一年生らしき人物が大きな封筒を持って走ってきた。それを主審に渡した。あのなかに《勝》《負》という札が一枚ずつ入っているのだろう。主審が中を確かめながら両校に抽籤をするように促した。東北大の平山が主審のところへ歩いていく。

「竜澤――」

岩井監督が呼んで手招きした。竜澤がそこへ走っていってひざまずいた。そしてすぐに肯いて立ち上がった。抽籤へ向かう竜澤の袖を私はつかんだ。

「宮澤だ」

私が囁《ささや》くと竜澤は眼を大きく見開いた。そして岩井監督のところへ走って戻り、またそこにひざまずいた。岩井監督が表情を変えた。そして顔を上げ、「宮澤」と手招きした。宮澤が訝《いぶか》しげに監督のもとへ行く。宮澤は竜澤の横にひざまずいた。そして岩井監督の言葉に肯いている。竜澤が宮澤の背中を叩いた。

「頼むぞ！」

宮澤が立ち上がって試合場へ上がっていく。当然主将が出てくると思っていた場内がざわめいた。

「宮澤さん、お願いします！」

後輩たちが声をあげた。

一八七センチの平山と一八一センチの宮澤が蒼ざめた顔で向き合った。場内はしんと静まった。主審の指示に従い二人がじゃんけんをした。宮澤が勝った。先に封筒に手を入れて折りたたまれた小さな紙を抜き出した。次に平山が同じように紙を抜き出した。両校固唾をのんでそれを見守る。北大陣営はみな一歩ずつ前に出ていく。どうだ。どうなんだ。勝ったのか、負けたのか。

主審がその紙を開くように二人に言った。二人は緊張しながら、同時にそれを開いた。

私は一歩前に出た。宮澤がこちらを振り向き、その紙を天に突き上げた。同時に平山が畳に座り込んだ。

「勝った！」

北大陣営が絶叫した。頭のなかが真っ白になった。私の横を誰かが走っていって宮澤に跳び付いた。竜澤だった。そのまま竜澤と宮澤は畳に転がった。まわりの人間たちもみな「勝った！」と絶叫して抱き合っている。OBたちが歓喜の声をあげ続ける。みな泣いていた。涙が止まらない。涙が止まらない。涙が止まらない。六年ぶりの一勝だった。まわりにはただ歓喜の声と絶叫があった。

主審が北大陣営に手招きしているのが涙で滲《にじ》んだ視界に見えた。試合後の全員の礼が終わっていなかった。みな涙を拭いながら試合場に上がった。三十人が向き合った。

「勝ち！」

主審が北大側に手を上げた。

「正面に礼！　お互いに礼！」

主審の言葉で嗚咽しながら頭を下げた。北大陣営に戻り、全員が岩井監督のまわりに集まった。部員たちの顔を岩井監督が見まわした。そして何かを言おうとした岩井監督も咽《むせ》び泣きしはじめた。それにつられて部員たちは号泣した。

「この勝利は……おまえたちだけのものじゃない」

岩井監督が咽びながら言った。みな、次の言葉がなんなのかわかっていた。「浜田、佐々木、金澤、和泉、後藤……。彼らの代はどんな困難な状況でも努力を怠らなかった……その結晶だと思ってくれ……」

みんなが肯いた。岩井監督の後ろでは、名前を挙げられた歴代の主将と、それぞれの代の先輩たちが無言で涙を拭っていた。

3

ホテルへ戻り、夕食を食べているあいだも、みな虚脱した風情であった。食べ終わると、岩井監督から総括があり、明日の京都大学との戦いについて話があった。

部屋に戻ってしばらくするとドアをノックする者がいた。誰かはすぐにわかった。開けると、はたして竜澤が笑顔で立っていた。私もにやついたまま部屋を出てホテルの廊下を行く。二人でジャージのポケットに手を突っ込んで小銭を指先で弄《もてあそ》びながら歩いた。主幹の名古屋大学以外の六大学が泊まっているので、Tシャツ姿のごつい若者たちがそこここにいた。北大の三年目や二年目もあちこちにたむろしている。

「佐々木コーチに電話しよう」

竜澤が思いついたように言った。

たしかに電話を待っているにちがいない。二人でポケットと財布からありったけの小銭をじゃらじゃらと出してロビーの公衆電話へ歩いた。

竜澤が百円玉と十円玉を次々と公衆電話に入れていく。

そして私に受話器を押しつけた。

「増田君、電話して」

「自分で言い出したんだから自分でしろよ」

「いいから。電話して」

さらに強く受話器を押しつけた。惚《ほ》れ惚《ぼ》れするような昼間の主将っぷりとは違い、私にだけ見せるこの少年の顔も竜澤の魅力だ。北大の六年ぶりの勝利に免じて許してやろう。

電話すると一回の呼び出し音で佐々木さんが出た。

「増田です。一回戦、東北に勝ちました」

「そうだべ！　よかった！」

佐々木さんが言った。そして「電話の前に座ってずっと待ってたんだぞ」と早口で言って笑った。

「スコアはいくつだ」

「抽籤勝ちです」

「ほう。そうか。危なかったな。創に何人抜かれた？」

「二人です。それで東が一人抜き返して、そのあと竜澤が二人抜き返してリードしたんですが、竜澤が平山に抜き返されてタイに戻されて。大将決戦になって大森がすごい戦いをしたんです。何回も抑え込まれて逃げて。相手が変則の返しをやってきて──」

私は急いで報告していく。佐々木さんは電話の向こうで「そうか」「だべ」「そうだべ」と北海道弁で相槌《あいづち》を打っている。

竜澤が「貸して」と横から受話器を奪い取った。

「勝ちました！」

嬉しそうに言った。そして「はい」「ええ」「二十九秒で逃げました」「いやあ、ほんとに嬉しいです」と話している。その笑顔を見て北大は勝ったんだなと改めて実感がわいてきた。

しばらくすると竜澤がまた受話器を押しつけた。

私はそれを受け取って耳に当てた。

「明日はどことやるんだ」

佐々木さんが聞いた。

「京大です」

「あれ？　また増田に替わったのか？」

「はい。すいません」

「そうか。京大か。でもおまえらなら勝てるかもしれないぞ」

「そんなわけないです。そんなことはありえません」

「おまえら絶対の抜き役はいないが、分け役はいいんだ。悪いチームじゃない。並べ方次第ではいけるかもしれないぞ」

佐々木コーチが言った。

「無理ですよ」

竜澤が「どうした？」と聞いた。私は「佐々木さんが京大に勝てるかもしれないって」と声をひそめた。他の大学に聞かれたら笑われてしまう。案の定、竜澤も大笑いして「勝てるわけない。ありえない」と言った。

「竜澤も勝てるわけないって言ってます」

私の言葉に佐々木さんが「まだ信じないのか」と返した。

「おまえら穴がないからいけるチームだって言ってるべ」

「無理ですよ」

そこから明日の京大戦について小銭がきれるまで話した。

「ああ、切れちゃった……。北海道は遠いな」

私が受話器を置くと竜澤がロビーのソファにどかりと座った。そして「京大に勝つなんて無理だよ。佐々木さんは大袈裟だ。できるだけ差をつけられないで他の大学に笑われない試合をやることが目標だ」と言った。

私も向かいのソファに座って、背もたれに体をあずけた。

「十人残しとかやられたら恥ずかしいな」

「俺たちは最下位脱出っていう目的を達したんだから、それでいいさ。あの京大と試合できるだけでいい」

「たしかに京大と試合なんて、ほんとに夢みたいだ」

私が言うと、竜澤は溜息をついた。

そして眼を少しだけ下げ、翳《かげ》らせた。

「今日は東と城戸に助けられた。それから大森。三年目に感謝しなきゃいけない」

声を抑え、しみじみと言った。竜澤が、同期の親友相手とはいえこのような言葉を吐くには勇気がいっただろう。しかしこれをいま私が三年目に伝えれば、竜澤は嫌がるに違いない。二十年か三十年したら『北大柔道』に書こうと思った。

竜澤がゆっくりと顔を上げた。

「明日の試合が終わったら引退だ」

そうだ。これが最後なのだ。本当に終わるのだ。

京大戦について話した。しかしあまりに戦力差がありすぎてシミュレートできない。八年間一度も負けていないチームなのだ。そして北大は今日六年ぶりに最下位を脱出したばかりのチームである。

「チームとしては完敗するだろうけど、俺たちだけでも最後の試合らしく正々堂々と北大の柔道を見せてやろう」

　私が言うと、竜澤が肯いた。

「ああ。俺たちはきっと明日も後ろのほうに並べられる。回ってきたときには五人差くらいついてる。でも北大の気概だけは見せてやろう。気持ちだけは負けないようにしよう」

　立ち上がって自分の部屋に戻ったときには午前零時を回っていた。

　安ホテルのシングルルームは柔道選手にとって狭いことこのうえない。洗面所で手を洗おうとしてドア枠に肩をぶつけ、テレビをつけようとしてベッドの縁《へり》につまずいた。まあいいやとベッドの上に仰向けになった。

　最後に最下位脱出ができてみんなで肩を抱き合って泣くことができた。こんなに嬉《うれ》しいことはなかった。ただひとつ、代表戦に四年目を使ってくれなかったことだけが心に引っ掛かったままだった。そのうちひどい睡魔が襲ってきた。灯《あか》りを消す余力もなく「明日の試合に備えて風邪を引いてはいけない」とゆっくりと毛布をかぶった。瞬間、すとんと深い眠りに落ちてしまった。

4

　次の日、会場に入ると、準決勝に勝ち残った四校の選手だけが道衣に着替え、初日に負けた他の三校は私服を着て観覧席に座っていた。入学以来、二日目はいつもあちら側にいたので不思議な気分だ。会場内の視線の多くがわれわれ北大に注がれているのがわかった。完全にノーマークだったのだ。

　試合場の向こうにカメラを持った母が立っていて手を振っていた。その横に父がいた。来てくれないと思っていたので嬉しかった。高校時代の友人二人も今日もまた来てくれていて四人で一緒に話していた。

北大勢はすぐにアップの寝技乱取り三本に入った。それが終わると岩井監督からオーダーが発表された。唸らされたのは次鋒に東英次郎を据えたことだ。次鋒にはあまり強い選手を置くことがない。しかし岩井監督は東を置いて、うまくいけば抜きにいこうと考えているのではないか。

竜澤が四将、私は三将、五年目の後藤さんが副将だった。前日の東北大戦に続き、今回も後ろに上級生をもってきた。大将は三年目の川瀬、七帝戦初出場である。昨日大殊勲の大森一郎と入れ替えたのは、来年以降へ向けての経験のためだろう。

一年目がそのオーダーを紙に書いて本部へ走った。しばらくすると両校のオーダーが掲示板に掲げられていく。名前がひとつ掛かるたびに会場がざわついた。京大の主将、栗山裕司は大将に座っていた。北大は置き大将、京大は本大将である。

	北海道大学	（学年）	京都大学	（学年）
先鋒	溝口秀二	3	野田篤広	3
次鋒	東英次郎	3	林　克彦	4
三鋒	松井　隆	4	八木信太郎	2
四鋒	西岡精家	2	遠藤泰治	2
五鋒	後藤康友	2	石田晃一	4
六鋒	石井武夫	3	泉川　洋	4
七鋒	城戸　勉	3	薄葉毅史	2

中堅　工藤飛雄馬４　　岡林亮爾４
七将　岡島一広３　　廣畑　毅４
六将　藤井哲也３　　奥田正文３
五将　黒澤暢夫２　　小幡太志３
四将　竜澤宏昌４　　藤野哲史２
三将　増田俊也４　　竹田基志４
副将　後藤孝宏５　　小松徳太郎４
大将　川瀬悦郎３　　栗山裕司４

京大は四回生八人を全体にまんべんなく散らしている。どこにも穴がない。そしてどこからでも抜ける布陣だ。

両校が試合場に上がる。

八連覇中の京大と、五年連続最下位の北大。

十五人と十五人が向かい合った。

「正面に礼！　お互いに礼！」

主審の声で三十人がいっせいに頭を下げ、先鋒を残して陣営に下がる。

「ようし、北大ファイトだぞ！」

竜澤主将が大声をあげた。

溝口秀二の試合が始まった。溝口が引き込んだ。すぐに京大野田《のだ》篤広《あつひろ》が上から攻める。しかし攻めながら表情を歪めている。溝口の下からの圧力が強いのだ。

これ、取るんじゃないか――。私は途中からそう期待しはじめた。溝口は二カ月ほど前に唐突に寝技に開眼していた。独特の脚の粘りを身に付け、私も竜澤も寝技乱取りで何度か下から返されていた。そのうち、溝口が本当に野田を返して上になった。会場がどよめいた。溝口が野田の上体を固めた。両陣営から歓声と怒声があがった。隣の試合場の眼もみなこちらに向いた。

「脚抜けるぞ！」

まさかの展開に北大陣営は大騒ぎとなった。残り時間を何度も見ながら声援を送る。

「溝口、いけ！」

もしここで抜いたら北大は残り十四人が全員引き分けを狙っていけばいい。しかしそこから脚が抜けそうで抜けない。下から抱きつく野田は必死の形相だが、溝口がどう動いても脚が抜けない。さすが京大である。完全に膠着したまま試合を終えた。だが北大は拍手で溝口を迎えた。

次鋒の東英次郎が気合いの声をあげながら開始線に立つ。

相手は四回生の林克彦《はやしかつひこ》。手脚が長く、下からの攻撃力の強い抜き役だ。林は東の立技を避けてすぐに引き込んできた。岩井監督の指示が出たのか、東は上になったまま動かない。抜くために次鋒に据えたが相手が林とわかるや無理させない作戦に変えたのだろう。京大陣営からは「なにしとるんや、攻めろ！」と大声があがり続ける。しかし東は動かず静かに守っている。そのまま試合が終わった。

三鋒は松井隆である。

京大の八木《やぎ》信太郎《しんたろう》は二回生で小柄な選手だ。しかし層の厚い京大で二年でレギュラー入りしているということは、つまりよほどいい選手ということだ。組み合うと八木が引き込んだ。松井君はすぐに上から抱きつく。そしていつもの肩固め狙い。一センチずつじわじわと上がっていく。そして肩固めの体勢に入り、道衣を使って相手の上体を縛る。がっちりと固めた。あとは足首を抜くだけとなった。京大陣営が焦って大声をあげた。

取れるぞと私は思った。この形になったら松井君は異常なまでに強いのだ。

「足首抜けるぞ！」

大声を出した。

「思いきっていけ！」

竜澤も大声をあげた。

松井君は顔を歪めながら必死に足首を抜きにいく。

「爪先《つまさき》だ！　爪先で蹴《け》れ！」

北大のOBたちからアドバイスが飛ぶが松井君は足の甲で蹴っている。爪先で蹴ると力が入って抜きやすいが、逆にこちらのバランスが崩れて返される危険があるのだ。松井君は性格的になかなか勝負に出られない。京大陣営も声を嗄らしてアドバイスを送っている。

「引き分け！」

主審が宣して松井君が汗みどろで戻ってきた。

四鋒の西岡精家の相手は同じ二年の遠藤泰治《えんどうたいじ》。立技で得意のフットワークを使い、寝てからは上からしっかり守り、息を上げながらも引き分けた。

五鋒のゴトマツも巨体を活《い》かして引き分け。六鋒の石井武夫もカメできっちり分け、七鋒の城戸勉は下から攻撃しながら引き分けた。

なぜかわからないが北大のペースになっていた。北大が長く低迷していたため、京大はあまり北大対策をしていないのかもしれない。あるいは北大勢が久々の一勝を挙げ、気分よく戦えているからだろうか。

京大の声援も力が入りはじめていた。万年最下位の北大がここまでやるとは思っていなかったに違いない。他校の眼も多くがこの試合に向いていた。

しかし一番驚いているのはわれわれ北大だった。

北大は後ろに上級生を並べている。

佐々木コーチが言うように勝てるのではないか。

初めて私はそう思った。

対戦表を見た。

京大にはまったく穴がない。今日の試合を見ただけでその粘りがわかる。だが、北大の残りのメンバーを見ても穴という穴はない。しかしそれだけでは勝てない。もし北大が勝つとすれば、どこかで一人抜かなければならない。抜くなら竜澤しかいない。そして後藤さんが栗山裕司《くりやまゆうじ》と引き分ける。

竜澤を探すと、北大陣営の真ん中で両腕を組んでじっと試合を見ていた。京大陣営の真ん中には栗山裕司主将がいて、やはり両腕を組んだまま試合を見つめている。ともに戦国武将のような堂々たる風情だ。

中堅の飛雄馬は安心して見ていられた。いつものように立って時間を稼ぎ、寝ても堅実なカメを駆使して引き分けた。

次に出た七将の岡島一広は寝技専一の選手なので最初から引き込んだ。入学時に「ボディビル同好会」のビラに騙《だま》され見学にやってきて白帯から始めたが、一八四センチの長身を活かして本格的な寝技を身に付け、ここ三カ月ほどで寝技師としての才能が開花しようとしていた。四回生の廣畑《ひろはた》毅《つよし》相手にまったく臆《おく》せず、下から返そうとしている。廣畑が前に出てくると浅野返しで揺さぶりをかけた。そしてそのまま終了まで持ちこたえた。

「引き分け！」

主審に宣せられ、岡島は顔を火照らせながら戻ってくる。

岩井監督の前で正座して指示を聞いていた藤井哲也が立ち上がった。藤井の相手は作戦会議でもマークした奥田《おくだ》正文《まさふみ》。次期主将だと目されていた。自信ありげに開始線まで出てくる。この試合の大きな山場のひとつだ。

「はじめ！」

主審の声が響いた。

組み合った。藤井が引き込む。奥田が上から脚を割る。藤井がカメになった。奥田は素早くバックについた。藤井は幾度も返されそうになるが、歯を食いしばってカメに戻す。ここを分けたら北大には大きい。北大陣営は声を飛ばし、拳を握りしめながら趨勢《すうせい》を見守った。

「あと三つ！」

両陣営から声が飛んだ。

執拗に攻撃し続ける奥田がついに藤井の脇をすくった。藤井が横へ体をローリングしてそれを外した。いや、外れていなかった。さらに藤井が回る。それでも奥田の手は外れない。藤井の動きにぴたりとついていた。藤井がその手をなんとかして外そうとさらに回る。それでもしつこく奥田はついてくる。

「藤井ちゃん、そこ我慢だぞ！　きっちりいけよ！」

北大の同期たちが大声をあげる。

「取れるぞ！」

奥田に対する京大陣営の声援も大きくなってくる。

場外際でさらに藤井がローリング。奥田がその動きについてきてついに胸を半分合わせた。

「藤井、逃げろ！」

北大陣営から大声があがった。藤井が表情を歪めて逃げた。奥田の手はそれでも藤井の脇から離れない。ワンチャンスを絶対に逃さない。これが不敗の王者たる所以《ゆえん》だろう。

「残り二つです！」

「あと二つ！」

両陣営のタイムキーパーが声をあげた。

このまま終わってくれ。

上になったり下になったりしていた二人の動きが一瞬止まった。見ると奥田が下から腕緘《うでがら》みを極めようとしている。

「大丈夫だ！　まだ大丈夫！」

北大陣営から無数の声。腕緘みは完全には極まっていなかった。奥田が腕を取ったまま帯取り返しのように後転した。藤井が暴れるがそのまま抑え込みに入っていく。

「あとひとつ半！　藤井ちゃん逃げろ！」

北大陣営から声があがるのと主審の「抑え込み」のコールは同時だった。

「逃げろ！」

「潜り込め！」

北大陣営から無数の声が飛ぶ。藤井は必死に腰を振っているが腕緘みが入っているので潜り込めない。これでは逃げることができない。

「奥田、きっちりいけよ！」

京大陣営からの声は少し穏やかになっていた。

「一本、それまで！」

主審のコールで京大陣営から大きな拍手が起こった。

一人リードを許したが北大陣営は消沈しているようには見えない。むしろ京大とここまで戦えている自分たちに小さな自信を持ちはじめていた。

奥田が試合場に残り、藤井は汗まみれになって下りてきた。

「すみません」

しかし奥田の技術が抜群なのであって、藤井を責めることはできない。

代わって二年目の巨漢、黒澤暢夫《のぶお》が上がっていく。まだ分ける力が弱く、北大内での乱取りや練習試合では、私たち四年目や三年目にボコボコに取られている。ここは奥田に二人抜きされるかもしれない。

「はじめ！」

主審の声で暢《のぶ》が前に出る。

奥田は下がりながら寝技に引き込んだ。上から体重をかける暢に対して奥田がカメになった。守りながらしばらく息を整えスタミナ回復を待つつもりだろう。暢がそのカメの横についた。

「暢、思いきっていけ！」

北大陣営から声が飛んだ。

どうせ負けるなら思いきって北大魂を見せてやるしかない。どこかで取り返さなければいけないが、京大はどこにも穴がないのだ。

「いけ！　暢！」

北大陣営が身を乗り出して畳を叩く。

「取られてもしかたない！　もういちど立ち上がって攻めろ！」

暢が汗まみれの顔でこちらを見て、立ち上がった。そのまま開始線に戻ると思ったら奥田の道衣の肘と膝の部分を握って強引に持ち上げた。両陣営が大騒ぎになった。フライパン返しである。柔道での正式な技名はない。デッドリフトのように相手を持ち上げて引っ繰り返すという単純な怪力技だ。それだけの技だが、理にかなっていないからこそ、寝技が強い者にとっては〝何を馬鹿なことするんだ〟という心境だろう。そもそも初心者しかやらないようなことである。おそらく暢はこれしかカメ取りができないのだ。

「よし！　返せ！　そのまま返せ！」

北大陣営の大声に暢が思いきってめくった。歓声と罵声のなか、奥田の体が空中で泳ぎ、仰向けに引っ繰り返った。北大陣営にとってはまさかの展開だった。取られるかもしれないと思っていた暢が逆に攻めているのだ。

「暢いけ！」

「奥田、潜れ潜れ！」

両陣営が大騒ぎのなか、奥田が潜り込んでまたカメになった。暢が立ち上がってまたフライパン返し。奥田の体が浮き上がった。

「そのままいけ！」

北大陣営から声があがった。

奥田が耐える。

暢が引っ繰り返した。

場内には怒号が渦巻いていた。奥田が畳に落ちる直前に身を翻してまたカメになった。他大学もざわめいていた。

私は対戦表を見上げた。

奥田の次には一〇〇キロを超える京大の最巨漢、小幡太志《おばたふとし》がいる。立技も寝技もでき、下級生の頃から七帝戦で活躍している超弩級の一人である。このまま暢が引き分けると竜澤とまともに当たってしまう。さすがの竜澤でも小幡は抜けない。体格が違いすぎる。北大にとっては運の悪い組み合わせだ。だからこそここで僥倖《ぎょうこう》でいいから暢が抜いて、暢が小幡と巨漢対決をし、引き分けてもらうのを期待するしかない。しかしそんなことは不可能だ。

「いけ！　暢！」

いや——と思った。不可能だと思っているのはわれわれ四年目だけではないのか。われわれ四年目には負け犬根性が染みついていたのではないか。後輩たちはこんなに真剣に戦っている。

北大陣営から何度も何度も声が飛ぶ。そのたびに暢が思いきったフライパン返し。奥田もスタミナを消耗しているが、暢も消耗していた。両者とも汗で髪がびしょ濡れである。

「それまで！」

主審が告げた。

両陣営から歓声があがった。それはこの試合への称賛と、次の竜澤vs小幡戦への期待の表れだった。

暢と奥田が道衣を直して最後の礼をし、自陣営に戻る。

向こうから小幡太志が巨体を揺すぶりながら畳に上がってくる。こちらからは竜澤が上がっていく。

その背中に後輩たちが声をぶつける。

「竜澤さん、頼みます！」

「お願いします！」

両者、開始線に立った。

私と竜澤は昨夜、おそらく自分たちのところにまわってきたときには五人差くらいをつけられていて、消化試合のようなかたちの展開になると思っていた。しかしここまできたらやるしかなかった。後輩たちがここまで頑張っているのだ。私も立ち上がり、気持ちを集中しながらアップを始めた。

竜澤と小幡が向かい合う。

「はじめ！」

主審の声で両者前に出る。

抜き役同士の激突に両陣営は大騒ぎになっている。

組み手争い。

竜澤が思いきって跳び上がり、小幡の奥襟を握って頭を下げさせた。小幡が分厚い肩を振ってそれを切った。竜澤の指の爪が剝《は》がれてしまいそうな激しさである。小幡はまさに雄牛、ブルファイターだ。

「こい！　おら！」

竜澤が大声をあげた。

「おら！」

今度は小幡が奥襟を取った。

京大から大声があがった。小幡が内股。竜澤がそれを腰を落としてこらえる。両陣営から声。小幡が前に落ちてカメになった。

「小幡、いけ！」

「竜澤さん、お願いします！　取れます！」

下級生たちから声。竜澤が小幡の頭側に回った。得意の横三角狙いだ。右膝で小幡の後頭部に全体重をかけながら左踵を右脇下に捻じ込んでいく。北大陣営が大騒ぎになった。

「竜澤いけるぞ！」

私も思わず大声を出した。

「小幡、立て！」

京大陣営から声。小幡は横三角をかけた竜澤をそのまま首の後ろに担ぎ上げるようにして立ち上がった。凄まじいパワーだ。両者もつれて場外へ転がり出て、離れた。主審が「待て」をかけた。組み合って場外へ出ても七帝では「そのまま」と言われるが、こうして両者が分かれてしまったら「待て」がかかることもある。試合が激しすぎて主審もどうしていいかわからないようだ。

怒号のなか、両者開始線に戻る。

「はじめ！」

主審の声でまた二人は咆哮《ほうこう》をあげて組み合った。

奥襟がっぷり。そのまま立技の攻防。小幡が内股。竜澤がこらえる。小幡がさらに内股。竜澤が小幡の股に後ろから手を入れて掬《すく》い投げ。持ち上がらない。

今度は竜澤が内股。

そのまま京大陣営に突っ込みそうになる。

「待て！」

主審が声をあげた瞬間、小幡が竜澤を自分の胸のあたりまで抱き上げた。そして強引に大腰。竜澤を畳に叩きつけた。京大の歓声と北大の悲鳴があがった。「待て」の後の技なので問題はないが八〇キロの竜澤の体を子供を持ち上げるようにして投げたことに驚いた。

二人が開始線に戻る。

「こい！」

「おら！」

喧嘩モードで組み合おうとする両者を主審が分けた。道衣を直すよう指示した。竜澤が道衣をバサリと脱いで上半身裸になり、もういちど羽織り直した。裸になったときに自慢の広背筋を思いきり開いた。「待て」の声を聞かず大腰で投げた小幡に対するデモンストレーションである。

「竜澤、落ち着いていけ」

岩井監督が声をかけた。

竜澤が帯を結びながら振り向き、肯いた。

「はじめ！」

主審の声でまた両者はがっぷり奥襟をつかんで立技の攻防。

「増田さん、監督さんが呼んでます」

一年目が声をかけにきた。

すぐに監督のところへ行って正座した。

監督は私の眼を見た。

「抜きにいけ。去年みたいなことだけは注意しろ」

昨日と同じことを言われて驚いた。「相手は京大だ。引退試合だから楽な気持ちでいけ」と言われると思っていた。岩井監督は京大に勝とうとしているようだ。

万がいち私が藤野《ふじの》に投げられたら二人差となって、後藤さんと川瀬ではその差は詰められない。だが、一人差なら、可能性はゼロではない。後藤さんが竹田《たけだ》基志《もとし》を絞めで取って同点にし、川瀬が命がけでカメで引き分ければ昨日のように代表戦になるという小さな可能性が残る。しかし監督としてはここで私が思いきった技で取って京大に追いつき、あとは引き分けて代表戦に持ち込みたいという考えがあるのだろう。もしそうなったらまた東と城戸を出すのかもしれない。しかしそれでもいいと、いまは思えた。私たちの代の役割は、後輩たちへ繋ぐことなのだ。

眼前ではまだ竜澤と小幡が奥襟を握り合ったまま激しい攻防をしている。

ジリリリリリ――。

「それまで!」

主審の声で両者分かれた。道衣を直しながら二人とも息を荒らげている。「引き分け!」主審が宣した。

竜澤が顔の汗を袖で拭いながら戻ってくる。私は入れ替わりで試合場へ上がっていく。

藤野哲史《さとし》は二年だ。得意技は未知だが、私より立技が強ければ投げられる可能性もある。しかしいまの私の実力では組み際の一発しかない。それが利かなければ相手の足にしがみついて泥仕合の寝技に持ち込み、何としてでも抜くのだ。

開始線で向かい合う。

「はじめ！」

主審の声で前に出た。

組み合った。力が強い。やはり引き込んでこない。立技勝負だ。

「脇固めくるで！」

京大陣営から声があがった。知ってやがる。私は構わず手首を固定して脇固めにいった。北大陣営がわいた。浅すぎてすっぽ抜けた。そのまま藤野はカメになった。すぐに私は横につき、一呼吸入れた。さあ、どうする。両陣営が大騒ぎになっている。

「増田君、これが最後の試合だぞ！」

喧噪のなかで竜澤の声だけが大きく聞こえた。

私は藤野の横についたまま首と後頭部にプレッシャーを与えて立ち上がれないようにした。岩井監督が身を乗り出していた。

「増田さん、取れます！」

北大陣営から下級生たちの声があがる。

「藤野、きっちりや！」

京大陣営からも大声。

私はもういちど顔を上げた。

岩井監督とまた眼が合った。

寝技での脇固めか。あるいは絞めか。カメの横につきながら手を引き出して脚をからめてから入る脇固めを、この七帝の前に何度か練習していた。練習では一年目と二年目にはかかるが、三年目以上には利かなかった。未完成の技である。

横から絞めと関節の両方を狙い、指先を藤野の首に捻《ね》じ込んでいく。藤野がそれを必死に押し返す。私はさらに強く指先を捻じ込んだ。藤野が痛みに呻き声をあげた。かまわず私は強く捻じ込んだ。

藤野は両脚を伸ばしたり縮めたりしながら私の下で激しく呼吸している。私の指先が襟にかかるたびに、それを手で防いで押し返す。

私は膝の内側で肘を押してさらに強引に指先を二本だけ捻じ込んだ。北大予科時代のOBが道場に来たときに「人さし指と中指だけ入れれば二本指で裸絞《はだかじ》めができる」と教えてくれた。練習で試し、実際に何度か成功していた。これも試合で使えるかはわからない。しかし今日、いま使わなければ、一生使う機会はない。

体の下で藤野が呻きながらそれを押し返した。私はさらに強く二本指を捻じ込む。藤野が呻き声をあげて体を捻り、私の指先を外した。両陣営の声援がぶつかっていた。そのまま時間が過ぎていく。大量の汗が眼に入り、片方ずつ交互にしか開けられなくなってきた。

藤野の荒い息と私の荒い息の音《おと》が顔の前で響く。藤野は私の指を、首、顎、指先で防ぐ。隙をみて膝で藤野の腕を引き出して肘関節を狙ったが、藤野は体を捻って外した。指が入りそうになるたびに藤野が体を捻る。

「あと二つ！」

両陣営から声があがった。残り二分。

自陣営を見ると、後輩たちが必死に声をあげていた。

その横で、後藤さんが立ち上がり、ウォームアップしながらこちらを見ていた。

「あとひとつ！」

私は立ち上がって、藤野から離れ、開始線に戻った。主審が「待て」をかけた。

北大陣営に宮澤を捜した。いた。眼が合った。二人で小さく肯きあった。あのカメ取りをやるつもりだった。宮澤と一緒に研究して、宮澤が腕絨《うでがら》みのパターンと一緒に得意技のひとつにしている変則的なカメ取り技がある。私はひそかに宮澤スペシャルと呼んでいた。北大道場で覚えた技はすべて出しきろう。

藤野が道衣の乱れを直しながら開始線に戻った。

「はじめ！」

主審の声で、二人は組み手を探り合った。

組んだ。

藤野は引き込まない。

立技勝負か。

藤野が体落とし。それを潰した。すぐに藤野はカメになる。横について藤野のバックから股下に手を入れ、宮澤スペシャルにいった。

「よし、いけ！」

宮澤の声が聞こえた。

「藤野！　きっちりや！」

京大陣営からもいくつもの大声があがった。私は強引に藤野の体を返しにいく。藤野が反転した。胸を半分合わせた。「増田君、いけるぞ！」竜澤の声が聞こえた。京大陣営からも大声があがっている。藤野が向こうへ回ってカメに戻した。北大陣営から溜息が漏れた。

「あと半分！」

両陣営から声。

「増田さん、お願いします！」

「藤野、ラストや！」

あと十五秒。思いきって指を捻じ込んだ。襟に指先をかけたい。そこでジリリリと終了のベル。

「それまで」

主審が声をあげた。

ゆっくり立ち上がり、道衣を直しながら開始線に戻った。

「引き分け！」

主審が宣した。互いに頭を下げ、自陣に戻る。

自分は力を出し切れたか。わからない。四年間やりきったか。わからない。まだ負けたわけではない。後ろに二人いる。

緊張した表情の後藤さんとすれ違った。後藤さんが竹田基志を取らなければ北大の負けが決まる。しかし後藤さんは五年間ずっと分け役だったのだ。そんなことができるのか。竹田は栗山とともにマークしている強豪である。いや、諦めてはいけない。後藤さんが抜くかもしれないではないか。

そうだ。諦めたらだめなんだ。

試合場を振り向いて私は言った。

「後藤さん、抜いてください！」

「はじめ！」

主審の声で両者タックルを狙うような低い構え。ともに寝技師。襟をつかむとすぐに後藤さんが引き込んだ。下から返しにいく。昨日は分け役、今日は抜き役。後藤さんの五年間の総決算である。

「後藤さん、頼みます！」

北大から大声。

「竹田、きっちりやで！」

京大からも大声。

竹田が上から後藤さんの両脚を割ってくる。巧い。後藤さんは下から脚を利かせ、竹田の圧力をかわしながら返しにいく。

「後藤さん、ファイトです！」

一年目から四年目まで全員が声援を送る。

竹田が上からもういちど脚を割ろうとした瞬間、後藤さんが竹田の足首をかかえ、アキレス腱《けん》固めのようなかたちで後ろに倒した。北大から大歓声があがった。

すぐに後藤さんが上から攻める。

竹田は下で冷静に対処している。

後藤さんが脚を割って竹田のバックを取った。北大からまた大歓声があがった。得意の送り襟絞めからの回転縦四方狙いだ。しかし竹田は守りに入らず、後藤さんに向き直って上になった。後藤さんが下から返す。すぐにまた竹田が返して上になる。両陣営大騒ぎになっていた。さらに後藤さんが返して上になる。

「後藤、いけるぞ！　いけ！　抜け！」

同期の杉田さんの声だった。

竹田が下から腕挫《うでひし》ぎ十字固《じゅうじがた》め。北大陣営から悲鳴、京大から歓声。後藤さんの腕は伸びきっていた。痛みに顔を歪めるがもちろん参ったはしない。

「後藤さん、逃げれます！」

「逃げてください！」

下級生たちが叫び続けている。

後藤さんが必死に持ち上げにいく。竹田が背中をそらしてそれを防ぐ。後藤さんが持ち上げる。竹田が踏ん張る。これは折れるぞと私は思った。両陣営の大声があがる。後藤さんが気合いの声をあげて一気に持ち上げた。竹田の頭が畳から離れ、主審が「待て」をかけた。

二人が道衣を直しながら開始線に戻る。ともに自陣営を一瞥してアドバイスに肯いている。七帝戦らしい寝技師同士の一戦だった。

「はじめ！」

主審の声で組み合った両者が同時に引き込み、二人の塊が畳の上をごろごろと転がった。

「いけるで、竹田！　そこや！」

「後藤さん、お願いします！」

後藤さんが上になったと思った瞬間すぐに返され、竹田が上になったと思った瞬間すぐに返す。ともに寝技で下になることを怖れず、積極的に絞めや関節を狙いにいく。

「それまで！」

主審の声で後藤さんと竹田が立ち上がり、道衣を直しながら開始線に戻ってくる。

「引き分け！」

主審が宣した。代わって北大からは三年目の川瀬悦郎が上がる。京大からは四回生の小松徳太郎《こまつとくたろう》が上がってくる。川瀬が大将のため、両陣営がいっせいに正座しはじめた。

試合が始まった。しかし声援を送っているのは後輩たちだけだった。先ほどまで声をあげていた四年目の同期たちは黙って試合を見つめている。今日で本当に引退なのだ。道衣を脱いで着替えたら、もう二度と着ることもない。なにやら夢のなかにいるような感覚にとらわれた。

川瀬の試合が引き分けに終わり、北大は一人残しで京大に敗れた。

十五人のレギュラーが京大陣営と礼を交わし、畳を降りた。

北大陣営に戻る四年目は、みな黙って涙を落としていた。私も泣けてきた。それはしかし昨日のような歓喜の涙ではなく、静かな涙だった。そんな私たちを一年目たちが遠巻きに見ていた。私は彼らに向かって心のなかで言った。「絶対に辞めるなよ。最後までやればきっといいことがあるから」と。

＊　＊

「この一年」

監督　岩井眞

今、思い出すと恥ずかしい限りだが、七大戦の対東北大戦後、不覚にも大勢の前で涙を見せてしまった。弁解がましいが、誌面を借りて、真相を語っておきたい。

対東北大戦、代表決定戦でも決着がつかず、抽籤《ちゅうせん》となった。私は、躊躇《ちゅうちょ》なく主将の竜澤に抽籤してくるよう指示した。ところが、しばらくして、竜澤から「宮澤に抽籤させてください」と申し入れがあった。

宮澤は大学から柔道を始めたが、体格・センスに恵まれ、黒帯を取るのも早かった。しかし、腰など持病が多く、試合に出て活躍するという機会には、恵まれなかった。それだけに、最後の七大戦に期するところが多かったようだ。私も貴重な戦力として期待していた。

ところが、昨年から兆候があった心臓の不調のため、ドクターストップがかかってしまった。それでも宮澤はそれを伏せ、ぎりぎりのところで、練習を継続していた。

医者の方が心配して柔道部顧問教官の寺沢《てらさわ》先生に連絡、先生から私の方に伝わってその事実を知った。それで、寺沢先生と相談し結局柔道着を脱がせた。それが、七大戦のほんの二・三週間前であった。私も残念であったが、彼の今年にかける姿から想像するに、私など比べようがない程に残念であったと思う。

その宮澤に四年目達が、大事な抽籤をさせてやりたいと言ったのである。その申し入れを聞いた瞬間、目頭が熱くなってしまった。そして、抽籤勝ち、久々の嬉しさも手伝ってか言葉の前に涙が出てしまった。

その宮澤を含め今年の四年目は五人。少ない人数で、しかもそれぞれが個性を持ちながらも、よくまとまり、活気のある練習を継続していた。それが、城戸達の代にも受け継がれ、道場には張りがあり、頼もしい限りだ。

主将の竜澤は我儘《わがまま》な所もあったが、自分もその点は承知していたようで、それ以上の柔道に対する情熱で皆をグイグイ引っぱっていった。その功績は大きいと思う。柔道の方も、北大では久しぶりに二人抜きするほど実力をつけた。

副主将の増田は誰にも負けない柔道好きであったが、怪我に泣かされた四年間であった。怪我さえなければもっともっと活躍できたろうにと思うと残念である。しかし、関節技に活路を見出《みいだ》し、鮮やかに決めた試合が何試合かあった。近年では、最も関節技のうまかった選手であったと思う。また、短気な一面もあったが、精神的にしっかりしていたので、竜澤もその存在により大変助かったのではないかと思う。七大戦後、二人が名古屋大の小《こ》坂《さか》師範と記念撮影をしていたのは、微笑ましい光景であった。

水産主将の工藤は、やはり大学で柔道を始めたが、その類《たぐい》まれなセンスで昨年は六五kg以下級で二位になり全日本にも出場した。七大戦ルールの試合も一年の東北戦から出場したが、結局、負けなしであった。今年の一年目にも初心者の者が五名いるが、励みにしてもらいたい。

主務の松井は、生来の生真面目さ慎重さ（一面大胆さも備えている）が影響してか力を充分に発揮できなかったようだ。もともと実力のある選手なのでその実力を出しきって卒部して欲しい。来年もう一年あるので期待したい。しかし、主務の仕事の方は、その性格通り、きちんとこなしていた。御苦労さん。

宮澤は前述したように、試合には出場できなかったが、貴重な勝利をプレゼントしてくれた。今後は大学に残り、寺沢先生の後を継ぎたいというので是非頑張って欲しい。

それと五年目の後藤だが、試合の大事な局面で頑張ってくれた。昨年の戦いは彼にとったら不本意なものであったと思うので、これで少しは納得できたと思う。

最後に、今年の七大戦後に我妻（昭和五十七年度主将）から届いた葉書を紹介したい。

——略——着実にチーム力が向上している姿を見て、大変うれしく思いました。体格的に恵まれないチームになっていたのに連続優勝の頃の大型選手に頼るチームのあり方を転換することを、私の代に怠ったことが、ここ数年の不振の原因であると常々思ってきました。ようやくそれが解消されたことに感じ入るものがありました――略――。

彼が感じていた責任は、監督という立場にあった私の責任であり、充分に我妻は頑張ってくれた。

何よりも、我妻が右のような感想をもってくれたのも、遂には七大戦での勝利を味わえなかったが努力を怠らなかった、浜田浩正、佐々木紀、金澤裕勝、和泉唯信、後藤孝宏達の代の執念の結晶であると思う。その前で勝ててよかった。御苦労さん。

しかし、これはあくまでも一里塚。現役の諸君は先輩達の無念さ、努力を無駄にしないためにも、さらに上を目指して頑張って欲しい。


（「北大柔道」平成元年度版）

「再び登場」

コーチ　佐々木洋一

さて、いつの間にやらコーチに復帰しております。

思えば九年前、コーチを退いて、それでも暇があれば道場に顔を出すようにしていましたが、それなりの年月が経ち、やがて文字どおり顔つなぎだけのような状態になっていました。

僕ははっきり憶《おぼ》えているのですが、そういう中で、決定的な転機が僕を襲いました。感謝！　感謝！　ある夜中、腹が減った僕は、コンビニエンスストアにいました。突然「佐々木さん」と声をかけられました。瞬間、彼が三年目の増田君とは判断できませんでした。――記憶にはないボウズ頭、かつ移行して札幌には居ないはず――しかし一方で、彼が柔道部の人間だとは、その〃におい〃でピーンときていました。

試合結果を語り、部の窮状《きゆうじよう》を訴える彼の気負いに押されたのはいうまでもありません。確か翌日には道場に顔を出し、今日に到ります。まずは、柔道部に復帰しての忘れ得ないことを書かせてもらいました。では本文に。

現在、平均週一の出席というなんとも心もとないコーチですが（かつ練習時間に間に合わないので僕が行く日は延長練習となる）、僕には、あえてコーチになったという意図があります。それは、前回のコーチを離れて八年というOB稼業の教訓ですが、やはり、少なくとも一年単位の戦略と責任を持って臨まなければ、その成果を分かち得ないと知ったからです。僕の担当は技術指導と勝手に思い、それは監督よりは楽な立場ですが、この面でもしかりです。

僕の強味は、七〇年入学組ですから、その頃の先輩から現在まで、OBの得意技の大方はインプットされているということです。前回のコーチ業で知り得たものも多数あります。

ただし僕の弱点は、学生と一緒になって稽古《けいこ》することが、段々と少なくなってきていることです。現役の頃より少なめの体重と、四十をこえた年齢は、大きな障害となってきております。しかしその身体を七月の七帝戦までには戻したいと考えています。

今、一年間やりましてわかったことがあります。

それは、どの位のチーム力があれば優勝（もちろん七帝しか考えておりません）を狙えるか。そして、頭の中と現実にギャップがあるか否か。一年前は不安でしたが今回の竜澤たちの七帝戦をビデオで分析し、再び眼前にちらつき始めたのを感じます。そうなると、コーチとして過去二回の優勝経験があることが大きな力となって蓄えられていることを感じざるをえません。

もちろん、一番重要かつ、主体者は現役部員諸君です（アーア、学生でないのがくやしいのか）。しかし、今年の四年目の晴ればれとした表情は必ずや現役に伝播《でんぱ》するでしょう。

この文章を書きながら、興奮してくる自分を抑えつつ、言ってやりたい。十連覇なんて、そんなあまくないことを教えてやるぜ京大。


（「北大柔道」平成元年度版）

第15章

人の世の清き国ぞとあこがれぬ

陽が大きく傾いて、空の一部が美しい群青色に染まりかけている。万年筆インクのブルーブラックをコップの水に数滴落としたような繊細な色である。札幌の空がこの美しい色を見せてくれるのは初秋の一時期、ほんの数日だけである。そんな日に久しぶりにキャンパスに行けるのが嬉《うれ》しい。

ジャンパーの襟を立てて北十八条の北大通り交差点を渡った。今日は一日快晴で風もなかった。しかし気温はかなり下がっている。内地でいえば十二月くらいの気温ではないか。七帝戦後、真夏の二カ月間ほどを名古屋で土方仕事をやりながら過ごしたので、三日前に札幌に戻ってきてまだ体が寒さに順応していなかった。

入学式以来ずっとそうしてきたように、馬術場の向かいの車止めの金属製ポールの間から北大キャンパス内へと入っていく。そして武道館を見上げてそこで立ち止まった。

これほど寒いのに二階の柔道場の天窓が全開されているのはよほど激しい練習をしているからだろう。窓からは白い煙のようなものがうっすらと上がっている。後輩たちの汗の蒸気だ。「ファイトだぞ！」という大声が窓から響いた。「ファイト！」「ファイトです！」と幾つかの声が続いた。

最初の声は主将の城戸勉のもので、それに後輩たちが続けて声を出しているのだ。

武道館のエントランスの階段をゆっくりと上がった。ドアの引手に手をかけたところで動きを止めた。数秒考え、くるりと回ってエントランスから降り、教養部へと向かった。敢《あ》えて今日、柔道場に顔を出す必要はないだろう。早めに行かないと教務課が閉まってしまう。

枯葉が降る小路を往《い》った。

体育館の前を通り、学生たちが行き交うメーンストリートを横切った。教養部の建物に入ると、何講目かが終わったところなのかロビーに学生が溢《あふ》れていた。ほとんどが十代だろう。十一月に二十四歳になる私にはひどく稚《おさな》く見えた。左側の教養部教務課を覗《のぞ》いた。カウンターに肘《ひじ》をつき、ガラス製の小さな引戸をひいた。いわゆる〝ジムジム〟の部屋である。

「すみません」

声をかけると七三分けの男が立ち上がってこちらにやってくる。整髪剤でべたりと撫《な》でつけられたその髪は光っていた。

「なんだ」

「中退届を出したいんですが」

「中退届？　どうして」

「柔道部を引退したので」

「なんだって？」

「柔道部を引退したので中退します」

七三男が眉間《みけん》に皺《しわ》を寄せて「あのね」と言った。

「中退届なんてのはないぞ。退学届ならあるけども」

「じゃあそれでいいです。その紙をください」

「それでいいですっていうのはないだろ。中退なんて簡単にできないぞ」

「どうしてですか」

「それは……。入るのだって苦労して入ってるんだろ」

「苦労して入ったように見えますか」

「いや、だから入学試験を受けたわけだろ。それに通ったんだから簡単に辞められたら困る」

「簡単ではないですよ。自分なりに考えて辞めることにしたんです」

七三男が怒った顔を作って溜息《ためいき》をついてみせた。「ちょっと待ってろ」と偉そうに言って奥へと歩いていく。そして一番奥の大きな机に座る坊主頭の中年男に立ったまま何か話している。白髪と黒髪が混じった胡麻《ごま》塩の坊主頭だ。上司だろう。七三男が私のほうを指さした。胡麻塩坊主頭が表情を歪《ゆが》めて私を見た。面倒だなと思った。あの坊主頭は恵迪寮生から〝ジムジムのヌシ〟と呼ばれている男に違いない。そのヌシがずかずかとこちらにやってくる。

「なんだ君は。教養部の学生か」

「はい。四年目です」

「辞めることはないだろ」

「いや。もういいですよ」

「単位はいくつある」

「三十四単位です」

「だったら頑張ればいいだろ」

「もともと柔道をやるために入学しましたし、七月の七帝戦で引退したのでもうやることがなくなりました」

「勉強はしたくないのか。いろいろ残る方法はあるんだぞ」

「自分で勉強はしてきたし、これからも自分でできると思います」

「辞めて何をする」

「まだ完全には決めてないですけど、しばらく働いて二年後か三年後くらいに東京藝大《とうきょうげいだい》を受け直そうかなとも思ってます。もしかしたらそれはやめてギリシャへ行くかもしれません」

「ギリシャ?」

「大理石の会社がギリシャ駐在員を募集してて社長と会ってきたんです。それで気に入ってもらって保留にしてます」

「本当に辞めてもいいのか。柔道だけでいいのか」

「四年間やったんでもう充分です。高校時代の夢がかないました」

ヌシが視線を落とした。そしてしばらくするとなぜか嬉しそうな顔になって私に視線を戻した。

「昔は君みたいな北大生がときどきいたよ。本物の北大生に久しぶりに会った気分だ。近頃は小さくまとまったやつばかりになっちまった。中に入ってこい。そっちにドアがある」

左のほうを指さした。

私は言われるままドアを引いて教務課の中へと入った。

「ほら。そこに座れよ」

大きなソファを勧められた。

私が腰を降ろすと向かいのソファに座った。そして満面の笑みで「名前は?」と聞いた。

「柔道部の増田といいます」

「出身はどこだ」

「名古屋です」

「北海道に憧《あこが》れて津軽《つがる》海峡を渡ってきたクチだな」

そのとおりだ。北大は入学者の半数を内地の人間が占める。

ヌシが横の机の島の者たちを見た。

「誰か増田君に御茶を出してくれ。一番高い御茶の葉を使ってくれ」

すぐに若い男が立ち上がって給湯室らしきところへ入っていく。

「恐縮です」

私が頭を下げると大声で笑った。

「恐縮なんてしてないくせに頭なんか下げるな」

「意外に優しいんですね」

「俺がか？」

「恵迪の連中はヌシと呼んでますよ。この教養部教務課のことはジムジムと言っていて、ジムジムのヌシには気をつけろと」

「そうなのか」

ヌシは相好を崩しながらソファに背中をあずけた。

「とにかく退学届を書きたいので用紙をください」

「ああ。そうだったな。用紙を持ってきてくれ。退学届だ」

近くの男に言った。その男が立ち上がり、棚を順に見て一枚の紙を抜いた。大きな封筒と一緒に持ってきた。

ヌシがそれを私に差し出した。

「これに記入して捺印《なついん》して今度持ってきなさい」

「何度も来るのは面倒なのでいま書きます。印鑑持ってきてますので」

ポケットから印鑑を出すと、ヌシが苦笑いしながら胸ポケットのボールペンを貸してくれた。私は用紙に必要事項を埋めていく。

ちらと視線を上げるとヌシが私をじっと見ていた。その眼をどこかで見たような気がした。一年目のときの担任だった室木洋一先生だ。室木先生にも帰りに挨拶《あいさつ》に行こう。

すべて書き終えて署名捺印すると「今日の夜は何か予定があるか」とヌシが聞いた。

「とくにないです」

「だったら送別会をやろう」

「僕のですか?」

「そうだ。おい、みんな。今日、この増田君の送別会をやるぞ」

大声で言った。

部屋のなかの全員の眼が集まった。

「この増田君は柔道をやるために北大に入って、四年間やって引退したから中退するそうだ。教養部中退なんだからここにいる教養部の職員で送別会をやるのは当然だよな。大学の卒業式に出れないんだから」

どっと笑い声があがった。女性の一人が「じゃあ一次会は例の焼き鳥屋、二次会はあのカラオケに行きましょう」と言った。

別の誰かが拍手しはじめた。それに合わせて他の人たちも拍手をしていく。そのうち部屋のなかが拍手で埋め尽くされた。とりあえず今日は飲み会だ。これからどうするかは明日からゆっくり考えよう。時間はたっぷりあるのだ。

初出　「小説　野性時代」二〇二三年六月号～十二月号
単行本化にあたり、大幅な加筆修正を行いました。

増田俊也（ますだ　としなり）
1965年愛知県生まれ。2006年『シャトゥーン ヒグマの森』で「このミステリーがすごい！」大賞優秀賞を受賞しデビュー。12年『木村政彦はなぜ力道山を殺さなかったのか』で大宅壮一ノンフィクション賞と新潮ドキュメント賞をダブル受賞。13年『七帝柔道記』で山田風太郎賞候補。他著書に『VTJ前夜の中井祐樹 七帝柔道記外伝』『北海タイムス物語』『猿と人間』など。現在、名古屋芸術大学芸術学部客員教授。

七帝《ななてい》柔《じゅう》道《どう》記《き》II　立《た》てる我《わ》が部《ぶ》ぞ力《ちから》あり

2024年３月18日　初版発行

著者／増《ます》田《だ》俊也《としなり》

発行者／山下直久

発行／株式会社KADOKAWA
〒102-8177　東京都千代田区富士見2-13-3
電話　0570-002-301（ナビダイヤル）

印刷所／大日本印刷株式会社

製本所／本間製本株式会社

●お問い合わせ
https://www.kadokawa.co.jp/（「お問い合わせ」へお進みください）
※内容によっては、お答えできない場合があります。
※サポートは日本国内のみとさせていただきます。
※Japanese text only

定価はカバーに表示してあります。

ISBN 978-4-04-113942-4　C0093

角川文庫の〈増田サーガ〉シリーズ

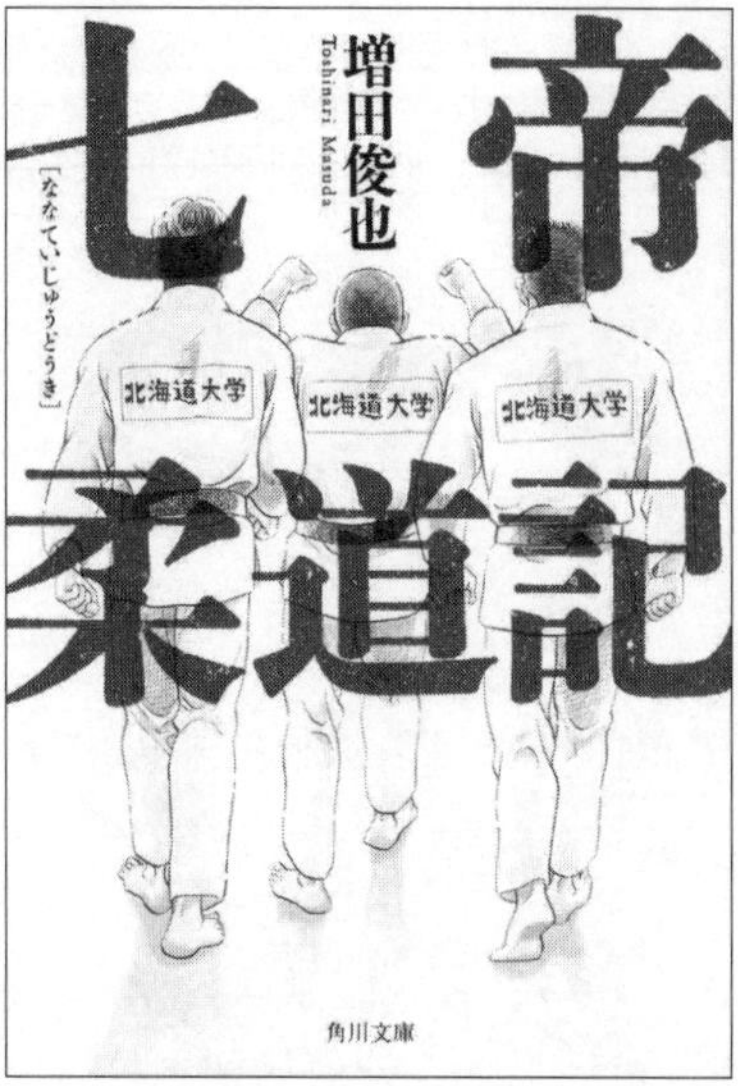

七帝柔道記

北大柔道部での下級生時代を描いた、
青春小説の金字塔！

北大、東北大、東大、名大、京大、阪大、九大の七校で年に一度戦われる七帝戦。北海道大学に二浪の末入った増田俊也は、柔道部に入部して七帝戦での優勝を目指す。一般学生が大学生活を満喫するなか『練習量がすべてを決定する』と信じ、仲間と地獄のような極限の練習に耐える日々。本当の「強さ」とは何か。若者たちは北の大地に汗と血を沁みこませ、悩み、苦しみ、泣きながら成長していく。

角川文庫
ISBN 978-4-04-104231-1

VTJ前夜の中井祐樹
七帝柔道記外伝

**この奇跡を、私が書かないで、
いったい誰が書いてくれるというのか——**

総合格闘技の黎明期に命を懸けて戦い、“400戦無敗の男”ヒクソン・グレイシーが「真のサムライ」と讃えた男を描く表題作。執念と努力の人、堀越英範の生き様を追う「超二流と呼ばれた柔道家」。東孝、猪熊功、木村政彦ら格闘家の生と死を見つめる「死者たちとの夜」。そのほか、『七帝柔道記』の登場人物で、モデルとなった同期・先輩との対談を収録。人間の生きる意味に迫った、傑作ノンフィクション集。

角川文庫
ISBN 978-4-04-107000-0